O RELÓGIO DE ESTRELAS

Para além das montanhas

O RELÓGIO DE ESTRELAS

Para além das montanhas

Francesca Gibbons

Ilustrações de
Chris Riddell

Tradução: Isabela Sampaio

Rio de Janeiro, 2022

Copyright do texto © 2021 por Francesca Gibbons
Copyright das ilustrações © 2021 por Chris Riddell
Copyright da tradução © 2022 por Casa dos Livros Editora LTDA
Título original: *A Clock of Stars: Beyond the Mountains*

Todos os direitos desta publicação são reservados à Casa dos Livros Editora LTDA. Nenhuma parte desta obra pode ser apropriada e estocada em sistema de banco de dados ou processo similar, em qualquer forma ou meio, seja eletrônico, de fotocópia, gravação etc., sem a permissão do detentor do copyright.

DIRETORA EDITORIAL: Raquel Cozer
GERENTE EDITORIAL: Alice Mello
EDITORA: Lara Berruezo
EDITORAS ASSISTENTES: Anna Clara Gonçalves e Camila Carneiro
ASSISTÊNCIA EDITORIAL: Yasmin Montebello
COPIDESQUE: Thaís Carvas
REVISÃO: Rodrigo Austregésilo e João Rodrigues
ADAPTAÇÃO DE CAPA E DIAGRAMAÇÃO: Julio Moreira | Equatorium Design

DADOS INTERNACIONAIS DE CATALOGAÇÃO NA PUBLICAÇÃO (CIP)
(CÂMARA BRASILEIRA DO LIVRO, SP, BRASIL)

Gibbons, Francesca
    O relógio de estrelas : para além das montanhas / Francesca Gibbons ; ilustração Chris Riddell ; tradução Isabela Sampaio. --Rio de Janeiro : HarperCollins Brasil, 2022.

    Título original: A Clock of Stars
    ISBN 978-65-5511-393-8

    1. Literatura infantojuvenil I. Sampaio, Isabela. II. Título.

22-117468   CDD-028.5

Os pontos de vista desta obra são de responsabilidade de seu autor, não refletindo necessariamente a posição da HarperCollins Brasil, da HarperCollins Publishers ou de sua equipe editorial.
HarperCollins Brasil é uma marca licenciada à Casa dos Livros Editora LTDA.
Todos os direitos reservados à Casa dos Livros Editora LTDA.
Rua da Quitanda, 86, sala 218 – Centro
Rio de Janeiro, RJ – CEP 20091-005
Tel.: (21) 3175-1030

www.harpercollins.com.br

Este também é para Mini e Bonnie

Personagens

OCHI

ANNESHKA

IMOGEN E MARIE

MARK

ZUBY

MIRO

PATOLEEZAL

PERLA E KONYA

KAZIMIRA E CTIBOR

BRANNA

Rainha Svitla Rainha Zlata Rainha Blipla Rainha Flumkra Rainha Yeeskra

SUROVETZ

YEMNI

Da mamãe não tenho medo,
papai com raiva não me assusta.
Pois quando os dois forem velhinhos
vão contar com a minha ajuda.

Mas os monstros de armadura
apavoram meu coração.
Mamãe diz que eles sequestram
crianças sem educação.

Da escuridão não tenho medo.
Não espero o amanhecer.
Para os monstros não tem hora,
eles caçam sem temer.

Cuidado com as batidas na porta,
cuidado com o krootymoosh malvado.
Cuidado com o barulho das gaiolas.
Jovem nenhum é perdoado.

Da mamãe não tenho medo,
papai com raiva não me assusta.
Pois quando os dois forem velhinhos
vão contar com a minha ajuda.

— Canção de ninar das Terras Baixas

PARTE 1

CAPÍTULO 1

As árvores saíram do caminho de Ochi, criando uma trilha em meio à escuridão.

Ochi seguia sem hesitar. Sabia se virar naquelas matas — afinal de contas, era a bruxa da floresta.

Mantendo uma distância respeitosa, um pônei a acompanhava. Havia uma fronha amarrada à sela do animal, com um relógio estranhíssimo dentro.

Anneshka Manazar seguia o pônei. A maneira que ela andava não era nem um pouco respeitosa. Murmurava enquanto atravessava a floresta aos tropeços. O dragão mecânico de Andel tinha chamuscado as mãos e o rosto dela. Ela perdera um chinelo e o seu vestido de noiva estava em frangalhos. Atrás das anáguas, que farfalhavam como uma longa cauda farpada, era possível ver um rastro deixado por amoras-silvestres.

Embora as queimaduras de Anneshka doessem, pensar no que ela perdera doía ainda mais. *Por pouco* não tinha sido coroada rainha. *Por pouco* não tinha cumprido o seu destino.

Agora, Drakomor estava morto. E não demoraria muito para que toda Yaroslav soubesse das coisas que ela havia feito; das pessoas que havia matado e do príncipe que havia fugido...

Anneshka imaginou a reação da mãe. *Poderia ter se casado com o rei, mas, não! Você tinha que ter um dragão, tinha que botar fogo no castelo. Garota burra. O que os vizinhos vão dizer?*

Não. Anneshka não voltaria a Yaroslav. A bruxa era a sua única esperança.

Ochi seguiu caminhando a passos largos, a lanterna balançando. Ela era alta e esbelta, com a pele pálida e o cabelo preto. Oferecera abrigo a Anneshka. Talvez tivesse respostas também.

A bruxa sabe qual lugar estou destinada a governar, pensou Anneshka. A jovem cerrou os dentes e seguiu mancando. *Ainda posso ter um reino e um castelo. Vou mostrar* à *minha mãe. Vou mostrar a todo mundo.*

Sem grande alarde, a cabana de Ochi apareceu. Um momento antes, não havia nada além de árvores; de repente, Anneshka se viu diante de uma velha casa. Ochi estava ocupada tirando a sela do pônei, então Anneshka foi entrando.

Havia uma lareira e uma confusão de móveis. Havia também vários frascos feitos de barro e uma galinha empoleirada numa gaveta.

Então fui reduzida a isso, pensou Anneshka ao se jogar numa cadeira.

Em cima da cornija da lareira, um frasco chacoalhou. Anneshka ergueu o olhar. O recipiente estava paradinho.

— Este lugar está me deixando doida — murmurou ela, puxando um banquinho para apoiar os pés. Um pé estava descalço e cheio de sangue. O outro usava um chinelo de seda encardido.

— Isso mesmo, menina, sinta-se em casa — disse uma voz rouca vinda de trás. Anneshka se pôs de pé de um salto. A voz pertencia a uma mulher muito velha. A pele dela era enrugada e os músculos tinham definhado. Anneshka examinou a sala em busca de um objeto pontiagudo.

— Não tenha medo — disse a bruxa, ofegante. — Sou apenas eu, transformada. Tenho certeza de que você é tão linda por dentro quanto é por fora.

Anneshka recuou. Será que aquela era a…

— Ochi?

— Esperava o quê? — disse a mulher. — Ninguém fica jovem para sempre.

Anneshka não gostou do jeito que ela sorriu, mas sabia que estava falando a verdade. A bruxa jovem e a velha eram a mesmíssima pessoa. Anneshka reconheceu os olhos.

Para além das montanhas

— É melhor cuidarmos das suas queimaduras — disse Ochi, a anciã. Ela abriu uma gaveta e pegou dois caracóis.

— O que é que você está fazendo? — gritou Anneshka. — Tira essas coisas de perto de mim!

— Você não será rainha se morrer de infecção — disse Ochi, que se aproximou mancando. — Esses machucados precisam ser tratados.

Os caracóis continuaram escondidos dentro das conchas. Anneshka olhou para as mãos atingidas pelo fogo do dragão, que agora estavam cheias de bolhas.

— Ah, tudo bem — respondeu, com desdém. — Faça o que for necessário.

Ochi colocou os caracóis nos pulsos de Anneshka e acariciou as conchas com os dedos velhos e retorcidos até que seus habitantes saíssem.

Anneshka lutou contra o impulso de zunir os caracóis para o outro lado da sala. Odiava aqueles olhos que saíam de hastes; odiava a maneira como se locomoviam. Tudo a respeito daqueles bichos era nojento.

— Há queimaduras no seu rosto — comentou a bruxa.

Anneshka fez cara feia, mas as suas mãos de fato estavam melhores… Ela deixou Ochi pôr um caracol no seu queixo. O pé gelado da criatura deslizou pela bochecha e atravessou o dorso do nariz da jovem.

Quando Ochi terminou, as queimaduras de Anneshka estavam cobertas por uma camada iridescente de lodo.

— Acho bom que isso dê certo — resmungou ela.

A velha pôs os caracóis no chão e eles deram início à longa jornada de volta à gaveta.

— Que bela rainha você será — suspirou a bruxa ao se sentar.

— Rainha de quê? Rainha de onde? — rebateu Anneshka rispidamente. Estava ficando cansada do jeito de Ochi falar.

— Posso perguntar às estrelas… se você estiver disposta a pagar.

Um frasco que estava perto da cadeira de Ochi começou a tremer. A bruxa empurrou o recipiente para trás com o calcanhar.

— Você está escondendo alguma coisa — disse Anneshka. — O que tem dentro de todos esses frascos?

— Não estou escondendo nada, menina. Por que eu esconderia algo de você?

Anneshka fechou a cara para a bruxa. Ochi parecia frágil; um monte de ossos com uma cabeça de casca de ovo. *Seria fácil abrir esse crânio*, pensou Anneshka, *ver se os segredos vazam*.

Os frascos próximos à janela estavam fechados com tampões. Anneshka pegou um deles e leu a etiqueta.

W. Lokai

Aquilo não significava nada para ela. Anneshka pegou outro frasco, deixando marcas pegajosas de impressões digitais.

S. Zárda

Ela nunca tinha ouvido falar de uma poção com aquele nome.

Um dos frascos não tinha rolha. Anneshka deu uma espiadinha lá dentro e meio que esperava que um sapo fosse saltar dali. Estava vazio, então ela olhou a etiqueta.

V. Mazanar

— É a minha mãe — exclamou Anneshka. — É o nome dela! — Levou um instante para se recompor. — Por que existe um frasco com o nome da minha mãe?

— Venha — disse a bruxa. — É hora de descansar.

— Me diz agora! — Anneshka seguiu determinada em direção aos caracóis e posicionou o único pé calçado acima de um deles.

— Já está tarde. Contarei amanhã de manhã.

Anneshka desceu o chinelo, saboreando o esmagamento.

— Meu caracol! — gritou Ochi. O rosto da velha se contorceu de dor.

— Desembucha — exigiu Anneshka. O pé descalço pairando sobre o segundo caracol.

— A sua mãe encomendou uma profecia no dia em que você nasceu — falou Ochi. — Eu lhe disse que você cresceria e se tornaria uma rainha.

Anneshka pressionou a concha do caracol com um dedo do pé.

— Eu já sei disso.

— Por favor! O Boris, não! — implorou a bruxa. Ela falou mais depressa: — Quando a sua mãe morrer, pagará pela profecia com a própria alma. Eu a guardarei naquele frasco. — A bruxa fez uma pausa. Parecia envergonhada. — Cada alma, doada por livre e espontânea vontade, me concede mais tempo neste corpo.

Anneshka ergueu a sobrancelha e se afastou do caracol.

— Você coleciona almas para prolongar a sua vida infeliz?

Havia frascos nas prateleiras e empilhados nos cantos, frascos em cima da mesa e debaixo da cadeira. Anneshka olhou o espaço todo e encarou a bruxa.

— Então você tem quantos anos?

Ochi encarou Boris enquanto ele seguia lentamente para baixo de um armário.

— Vinte e três — sussurrou ela. — Setecentos e vinte e três.

CAPÍTULO 2

Alguém havia roubado as chaves das janelas da sala 32C. Lá fora, era um dos últimos dias quentes do ano. Dentro da sala de aula, uma turma de alunos do sexto ano estava sendo assada viva.

O sr. Morris também estava assando.

— Abram na página oito — disse ele enquanto atravessava a sala, tão lento quanto um lagarto num aquário.

Imogen folheou o livro, curtindo o ventinho que as páginas faziam conforme as passava. Ela parou na foto de um astronauta que olhava fixamente por uma janela redonda.

Aquela é a Terra, dizia o texto. *É o nosso lar. É onde deixamos a nossa marca.*

Imogen se perguntou se o astronauta sentiu saudades de casa ou ficou empolgado quando viu a Terra daquela nova perspectiva tão estranha. *Talvez ele sinta um pouco das duas coisas*, pensou.

Ela olhou para o professor. Ele não estava falando sobre astronautas. Estava falando sobre as diferenças entre líquidos e sólidos.

O suor é líquido, pensou Imogen, enquanto uma gota escorria pelo rosto do sr. Morris. *O tempo é sólido*, continuou refletindo. *Nada é capaz de acelerá-lo.*

Faltavam cinco minutos para o fim da aula. Cinco minutos para Imogen terminar a sua primeira semana no fundamental II.

Não foi um começo ruim. Ela fizera amigos e gostava do professor, mas todo mundo já a conhecia como "a menina que sumiu". Pelo menos as pessoas não sabiam que ela estava fazendo terapia.

O relógio de estrelas

Os outros alunos não paravam de perguntar a ela se tinha fugido ou se tinha sido sequestrada. Imogen achou melhor não contar a verdade. Eles jamais acreditariam que ela tinha encontrado uma porta numa árvore, feito amizade com um príncipe e voado em pássaros gigantes...

Três minutos até a hora de ir para casa. Imogen tentou se concentrar no livro.

Viajar pelo espaço tem o seu preço. Os astronautas que embarcam nessa missão vão passar cinco anos sem ver a família. E, quando voltarem, vão precisar de vários anos para se acostumar em à vida normal.

Dois minutos até a hora de ir para casa.

Mamãe estaria à espera no portão da escola. Imogen queria que ela não estivesse. Nenhum outro pai fazia aquilo, mas a mãe estava diferente desde o sumiço de Imogen.

A terapia fora ideia dela. Disse que a filha precisava de um "apoio especial". Aparentemente, isso significava muitas horas de conversa... Como se a gente pudesse esquecer um mundo mágico na base da conversa.

Um minuto até a hora de ir para casa.

— Em temperatura ambiente, a água está em estado líquido — disse o sr. Morris. Ele parecia exausto. — Mas, quando aquecida, a água começa a... — O sinal tocou e as crianças recolheram os livros para saírem da sala de aula. — ...evaporar — concluiu o professor, jogando-se na cadeira.

A porta bateu e a sala ficou em silêncio. O sr. Morris fechou os olhos. Imogen ficou esperando até que ele notasse a presença dela. O professor respirou fundo, inspirando pelo nariz e expirando pela boca. E segurou uma garrafa d'água contra a bochecha. Estava bem paradinho na cadeira.

— Senhor?

O sr. Morris deu um pulo.

— Imogen! Você ainda está aqui!

— O senhor sabe que os astronautas já foram à lua. Mas sabe se eles já foram a outros lugares?

O sr. Morris tirou a garrafa d'água do rosto.

— Bom... sim. A NASA já enviou sondas para Marte.

— Mas não tem gente em Marte.

— Não, Imogen. Ainda não.

Imogen estreitou os olhos.

— O senhor acha que pode existir outro planeta que os astronautas ainda não descobriram? Como o nosso planeta, com pessoas e animais... só que diferente?

— Não sei — respondeu o professor. — Mas se alguma coisa desse tipo *de fato* existir, está bem longe daqui. Mesmo que você tivesse uma nave que viajasse na velocidade da luz, levaria muitos anos para chegar lá. Quando você aterrissar, talvez já esteja bem velhinha.

Imogen achava difícil imaginar que um dia seria uma velhinha.

— Por que a pergunta? — quis saber o sr. Morris.

Imogen se pôs de pé para ir embora. Já tinha se passado um bom tempo. Não teria mais ninguém por perto para vê-la encontrar a mãe nos portões.

— Ah, nada não — respondeu ela. — Só estava curiosa.

CAPÍTULO 3

Imogen estava deitada na cama da irmã, cercada de desenhos. Havia tanto papel colado nas paredes que o quarto parecia empenar quando o vento soprava pela janela. Mais parecia estar numa barraca do que numa casa.

Marie, que era três anos mais nova que Imogen, estava sentada no chão. Ela estava colorindo, e havia alguns lápis espalhados pelo tapete.

— A sra. Kalmadi disse que as mariposas não sabem abrir portas — contou Marie —, nem reconhecer pessoas.

— Você tem que parar de ficar falando disso na escola — repreendeu Imogen. — As pessoas vão achar que tem alguma coisa errada com você.

— Mas todo mundo está falando disso. As pessoas não conversam na escola grande?

Imogen olhou para um desenho da mamãe. A cabeça tinha formato de lâmpada e havia cachos de bananas no lugar das mãos. Já fazia alguns anos que Marie tinha feito aquele desenho.

— Conversam — confessou Imogen. — E falam disso o tempo todo.

Ao pé da cama havia um esboço mais recente; o retrato de um garoto com olhos bem separados e orelhas que despontavam do cabelo. Imogen não parava de encarar o menino. Precisava admitir que aquele desenho estava muito bom.

— Não gosto de fingir que Yaroslav não existe — disse Marie. — A cidade era tão real quanto a sra. Kalmadi. Na época, parecia até mais real.

Imogen também não gostava de fingir. Na verdade, odiava.

— Tenho certeza de que, mais cedo ou mais tarde, mamãe vai acreditar na gente — disse a irmã mais velha. — Só precisamos arrumar um jeito de convencê-la.

A voz da mãe ecoou pela escada.

— Meninas, hora do jantar!

Marie largou o lápis e saiu correndo do quarto. Imogen saltou da cama e pegou o desenho de Marie. Era um esboço de uma floresta à noite. Ela retratara o espaço muito bem: as sombras secretas, a luz fria das estrelas. Se Imogen fechasse os olhos, quase dava para ouvir o farfalhar das asas de mariposa.

— Terra chamando Imogen! — gritou a mãe. — A vovó está aqui. Vem dar oi pra ela.

Imogen largou o desenho e desceu para se juntar ao restante da família.

Apesar de ser setembro, o clima estava muito abafado, então elas jantaram do lado de fora. Mamãe acendeu algumas velas para afastar os insetos. Vovó serviu lasanha e falou sobre o clube de bridge. Tinha sido expulsa porque era boa demais nos jogos de cartas. Pelo menos, foi o que ela disse.

Depois do jantar, as meninas começaram a tirar a mesa e a mãe cochichou alguma coisa sobre a sra. Haberdash com a vovó. Imogen apurou os ouvidos. A sra. Haberdash era a senhorinha dona da casa de chá e do jardim onde Imogen encontrara a porta na árvore.

— O estado daquele jardim — disse vovó, baixinho. — Eu não ficaria surpresa se realmente *tivesse* alguma coisa morando ali, como ela diz. Provavelmente raposas.

— O que você disse? — perguntou Imogen, espiando as duas.

— Ah, nada, meu bem — respondeu mamãe. — Poderia pegar o meu prato?

— Pego, sim… Mas vocês estavam falando da sra. Haberdash, não estavam?

As mulheres trocaram olhares.

— Infelizmente a sra. Haberdash não está muito bem — disse mamãe.

— Ela anda vendo coisas que não existem — comentou vovó. — Às vezes, isso acontece com os idosos. — Vovó deu tapinhas na lateral da cabeça, como se ser idosa não tivesse nada a ver com ela.

— A sra. Haberdash está doente por causa das raposas? — perguntou Imogen, confusa.

— Não, não — falou vovó. — Ela acha que tem alguma coisa no jardim dela… algum tipo de monstro. Diz ela que viu o monstro à noite, lá nos fundos, perto das lixeiras. Provavelmente era uma raposa procurando restos de comida, mas a pobre da sra. H está em polvorosa.

Um monstro?, pensou Imogen. *Será que poderia ser…?*

— Talvez a gente devesse fazer uma visitinha — sugeriu Marie.

— Acho que não temos permissão — disse vovó, e então olhou de relance para mamãe.

— Nem olha para mim — disse mamãe. — Você pode ir ver os seus amigos sempre que quiser.

— Só não sou de confiança para cuidar das suas filhas — retrucou vovó. — É isso?

A mãe encarava uma vela perfumada intensamente.

— Imogen, Marie… levem todos os pratos para a cozinha.

Mas vovó segurou o prato dela com firmeza.

— Não foi culpa minha elas terem sumido — sibilou. — Só tirei os olhos delas um minutinho.

Imogen nunca tinha visto a mãe e a avó discutirem. Mamãe apoiava a vovó. Vovó apoiava a mamãe. Aquelas eram as regras.

— Por que não vamos nós quatro? — perguntou Marie. — Por que não vamos todas juntas à casa de chá?

Mamãe ergueu o olhar, ainda franzindo a testa.

— Vou pensar — respondeu.

Mais tarde, naquela noite, vovó foi pôr Marie para dormir, o que significava que Imogen estava sozinha com a mãe. Elas estavam sentadas no jardim, observando as primeiras estrelas surgirem.

Havia um brilho alaranjado no horizonte; um clarão de luzes artificiais que nem mesmo as estrelas mais brilhantes conseguiriam ofuscar. O céu acima de Yaroslav era escuro e estrelado. Imogen se perguntou se um ataque de skrets faria os vizinhos apagarem as luzes. Aí, sim, seria possível ver as estrelas. *Provavelmente não vale a pena*, pensou com um sorriso.

— No que está pensando? — perguntou mamãe. Ela envolveu Imogen com o braço e, por mais que a filha estivesse no sexto ano, ainda cabia direitinho ali.

— Ah, sabe como é... Só estava imaginando como seria se desse para ver todas as estrelas. — Imogen apoiou a cabeça no ombro da mãe.

— É bom ter você de volta, Imogen — disse a mãe. — Fiquei tão preocupada com vocês... Sem Mark, não sei o que eu teria...

Imogen aproveitou a deixa.

— Mark é seu namorado?

Um pernilongo passou voando.

Mamãe respirou fundo antes de responder.

— É, sim. Eu gosto muito dele, e acho que você também vai gostar, se lhe der uma chance... Mark não tem filhos, então é difícil para ele, mas é um homem bom. Por favor. Promete que vai dar uma chance.

— Não vou chamar ele de pai.

— Claro que não. Eu nunca pediria isso.

— Mas acho que se você gosta dele...

Mamãe deu um abraço apertado em Imogen.

— Essa é a minha filha.

CAPÍTULO 4

O povo de Yaroslav parou de procurar Anneshka depois da primeira nevasca. Caso estivesse se escondendo na floresta, àquela altura já teria morrido de fome. Ninguém daria comida para uma assassina… nem mesmo uma tão bonita quanto ela.

A maioria das pessoas achava que ela havia morrido enquanto tentava cruzar as montanhas. Era a época do ano errada para fazer aquele trajeto. Talvez encontrassem o corpo dela na primavera, em algum lugar perto do cume de uma montanha, coberto de gelo e ainda com o vestido de noiva. Os artistas de Yaroslav gostavam dessa imagem. Vendia muito bem.

Como é que eles iriam saber que ela não estava morta e nem mesmo à beira da morte, mas sã e salva no quentinho da casa da bruxa da floresta?

Anneshka sentou-se perto do fogo. A galinha estava empoleirada na gaveta e os recipientes de barro estavam paradinhos, como é de se esperar de frascos. Anneshka passou o dedo pelas antigas queimaduras. A nova camada de pele crescera prateada.

Pela janelinha, não se via nada além de árvores. O peso da neve as curvava. Ochi estava lá fora, sacudindo os galhos para tirar a neve fresca.

Cada floquinho que caía parecia sussurrar *Salve, salve, salve*. Anneshka virou o olhar para a lareira, onde as chamas sibilavam *Raiiiiiinha*.

Ochi entrou na cabana a passos largos e, de repente, Anneshka saiu do transe.

A bruxa se desfez da capa e da juventude de uma só vez. Em seguida, foi se arrastando em direção à lareira, lenta e toda travada.

Para além das montanhas

— Coitadinhas das árvores — comentou Ochi, ofegante. — Elas não esperavam tanta neve. O inverno chegou mais cedo.

Todo esse papo sobre árvores, pensou Anneshka, *e ela ainda não me disse onde irei reinar.*

Os joelhos de Ochi estalaram quando ela se sentou. Anneshka já tinha passado tempo o suficiente com a bruxa para saber como as coisas funcionavam ali. Quando Ochi estava lá fora, era uma mulher jovem, com o corpo flexível feito uma árvore jovem, mas, quando a bruxa entrava na cabana, se parecia mais com um toco. Velho e horrível.

Anneshka ficou imaginando se as profecias de Ochi venderiam tão bem se as pessoas a vissem como realmente é. Por alguma razão, duvidava que sim.

— Me diz — falou Anneshka —, se eu não vou ser a rainha de Yaroslav, onde é que vou reinar?

Ochi se recostou na cadeira.

— Minhas profecias oferecem um vislumbre do futuro. O que você está pedindo é um olhar fixo e duradouro.

— Já estou perdendo a paciência, bruxa feiosa. Você prometeu me contar onde vou reinar.

— Não prometi coisa alguma.

— Qual é o problema? — desdenhou Anneshka. — Está perdendo o jeito?

Ochi voltou os olhos para o relógio: aquele que Anneshka pegara de Andel, aquele que estava acima da lareira. O relógio parecia tão velho quanto Ochi. Devia ter parado de funcionar havia muito tempo.

— Eu *consigo* fazer isso — disse a bruxa —, mas precisaria de uma ajudinha.

Os frascos em cima da lareira tremeram.

— Ah, pronto! — zombou Anneshka. — Aquele relógio não vai servir de nada. Está quebrado… nem marca a hora certa.

— Marcar a hora certa de quê? — disse a bruxa. — O tempo e o movimento, o movimento e o tempo. Quanto mais velha eu fico, mais difícil se torna diferenciar os dois. — Ela abriu um sorriso banguela que fez Anneshka querer esmagar aquele rosto desdentado. Queria xingar a bruxa e os enigmas dela.

— Vai, desembucha logo — exigiu Anneshka.

— Aquele relógio está sintonizado com as estrelas — disse Ochi.

Aquelas palavras despertaram uma lembrança...

Anneshka se pôs de pé.

Drakomor tinha lhe falado de um relógio assim. Contou que foi Andel quem o havia feito e que o objeto conseguia ler as estrelas. Será que era desse relógio que ele estava falando? Foi por isso que Andel o havia salvado do incêndio?

Anneshka inspecionou o objeto de perto. Tinha cinco ponteiros, e nenhum deles se mexia. Diante do mostrador havia algumas pedras preciosas penduradas.

— Com uma ferramenta tão poderosa como esta, eu conseguiria ter uma visão aprofundada do futuro — prosseguiu Ochi.

Ela falou mais alto para se sobrepor ao chacoalhar dos frascos. Todos eles estavam agitados agora; os frascos nas prateleiras, os no canto, os escondidos.

— Tenho certeza de que você é perfeitamente capaz de encontrar o reino certo sem a minha ajuda — comentou a bruxa. — Afinal de contas, é o seu destino. A única questão é: quanto tempo você está disposta a esperar?

Anneshka lançou um olhar venenoso à bruxa. Ela não tinha a menor intenção de esperar ficar tão velha quanto Ochi para ocupar o trono.

— Me diz — ordenou ela. — Me diz agora.

Os frascos chacoalharam com toda a força. A galinha de Ochi saltou da gaveta e foi se esconder debaixo da mesa.

— Tudo o que eu peço é uma garantia... — Ochi falava com um tom casual, mas o olhar era intenso. — Tudo o que eu peço é a sua alma.

A sala passou a tremer com a força de setecentas almas presas. Anneshka olhou à sua volta. Será que os frascos estavam tentando alertá-la?

Para além das montanhas

— Não há necessidade de ficar assustada — disse a bruxa. — Não pegarei nada até você morrer.

Mas e se as almas nos frascos estivessem com ciúme? E se não quisessem que Anneshka fosse bem-sucedida? A mãe sempre tivera inveja dela. Sempre desejara que o destino de ser rainha pertencesse a *ela*.

Anneshka virou-se para a bruxa.

— Fechado — exclamou.

Os frascos estremeceram como se estivessem tentando derrubar as paredes. Uma lanterna caiu e se estilhaçou. A galinha de Ochi cacarejou.

— Anneshka Mazanar, eu prometo ler as suas estrelas — anunciou a bruxa. Ela pressionou uma faca no polegar e a pele se partiu feito papel molhado. Ela entregou a faca para Anneshka.

— No dia em que eu morrer, prometo minha alma a você — disse a jovem. Ela cortou o polegar e o pressionou no de Ochi. O sangue das duas se misturou. Os frascos ficaram imóveis.

A cabana ficou em silêncio...

Exceto pelo tique-taque do relógio.

Começou devagar. Depois, ficou rápido. E, então, mais rápido ainda. Ponteiros giraram em círculos frenéticos. Os dias se passaram num instante. A portinhola do relógio abriu e fechou mais depressa do que o bater das asas de uma mariposa.

E, então, tudo desacelerou. As estrelas feitas de pedras preciosas se ajeitaram. O tique-taque contava os segundos. Anneshka levou as mãos ao rosto. Ela não se *sentia* diferente.

— É só isso? — sussurrou ela.

A portinhola do relógio se abriu e uma coroa de madeira deu as caras. Era tão pequena e tão bem-feita... Anneshka queria tocá-la. Mas a coroa deu um giro, como se estivesse dançando, e se recolheu para dentro do relógio.

— O que foi isso? — perguntou Anneshka.

— Foi a primeira de nossas pistas — disse a bruxa, e foi mancando até a mesa.

33

O relógio de estrelas

— Pistas? Eu não pedi pistas. Pedi uma profecia!

Ochi pegou uma pena.

— É a primeira parte da sua profecia. Não se preocupe, descobrirei o que isso significa… Não se pode apressar o relógio de estrelas.

CAPÍTULO 5

Quando Imogen e Marie tiveram permissão para visitar a casa de chá, já era quase o Dia das Bruxas. Mamãe ainda parecia achar que as meninas precisavam de uma escolta armada para sair de casa, então "a família toda" ia também.

Imogen, Marie, a mãe e a avó esperaram até uma buzina soar lá fora.

— Senhoras — chamou Mark —, a carruagem de vocês está à espera!

Mamãe disse que o carro de Mark era esportivo. Imogen achou que parecia esmagado.

Imogen e Marie entraram correndo no banco de trás, forçando a avó a ficar entre as duas.

— Adivinha o que a gente está fazendo? — disse mamãe, pulando para o banco do carona.

— Gelatina de cérebro! — exclamou Marie.

— Que assustador — disse Mark, e sustentou o olhar de Imogen pelo retrovisor. — Espero que não tenha ninguém com os dedos grudentos aí atrás. Esses bancos são de couro legítimo. — Ele ligou o motor.

Imogen apoiou a testa na janela. Ela evocou as lembranças do verão. Lembrou-se da mariposa das sombras com as asas cinza-prateadas. Lembrou-se do castelo, das cavernas dos skrets e…

— Como estão as coisas na escola, Imogen? — perguntou Mark. — Fiquei sabendo que você se interessou por Ciências.

Imogen revirou os olhos.

— Não por toda a ciência — disse ela. — Só pelo espaço.

— Espaço… — Mark assentiu com a cabeça. — Eu também gostava do espaço.

Ele está tentando se aproximar, pensou Imogen, *mas acabou de passar pelo retorno para a casa de chá.*

— Você errou o caminho — exclamou vovó.

— Relaxa — disse Mark. — Só estou evitando as estradas de terra. Quando a gente tem um carro bacana, precisa cuidar bem dele. — Ele abriu um sorriso para mamãe. — O mesmo vale para as passageiras.

Imogen fingiu que ia vomitar e Marie torceu o nariz. Vovó olhou para elas e tentou fazer aquela cara de quem diz "comportem-se", mas até ela parecia ligeiramente enojada.

Ao pararem no estacionamento da casa de chá, a mãe virou-se para os bancos de trás.

— Bom, meninas, a sra. Haberdash está passando por um momento difícil. Então, vamos evitar assuntos delicados. Por favor, não falem nada a respeito das raposas no jardim dela.

— E nada de falar da Terra do Faz de Conta — acrescentou Mark. — Só vai confundi-la.

Imogen olhou feio para a nuca de Mark. *Terra do Faz de Conta* é o nome que ele deu para o mundo do outro lado da porta. Ele parecia determinado a provar que não passava de uma mentira.

Todos saíram do carro e o cascalho estalava conforme caminhavam. Imogen parou perto de um portão no canto do estacionamento. Era a entrada para os Jardins Haberdash. Foi até ali que a mariposa das sombras a levara no verão anterior. Foi ali que as aventuras começaram…

Só que a fechadura do portão havia sido consertada. Mais ninguém invadiria o jardim.

— Vamos, Imogen — disse a mãe. — A casa de chá é por aqui.

Relutante, Imogen a seguiu.

Como sempre, a sra. Haberdash estava vestida como se estivesse prestes a tomar chá com a rainha. Usava diamantes nas orelhas e babados em volta do pescoço.

Ao ver que tinha clientes, ela virou a cadeira motorizada para a porta.

— Agnes! — exclamou vovó, correndo para o lado da velha amiga. — Sinto muito por não termos conseguido visitar antes.

A sra. Haberdash parecia prestes a responder, mas vovó foi mais rápida:

— Andamos muito, muito ocupadas... com a investigação policial, a volta às aulas das meninas e as raposas... eu disse raposas? Quis dizer esquilos!

Imogen decidiu deixar os adultos se virarem e foi se juntar aos cachorros da sra. Haberdash, que estavam recostados num sofá de vime como se fossem três almofadas fofinhas. Marie foi atrás.

— Olha só o que eu tenho aqui — disse Imogen depois de ter certeza de que ninguém conseguiria ouvi-las. Ela mostrou a mochila aberta. A irmã espiou para ver o que havia lá dentro.

— O celular da mamãe! — disse Marie, arfando. — Ela sabe que está com você?

O cachorro mais próximo levantou a cabeça.

— Claro que não. Fala baixo. Vou emprestar para a sra. H.

Marie parecia confusa.

— O quê? Por quê? A mamãe vai te matar!

— Não vai, não. Só vai achar que deixou aqui. Ela vive esquecendo as coisas em cima da mesa. Além disso, se ela me deixasse ter um celular, a gente não estaria nessa situação.

Marie tirou o caderno de desenho de dentro da bolsa.

— E o que é que a sra. Haberdash vai fazer com um celular?

— Tirar uma foto.

— Do quê?

— Do monstro, é claro — sussurrou Imogen. — Aquele que vive aparecendo no jardim dela.

Marie contraiu os lábios num gesto de censura.

— Não sei, não, Imogen. A vovó disse que é só uma raposa, e a mamãe disse que a gente não deveria falar disso.

— E se a vovó estiver errada? E se todos eles estiverem errados? *Eles* disseram que não existe nenhuma porta na árvore. *Eles* disseram que

Miro é só um amigo imaginário. Agora estão dizendo que a sra. Haberdash está vendo coisas. Mas olha só! Você acha mesmo que a sra. H parece a pessoa estranha dessa história?

A sra. H estava ouvindo a vovó. Ela parecia calma e empertigada. Vovó estava descrevendo alguma coisa grande, gesticulando com os braços e balançando a bengala perigosamente perto dos bolos.

— Além do mais — continuou Imogen —, a gente entrou em outro mundo pelos Jardins Haberdash e agora a sra. H viu alguma coisa estranha no mesmíssimo lugar. Não acha que é coincidência demais?

— O que vocês duas estão cochichando aí? — perguntou mamãe. Ela estava carregando uma bandeja cheia de xícaras de chá e bolos.

— Nada — responderam as meninas em uníssono. Imogen fechou a mochila.

— Nada? — Mamãe riu. — E por que estou achando tão difícil de acreditar nisso?

Depois de terem comido o bolo, e quando os outros estavam ocupados fazendo carinho nos cães da sra. Haberdash, Imogen foi falar com a senhorinha. Ela empurrou o celular da mãe para o outro lado do balcão, sussurrou o plano e pediu que a sra. H não contasse a ninguém.

A sra. Haberdash passou um zíper imaginário nos lábios e falou baixinho:

— Não se preocupe, Imogen. O seu segredo está seguro comigo… Eu sei usar essas câmeras de celular. É só apontar e apertar, apontar e apertar.

— A senhora acha que vai conseguir encontrar o monstro? — perguntou Imogen.

— Vou ver o que posso fazer — respondeu a sra. Haberdash, enfiando o celular numa gaveta. — É muita gentileza da sua parte acreditar em mim. *Eles* acham que eu estou ficando biruta.

Ela apontou com a cabeça para a família de Imogen, que estava do outro lado do salão. Vovó estava dando bolo para os cachorros e Mark tentava impedi-la. O cachorro menor rosnou para ele.

— *Eles* não acreditam em ninguém — murmurou Imogen.

CAPÍTULO 6

No dia seguinte, quando todos estavam em casa, o telefone fixo começou a tocar. Mamãe atendeu a ligação e Imogen vibrou de emoção. Só *podia* ser a sra. H.

Imogen ouvia uma mulher falando do outro lado da linha e cachorros latindo ao fundo.

— Achou meu celular? — disse mamãe no telefone. — Ah, que alívio! Deve ter escorregado do bolso da minha calça... Isso... isso, obrigada, sra. Haberdash. Logo, logo estarei aí.

Ela desligou.

— Posso ir com você? — perguntou Imogen. Mal podia esperar para ver a cara da mãe quando fosse confrontada com uma foto da VERDADE.

— Claro — disse mamãe. — A vovó pode ficar com Marie.

Ela pegou o casaco e Imogen saiu pela porta da frente dando um pulinho atrás dela.

— Peguei — exclamou a sra. Haberdash assim que elas entraram na casa de chá. Imogen nunca a tinha visto tão animada.

— Pegou o quê? — perguntou mamãe.

Eita, pensou Imogen. *A sra. H vai me dedurar. Vai dizer* à *mamãe que eu dei o celular a ela.*

— Peguei o monstro — disse a sra. Haberdash.

Mamãe pegou Imogen e a puxou para perto como se pudesse haver uma raposa raivosa escondida atrás do sofá de vime.

O relógio de estrelas

— Cadê? — arfou mamãe.

A sra. Haberdash começou a rir. Riu tanto que vários cachos do cabelo se soltaram... Riu tanto que Imogen achou que ela fosse cair da cadeira motorizada.

— Não está aqui, não — disse a senhorinha quando a risada perdeu a força. — Peguei o monstro *na câmera*. — Ela abriu uma gaveta e pegou um pacote embrulhado num lenço. — Espero que não se importe. Usei seu celular... já que estava bem aqui, no balcão.

Imogen ficou observando o rosto da mãe enquanto a sra. H desembrulhava o lenço. O celular estava ali dentro e a mãe semicerrou os olhos para a tela.

— O que é isso? — perguntou Imogen. — Parece uma raposa?

— Não sei — disse mamãe. — A foto está tão escura.

A sra. Haberdash chegou mais perto.

— Como assim? — gritou ela. — É um monstro! É claramente um monstro!

Mamãe deu um zoom na foto.

— Pode ser um monte de coisa, sra. H.

Imogen pegou o celular e deu uma olhada. A imagem estava borrada. Só os olhos eram nítidos. Duas esferas emitiam um brilho néon no flash. Não era possível identificar o formato da criatura, mas Imogen pensou que dava para ver... *ali*, no cantinho da tela. Lá estava a ponta de uma garra em forma de gancho.

Um tipo de garra que ela já tinha visto antes...

— Tem certeza de que não é um sapo visto de perto? — disse mamãe.

A sra. Haberdash fez uma careta.

— Eu sei reconhecer um sapo, Catherine.

— Quem sabe não são só crianças fantasiadas para o Dia das Bruxas? As fantasias andam bem realistas hoje em dia.

— E por que crianças se esconderiam nas minhas lixeiras? — A sra. Haberdash parecia genuinamente aflita e Imogen sentiu uma pontada de empatia. Ela sabia como era a sensação de duvidarem da gente.

Os adultos não acreditam nas crianças. Também não acreditam em senhorinhas. Talvez só seja possível fazer alguém mudar de opinião quando se está na meia-idade.

— Os adolescentes vivem fazendo graça — disse mamãe, tirando o celular das mãos de Imogen e guardando-o na bolsa. — Com certeza a senhora vai se sentir melhor quando o Dia das Bruxas passar. Vou pedir para Mark vir aqui amanhã para ver como a senhora está.

No caminho de casa, Imogen pegou o celular da mãe emprestado e olhou para a foto mais uma vez.

— O monstro tem garras — disse ela —, garras grandes demais para uma raposa.

— O que você quer que eu faça, Imogen? — retrucou a mãe, exasperada. — Que eu mande chamar o exército? Tenho certeza de que a polícia recebe um montão de trotes nesta época do ano. Tenta deixar isso pra lá. Não faz bem ficar se preocupando com coisas que não existem.

Imogen semicerrou os olhos. Exército... polícia... Ela não queria nada daquilo. Eles prenderiam o monstro ou o sacrificariam. Era isso o que as pessoas faziam com as coisas das quais tinham medo.

— Apaga a foto — instruiu a mãe.

A contragosto, Imogen fez o que ela mandou, mas, mesmo assim, a sua cabeça estava a mil. Teria que encontrar outra maneira de convencê-la de que a porta na árvore existia. Mas como faria isso sem pôr o monstro em perigo?

E, o mais importante de tudo, o que é que um *skret* estava fazendo nos Jardins Haberdash?

CAPÍTULO 7

Outono veio e se foi, junto com todo aquele papo de monstros. Imogen estava ocupada demais se adaptando à escola nova para bolar mais planos. A vida estava repleta de deveres de casa e provas.

Muitas vezes, era mais fácil fingir que a porta na árvore não existia. Quando as outras crianças vinham perguntar sobre o misterioso sumiço de Imogen, ela ria, como se fosse uma piada — uma peça engraçada que tinha pregado nos adultos.

Ainda vou provar que Yaroslav é um lugar real, prometeu a si mesma. *Só estou esperando o momento certo.* Só que o momento certo nunca parecia chegar. Imogen ficou boa em fingir que não acreditava em monstros. Às vezes, ela fingia com tanta vontade que as lembranças se embaralhavam.

E, assim, o tempo foi se arrastando, pedacinho por pedacinho, hora por hora, até chegar o Natal. Imogen e Marie entraram em recesso. Imogen esperava ansiosamente por presentes e enroladinhos de salsicha. Mas, naquele ano, não ganharia nem uma coisa nem outra.

Porque o tempo parou de se arrastar. Ele estava pronto para pisar no acelerador. E todo esse fingimento de que o nosso mundo é o único que existe estava com os dias contados.

Na primeira manhã das férias de Natal, mamãe pôs Imogen e Marie dentro do carro. Ela saiu da cidade, dirigindo em direção à Mansão Haberdash, mas elas passaram zunindo pela placa da casa de chá.

— A gente não está indo ver a sra. Haberdash? — perguntou Marie.

— Surpresa! — exclamou mamãe. — A gente vai para um hotel chique! Fica na mesma rua da casa de chá. Já fiz as malas de vocês.

Imogen olhou da mãe para Marie. Ela nunca tinha dormido num hotel. Porém, já tinha lido sobre eles, então sabia o que esperar.

— Mas eu achei que os hotéis serviam para as viagens — disse ela —, e a gente não está tão longe assim de casa.

— É um presente de Natal especial de Mark — respondeu a mãe, como se isso explicasse tudo. — Não se esqueçam de agradecer a ele.

Mamãe estacionou o carro em frente a um prédio com fachada de vidro. A placa na entrada dizia:

Bem-vindo ao Vitória-Régia
Spa – Restaurante – Hotel

Ao lado das palavras havia a imagem de um sapo com uma toalha enrolada na cabeça e unhas compridas e bem-feitas.

— Por que a gente vai ficar aqui? — perguntou Imogen. — O que vamos ficar fazendo?

Com um pouco de esforço, a mãe tirou as bagagens do porta-malas.

— Relaxar! — respondeu ela, com um sorriso meio doidinho. — A gente veio relaxar!

— A gente pode desenhar também? — perguntou Marie.

— Claro que pode — disse a mãe. — Botei papel e lápis na mala, e estamos bem perto dos Jardins Haberdash. Aliás… vou deixar Mark revelar o plano.

Imogen queria saber qual era "o plano" imediatamente, mas mamãe já estava caminhando decidida em direção ao hotel. As meninas foram atrás.

— Aqui é superbadalado — sussurrou a mãe quando as portas automáticas se abriram.

Havia uma gigantesca árvore de Natal no saguão. Mamãe foi falar com a recepcionista enquanto Imogen inspecionava a árvore. Era de mentira. Os presentes embaixo dela também eram.

O relógio de estrelas

— Não pode entrar criança no spa depois das seis — disse a recepcionista ao entregar as chaves dos quartos para mamãe.

Marie mexeu num interruptor e as luzinhas da árvore começaram a piscar.

— Marie! — sibilou a mãe sem se virar. Como ela pôde ter visto aquilo se estava de costas? Mamãe parecia estar sempre de olho ultimamente.

Um carregador do hotel veio e pegou as malas enquanto mamãe dava uma olhada no celular.

— Mark reservou uma mesa para a gente — disse ela. — Vocês são muito sortudas, né? Não é toda criança que almoça no Vitória-Régia.

A recepcionista lhes deu as instruções para chegar ao restaurante, e Imogen viu que a mãe tinha razão. Todos os outros clientes eram adultos. Não pareciam estar se divertindo muito. Uma mulher de vestido longo encarava o garçom. O companheiro dela encarava o bar. Um casal de idosos beliscava a comida em silêncio, como se estivessem sentados em cômodos diferentes — ou, quem sabe, universos diferentes.

— Cathy — chamou Mark do outro lado do salão. — Aqui! Espero que não se importe, mas já fiz o pedido. — Ele se virou para as meninas. — Olá, mocinhas. Vocês estão lindas!

Imogen fez cara feia e se sentou.

Em seguida, Mark começou a falar do próprio trabalho. Mamãe pegou o vinho. Imogen ficou olhando pela janela. Um homem empurrava folhas secas com um soprador. Imogen desejou estar ali fora. Até brincar com folhas mortas era mais divertido do que aquilo.

— Precisamos inovar — prosseguiu Mark. — É o digital ou a morte. Foi o que eu disse ao conselho.

Um garçom apareceu. Ele carregava quatro pratos com pilhas de legumes coloridos cortados em quadradinhos organizados.

— Ei, Imogen — disse Mark enquanto o garçom servia os pratos. — Como vão as coisas? Aprendeu algum fato científico novo?

— Hum, aprendi. — Imogen olhou para os legumes em forma de cubo.

Mark tirou um vaso da frente para que pudesse ver o rosto dela.

— Que tal compartilhar com a gente?

— Estou estudando como as estrelas morrem — disse Imogen. — As grandonas explodem e tudo o que sobra é um buraco negro, e o buraco negro come tudo. Até os planetas. Até a luz.

— Impressionante — comentou Mark, sem parecer impressionado.

— Como é que um buraco pode comer luz? — perguntou Marie.

— Ninguém sabe o que tem dentro de um buraco negro — respondeu Imogen. — Pode ser só caos. Pode ser um portal para outro mundo. — Ela lançou um olhar profundo para Mark.

Ele respondeu, falando mais baixo:

— E como vão as outras coisas? Sabe... a terapia?

— A dra. Saeed disse que fica só entre nós duas — retrucou Imogen.

— Você também pode falar com a gente — disse mamãe. — Estaremos sempre prontos para ouvir.

Imogen enfiou os legumes na boca para ganhar um pouco de tempo. Só estava fazendo terapia para deixar a mãe feliz. Não tinha nada que precisasse ser tratado. Ela mastigou os legumes bem devagar.

— Está indo bem — respondeu. — Estou bem.

— E você? — Mark perguntou a Marie. — O que você disse à terapeuta?

Marie olhou para mamãe e ela abriu um sorriso encorajador.

— Eu disse que ela não precisava ter medo dos skrets — disse Marie. — Eles não são tão maus quanto parecem.

— Certo — falou Mark com um suspiro. — Então ainda estamos presos na história da Terra do Faz de Conta. — Ele estalou os dedos e o garçom trouxe mais vinho.

Terra do Faz de Conta. Imogen sentiu alguma coisa se agitar dentro dela. Tinha esquecido que Mark usava aquele nome.

— Não morde a isca — murmurou consigo mesma, dando uma garfada numa fileira de legumes quadradinhos.

CAPÍTULO 8

— **V**ocês sabiam — disse Mark — que os Jardins Haberdash ficam do outro lado daquela cerca viva? — Ele apontou o queixo em direção à janela do restaurante. Era difícil acreditar. O terreno do hotel parecia tão vazio, tão… arrumadinho.

— A dra. Saeed disse que deveríamos levar vocês no jardim de novo — prosseguiu Mark. — Ela acha que pode destravar as lembranças do verão passado… quer dizer, as verdadeiras lembranças.

Mas aquelas são as verdadeiras lembranças, pensou Imogen.

— Poderíamos simplesmente ter feito uma visita durante o dia, mas achei que passar um tempinho relaxante num spa faria bem a vocês. À mãe de vocês também. E esse lugar não é maravilhoso? Tem as melhores partes do campo, só que sem nenhuma lama.

— Não precisam se preocupar — disse a mãe. — Vamos estar com vocês no jardim o tempo todo. A dra. Saeed também. Ela vai encontrar a gente pela manhã.

Imogen queria *mesmo* visitar o jardim… mas não daquele jeito. Não como se fosse um tipo de experimento. O que eles achavam que ia acontecer? Que ela ia admitir sem mais nem menos que tinha mentido? Que tinha inventado a porta na árvore? A dra. Saeed bem que podia pegar as ideias dela e… O próximo prato chegou, interrompendo os pensamentos de Imogen. Havia uma carne cinzenta com um molho em espiral e uma pilha de batatas fatiadas.

— Aposto que vocês nunca comeram um almoço de três pratos antes — disse Mark.

Marie inclinou a cabeça.

— Quando a gente estava na casa de Miro, a gente tinha jantares de sete pratos.

Imogen espetou a torre de batata e ela despencou, espirrando molho na toalha de mesa. Mamãe olhou feio para ela.

— O que é *isso*? — sussurrou Imogen, cutucando a carne com o garfo.

— Vitela — disse mamãe. — Você vai gostar.

— O que é vitela? — perguntou Marie.

— Uma vaca novinha — disse Mark. — Tem uma textura macia muito boa. É bem cara.

Ele cortou um pedaço e o enfiou na boca.

Imogen mudou o vaso de lugar na mesa para não ter que ver Mark mastigando.

— Sou vegetariana — exclamou Marie.

— Não é, não — disse mamãe. — Prova um pedacinho.

Imogen voltou a olhar pela janela. O homem do soprador já tinha ido embora, mas havia uma mariposa cinzenta voando pelo gramado. A menina pulou da cadeira.

— Olha! — disse ela, arfando, e, na empolgação, acabou derrubando o vinho da mãe.

— Ah, Imogen! — exclamou mamãe.

— Vocês estão perdendo! — disse Imogen. — Estão perdendo a mariposa!

Os adultos fizeram um fuzuê por conta do vinho derramado, mas Imogen precisava fazer com que eles vissem. Talvez fosse a sua única chance! Ela subiu na cadeira.

— A mariposa das sombras está *bem ali* — gritou.

Então todo mundo olhou: a mulher de vestido longo, o casal de idosos, o garçom perto do bar. Mas eles não estavam olhando pela janela. Estavam encarando Imogen.

A mariposa flutuou e desceu com o vento. Não parecia mais uma mariposa.

— *Mademoiselle* — disse o garçom, tocando o braço de Imogen.

— Imogen Clarke! Desça já daí! — gritou a mãe.

— Mas a minha mariposa! — Imogen abaixou a mão. A mariposa dela era bem parecida com uma folha. — Ela estava bem ali…

— Ela está totalmente descontrolada — murmurou Mark, balançando a cabeça, incrédulo.

Imogen desceu da cadeira. Sabia que ia se dar mal. O garçom apontou para a carne cinzenta boiando no vinho.

— A *mademoiselle* gostaria de outro bife de vitela?

— A *mademoiselle* vai para o quarto dela — disse a mãe.

Imogen deu uma última olhada para a janela antes de sair do restaurante.

CAPÍTULO 9

Imogen passou a tarde inteira no quarto do hotel. Dali era possível ver os Jardins Haberdash. Árvores com formatos esquisitos se erguiam por trás da cerca viva bem-cuidada do hotel. Ervas daninhas forçavam caminho pela parte de baixo. Os Jardins Haberdash estavam tentando se expandir.

Mamãe não parava de aparecer na porta. Ela sempre inventava uma desculpa, mas Imogen sabia o que realmente estava acontecendo.

— Como é que alguém poderia me raptar aqui? — reclamou. — Este lugar é quase uma prisão.

— Se precisar de mim é só ligar — avisou a mãe. — Tem um telefone aí do lado da cama.

— Não sei o seu número — retrucou Imogen.

— Tudo bem — disse a mãe com um suspiro, oferecendo o celular. — Pode ligar para Mark com o meu telefone… Não gosto de deixar você de castigo, Imogen, mas não podemos continuar desse jeito.

Imogen pôs o celular no bolso.

Marie veio se juntar a ela e as duas passaram um tempinho desenhando em silêncio. Imogen tentou desenhar a mariposa das sombras, mas não estava conseguindo fazer as antenas direito. Marie a copiou e, de alguma forma, a imitação saiu melhor do que o de Imogen.

Depois, a caçula saiu para jantar com os adultos e Imogen ficou sozinha no quarto. Ela amassou o desenho e o jogou no lixo, mas não se sentiu melhor com isso.

Mais tarde, quando mamãe voltou, Imogen fingiu que estava dormindo. Dava para ouvi-la conversando com Mark perto da porta.

— Talvez seja melhor acordá-la — disse a mãe. — Ela vai ficar com fome se não fizer pelo menos um lanche.

— Pode ser bom para ela — respondeu Mark. — Talvez isso faça com que pense duas vezes antes de mentir.

Imogen tentou não fazer careta. Aquilo a entregaria. Ninguém faz careta enquanto dorme.

— Ela não está mentindo — cochichou a mãe. — A dra. Saeed disse que as meninas realmente acreditam no mundo alternativo delas. Talvez seja o jeito que elas encontraram de lidar com… seja lá o que tenha acontecido de verdade.

Silêncio.

— Sabe, Cathy, a polícia ainda não encontrou nenhuma evidência de que elas foram sequestradas. É possível que tenham simplesmente fugido.

— Mas por que fugiriam? Elas não têm motivo para isso. — A voz da mamãe parecia frágil, e Imogen sentiu vontade de abraçá-la.

— Amor, a gente já conversou sobre isso — disse Mark. — Não é culpa sua. A fuga, as invencionices… são coisas que as crianças fazem para testar os limites.

— Não os meus limites. Não as minhas filhas.

— Tudo bem — disse Mark. — Não as suas filhas… Vamos descer para tomar um drinque?

A porta se fechou com um clique e Imogen ficou paradinha enquanto ouvia os passos se afastando. Ela odiava Mark. Odiava mais do que já tinha odiado qualquer um.

Imogen pegou o telefone do hotel e ligou para a recepção, igual tinha visto nos filmes.

— Aqui é do quarto vinte e oito — disse ela, usando a voz mais adulta que conseguia fazer. — Gostaria de pedir serviço de quarto.

— Pois não — respondeu a mulher do outro lado da linha. — Do que a senhora gostaria?

— Torta de maçã, jujubas e milk-shake de banana.

A mulher hesitou… só por um instante.

— Sem problema — disse ela. — Gostaria de pagar agora ou posso incluir na conta do quarto?

Imogen estreitou os olhos. Mark que ia pagar. Afinal de contas, era o "presente" dele.

— Pode pôr na conta do quarto — respondeu.

CAPÍTULO 10

Naquela noite, Imogen teve um sono leve. Foi acordada de madrugada por um som ruidoso e deu uma olhada ao redor do quarto de hotel. Luzes piscavam na TV e na cafeteira. O barulho vinha lá de fora, então ela desceu da cama e foi andando na ponta dos pés até a janela.

Ali estava a lua, como um sorriso meio de lado, e a cerca viva que separava os Jardins Haberdash do hotel. As luzes de Natal brilhavam nas árvores do Vitória-Régia e havia holofotes no pátio, mas os Jardins Haberdash estavam no escuro.

Alguma coisa se mexeu ali fora, atrás do restaurante. Imogen colou o rosto na janela para tentar ver melhor. Uma lata de lixo reciclável tinha caído. Ouviu-se mais um barulhão e uma lixeira tombou, espalhando sujeira pelo pátio.

Marie se juntou à irmã na janela.

— O que está acontecendo? — perguntou.

— Tem alguma coisa bagunçando as lixeiras — disse Imogen.

Marie semicerrou os olhos na direção do terreno bem-cuidado.

— Está ali… olha! — Imogen apontou para uma sombra agachada ao lado da lixeira virada. A coisa estava rasgando sacos de lixo com garras do tamanho de uma faca de cozinha. Não tinha nenhum pelo e os braços eram fortes, com músculos que pareciam cordas torcidas.

— Não é uma raposa — sussurrou Marie.

O monstro lutou com uma carcaça de galinha, puxando as patas até arrancá-las do corpo. Ele se virou e levou um osso à boca. Imogen o reconheceu assim que viu as presas enormes.

— É o Zuby! — exclamou. Ela pegou o suéter e o passou pela cabeça.

— O que será que ele está fazendo aqui? — perguntou Marie.

Imogen vestiu o casaco, a calça jeans e os sapatos e enfiou o celular da mãe dentro do bolso.

— Não sei — respondeu. — Vou perguntar a ele. — Ela já estava passando pela porta.

— Espera aí! — exclamou Marie, pegando a própria calça jeans e o casaco. — Eu vou também!

As irmãs atravessaram o corredor do hotel e desceram as escadas. Havia uma moça sentada atrás do balcão da recepção, de costas para as meninas. Imogen levou o dedo aos lábios, indicando que Marie deveria ficar quieta. Então, ela se pôs de quatro e passou engatinhando na frente do balcão. Marie foi atrás. Estavam fora do campo de visão da mulher, perto demais para serem vistas.

Imogen se deteve perto da saída do hotel. Caso acionasse os sensores das portas automáticas, a mulher seria obrigada a olhar. Ela ligaria para a mamãe e aí as duas estariam *muito* enrascadas.

Então ela tirou o celular da mãe de dentro do bolso e pesquisou "Vitória-Régia". O site do hotel apareceu na tela. Imogen clicou no botão de chamar e o telefone da recepção começou a tocar. A recepcionista se virou para atender.

— Alô, aqui é Eve do Vitória-Régia. Como posso ajudar?

Imogen aproveitou a deixa. Ela se levantou de um salto. As portas automáticas se abriram. Imogen e Marie saíram correndo.

— Alô, tem alguém aí? — disse a voz da recepcionista pelo celular da mamãe. Imogen desligou. Estava sorrindo de orelha a orelha. Já fazia um tempinho que não se divertia tanto.

As irmãs deram a volta de fininho pelo hotel até chegarem ao restaurante. O lugar estava silencioso.

— Cadê ele? — sussurrou Marie.

Ali havia embalagens plásticas despedaçadas e ossos de galinha arrancados da carne. Os holofotes do pátio e os pisca-piscas de Natal iluminavam o cenário.

O relógio de estrelas

— Zuby? — chamou Imogen, olhando por trás de uma lixeira que estava de pé. — Zuby, é você?

Ouviu-se um farfalhar no canteiro. As garras surgiram primeiro, seguidas de um corpo cinza-claro e uma careca.

— Humaninhas? — disse uma voz áspera bem familiar.

E Zuby se pôs diante delas com uma expressão maravilhada.

CAPÍTULO 11

— Humaninhas! — repetiu o skret com a voz rouca. — O que vocês estão fazendo aqui?

— O que *a gente* está fazendo aqui? — disse Imogen. — A gente mora aqui.

Zuby encarou o hotel.

— Vocês moram naquele palácio?

— Não, não. Não no hotel. Mas a gente mora neste mundo. O que é que *você* está fazendo aqui?

Zuby coçou a cabeça. Havia algo muito parecido com maionese na ponta da garra dele.

— O Král descobriu que eu libertei prisioneiros sem o consentimento dele e… bom, normalmente, quem comete esse tipo de traição vira picadinho.

— Quando você diz "prisioneiros", está falando da gente? — perguntou Marie.

O skret assentiu.

— Ah, Zuby, eu sinto muito! — exclamou ela.

Imogen relembrou as aventuras do verão. Não tinha se dado conta de que Zuby se daria tão mal por libertá-las.

— O Král foi muito compreensivo — prosseguiu o skret. — Como punição, ele me mandou para o exílio. Mas já era tarde demais para atravessar as montanhas. Quando cheguei à passagem, as nevascas de inverno tinham começado mais cedo. Tinha muita neve. Eu mal conseguia ver minhas próprias garras… A mariposa cinza me encontrou bem na hora.

Para além das montanhas

O pulso de Imogen acelerou.

— A mariposa das sombras trouxe você aqui?

— Ela me levou até a Porta Oculta, e estou escondido nos arbustos desde então. — Zuby apontou para os Jardins Haberdash.

Imogen olhou de relance para os ossos de galinha e o pote de maionese.

— Zuby, há quanto tempo você anda comendo esse lixo?

— Lixo? — gritou o skret. — Estou levando uma vida de Král! Tem tesouros de todo tipo nesses potões altos.

— Não são potes! — disse Imogen, alarmada. — São lixeiras. Você não devia comer o que tem aí dentro.

— Por que não? Tem muitos nutrientes. — Zuby pegou a carcaça de galinha pela pélvis. — Esse bebê velecour me rendeu um lanche maravilhoso. Carne macia e sal na medida.

Uma lanterna emitiu um clarão do outro lado do restaurante.

— Rápido — disse Imogen. — Tem alguém vindo. — As irmãs empurraram o skret para as sombras e se agacharam. A cerca viva se eriçou nas costas de Imogen.

— Eles vão encontrar a gente — lamentou-se Marie quando a lanterna iluminou as lixeiras.

— Não vão, não — disse Zuby. — Eu entrei por aqui. — Ele passou de costas por um buraco na cerca viva.

— Tem alguma coisa no lixo — disse uma voz adulta. — Inferno de raposas.

Dois seguranças se aproximaram lentamente. Um deles chutou o saco de lixo rasgado.

— Bom, eu é que não vou limpar isso — murmurou.

— Elas entram por ali — disse o outro guarda. — Por baixo da cerca viva.

Imogen já estava atravessando o buraco às pressas atrás de Zuby e entrando nos Jardins Haberdash.

— Vem, Marie — sibilou ela.

A voz dos guardas estava ficando mais alta. Marie engatinhou pela abertura e se escondeu perto do skret.

O relógio de estrelas

A grama alta roçou no rosto de Imogen. Ela ficou paradinha, já que os homens estavam perto — do outro lado da cerca, na parte do hotel —, e qualquer movimento poderia denunciá-la. As lanternas dos homens projetaram sombras pelos galhos. Imogen tentou se encolher.

— Vou mandar Jim bloquear o buraco de manhã — disse um guarda.

— Jim? — exclamou o outro. — Com aquelas costas dele?

Os olhos de Marie brilhavam na escuridão. Os de Zuby estavam praticamente acessos.

— Eu não vou consertar a cerca viva — bufou o homem. — Isso é trabalho de jardinagem. Nada a ver comigo.

As vozes desapareceram.

Quando Imogen teve certeza de que os homens já tinham ido embora, arrastou-se para perto de Zuby. Ele estava agachado, com os joelhos na altura das orelhas e as presas saindo da boca.

Imogen não sabia se a mãe tinha falado sério a respeito de chamar o exército para resolver a questão do monstro da sra. Haberdash, mas, de qualquer maneira, não queria que Zuby fosse capturado neste mundo.

— Você não pode ficar aqui — sussurrou ela. — Se as pessoas te encontrarem, vão botar você num zoológico… ou, pior ainda, num museu.

— O que é um mozéu? — perguntou Zuby.

— É tipo uma prisão — respondeu Marie. — Só que você nunca sai.

— Eu não ia ficar muito tempo por aqui — disse o skret com sua voz rouca. — Só até a primavera, quando é seguro atravessar as montanhas.

Imogen podia ver as luzes de Natal do hotel por trás da cerca viva.

— Mas o inverno acabou de começar.

— O mundo de vocês é regido por estrelas diferentes — disse Zuby. — Era final de outono quando saí da Floresta Kolsaney, mas quando cheguei aqui já estava no fim do verão. — Ele fez as contas nas garras.

— Então, se estamos no início do inverno de vocês, deve ser primavera lá em casa. Não tem nevasca na primavera, nem mesmo nas montanhas.

Imogen pensou ter visto um borrão de asas.

— Só tenho que esperar a mariposa aparecer — disse o skret.

O prateado cintilou no escuro atrás dele. Imogen não ousou criar expectativas. Seria mesmo sua mariposa ou apenas uma criação da sua cabeça esperançosa?

— A Mezi Mŭra vai chegar quando for a hora — prosseguiu Zuby. — Não dá para invocar essa espécie de mariposa. Podemos pedir que nos ajudem quando as vemos, mas elas gostam de fazer as coisas do jeito delas.

A mariposa das sombras voou em círculos acima da cabeça de Zuby, dando-lhe uma auréola embaçada.

— Mas, Zuby, ela está aqui! — exclamou Imogen.

O skret olhou para o céu.

— Ah! — disse ele. — É você!

CAPÍTULO 12

Imogen queria gritar de alegria, mas estava com medo de chamar a atenção dos seguranças, então se segurou. A mariposa dela! A mariposa dela, com as antenas emplumadas e o belo corpo aveludado. A mariposa que Mark disse que não era real. Estava bem ali, pousada na garra de Zuby.

— As asas dela são tão lindas — comentou Marie, inclinando-se para a frente.

As asas da mariposa tremeram quando Marie expirou. Normalmente, Imogen teria mandado a irmã dar um pouco de espaço para o inseto, mas ela estava tão feliz!

— Ninguém acredita na gente — disse ela, em parte para Zuby e em parte para a mariposa. — Ninguém acredita que existe uma porta numa árvore. A polícia tentou encontrar, mas não conseguiu.

— Que bom — respondeu o skret. — A Porta Oculta deve se esconder dos humanos.

— Por quê? — perguntou Marie. — A porta não se escondeu da gente.

— Agradeçam à mariposa por isso — falou Zuby. — Só a Mezi Můra consegue fazer a espécie de vocês enxergar a porta. Sem querer ofender, mas imaginem só o que aconteceria se um monte de humanos ficasse pulando de um mundo para o outro. Teríamos guerras, doenças e sabe-se lá mais o quê. A porta foi construída pelos skrets para cobrir uma fenda entre os mundos, um arranhão no tecido do tempo. O portal nunca *deveria* existir.

— Mas existe — disse Imogen —, e como é que você sabe o que deveria ou não acontecer?

A mariposa rastejou pela garra de Zuby, subindo pelo braço até chegar ao ombro.

— Por favor, não se ofenda — disse o skret. — Fico muito feliz que a mariposa tenha aberto uma exceção para vocês. Mas foi só isso: uma exceção. Não vai acontecer de novo.

Era como se a mariposa estivesse voando dentro da barriga de Imogen. Ouvir que não aconteceria de novo só a fazia querer mais. Estava cansada de fingir. Cansada de lhe dizerem o que era ou não real — o que podia ou não fazer.

Além disso… tinha acabado de ter uma ideia brilhante.

— E se a gente fosse com vocês? — perguntou Imogen, disparando as palavras. — E se todos nós entrássemos pela porta na árvore?

A mariposa escalou o pescoço de Zuby até chegar ao rosto. Acomodou-se entre as narinas, abrindo e fechando as asas como se fosse um ventilador em miniatura.

— Da última vez que eu a vi, você estava louca para voltar pra cá… para estar em casa — disse o skret. — Por que você sempre quer estar em outro lugar?

— Pois é — exclamou Marie, alarmada. — Não podemos ficar presas em Yaroslav de novo! Perderíamos o Natal!

A mariposa estava na cabeça de Zuby àquela altura. Parecia prestes a levantar voo.

— Não será como na última vez — disse Imogen, já incrivelmente animada. — Zuby pode atravessar as montanhas e ir para um lugar seguro, e a gente vai deixar a porta aberta para ela não bater. Vai ser só um minutinho. — Ela tirou o celular da mamãe de dentro do bolso. — E então podemos tirar fotos usando *isso aqui*. Provas fotográficas. Não tem como argumentar. Aí a mamãe vai *ter* que acreditar na gente! Não vamos deixá-la encontrar a porta, não se preocupe. Só vamos provar a ela que existe!

A mariposa foi embora da cabeça de Zuby.

— Sigam aquela mariposa! — declarou Imogen, correndo para a escuridão.

— Esperem por mim! — gritou Marie.

— Humaninhas — chamou Zuby ao correr atrás delas. — Acho que não é uma boa ideia!

CAPÍTULO 13

Não havia nenhuma placa indicando a Imogen que ela estava invadindo uma propriedade privada. Não naquele canto da Mansão Haberdash. Mas, mesmo assim, a menina sabia que era isso que estavam fazendo.

A grama estava alta. Os arbustos estavam compridos. As folhas mortas ficavam onde caíam. Aquela era a terra das corujas, das raposas e dos corvos. E, nos últimos meses, também tinha sido o lar de Zuby.

— Tomem cuidado aqui — disse o skret. — O chão fica meio lamacento.

Imogen acendeu a lanterna do celular da mamãe, iluminando o caminho para ela e Marie. Zuby enxergava no escuro e não precisava daquele tipo de "magia".

— Promete que a gente não vai ficar mais do que um minuto — pediu Marie, ofegante.

— Prometo — disse Imogen sem se virar.

— Promete que a gente não vai deixar a porta se fechar depois de entrar.

— Prometo! — respondeu Imogen.

— E prometam que não vão mostrar o caminho para outros humanos — gritou Zuby. — Mesmo que vocês o conheçam, mesmo que a mariposa volte, é muito importante que a porta continue escondida.

— Já prometi isso! — disse Imogen com uma risada. — Só vou mostrar as fotos para a mamãe, não o lugar de verdade.

O relógio de estrelas

Imogen pensou ter ouvido um som atrás deles, mas, ao se virar, não havia nada ali — só vegetação rasteira e sombras. Ela deu de ombros e seguiu em frente; a irmã e o skret vinham logo atrás.

Chegando no rio, pararam. A mariposa das sombras já estava voando por cima da água, as asas prateadas brilhavam no meio da noite. Zuby foi na frente. Ele passou correndo por uma árvore morta que tinha caído atravessada no rio.

Zuby cruzou a ponte improvisada engatinhando, com as garras cravadas na casca da árvore. Imogen tinha se esquecido de como as garras dos skrets eram afiadas. Por mais que soubesse que Zuby era seu amigo, sentiu um leve calafrio de medo.

A luz do celular não iluminava o outro lado do rio, mas Imogen ouviu Zuby aterrissar. Ela subiu nas raízes da árvore caída. Os movimentos dela eram rápidos, impacientes. Mal podia esperar para ver a cara da mãe quando lhe mostrasse as fotos. Mal podia esperar para provar que Mark estava errado.

Eles não poderão ignorar uma foto da Floresta Kolsaney, pensou Imogen ao avançar devagarinho pelo tronco. Dava para ouvir a respiração de Marie logo atrás. *Vou tirar uma bela foto de Zuby também. Depois que ele já não estiver mais no nosso mundo, não vai fazer mal.*

Imogen pulou da árvore, pisando com força na terra congelada. Parecia mais frio ali — no lado selvagem do rio. As plantas aguardavam debaixo da terra, bem escondidas em seus bulbos. As árvores se faziam de mortas para sobreviverem ao inverno.

Imogen ajudou Marie a descer do tronco caído, depois voltou a atenção para a mariposa. Ela voava apressada em volta da cabeça de Zuby.

— Não se preocupe, já estou indo — avisou o skret com sua voz chiada e crepitante, e todos eles seguiram em frente mais uma vez.

Quando Imogen olhou de relance para trás, para conferir se Marie estava dando conta de acompanhá-los, pensou ter visto alguma coisa nos arbustos.

— O que foi aquilo? — sibilou ela, apontando a lanterna do celular

Para além das montanhas

da mãe. Marie semicerrou os olhos para encarar a escuridão. Zuby ergueu as garras, pronto para atacar.

Tudo ficou silencioso.

E, então, um pombo surgiu da hera. Depois de bater as asas em pânico algumas vezes, o pássaro desapareceu.

— Que bicho tolo, cinzento e rechonchudo — murmurou Zuby. — Se bem que a carne é ótima e suculenta.

Imogen abriu a boca, mas não deu tempo de perguntar a Zuby se ele realmente comia pombos. A mariposa das sombras estava fugindo. O skret disparou atrás dela e as meninas o seguiram.

A mariposa os levou até uma árvore enorme. Imogen a reconheceu na mesma hora, mesmo que estivesse sem nenhuma folha. Havia uma porta no tronco. Era da altura certinha para um skret. Também era da altura certinha para uma criança humana.

O coração de Imogen acelerou.

Zuby tirou as folhas da soleira, fazendo as garras de ancinhos.

— Eu realmente não acho uma boa ideia vocês virem comigo — alertou ele. — A Mezi Můra não veio aqui por vocês... não dessa vez.

A mariposa rastejou até o buraco da fechadura e as asas cintilaram com a luz do celular.

— O que podemos fazer para manter a porta aberta? — perguntou Imogen.

Marie pegou um graveto bem grande.

— Que tal isso aqui?

— Vai servir. Dá um sorriso para a câmera.

Flash! Imogen tirou uma foto da irmã e do skret. Zuby não estava sorrindo. Ele parecia mais monstruoso do que nunca.

— Perfeito — disse Imogen.

A mariposa recolheu as asas e se esgueirou pelo buraco da fechadura.

— Tem certeza de que vai ficar tudo bem? — perguntou Marie, mordendo o lábio inferior.

— Não sei o que poderia dar errado — respondeu Imogen.

Zuby levou a mão à maçaneta e abriu a porta. Em seguida, entrou num clarão de verde.

— E se… — começou Marie, mas Imogen não estava ouvindo. Ela tirou uma foto da porta e entrou.

CAPÍTULO 14

A floresta do outro lado da porta era a coisa mais verde que Imogen já tinha visto. Era como estar dentro de uma esmeralda. A luz do sol atravessava as folhas novas e o canto dos pássaros tomava conta do ambiente.

Marie colocou o graveto na porta, tomando cuidado para deixá-lo na posição certinha.

Imogen esperou os olhos se ajustarem à claridade. Em seguida, começou a tirar fotos com o celular da mãe. *Clique!* Ela fotografou as árvores e seus botões. *Clique!* Uma foto de Zuby, olhando feio para um formigueiro.

A menina estava se sentindo ótima. Sentia-se triunfante. *Vamos ver o que Mark vai achar disso!*

Ela tinha fotos da primavera que foram tiradas no inverno, fotos de um skret e de uma porta numa árvore, fotos de uma floresta nos Jardins Haberdash — um lugar em que não deveria existir floresta alguma.

Talvez aquilo pudesse atrair o interesse de jornalistas. Talvez elas mostrassem as fotos em uma reunião da escola. Era bom Imogen começar a treinar o seu autógrafo. Mas por mais que ela ficasse famosa, não se esqueceria da sua promessa. Não contaria a localização da porta a ninguém.

Ela se virou para capturá-la daquele ângulo novo e empolgante. E bem ali, atravessando a soleira, havia um homem de terno. Ele precisou se curvar para passar pela entrada.

Imogen abaixou o celular da mãe.

O homem estava tão ocupado encarando a floresta que acabou não olhando para baixo e tropeçou no graveto de Marie.

Zuby se atirou para a frente. Imogen deu um grito. Mas nenhum deles conseguiu impedir que o graveto voasse longe. O homem entrou aos tropeços na floresta, com as mãos estendidas e a boca aberta.

Atrás dele, a porta bateu.

O som ecoou pelas árvores — *bam, bam, BAM!* —, como vinte portas se fechando em uma sequência rápida.

O homem ficou estatelado no chão. Mesmo de bruços, ele era inconfundível. Os sapatos esportivos. O paletó desconfortável.

Mark virou de lado e grunhiu.

— Quem foi que pôs aquele graveto ali? — murmurou ele.

CAPÍTULO 15

Marie foi correndo até a porta, mas Imogen já sabia que estaria trancada. A terrível sensação de certeza a prendia no lugar. Marie puxou a maçaneta e deixou escapar um lamento.

Imogen fechou os olhos com força, tentando se transportar de volta ao hotel. *Só algumas fotos. Só um minutinho.* Por que as coisas nunca saíam conforme o planejado?

Ela abriu os olhos. Mark ainda estava no chão. Ele murmurou alguma coisa antes de levantar a cabeça e olhar em choque para a floresta cor de esmeralda.

— Isso é algum tipo de... pegadinha? — indagou.

Imogen se perguntou por que Mark ainda estava de terno. Não era o tipo de roupa que alguém vestiria depressa caso acordasse no meio da noite... Será que não tinha ido dormir?

Mark se levantou com movimentos lentos.

— Ah, entendi — disse ele. — É realidade virtual; uma espécie de floresta cibernética! Ninguém mencionou *isso* no folheto do hotel.

Marie estava correndo entre as árvores.

— Volta aqui! — gritou em direção à folhagem. Mas a mariposa das sombras já havia desaparecido.

— É tão realista! — murmurou Mark. Ele encostou no musgo em um galho, inspecionou a sujeira na camisa. Franziu a testa até ficar carrancudo. — Tudo bem, Imogen — disse ele por fim. — Você já teve o seu momento de diversão... O que está acontecendo?

Imogen só sacudiu a cabeça. Já tinha contado a verdade a Mark e ele a chamara de mentirosa.

— Você não pode deixar a gente aqui! — gritou Marie. — De novo, não! — Ela ainda estava procurando a mariposa.

— Está tudo bem — disse Imogen, voltando-se para o skret. — Zuby vai fazer a mariposa voltar, não vai?

Zuby abriu a boca para responder.

— Meu Deus! — exclamou Mark. — O que é isso? — Ele correu para proteger as meninas, abrindo bem os braços. — Afaste-se — gritou para Zuby.

O skret levantou as mãos para mostrar que não tinha más intenções, mas a visão daquelas garras só fez o pânico de Mark crescer. Ele pegou uma pedra.

— Afaste-se ou vou acertar a sua cabeça!

— Não! — gritou Imogen. Ela tentou arrancar a pedra da mão de Mark.

— Está tudo bem — disse Zuby. — Não precisa ter medo.

Mark abaixou a pedra... só um centímetro.

— Mas o que... Ele falou?

— Prazer em conhecê-lo — cumprimentou o skret com uma reverência.

— O nome dele é Zuby — disse Imogen. — Ele é nosso amigo!

Ela não conseguia interpretar a expressão no rosto de Mark. Descrença? Raiva? Medo?

— Eu devo estar sonhando — comentou, por fim. — Uma porta numa árvore? Um monstro que fala? Nada disso é real. — Ele apontou para Imogen e Marie. — *Vocês* não são reais!

Imogen ficou olhando num silêncio atordoado. Como era possível que ele ainda não acreditasse?

— Eu não sou um sonho — disse Marie. — Sou uma menina!

Mark deu uma risada vazia.

— É exatamente isso o que Marie diria... Eu nunca gostei de crianças. Nunca entendi o propósito, mas quando conheci Cathy, pensei: o que custa tentar?

Para além das montanhas

Ele vagou até a porta e desabou diante dela, afrouxando a gravata.

— Me esforcei tanto... Fiz tudo o que passou pela minha cabeça para conquistar aquelas crianças. E o que foi que eu ganhei em troca?

— Mark, não pode se sentar aí — avisou Imogen. — Está bloqueando a porta.

— Não — disse Mark, olhando diretamente para Imogen. — Não tem nada da delicadeza de Cathy nela. Ô coisinha raivosa e desagradável. Deve ter puxado o pai... Bom, eu desisto. Não é culpa minha que ele tenha se cansado de vocês, suas pestes.

Para Imogen, aquelas palavras foram como um tapa. Por um instante, ela ficou parada, em choque. Então a raiva irrompeu em seu peito. Mark não deveria dizer coisas daquele tipo — não deveria dizer coisas sobre o pai dela. Ela estava prestes a explodir quando viu Marie.

O rosto da irmã tinha perdido toda a cor.

— O papai foi embora por nossa causa?

Imogen reprimiu a própria raiva. Aquele não era o momento de explodir. Não queria que Marie ficasse chateada, então teria que dar um jeito de distraí-la.

— Mark, levanta daí — esbravejou.

— Acho que vou ficar de fora dessa, se você não se importar — respondeu ele. — Estou esperando o sonho acabar.

— Quem é ele? — perguntou Zuby, coçando a cabeça.

— É Mark — disse Imogen. — Ele é amigo da nossa mãe. Zuby, você pode chamar a mariposa de volta?

O skret piscou com os olhos tristonhos em forma de lua.

— É como eu estava dizendo, humaninhas... Não posso invocar aquele tipo de mariposa.

— Mas por que ela foi embora? — gritou Imogen. — Por que ela prendeu a gente aqui de novo?

— Verdade seja dita — argumentou Zuby —, a mariposa não trouxe *vocês* para a porta. Ela me trouxe. Como ela ia saber que vocês entrariam de fininho? Tudo isso é um erro terrível.

— Imogen, você prometeu que isso não ia acontecer — disse Marie.

71

O relógio de estrelas

Imogen sentiu o peso da acusação, mas levantou o queixo, insolente.

— Não vem me culpar, não. Põe a culpa *nele*. — Ela apontou para Mark, que estava com os olhos fechados como se estivesse pronto para dormir. — Por que ele seguiu a gente, afinal? — prosseguiu. — Deve ter sido ele que estava escondido no jardim. Se nos viu sair de fininho do hotel, deveria ter feito a gente voltar! É isso o que os adultos devem fazer!

— Sinto muito — disse Zuby. — Não quero interromper, mas realmente preciso ir.

— Como assim? — perguntou Marie.

— O Král me mandou para o exílio. Se os outros skrets me encontrarem aqui, vão fazer picadinho de mim. — Zuby tirou uma vara e um saco de dentro do buraco de uma árvore. — Guardei os meus pertences por precaução. Tudo de que preciso para começar uma vida nova. Vou para além das montanhas.

— Mas e a gente? — exclamou Imogen.

— Vocês vão ter que cuidar uma da outra — disse o skret, abrindo o saco para pegar uma capa. — É melhor irem para Yaroslav. Encontrem o príncipe Miro. Sem dúvida ele vai acolher vocês. — Zuby vestiu a capa, protegendo a pele de cogumelo. — Se eu vir a mariposa prateada, vou contar o que aconteceu. Vou pedir a ela que leve vocês de volta para casa.

— Mas… é Natal — choramingou Marie.

Zuby amarrou a sacola na vara e a pendurou no ombro.

— Sinto muito, humaninhas, mas eu tentei avisar. Só posso desejar tudo de bom a vocês.

E, então, ele se afastou das meninas, desaparecendo em meio às árvores.

Imogen observou Zuby ir embora. Por um instante, teve uma sensação estranha, como se alguém também a observasse.

— Zuby está certo — disse ela. — A gente tem que ir para Yaroslav. — Ela virou à esquerda. Não, não era por ali. Virou à direita, mas aquelas árvores também não eram familiares. — Ah, meleca! — gritou Imogen, entrando em desespero.

— Ei! — disse Marie. — O que é aquilo?

— O que é o quê?

— Tem uma casa bem ali. Não está vendo? Tem uma cabana no meio das árvores.

PARTE 2

CAPÍTULO 16

A chegada repentina de três estranhos não passou despercebida na Floresta Kolsaney. O Žal tinha acabado e a floresta fervilhava de vida.

Um besouro de barriga dourada sentiu a vibração dos passos. Ele correu para se proteger, e o seu traseiro brilhava. Dois esquilos pretos pulavam de uma copa a outra nas árvores. Eles pararam e encararam os humanos lá embaixo.

Os animais não eram os únicos observadores. As cascas das árvores se abriram. As folhas foram abaixadas para que os olhos pudessem ver — olhos com pupilas finas em forma de fenda. As árvores também observavam.

— Não me lembro de haver uma cabana na floresta — falou Imogen. — Achei que as pessoas morassem em cima das árvores.

— Será que tem comida lá dentro? — perguntou Marie com o estômago roncando.

— Vamos dar uma olhada — respondeu Imogen. — Quem quer que more ali pode nos indicar o caminho para Yaroslav. — Ela começou a andar na direção da casa, tentando manter o olhar fixo nela o tempo todo. Olhava com tanta intensidade que os olhos lacrimejaram. Mas a cabana não parava de sumir de vista, desviando por trás das árvores, ressurgindo em outro lugar.

Mark foi se arrastando atrás das meninas e Imogen o xingou. Na única vez em que poderia ser útil, ele achava que aquele mundo inteiro não passava de um sonho.

O relógio de estrelas

A luz do dia já estava perdendo a força quando Imogen enfim olhou de relance por cima do ombro.

— Parece que estamos andando há anos — reclamou. Mas, ao se virar, a cabana estava bem diante do nariz dela.

— É isso que você estava procurando? — Mark bufou.

Imogen encarou fixamente. Aquilo era *bem* estranho... Tinha certeza de que a casa estava mais longe. E virada para outra direção. Ela andou ao redor da construção, confusa e levemente irritada.

Na frente da casa, uma mulher cuidava do jardim. Um pônei branco pastava com uma galinha empoleirada às costas.

— Boa noite — cumprimentou a mulher, endireitando a postura. — Estava me perguntando quando vocês chegariam.

Imogen e Marie trocaram olhares.

— Não deveríamos estar aqui — falou Imogen. A mulher a deixava inquieta. Parecia jovem, mas havia um quê de velhice na voz.

— E como é que você sabe o que deveria ou não acontecer? — perguntou a mulher.

Os pelos da nuca de Imogen se arrepiaram. Não foi aquilo que *ela* tinha dito a Zuby?

— Não planejamos isso — gaguejou Imogen. — Não planejamos deixar a porta fechar.

— Não, mas talvez seja o destino de vocês.

Marie surgiu por trás de Imogen.

— O que é destino? — perguntou.

— É uma história escrita nas estrelas — respondeu a estranha enquanto limpava a terra das mãos.

Mark entrou no jardim da cabana como se fosse o dono do lugar.

— Esse sonho está ficando cada vez mais esquisito — falou, encarando as vestes compridas da mulher.

Mas a mulher agia como se Mark não estivesse ali. Ela pegou a galinha no colo e a enfiou debaixo do braço.

— Gostariam de uma sopa de alho? — perguntou às meninas. — Já estou com uma panela no fogo. Não seria um incômodo... Incômodo algum.

CAPÍTULO 17

A cabana não era muito espaçosa. Havia um monte de frascos e móveis velhos na sala de estar. Imogen ficou pensando se a mulher não era uma acumuladora, tipo as pessoas que apareciam em programas de TV.

Havia outra mulher sentada perto da lareira, mas aquela era loira. Imogen ouviu a porta se fechar e, quando se virou, viu uma pessoa muito velha entrando, com uma galinha enfiada debaixo do braço.

— A moça chamou a gente pra entrar — exclamou Imogen. Não queria que aquelas pessoas achassem que estava ali de intrusa. Ela se perguntou para onde a mulher do jardim tinha ido.

— Que moça? — perguntou a anciã.

— A moça lá de fora — disse Marie.

A senhora sorriu.

— Era eu.

Imogen semicerrou os olhos e viu que ela estava dizendo a verdade. O rosto da mulher jovem ainda estava ali, embora estivesse escondido por baixo de rugas. Ela tinha os mesmos olhos escuros, o mesmo jeito estranho de falar.

— Mas a moça do jardim era diferente — comentou Marie.

— Ela era nova — soltou Imogen.

— Pareço mesmo um pouquinho mais velha dentro de casa — falou a mulher. — É isso que o *tempo* faz conosco. Ninguém é capaz de fugir totalmente dele… nem mesmo eu. — Ela pôs a galinha no chão e observou o animal se afastar.

O relógio de estrelas

— Um *pouquinho* mais velha? — gritou Mark. — Você perdeu todos os dentes!

Imogen se encolheu toda. Ele precisava mesmo ser tão constrangedor? Ainda devia achar que estava dormindo…

Mas a senhora parecia não o ter ouvido.

— Eu sou Ochi, a bruxa da floresta — apresentou-se. — Vocês são muito bem-vindos na minha casa.

— Não! — gritou a outra mulher, a de cabelos loiros. — Não são bem-vindos coisa nenhuma! Quem são eles e o que querem? — Os olhos dela passaram de Mark, em seu terno desgrenhado, para as crianças de casaco impermeável.

Imogen já tinha visto aquela mulher… embora não tivesse certeza de onde. A loira era jovem e bonita. Os olhos eram de um azul brilhante, quase lilás.

— São apenas viajantes — falou Ochi. — Não contarão a ninguém de Yaroslav que você está aqui.

— Não podem ficar aqui — retrucou a loira. — Não tem o suficiente… — Ela foi interrompida por um sino. Imogen reconheceu aquele toque. Mas certamente não era possível, era?

Ela se virou, e era ele! O relógio de Miro! O relógio de Miro lá do castelo, com o mostrador repleto de estrelas e a porta do tamanho de um hamster. O que estava fazendo ali?

Mas não havia tempo para aquelas perguntas. Mark estava do lado da lareira.

— Não é incrível? — disse ele, estendendo a mão. — Estão flutuando que nem estrelas.

Ele tentou segurar as pedras preciosas enquanto elas rodopiavam pelo mostrador do relógio. Imogen queria impedi-lo, mas não sabia como.

— Afastem aquele homem da minha profecia — gritou a loira.

Mark pegou uma pedra e o relógio desacelerou.

— Fazia anos que eu não tinha um sonho tão vívido assim! — Ele inspecionou a estrela presa entre o indicador e o polegar.

— Não faça isso — implorou Ochi.

— Ah, dá um tempo, vai — vociferou Mark. — Esse sonho é meu! Posso fazer o que eu quiser!

A porta do relógio estava se abrindo quando Mark pegou uma segunda pedra. O relógio parou. Não parecia gostar do toque.

— Você está arruinando a minha profecia! — gritou a loira, dando um empurrão em Mark. Ele cambaleou e uma pedra preciosa foi voando de volta ao lugar.

A mulher tentou libertar a outra estrela, mas Mark fechou a mão com mais força ainda.

— O sonho é meu — repetiu.

— A profecia é minha! — disse a mulher. Ela pegou uma panela e a atirou em Mark. *Bam!* A panela acertou a cabeça. Mark grunhiu e caiu no chão.

— Mark! — gritou Marie, e correu para o lado dele.

— Ele está respirando? — perguntou Imogen num sussurro quase inaudível.

Marie levou os dedos à boca de Mark e assentiu. A mão dele deve ter afrouxado, porque a segunda estrela se soltou do punho dele e seguiu em direção ao relógio.

A porta do relógio se abriu e uma figura saiu de lá com dificuldade. Era uma criança com capa de chuva. Ela levantou um braço, apontando para algo distante.

Que estranho… A menina do relógio era a cara de Marie.

CAPÍTULO 18

Imogen e Marie estavam sentadas no chão, de frente para o namorado semiconsciente da mãe delas.

— Você acha que ele está bem? — sussurrou Marie.

Mark estava completamente pálido, com o olhar vago de um zumbi.

— Não sei — respondeu Imogen. De certa forma, acreditava que o golpe na cabeça tinha sido bom para ele. Pelo menos Mark não achava mais que estava sonhando. — Sabe quando as pessoas se beliscam para ver se estão acordadas? — disse ela a Marie. — Acho que aquela pancada foi tipo um beliscão bem grande.

Imogen não sabia muito bem o que pensar da mulher que tinha dado a pancada. Não se pode sair por aí batendo em pessoas que você acabou de conhecer. E aqueles olhos… eram tão familiares.

— Não estou entendendo — disse Mark, apertando o galo que se formou na sua cabeça após o golpe.

— A sopa de alho fará você se sentir melhor — disse Ochi, enquanto mexia a panela que estava no fogo.

A loira arrancou a colher da bruxa.

— Pode deixar que eu faço isso — falou, ríspida. — *Você* deveria estar trabalhando na minha profecia.

Ochi olhou para a mulher. Pareceu decidir que não valia a pena brigar.

— Não esqueça o tempero — murmurou ela, e se retirou para a mesa.

— A gente também pode tomar sopa? — perguntou Marie. A loira fez que sim. Ela quebrou os ovos na panela e jogou as cascas na lareira. *Tec. Crac. Ploft.*

— Não estou entendendo — repetiu Mark.

Imogen ficou olhando para as unhas afiadas da mulher enquanto ela picava as ervas para pôr na sopa. Ela também acrescentou outras coisas que Imogen desconhecia.

Quando a sopa de alho ficou pronta, a mulher a serviu em tigelas.

— Aqui — falou, entregando uma tigela para Mark, uma para Imogen e outra para Marie. — Podem tomar. — Em seguida, foi se juntar a Ochi na mesa. Ela deu uma tigela para a bruxa, mas não se serviu.

Talvez não esteja com fome, pensou Imogen.

A jovem olhou por cima do ombro da senhora. Ochi tomou um gole da sopa. A mulher sussurrou e apontou para os rabiscos no pergaminho.

Imogen encarou a própria sopa. Ervas boiavam num líquido esbranquiçado. A menina aproximou a tigela do rosto. O cheiro era aceitável. Então, levou a tigela aos lábios. Estava uma delícia — não tinha gosto de ovo nem de alho, e sim de noz torrada e creme. O calor preencheu a barriga de Imogen, espalhando-se pelos dedos das mãos e dos pés.

— Escureceu lá fora — comentou Marie, tomando a sopa ruidosamente.

— Talvez devêssemos passar a noite aqui — sugeriu Imogen.

Mark fez que sim, ainda zumbificado. Ele terminou de jantar e fechou os olhos. Em pouco tempo, já estava dormindo sentado, com as costas apoiadas na parede e o queixo, no peito.

Do outro lado do cômodo, as mulheres falavam baixinho. A mais velha ainda estava rascunhando alguma coisa. A mais nova não parava de espiar as meninas. Imogen retribuiu o olhar. Não gostava do brilho nos olhos da loira. Onde será que a tinha visto antes?

Imogen se perguntou que horas seriam no Vitória-Régia. Ficou imaginando se a mãe estava acordada e se tinha notado o sumiço deles. Mas Imogen estava com sono e aquelas perguntas podiam esperar até a manhã seguinte. As bochechas dela estavam quentinhas e as pálpebras, pesadas. Ela se deitou no tapete de pele macio.

— Você acha que Ochi consegue invocar a mariposa? — murmurou Marie com a voz embolada de sono.

— Vamos perguntar de manhã — sussurrou Imogen. — Ela disse que é bruxa…

O calor da lareira era gostoso. O tapete era surpreendentemente macio. Imogen se permitiu fechar os olhos.

— Ninguém acreditou na gente — murmurou. — Pensaram que a gente estava inventando.

E, sem nenhum aviso prévio, o sono a pegou.

CAPÍTULO 19

Ao acordar, Imogen estava com frio. O fogo tinha se apagado e Marie não estava mais ao seu lado. Ela se sentou e olhou ao redor na cabana de Ochi.

O lugar parecia mais triste à luz do dia. Os cantos tinham mais teias de aranha e os frascos pareciam um pouco mais cinzentos. Em cima da mesa havia um caracol que escrevia mensagens com gosma.

Ochi também parecia mais triste de dia. A pele dela era quase transparente.

— Cadê a minha irmã? — perguntou Imogen ao se levantar.

— Estamos atrasadíssimos — disse Ochi.

— Como assim? — Imogen deu um giro completo. — Cadê a minha irmã? — Ela falou mais alto dessa vez.

Mark acordou com o próprio ronco e olhou assustado à sua volta.

— Estamos dormindo há tempo demais — falou a bruxa. — Várias horas já se passaram.

Imogen se agachou e espiou embaixo da mesa.

— Marie? — gritou para as sombras. Dois olhos redondinhos de galinha a encararam.

Imogen saiu correndo da cabana, atravessou o jardim e entrou na floresta.

— Marie! — gritou para as árvores.

Só os pássaros responderam.

O pânico começou a crescer no peito dela. Aquilo não estava acontecendo. Não era possível. Tinha prometido a Marie que tudo ficaria bem, que só iam passar uns minutinhos fora, que tirariam umas fotos e voltariam para o hotel!

Imogen voltou correndo para a cabana.

— O que você fez com a minha irmã? — gritou, direcionando a fúria para a bruxa.

— Eu não sabia que ela ia levar a criança — disse Ochi, escondendo-se por trás de mãos ossudas.

Imogen deu mais uma olhada ao redor da sala. Ochi tinha razão... Marie não era a única que tinha sumido. Onde estava a loira?

— Ela deve ter jogado uma poção na sopa — comentou a bruxa. — Nos forçou a dormir. As duas já devem estar na metade da travessia das montanhas a essa altura, sobrecarregando o pônei.

— Quem liga para o pônei? — gritou Imogen. — E a minha irmã?

Mark se pôs de pé aos trancos e barrancos, fazendo cara de dor.

— Imogen, eu estou com uma baita dor de cabeça. Por favor... para de gritar... Então, o que é que tem Marie?

Pela primeira vez na vida, Imogen ficou feliz ao ouvir a voz de Mark. Sem nenhum murmúrio. Sem nenhum blábláblá sobre sonhos. Ele podia até estar todo desgrenhado, mas parecia bem.

— Aquela mulher levou Marie embora! — exclamou ela.

Mark segurou a cabeça.

— Com certeza ela está por aqui. Deve estar se escondendo.

Ele começou a abrir os armários e a chamar por Marie. Olhou debaixo da escada e conferiu a despensa. Os movimentos ficando mais e mais frenéticos.

— Ela sumiu — disse ele, arfando. — Mas por quê... quer dizer, onde? Ela é muito nova para sair sozinha!

A resposta veio de Ochi.

— A criança foi levada para além das montanhas — disse a bruxa.

— Não tem nenhuma montanha nessa parte da Inglaterra. — Mark parecia cansado e com um pouco de medo.

— Vocês precisarão de suprimentos para a viagem — disse Ochi. — E cavalos. Não é um trajeto fácil.

Para além das montanhas

— Suprimentos… cavalos…? — Mark balançou a cabeça e estremeceu. — Não. Vou ligar para a polícia. — Ele tirou o celular do bolso e deu três toques nele. O aparelho apitou. Mark tentou de novo. — Sem sinal? Só *pode* ser brincadeira. Isso aqui não é um sonho, é um pesadelo! O que eu vou dizer a Cathy? Como vou explicar isso?

Imogen ficou enjoada. Aquela mulher tinha levado a irmã dela embora. A mulher com olhos azuis brilhantes. Marie ficaria apavorada quando acordasse no meio de uma montanha, sem nenhum conhecido por perto.

E Imogen tinha prometido que tudo ficaria bem.

Tinha prometido que não demorariam muito.

O celular da mãe ainda estava no bolso dela. A menina o pegou e pesquisou "Vitória-Régia". O aparelho disse: "Sem rede". Bom, até que fazia sentido. Não existia internet naquele mundo. Também não existia sinal de telefone. Os celulares eram tão inúteis quanto pedras.

Ochi tirou um pergaminho da mesa. Estava cheio de diagramas e desenhos de estrelas.

— Estou prevendo o futuro de Anneshka — falou —, com a ajudinha daquele relógio.

Anneshka…

Imogen conhecia o nome. A madrasta de Miro não tinha um nome parecido? Não era ela que ia se casar com o rei? Agora Imogen conseguia lembrar onde vira aqueles olhos azuis…

Anneshka usava um vestido de noiva. O castelo estava pegando fogo e as pessoas gritavam e fugiam, mas Anneshka tinha entrado nas chamas.

Aquela era a mulher loira.

— Calma aí — disse Mark. — Como assim "prevendo o futuro"? Você é o quê? O que é isso? — Quanto mais o tempo passava, mais ele voltava à velha forma.

Ochi sorriu.

— Sou a bruxa da floresta. Posso ler suas estrelas também, caso esteja disposto a pagar.

O relógio de estrelas

Um frasco chacoalhou em cima da lareira.

— Não temos tempo para isso — esbravejou Imogen. — Por favor, Ochi, me diz… o que a profecia de Anneshka tem a ver com Marie?

— As profecias pertencem à pessoa que pagou — respondeu Ochi, contraindo os lábios enrugados.

— Uma criança está desaparecida — vociferou Mark. — Se não quiser que eu denuncie você como cúmplice do crime, é bom me contar tudo agora mesmo!

A senhora foi se arrastando até o assento perto da lareira.

— Suponho que possa abrir uma exceção… — Ela olhou para Mark de soslaio. — As estrelas dizem que Anneshka será rainha. Ela governará o maior dos reinos do mundo. É esse lugar que ela procura.

— E Marie? — instigou Imogen.

— A criança que saiu do relógio era muito parecida com a sua irmã, não acha?

— Um pouco — disse Imogen, inquieta.

— Como é que isso vai nos ajudar a encontrá-la? — Mark exigiu saber.

— A criança faz parte da profecia de Anneshka — disse Ochi. — O destino das duas está entrelaçado. Falei a Anneshka que precisava de mais tempo para entender os detalhes… Eu deveria saber que ela não daria ouvidos.

Imogen estava se esforçando para entender. Lembrou-se daquela vez na torre de Miro, quando pequenas figuras surgiram de dentro do relógio: um caçador antes de terem conhecido Blazen, um príncipe correndo antes de terem fugido.

— Você acha que aquele relógio lê as estrelas? — perguntou ela a Ochi.

— Sim, ele lê — respondeu a bruxa. — Os objetos que ele nos mostra são sinais.

— Isso é ridículo — murmurou Mark.

A galinha saiu de debaixo da mesa a passos largos e bateu as asas em sinal de concordância.

— Se Anneshka está atravessando as montanhas com Marie, a gente precisa ir atrás delas — exclamou Imogen.

Quando as palavras lhe escaparam dos lábios, ela se sentiu mais calma. *Aquele* era o início de um plano. Um plano assustador, mas não deixava de ser um plano.

— E por acaso eu tenho cara de quem está pronto para praticar alpinismo? — exclamou Mark.

Imogen o olhou de cima a baixo. Os sapatos esportivos estavam enlameados, a camisa estava para fora da calça e o galo na cabeça estava enorme.

— Não — respondeu Imogen. — Você tem cara de quem nunca escalou uma montanha na vida. Mas conheço um menino que já escalou.

— Um menino? — Mark gargalhou. — A última coisa de que precisamos no meio dessa confusão é de mais crianças. Precisamos da polícia ou de detetives. De preferência os dois.

O plano na cabeça de Imogen estava começando a ganhar forma.

— Esse menino é gentil e corajoso — disse ela.

— Coragem só vai levar vocês até certo ponto — murmurou Ochi.

— Ele tem um cavalo?

— Acho que sim. E acho que tem suprimentos também.

— Suprimentos para quê? — exclamou Mark. — Você não vai a lugar algum, mocinha. Você vai é voltar para o hotel, onde vai ficar segura, quietinha e fazer o que mandarem.

Imogen estreitou os olhos.

— Não vou, não — disse ela. — Vou resgatar a minha irmã.

CAPÍTULO 20

Nos sonhos de Miro, ele estava sempre sozinho, vagando pelas ruas de Yaroslav. As estátuas dos antepassados ficavam cobertas de gelo, mas o menino do sonho não sentia frio.

Ele espiava as tabernas cheias de rostos dourados. Passava pelas casas, onde as crianças dormiam enfileiradas. Caminhava lentamente pelas entranhas da cidade.

Havia um lugar escuro na praça principal — um espaço do qual nenhuma luz escapava ilesa. Antigamente, existia um castelo ali, onde viviam um rei e um príncipe.

O buraco negro girava, atraindo-o.

O rei amara o príncipe. Ele o amara mais do que a mais preciosa das pedras.

Miro olhou para os pés e viu que na escuridão, onde a neve era incapaz de ficar, estava o coração da montanha, a *Sertze Hora*.

O que ela estava fazendo ali, emitindo um brilho tão intenso? Brilhando com tanta intensidade e tão longe de casa? Miro poderia pegá-la e abraçá-la com força. Ele poderia deixar o calor se espalhar, deixar os corações baterem juntos.

O menino do sonho esticava a mão para tocar a Sertze Hora, abria bem os dedos. Ele era exatamente como diziam. Igualzinho ao tio.

E então Miro acordou.

Sentou-se depressa. Tinha sido só um sonho!

Ele levantou os travesseiros, um atrás do outro. Nada de Sertze Hora por ali.

Para além das montanhas

Abriu as cortinas que cercavam a cama e espiou o restante do quarto. Nada de Sertze Hora por ali também.

Ele andou na ponta dos pés até as persianas e abriu uma delas. Já tinha amanhecido — era o início de primavera. Um pássaro cantava no telhado oposto. As pessoas caminhavam na rua lá embaixo. O coração da montanha estava onde deveria estar.

Miro voltou rastejando para a cama. Aquilo não passara de um sonho...

Um homem irrompeu no quarto sem bater na porta. Tinha o rosto pálido e usava trajes brilhosos.

— Bom dia, rei Miroslav — cantarolou. Era Patoleezal, o conselheiro-chefe de Miro. Não que Miro tivesse tido muito poder de escolha, na verdade.

Atrás de Patoleezal seguiu-se uma longa fileira de criados.

— Acendam a lareira — comandou ele. — Amarrem as cortinas. Não deixem o rei passar frio! Ele vai comer linguiça grelhada de café da manhã e aquele belo pão com banha de porco.

— Não estou com fome — avisou Miro.

— Bobagem — disse Patoleezal. — Não podemos permitir que você vire pele e osso.

Desde que o incêndio destruíra o Castelo Yaroslav, Miro estava morando na mansão de Patoleezal. Era um lugar luxuoso, numa parte cara da cidade, mas Miro nunca se sentiu em casa. Tampouco conseguia se ver como um rei.

Quando todos os criados se ocuparam de algum serviço, Patoleezal chegou mais perto da cama de Miro.

Miro enfiou o leão de pelúcia debaixo de um travesseiro. Ele tinha o bichinho desde que nasceu, aquele era o último presente que restara da mãe, mas Patoleezal não aprovava bichos de pelúcia. Esperava-se que os reis fossem homens.

— Como estamos esta manhã, Sua Alteza? — Ele não esperou uma resposta. — Gostaria de saber se já assinou os papéis. E esperava dar uma palavrinha sobre meu amigo. Ele tem mostrado muito talento para acalmar os ânimos. Talvez um título de cavaleiro seja oportuno?

91

Miro observou a boca de Patoleezal conforme ele falava. Era a única parte do rosto dele que parecia se movimentar.

— Há uma disputa a ser resolvida a respeito dos armazéns de grãos — prosseguiu o conselheiro-chefe. — E uma reclamação sobre os lesnis terem permissão para caçar.

— Não vou mudar de ideia — disse Miro. — A floresta pertence a eles.

Patoleezal baixou a cabeça.

— Está deixando pessoas boas desempregadas. Não teme perder o apoio dos caçadores? Não se importa com o bem-estar do seu povo? Há também uma questão a respeito dos impostos. Ah, e duas moças querem vê-lo.

O coração de Miro acelerou.

— Que moças?

— Lady Ropooka e a duquesa de Žaba.

O menino escondeu o rosto no travesseiro.

— Não quero vê-las.

Patoleezal levantou a pontinha da almofada.

— Cá entre nós, eu acho que Lady Ropooka daria uma boa esposa, quando Sua Alteza atingir a maioridade. A família dela é a mais rica de Yaroslav, e só Deus sabe como os cofres reais precisam ser reabastecidos... — ele falou mais baixo — depois do incidente com o dragão mecânico.

— Não quero vê-las — exclamou Miro, jogando os travesseiros para longe da cama. — Não quero ver ninguém.

Patoleezal abriu um sorriso afetado.

— Ser rei exige muitos deveres. Além disso, já está tudo combinado. Elas vão se juntar a nós amanhã para o almoço.

CAPÍTULO 21

Não parecia certo estar em Yaroslav sem Marie. Imogen queria mostrar as construções familiares, mas toda vez que via Mark andando ao lado dela, a empolgação morria no peito.

A sensação era substituída por uma culpa repugnante sempre que a menina se lembrava do que tinha acontecido com Marie. Imogen tinha encorajado a irmã a passar pela porta. Tinha prometido que ficaria tudo bem...

Mark oscilava entre o fascínio e o pânico. Olhava fixamente para as casas altas e para as ruas movimentadas.

— Como é que a gente vai encontrar a sua irmã? Anda mais devagar!

— Anda mais rápido — resmungou Imogen. Ela sabia aonde tinha que ir.

O castelo ainda era uma casca queimada, mas Imogen pedira instruções para um homem nos portões e ele lhe dissera onde encontrar o "rei Miroslav". Ela ficara surpresa ao ver o homem se referir a Miro daquela forma. É claro, lembrou-se. *Miro não é mais um príncipe. Agora que o tio se foi, ele é o rei.*

Ela liderou o caminho em meio a casas pintadas e letreiros vibrantes. Quaisquer resquícios de ossos de skret tinham desaparecido da cidade. Não havia mais vértebras decorando as portas, não havia nenhum crânio incrustado nas paredes. A paz devia estar reinando entre eles e os humanos.

Imogen carregava um estojo mais ou menos do tamanho de uma caixa de sapato, mas não tinha nenhum sapato ali dentro. O estojo chacoalhava um pouco conforme ela caminhava.

O relógio de estrelas

— Você não tinha que ter pegado esse relógio — gritou Mark, que ainda estava para trás. — O que a sua mãe ia dizer?

— Achado não é roubado — respondeu Imogen, e segurou o estojo com um pouco mais de força.

— Com certeza ela NÃO diria isso! Se Ochi não fosse tão idosa, estaria correndo atrás da gente pelas ruas, exigindo o relógio de volta. O que deu em você? Desde quando rouba coisas de senhorinhas?

— Eu precisava dele — falou Imogen.

— Para quê?

Imogen hesitou. Não tinha certeza se acreditava na bruxa. Não tinha certeza se o relógio lia as estrelas. Mas com certeza aquilo batia com o que Andel lhe dissera meses antes…

Mark seguiu em frente com determinação e bloqueou a passagem dela.

— Imogen, eu fiz uma pergunta.

Ela parou e revirou os olhos.

— Talvez nos ajude a encontrar… — Ela não conseguia dizer o nome de Marie. Toda vez que pensava na irmã, sozinha e com medo, era como se um balão inflasse na garganta de Imogen. Sufocava as palavras e o ar. Ela engoliu em seco. — O relógio pode ser útil — conseguiu completar.

— Ele tem cinco ponteiros! — exclamou Mark com os olhos esbugalhados. — Nem indica a hora certa!

Imogen abraçou o estojo.

— Achado não é roubado — repetiu ela.

Atrás de Mark, uma carroça rolava morro abaixo, perseguida por um fazendeiro enfurecido. Quanto mais tempo passavam ali batendo boca, mais Marie se afastava. Imogen precisava encontrar Miro. Precisava de cavalos e suprimentos.

Mark levou a mão ao galo na cabeça e Imogen aproveitou a deixa. Passou correndo por ele e saltitou pela rua. O homem disse um palavrão e foi atrás dela. Havia dois skrets parados na esquina, com garras afiadas despontando por baixo das capas. Por instinto, Imogen

Para além das montanhas

manteve distância. *Como eu sou boba*, pensou ela. *Eles não são mais uma ameaça.*

Mas, quando Imogen deu uma espiadinha por cima do ombro, o skret a encarou com olhos de peixe carnívoro. Ela apertou o passo e seguiu depressa em direção à Ponte Kamínek.

— Viu aquilo? — exclamou Mark. — *Trasgos!* Como é que as pessoas podem agir como se isso fosse normal?

Os moradores também estavam encarando Imogen. Ela devia estar parecendo esquisita de calça jeans e capa de chuva. Mark chamava atenção com o terno sujo de terra. A menina percebeu, numa reviravolta engraçada, que naquele momento *eles* eram os novos monstros da cidade.

— Cadê a delegacia? — perguntou Mark.

— Não tem — rebateu Imogen, atravessando a ponte com passos firmes. Havia estátuas enfileiradas pela travessia: guerreiros, homens sagrados e... o que era aquilo? Alguém novo.

Imogen parou aos pés do homem de pedra. Ele segurava uma espada numa das mãos e uma cabeça de urso na outra. Parecia capaz de enfrentar o mundo. O escultor o retratara magro demais, mas Imogen o reconheceu mesmo assim.

Era Blazen Bilbetz. O homem que seduzira a rainha de Mikuluka. O homem que morrera quando a torre mais alta despencou. Pobre Blazen... A cidade perdia um pouco da cor sem ele.

Mark se apoiou na perna do Blazen de pedra e olhou fixamente para a vista rio abaixo.

— Então era disso que você estava falando... É uma cidade *de verdade.*

Àquela altura, no dia anterior, Imogen teria gritado "eu avisei", mas provar que Mark estava errado perdera a graça. Ela tinha ganhado o debate. Conseguiu o que queria. Só não desejava que acontecesse daquela forma.

Daria tudo para ter Marie com ela.

— Parece um lugar interessante — comentou Mark. — Meio antiquado. Mas dá para ver que tem potencial.

O relógio de estrelas

— Potencial para quê? — perguntou Imogen, irritada. Ela saiu da ponte e virou à esquerda. Não estavam longe do local que procuravam: o lugar onde Miro estava morando.

Com certeza o menino seria capaz de ajudar a salvar a irmã de Imogen, certo? Resolver os problemas de outras pessoas era o que os reis faziam… não era?

CAPÍTULO 22

Naquele momento, Imogen e Mark caminhavam pela parte mais rica da cidade. As casas tinham trechos de pedra em forma de espiral e degraus que levavam às grandes portas de entrada.

Imogen parou em frente a uma mansão de sete andares com elegantes janelas curvas. Havia Guardas Reais postados em cada lado da entrada.

— Deve ser aqui — disse, e deu a caixa com o relógio para Mark. Ela subiu os degraus a passos largos e bateu à porta. Os Guardas Reais olhavam fixamente para a frente como se nada tivesse acontecido.

— Não tem ninguém vindo — sibilou Mark. Ele deu uma olhada no celular. — Tem certeza de que não existe nenhum telefone público por aqui? Algum lugar onde a gente possa ligar para a emergência?

Imogen estava prestes a bater de novo quando a porta se abriu. Por pouco ela não bateu na barriga de um homem.

— Pois não? — disse ele, espiando por cima do nariz. O homem vestia uma incrível mistura de cores. A túnica parecia ter sido costurada com lenços de seda e a boca dele era elástica.

— Precisamos falar com o rei Miroslav — disse Imogen.

O homem abriu um grande sorriso falso.

— Ninguém vê o rei sem hora marcada. Muito menos crianças abandonadas e andarilhos como vocês.

— Como a gente faz para marcar um horário? — perguntou Imogen.

— Vocês teriam que falar com o conselheiro-chefe do rei.

O relógio de estrelas

— E quem é ele?

— Ora, sou eu — disse o homem. — Patoleezal Petska.

Imogen estreitou os olhos.

— Mas estamos falando com você agorinha.

O homem tirou um pergaminho do bolso e o desenrolou. Fingiu ler. Imogen sabia que ele não estava lendo de verdade porque os olhos não percorriam a página.

— Sinto informar que a lista de espera é bem grande. — Patoleezal curvou os cantos dos lábios para baixo.

— Somos amigos de Miro — disse Imogen. — Acho que ele não se importaria se a gente furasse a fila.

— O rei nunca falou de amigo nenhum. Ele está esperando uma visita de Lady Ropooka e da duquesa de Žaba. Você é uma lady?

Imogen balançou a cabeça.

— Ou uma duquesa?

Ela balançou a cabeça de novo.

— Imaginei que não. — Patoleezal enrolou o pergaminho.

Ele estava prestes a sair quando Mark saltou escada acima e deu um tapinha no ombro de Patoleezal.

— Olá, meu nome é Mark. Mark Ashby. Estou acostumado a lidar com gente importante. Se eu pudesse ter só cinco minutinhos com o rei…

Os guardas sacaram as espadas num sussurro sincronizado. Mark ergueu o estojo do relógio como se fosse um escudo.

— O que esse paspalho está vendendo? — Patoleezal exigiu saber.

Os Guardas Reais não responderam. Estavam prontos para partir Mark ao meio.

Imogen se esgueirou atrás dos homens. Com as costas na parede, avançou pela lateral. Talvez não fossem perceber… Talvez, se ela se mexesse bem devagar…

— Na verdade, não trabalho com vendas — disse Mark. — Sou especialista em crescimento estratégico.

— Crescimento? — Patoleezal se inflou. — Não preciso de ajuda nenhuma com crescimento. Acho que você vai perceber que sou mais alto do que muita gente.

— Não é isso que... olha... não importa — exclamou Mark. — Sequestraram uma criança! Estou denunciando um crime.

Patoleezal agitou a mão.

— Tirem esse palhaço da minha porta. Ele pode vender a poção de crescimento dele em outro lugar.

Os guardas agarraram Mark e o jogaram para trás. Imogen estremeceu quando ele rolou escada abaixo. O estojo caiu perto da cabeça dele com um baque. Ela torceu para que estivesse tudo bem com o relógio.

— Saia daqui — gritou um dos guardas. — O rei não está interessado no que você está vendendo.

Mark ficou estatelado no paralelepípedo, a indignação crescendo no peito.

— Eu *não* trabalho com vendas! Sou consultor de faturamento de negócios!

— E eu sou as cinco rainhas de Valkahá — retrucou Patoleezal. Ele parecia ter se esquecido de Imogen. Se ela esticasse os dedos, daria para tocar a porta da frente.

— Vou denunciar você — exclamou Mark. — Existem representantes eleitos... reguladores... OUVIDORES! Ninguém está acima da lei! Nem mesmo conselheiros do rei!

— Eu *sou* a lei — murmurou Patoleezal.

Imogen entrou de fininho na mansão. Precisava achar Miro e conseguir ajuda para a irmã. Mark teria que se cuidar sozinho.

CAPÍTULO 23

Dentro da mansão, Imogen se esgueirou pelo corredor. A imagem dela se refletia no piso de mármore. Daquele ângulo, quase podia ver o interior do próprio nariz.

Para qual lado deveria ir? Para a direita, passando pelo arco? Para a esquerda, atravessando as portas duplas? Ou deveria subir direto pela escadaria gigantesca?

Patoleezal estava falando com os guardas, mas não demoraria muito a se virar e dar de cara com ela. Imogen precisava pensar rápido. Alguma coisa lhe dizia que um rei não moraria no térreo. Ela correu escada acima, tentando dar passos silenciosos.

No entanto, as tentativas de passar despercebida foram inúteis. Havia mais dois Guardas Reais no andar de cima. Imogen fez contato visual com eles enquanto subia o último degrau. Não adiantava fugir. Ela endireitou os ombros e andou na direção dos homens.

— Estou aqui para ver o rei — anunciou. A menina sentia os guardas examinando a calça jeans e o casaco dela. *Demonstre confiança*, pensou. *Você será inútil para Marie se não conseguir passar por esses dois*. Ela se aprumou ainda mais.

Em algum lugar no andar de baixo, uma porta bateu.

— Vamos, vamos — falou Imogen, com a voz bem aguda. — Não tenho o dia todo. — Ela pensou que era aquilo que uma lady ou uma duquesa diria.

Os guardas trocaram olhares.

— E quem devo dizer que o chama? — perguntou o da esquerda.

Para além das montanhas

Imogen tentou se lembrar dos nomes que Patoleezal havia mencionado na porta.

— Lady Ropooshka — arriscou.

— Quer dizer Ropooka? — disse o outro guarda, desconfiado.

O som de passos ecoou pelo salão de mármore. O tempo de Imogen estava acabando.

— Não — exclamou ela. — Não quis dizer Ropooka. Estou cansada de ouvir as pessoas pronunciando o meu nome errado.

— Peço desculpas, senhora. Não quis ser indelicado. — Ele se virou e fez sinal para que Imogen o acompanhasse. A atuação dela tinha dado certo!

O guarda guiou Imogen por um corredor sem janelas, onde o teto era coberto de ouro. *Não demonstre que está impressionada*, pensou. *Lady Ropooka não se abalaria com uma camadinha de ouro.*

O Guarda Real levou Imogen até uma sala com espelhos em todas as paredes. Havia um lustre pendurado no teto. Um trono jazia sozinho em cima de um pedestal. E ali, olhando por uma janela curva, havia um garoto igualzinho a Miro.

— Visita, Sua Majestade — disse o guarda.

— Não quero visita — respondeu Miro, ainda de costas.

— Mas, Sua Majestade, é Lady Ropooshka.

— Muito menos ela — disse Miro. — Além disso, é *Ropooka*, seu tolo.

O guarda se virou para Imogen.

— Sinto muito, senhora. O rei não vai receber nenhuma visita hoje.

Ele tentou conduzi-la para fora da sala espelhada, mas Imogen se desvencilhou.

— Nem mesmo a visita de uma amiga? — perguntou.

De repente, Miro virou a cabeça na direção dela. Os olhos dele estavam opacos. O rosto tinha empalidecido. Ele era o fantasma do garoto que Imogen conhecera.

— Miro, sou eu! — A voz dela fez o lustre tilintar. — Marie foi sequestrada e preciso da sua ajuda!

O relógio de estrelas

Mas Miro parecia estar preso nos espelhos — refletido, refratado e deformado. Havia infinitos reis com olhos separados. Infinitos reis numa bela gaiola de vidro. Nenhum deles parecia o menino que tinha sido príncipe.

Imogen perdeu um pouco da confiança. Talvez Miro tivesse se esquecido dela. Talvez não fosse ajudá-la a resgatar Marie.

O guarda pegou Imogen pelo braço.

— Miro! — gritou ela. — Sou eu!

— A senhorita ouviu o rei — vociferou o guarda. — Ele não quer visitas… nem de ladies, nem de duquesas, nem de ninguém. — O homem a tirou da sala.

Imogen tentou se desvencilhar, mas isso fez com que o guarda a segurasse com mais força.

Havia pessoas na outra ponta do corredor: Patoleezal e o outro Guarda Real.

— Ali está ela! — gritou o guarda, apontando o dedo. — Ela disse que é a Lady Ropooka! Disse que tinha vindo ver o rei!

Patoleezal soltou um rugido muito claro.

Imogen foi se agarrando a tudo que podia — castiçais, quadros, a beirada de uma porta —, mas o guarda a arrastou pelo caminho.

— Miro! — berrou ela. — Preciso de você!

O que tinha acontecido com o amigo? Por que não impedia aquilo?

— Ninguém vê o rei sem a minha permissão — exclamou Patoleezal. Ele estava a poucos passos de distância. — Muito menos gente da sua laia!

Então, lá de trás, veio a voz de um menino.

— Ei, você! Tire as mãos da minha amiga!

CAPÍTULO 24

Imogen estava na sala espelhada. Só havia ela e Miro ali dentro naquele momento — ela, Miro e todos os reflexos dos dois. Estavam afastados, um de frente para o outro.

— Você está igualzinha — murmurou Miro.

Imogen hesitou. Ele parecia muito diferente. O que ela poderia dizer?

— Claro, né? — respondeu ela. — Faz poucos meses que a gente foi embora.

— Parece que tem mais tempo — disse Miro.

Lá fora, o sol estava baixo. Dentro da casa, a sala estava cheia de luz cristalina. Ela se fragmentava no lustre, projetando formas estranhas no rosto das crianças.

— Por que você voltou? — perguntou Miro.

Imogen percebeu, com um sobressalto, que Miro esperava que ela respondesse: "Vim ver você". Mas ela não podia dizer aquilo. Não era a verdade. Queria que Marie estivesse ali para acalmar os ânimos.

— Você tinha que ter vindo para casa com a gente — disse ela.

— Meu lugar é aqui — respondeu Miro. — Eu sou o rei. É o meu dever. — A voz dele era tão firme quanto o vidro nos espelhos.

Imogen deu uma olhada no trono. Era o único móvel do cômodo e parecia meio solitário.

— Preciso da sua ajuda, Miro — disse ela. — Vou resgatar Marie.

— Resgatar Marie? Do quê?

— Ela foi sequestrada por Anneshka.

Miro vacilou.

— Anneshka Mazanar morreu. Ela tentou atravessar as montanhas no inverno.

— Não. Anneshka está atravessando as montanhas agora mesmo, e levou Marie. Ela está obcecada com uma profecia mágica e acha que a minha irmã faz parte dela.

Miro foi até o trono quase aos tropeços e caiu no assento com um baque. Sentado ali, ele parecia pequeno. Parecia uma criança brincando de ser rei.

— Anneshka não é uma boa pessoa — disse ele.

— Sei disso. Ela roubou a minha irmã!

— Não, quero dizer... ela é do mal. Matou Yeedarsh e Petr e tentou me matar.

— Ah — disse Imogen. Aquela sensação de balão na garganta estava de volta, e ele ficava cada vez mais cheio, fazendo com que a voz dela saísse toda tensa.

— Marie está correndo um grande perigo — comentou Miro.

A mente de Imogen estava a mil. A irmã dela estava correndo perigo — precisava ser resgatada o quanto antes —, mas Miro estava muito estranho. Será que ele lhe daria suprimentos para a viagem? Ela não seria capaz de ir atrás de Anneshka sem a ajuda do amigo...

De repente, Imogen sentiu um enorme cansaço.

— Tem espaço aí nesse trono para duas pessoas?

Miro chegou para o lado e ela se sentou perto dele.

Imogen olhou para a sala cintilante. Olhou para o próprio reflexo e desejou, pela segunda vez, que Marie estivesse ali. A irmã sempre teve mais facilidade para entender o amigo delas, com todo esse mau humor e as bravatas reais.

Ela imaginou Marie no espelho — com o casaco impermeável fechado até o queixo e o cabelo ruivo preso num coque desgrenhado. A irmã imaginária começou a sorrir. A solução era óbvia. Imogen começou a sorrir também.

Pode ser exatamente disso que ele precisa...

— Vou salvar a minha irmã — disse Imogen, virando-se de frente para Miro. — Vou atravessar as montanhas. Vai ser uma viagem longa e perigosa. Eu esperava que você me desse um cavalo e um pouco de comida... Mas, já que está tão infeliz por ter que "cumprir seu dever", por que não vem comigo?

CAPÍTULO 25

— Não posso simplesmente sair correndo — disse Miro ao pular do trono. — Tenho um reino para governar!

— Por que não? Todo mundo precisa de um tempo... Patoleezal pode cuidar de Yaroslav na sua ausência. De todo modo, não estou sugerindo que você *corra* para lugar nenhum. Vamos a cavalo.

Miro começou a andar de um lado para o outro e os reis refletidos nos espelhos copiaram o movimento. Milhões de Miros andavam impacientemente, como leões no zoológico.

— Fugir, dar um tempo... É tudo a mesma coisa. É irresponsável!

Imogen colocou os pés para cima do trono e ficou ali, sentada de pernas cruzadas.

— Qual é a pior coisa que pode acontecer? — perguntou ela.

Miro parou de andar e a encarou.

— Poderíamos ser esfaqueados ou destroçados. Poderíamos ter uma morte lenta e dolorosa.

— E o que, exatamente, você está fazendo *aqui*? — disse Imogen.

— Como OUSA fazer uma pergunta dessas? Eu sou o rei! Estou ocupadíssimo o tempo todo.

— Parece que isso não está te fazendo muito bem — disse ela com firmeza. — Você parece doente... Passou tempo demais sozinho.

Miro correu para o espelho mais próximo. Ele inspecionou os cabelos castanhos cacheados e as olheiras escuras abaixo dos olhos.

— Não estou sozinho — murmurou. — Tenho Patoleezal... e os Guardas Reais. Tem milhares de pessoas em Yaroslav. — Ele ainda encarava fixamente o próprio reflexo. — Algumas acham que eu não deveria ser rei. Dizem que me pareço muito com o meu tio.

— Besteira — disse Imogen. — O seu tio roubou a Sertze Hora. Você nunca faria uma coisa dessas. — Ela tamborilou os dedos na lateral do trono, imaginando quando poderiam ir embora.

— Tem quem diga que não me pareço o suficiente com ele — murmurou Miro. — Não sou parecido com os outros reis.

— Você é parecido com o seu pai — disse Imogen, simplesmente. — Você nos mostrou a estátua dele.

— Minha mãe não se parecia com as outras rainhas de Yaroslav. Diziam que a pele dela era escura demais.

— Estavam errados — exclamou Imogen. — A aparência não importa.

Miro apoiou a palma das mãos no espelho.

— Talvez não importe quando alguém tem a *sua* aparência.

— Não quis dizer… — Imogen engoliu o que ia dizer. Miro observava o reflexo dela com atenção. — Acho que o que eu quis dizer é que não *deveria* importar… e isso não é a mesma coisa, é?

— Não — respondeu Miro. — Não é.

Imogen desceu do trono e o rosto dela pairou por trás do rosto do amigo no espelho.

— Como a sua mãe era? — perguntou ela.

As mãos de Miro deixaram marcas turvas no vidro. As impressões digitais estavam espalhadas como se buscassem alguma coisa — ou alguém.

— Não consigo me lembrar — sussurrou ele, e parecia tão triste que Imogen quase se esqueceu dos próprios medos. — Sei que ela veio de longe. Uma princesa do outro lado das montanhas… mas não me lembro de muito mais coisa.

— Miro… — Imogen pôs a mão no ombro dele. — Vem comigo.

— Não posso. Preciso ser um bom rei. Preciso mostrar a eles que não sou igual ao meu tio.

— Esquece as pessoas que acham que você é igual a ele — pressionou Imogen. — Elas não parecem ser muito legais. Vem comigo resgatar Marie! Não deve ser tão ruim além das montanhas, se a sua mãe era de lá.

— Por que você acha que ela veio para cá? — exclamou Miro. Ele fez uma pausa, então se virou para Imogen. — Os mercadores traziam histórias. — Havia um brilho travesso nos olhos do jovem rei.

Esse, sim, era mais parecido com o garoto que Imogen lembrava.

— Que tipo de histórias? — perguntou ela.

— Histórias do outro lado das montanhas. Contos terríveis... Minha antiga babá dizia que existem monstros de armadura que roubam crianças. Eles têm corpo peludo e carregam porretes enormes. Caso veja algum, é melhor correr e se esconder.

— O que mais a sua babá disse?

— Existem pessoas com guelras e mãos membranosas que moram nos rios. Elas têm cheiro de peixe e nadam que nem peixe também.

— Não acredito nisso — retrucou Imogen, embora não achasse difícil de acreditar. Ela sentiu o estômago revirar.

Miro estava interpretando o personagem e levantou as mãos como se fossem garras.

— Existem gatos do tamanho de lobos que miam ao luar. — Ele jogou a cabeça para trás e uivou. — Existem grutas e cachoeiras e montanhas sem nome.

Ele fez uma pausa para respirar e Imogen viu que as bochechas dele voltaram a ter cor.

— Continua — instigou ela. — O que mais?

— Existem pântanos tão grandes que ninguém nunca conseguiu chegar do outro lado. E buvols e slipskins e centenas de hobashis. Existe até um reino com um dragão das águas!

Agora não havia dúvida de que ele estava dando pulinhos.

Imogen assentiu, encorajando-o a continuar, mas Miro pisou no freio e se recompôs.

— É um lugar terrível... para além das montanhas. Estamos muito melhor aqui.

— Mas e a minha irmã? — exclamou Imogen. — Se tudo isso for

verdade, Marie não está correndo perigo só por causa de Anneshka. O perigo está por toda parte!

Miro girou os anéis nos dedos. Mexeu em cada um, como se tentasse desvendar um quebra-cabeça, como se conseguir posicionar as joias no ângulo certinho fosse dar um jeito em tudo.

— Por que Anneshka Mazanar acha que a sua irmã faz parte do destino dela? — perguntou.

— Eu explico no caminho. — Imogen se virou para ir embora.

— Espera! — gritou Miro.

Imogen espiou por cima do ombro.

— Se vamos para tão longe — disse Miro —, precisamos de cavalos… e muita comida. — Ele apontou para a capa de chuva de Imogen. — Pode pegar algumas roupas apropriadas emprestado também.

Imogen quase sorriu.

CAPÍTULO 26

Imogen não demorou muito a encontrar Mark. Ele estava vagando perto da mansão de Patoleezal com o estojo do relógio debaixo do braço.

— Imogen! — exclamou assim que a viu. — Achei você!

Faltavam alguns botões na camisa dele. Mark parecia atordoado e perdido, como se tivesse saído para almoçar e ido parar no meio de uma selva.

— Vasculhei essa cidade de cima a baixo — comentou ele. — Não tem telefone público, delegacia, nada. Não tem nem farmácia. Não dá nem pra comprar um analgésico pra minha dor de cabeça.

— Eu avisei — murmurou Imogen.

— Não temos escolha — disse Mark. — Vamos ter que ir atrás da sua irmã por conta própria. — Ele pôs a mão no quadril, como se aquela fosse uma ótima notícia.

Imogen não pôde deixar de se perguntar — e não era a primeira vez — por que a mãe gostava daquele homem.

— Estou dizendo isso desde o início — resmungou.

Mark fingiu não ouvir e semicerrou os olhos em direção às montanhas distantes. Estava escurecendo, os picos se transformaram em contornos e, no sopé, a floresta era uma sombra escura.

— Acho que a gente devia ir logo — declarou Mark.

Imogen estava tão brava que teve que se segurar para não chutar uma estátua.

— Eu sei — falou. — Vamos de manhã. Miro está separando os suprimentos.

— Miro? — Mark franziu a testa.

O relógio de estrelas

— Meu amigo — disse Imogen rispidamente. — O rei de Yaroslav, lembra? Ele vai ajudar a gente a resgatar Marie.

Imogen e Mark tiveram permissão para dormir na mansão. Patoleezal não parecia muito contente com a ideia, mas Miro era o rei, então o conselheiro-chefe teve que consentir. Imogen ficou com o quarto ao lado do de Miro. Mark dormiu num aposento no andar de baixo.

Uma vela iluminava a área ao lado da cama de Imogen, mas a luz não chegava ao teto. O cômodo era mais alto do que largo e a menina se sentia confinada, como se estivesse dormindo numa cova luxuosa.

Ela pôs o relógio de estrelas debaixo da cama e conferiu se o estojo ainda estava fechado. Então vestiu a camisola enorme que os criados de Patoleezal tinham lhe oferecido.

Havia vozes vindo do lado de fora da mansão: um homem gritava, uma mulher ria, uma porta batia. Era estranho ouvir pessoas em Yaroslav à noite. Imogen ainda se lembrava dos gritos dos skrets…

Ela apagou a vela e deixou a cabeça afundar no travesseiro. Precisaria dormir o máximo possível antes de dar início à sua missão… *Para além das montanhas*. As palavras tinham um toque mítico. Ela se perguntou onde a irmã estaria dormindo naquele momento.

Alguma coisa se mexeu atrás da cortina.

— Oi? — disse Imogen, levantando a cabeça. — Quem está aí? Por que está se escondendo? — A barra franjada da cortina se ergueu e Imogen prendeu a respiração. — Não pode ser — sussurrou. — Eu me livrei dos meus monstrinhos da preocupação.

Mas ali estava. Desafiando toda a lógica. O monstrinho da preocupação surgiu rastejando. Era do tamanho de um gnomo de jardim, com o corpo em forma de batata e membros magros e pálidos.

Você não pode se livrar de nós, sibilou a criatura. *Estamos sempre nas sombras, engordando com o seu medo.*

— Não estou com medo — falou Imogen, arfando. Mas, assim que as palavras saíram dos seus lábios, ela sabia que estava mentindo.

O monstrinho da preocupação esticou o braço na direção dela e Imogen contraiu o peito, a respiração foi ficando curta e aguda.

— Você não é de verdade — choramingou. — Não pode ser.

Imogen não falara com ninguém a respeito dos monstrinhos da preocupação. Nem com a terapeuta. Nem com a mãe. Nem mesmo com Marie.

Você deveria ter vergonha, rosnou ele. *Incitar a sua irmã a sair do hotel... trazê-la para cá só para provar que está certa. Você ama ser o centro das atenções, não ama?*

— Me deixa em paz — disse Imogen, tentando manter a voz firme. — Vai ficar tudo bem.

A criatura abriu um sorriso maligno. *Marie estará morta antes mesmo de você a encontrar.*

— Vai embora! — A voz de Imogen era um chiado. Ela pulou da cama, mas o monstrinho da preocupação não recuou. Eles nunca recuavam.

Todas as lembranças voltaram: as longas noites solitárias, os pensamentos ruins, o terror que se apoderava da garganta. Ela achou que aquilo tivesse acabado. Achou que, se conseguisse esquecer os monstrinhos da preocupação, eles também a esqueceriam.

A criatura passou o dedo pelo pescoço. *Morta, morta, morta. Morta antes mesmo de você a encontrar.*

Chega. Imogen abriu as cortinas. O monstrinho da preocupação agarrou a bainha da camisola da menina e começou a escalar. *Morta, morta, morta.* Ele balançou no ombro dela e lhe deu puxões no cabelo com os dedinhos afiados.

Imogen abriu a janela e arrancou o monstrinho do pescoço. *MORTA, MORTA, MORTA!* Ele se contorcia e berrava.

— Me deixa em paz — gritou Imogen e o atirou pela janela. O monstrinho da preocupação se espatifou no paralelepípedo.

Ela esperou ouvir uma resposta...

Não veio nenhuma.

Mas o monstrinho logo se levantaria e começaria a escalar a calha. Imogen fechou a janela e passou o trinco.

— Vai ficar tudo bem — disse ela aos soluços enquanto voltava correndo para a cama.

CAPÍTULO 27

Um rosto iluminado por velas acordou Imogen.

— Precisamos ir — sussurrou Miro.

Uma luz rosa-púrpura espreitava por entre as cortinas. Era de manhã bem cedo e, quando Imogen se mexeu, lembrou-se do que tinha acontecido com a irmã.

— Marie — exclamou ela, sentando-se.

— Está tudo bem — disse Miro. — Vamos encontrá-la. Mas temos que ir agora.

A ausência da irmã abriu um buraco no peito de Imogen — uma dor oca e horrível. Ela levou a mão ao lugar onde doía e tentou afastar o incômodo. Miro colocou a vela ao lado da cama. No outro braço havia uma pilha de roupas.

— Acho que essas aqui vão servir — disse ele. — Vou acordar Mark e a gente te encontra lá fora. Se por acaso alguém perguntar o que você está fazendo, é só dizer que Patoleezal sabe.

— Peraí — falou Imogen —, ele não sabe?

Miro balançou a cabeça.

— Ele nunca me deixaria ir para além das montanhas. Mas não precisa se preocupar. Os guardas não vão acordá-lo a menos que fiquem *muito* desconfiados.

— Mas você é o rei — disse Imogen. — E ele é só um conselheiro. Não pode mandar em você.

— Você não conhece Patoleezal — resmungou Miro, e deixou as roupas na beirada da cama.

Imogen estendeu a mão para pegá-las, atraída pelo fio de ouro e pelo brocado. Havia calças, uma capa e um casaco acolchoado, uma faixa amarela e botas forradas de pele.

— Obrigada — disse ela. A dor no peito ainda estava ali, ressurgindo toda vez que pensava em Marie, mas ajudava saber que Miro ia com ela.

— É uma honra — respondeu ele, todo grandioso. E, com isso, saiu do quarto de fininho.

Imogen se vestiu à meia-luz do amanhecer. As roupas do dia anterior estavam amassadas no chão. Suéter. Capa de chuva. Calça jeans. Mamãe odiava quando ela largava as roupas daquele jeito. "Você é o quê?", a mãe brincava. "Uma menina ou uma cobra? Parece que acabou de trocar de pele!"

Enquanto prendia a capa, Imogen não pôde deixar de sentir que a mãe tinha razão. Ela *estava* trocando de pele. Esperava que a nova versão de si mesma fosse melhor do que a anterior — a que tinha levado Marie até a porta na árvore e dormido enquanto ela era sequestrada, aquela que tinha deixado Anneshka escapar.

Imogen pegou o relógio mágico de debaixo da cama, apagou a vela e saiu do quarto.

O sol ainda não tinha nascido, mas seus raios se estendiam, pintando as montanhas de lilás e banhando a cidade em ouro. Mark e Miro esperavam na rua com cavalos e um Guarda Real intrigado.

Por um instante, Imogen não reconheceu o namorado da mãe. O terno dele tinha sido substituído por uma túnica e uma capa. Os sapatos brilhosos deram lugar a botas com acabamento de pele. Ele parecia um legítimo morador de Yaroslav.

Miro também tinha mudado. Parecia mais alegre, mais leve. Saltitava pelo paralelepípedo como se tivesse asas nos tornozelos.

— Este é pra você — disse ele a Imogen, levando um pônei na direção dela.

— Pensei que fosse para Lady Ropooka — falou o guarda, olhando Imogen de cima a baixo. — A Lady Ropooka *de verdade*. — Em se-

Para além das montanhas

guida, olhou do rei para a mansão de Patoleezal, como se estivesse na dúvida de qual mestre deveria obedecer.

Por favor, não acorde Patoleezal, rezou Imogen.

Havia alforjes pendurados no pônei e Imogen espiou lá dentro, curiosa para ver o que Miro tinha trazido. Um saco estava recheado de comida — carnes defumadas e queijos selados com cera. O outro armazenava luvas e um porta-moedas. Havia peles enroladas e presas na parte de cima. A menina guardou o estojo do relógio junto com as peles e o prendeu com uma alça.

— Você melhorou nisso de fazer as malas — disse ela ao amigo.

— Lofkinye foi uma boa instrutora — disse Miro com um sorriso, e estendeu as mãos para ajudar Imogen a montar. Ela subiu na sela, tentando não puxar a crina do pônei.

— Eu queria que cavalos viessem com cinto de segurança — comentou Mark ao montar uma égua marrom. E, então, caso alguém estivesse achando que ele estava preocupado consigo mesmo, acrescentou: — São animais selvagens. Não são seguros para crianças.

Miro montou o terceiro cavalo, um garanhão de pelagem preta e brilhante. No nascer do sol dourado, o menino parecia um rei da cabeça aos pés.

— Lorde Patoleezal sabe que Sua Majestade vai andar a cavalo? — perguntou o guarda.

— Sabe — disseram Miro, Mark e Imogen ao mesmo tempo.

Atrás do guarda, a mansão estava movimentada. A luz das velas cintilou na sala espelhada.

Imogen se perguntou se aquele seria um bom momento para mencionar que nunca tinha andado a cavalo antes. Nem mesmo um cavalo pequeno. Mas então uma janela se abriu e Patoleezal se debruçou.

— Miroslav — chamou do terceiro andar —, aonde vai a essa hora da manhã? Lady Ropooka vem visitar hoje. Você não pode simplesmente sair por aí!

O Guarda Real segurou as rédeas do garanhão. Imogen suspirou. Tinham sido pegos.

CAPÍTULO 28

Miro tentou fazer o cavalo andar, mas aquilo só fez com que o guarda segurasse as rédeas com mais força.

— Isso é inaceitável — comentou Mark, olhando irritado para Patoleezal. — Primeiro você me acusa de ser vendedor. Agora está atormentando uma criança.

Patoleezal sumiu da janela.

Miro puxou as rédeas do cavalo e o garanhão dilatou as narinas. Imogen não sabia muito sobre esse tipo de animal, mas dava para ver que aquele ali estava irritado. Ele não estava gostando de ser encorajado a andar enquanto o guarda o prendia.

— Por favor, Sua Majestade — disse o guarda, ficando nervoso.

O pânico se espalhava entre os cavalos. A égua de Mark relinchou.

Foi a gota-d'água.

O garanhão de Miro empinou.

O guarda se viu forçado a soltar as rédeas, e Imogen arfou, achando que Miro fosse cair. Mas o menino se inclinou para a frente e segurou o pescoço do cavalo.

As portas da mansão se abriram.

— Miroslav, desça já desse bicho! — Patoleezal estava no degrau mais alto com um pijama bem comprido.

Miro cutucou o garanhão com os calcanhares e o cavalo saiu em disparada.

— Detenha-os! — rugiu Patoleezal, pulando descalço.

Para além das montanhas

Mark fez alguma coisa com as pernas e a égua marrom saltou atrás de Miro. Imogen percebeu, horrorizada, que não sabia como fazer o pônei andar. Era a última cavaleira do lado de fora da mansão.

O guarda cambaleou na direção dela, mas Miro tinha escolhido o pônei muito bem. O animal soltou um relincho agudo e seguiu os amigos.

A menina fazia de tudo para não cair. *Pocotó, pocotó.* O bumbum dela levantava do assento. O guarda estava em seu encalço, com as botas batendo na pedra. Mas não conseguia acompanhar o ritmo do pônei.

Um grito escapou dos lábios de Imogen. *Pocotó, pocotó.* Ela tentou se agarrar ao animal com as pernas, mas, quanto mais apertava, mais rápido seu pônei parecia se mover.

— Pare — gritou o guarda —, em nome do...

Imogen não chegou a ouvir para quem o homem achava que trabalhava. O pônei virou depressa a esquina, deixando o Guarda Real para trás.

O animal não diminuiu a velocidade até chegarem à Ponte Kamínek, onde Miro e Mark aguardavam. O peito da menina subia e descia. O corpo estava uma pilha de nervos.

— Imogen, você está bem? — gritou Mark.

Ela assentiu com a cabeça, incapaz de falar. Voar de velecour tinha sido moleza comparado àquilo. Imogen não sabia que pôneis eram tão saltitantes.

— Soltei os cavalos dos guardas dos estábulos — comentou Miro. — Eles não vão poder seguir a gente.

Imogen estava genuinamente impressionada, mas lhe faltava fôlego para dizer.

— Ops — disse Mark. — Lá vem a cavalaria.

Um homem se aproximava a cavalo, e seu pijama voava ao vento. Patoleezal.

O cavalo dele era pequeno. Pequeno demais. Devia ter pegado de outra pessoa.

— Vamos — disse Miro, e esporeou seu garanhão.

— Imogen — falou Mark. — Isso não é seguro. Você não sabe…

Mas o pônei foi embora, seguindo o rastro do garanhão. O coração de Imogen disparou. *Pocotó, pocotó.* Dessa vez, ela achou que não conseguiria se segurar.

A égua de Mark estava ultrapassando o pônei.

— Segura o pito da sela — berrou ao passar por ela. — Não se atreva a cair!

Imogen não sabia do que ele estava falando, mas, quando olhou para baixo, viu uma protuberância estranha na parte da frente da sela. Parecia um pouco com a marcha de um carro. Ela segurou ali e se sentiu mais estável. As casas passavam voando num borrão.

Mark estava à frente dela, no encalço do cavalo preto de Miro. Ele não parava de olhar por cima do ombro e gritar instruções para Imogen, mas o vento rasgava as palavras.

Imogen agarrou o pito com as duas mãos, desejando que a corrida acabasse. Um senhor deixou cair um pão quando ela passou. Duas crianças gritaram de uma janela.

A menina arriscou dar uma olhada para trás. Ali estava Patoleezal. A camisola dele balançava a ponto de quase subir além das pernas. Ele chicoteava o pônei, gritando ordens.

— O portão! — bradou. — Fechem o portão!

Imogen se virou e viu a entrada da cidade logo à frente. O portão gradeado entrou em ação com um rangido. Mas Miro já tinha passado por ele. Mark não estava muito atrás.

O coração de Imogen acompanhava a batida dos cascos dos cavalos. *Pocotó, pocotó, pocotó.*

Enquanto o sol nascia, o portão começava a descer. Na parte de baixo, espetos afiados percorriam toda a sua extensão. Imogen não ia conseguir. Uma lembrança surgiu na mente dela. Quando chegou à cidade pela primeira vez, o capuz de Marie ficara preso num daqueles espetos. Imogen que a soltara.

Então ela se concentrou, determinada. *Precisava* passar por baixo daquele portão.

Para além das montanhas

O pônei deu um último impulso de velocidade e Imogen abaixou a cabeça. Os espetos passaram de raspão em seu cabelo enquanto ela e o cavalo seguiam, livres.

Quando o pônei desacelerou, Imogen se virou e olhou para trás. O portão estava fechado e Patoleezal havia ficado do outro lado da grade. Dava para vê-lo por trás do ferro cruzado. Ele brandia o punho e gritava na direção dela, mas ela não conseguia entender uma só palavra do que ele dizia.

CAPÍTULO 29

Imogen, Miro e Mark observaram a Floresta Kolsaney. Estavam na primeira fila de árvores. Os cavalos se colocaram lado a lado, com as orelhas tremendo ao menor dos sons.

— Aquela é a Estrada Antiga — disse Miro, apontando para uma trilha entre as árvores. — Acho que leva à passagem da montanha. Deve ser o jeito mais rápido de seguir Anneshka e Marie.

— Você não parece ter muita certeza — comentou Mark.

Imogen estava pensando o contrário. Miro parecia saber muita coisa. O príncipe que ela conhecera no verão não sabia de nada para além dos limites da própria casa.

— Patoleezal não vai mandar pessoas atrás da gente? — perguntou Imogen.

Dava para ver a cidade dali, aninhada no fundo do vale.

— Ele nunca vai adivinhar para onde estamos indo — respondeu Miro. — As pessoas não atravessam as montanhas a não ser que seja de fato necessário.

A grama que crescia no meio da Estrada Antiga confirmava isso. Parecia que havia anos que ninguém passava por ali. Nas profundezas da floresta, um velecour selvagem grasnou.

— Patoleezal é o seu guardião legal? — perguntou Mark. Ele se remexeu na sela, inquieto. — Não quero que fiquem achando que você foi sequestrado.

— Patoleezal não é guardião de nada — disse Miro.

— Deve ser difícil — disse Mark. — Não ter um guardião, digo… ainda mais sendo um governante tão jovem. É a mesma coisa que herdar os negócios da família sem ter ninguém para mostrar o caminho das pedras.

Miro se demorou encarando o rosto de Mark e Imogen se perguntou por quê... Ela tossiu, interrompendo o momento.

— Como eu faço o cavalo andar?

Miro pareceu surpreso.

— Você não sabe cavalgar? Até os camponeses sabem! Ah... não que você seja...

Mark riu.

— Uma camponesa? — Ele pôs o cavalo para andar. — Não tem problema, Imogen, a gente vai devagar. Seu pônei vai entrar na linha.

Imogen sentiu o rosto arder. Com força, ela apertou as rédeas com ambas as mãos.

— Desde quando você entende de cavalo?

— Tem muita coisa que você não sabe a meu respeito — respondeu Mark, e as bolsas tilintaram atrás dele.

Miro e Imogen cavalgaram lado a lado. Tinham muito assunto para pôr em dia. Desde a última vez que se viram, Imogen tinha se tornado uma aluna de sexto ano. Miro, por sua vez, tinha se tornado rei.

Imogen contou da profecia para o amigo — que Anneshka governaria o maior dos reinos, seja lá qual fosse, e Marie iria ajudá-la a ter sucesso.

Miro ficou ultrajado.

— Marie nunca ajudaria Anneshka!

— Pois é — disse Imogen. — Não faz sentido.

Talvez, se Imogen não estivesse tão ocupada batendo papo, teria notado as árvores. Elas estavam sussurrando entre si. Mas, por outro lado, talvez não notasse, pois a língua das árvores muitas vezes é confundida com a passagem do vento pelas folhas.

A luz do dia estava diminuindo quando os cavaleiros se aproximaram do outro lado da Floresta Kolsaney. As montanhas estavam perto. Seus ombros nevados eclipsavam metade do céu.

O relógio de estrelas

— Ali parece um bom lugar para descansar um pouco — disse Mark, apontando para uma clareira entre as árvores.

Imogen desceu do pônei com pouquíssima elegância. O traseiro estava dolorido. As pernas estavam moles. Já não parecia natural ficar de pé.

Mark começou a preparar uma fogueira, alegando ter aprendido nos tempos de escoteiro.

— Fascinante — disse Miro.

Imogen julgou que o amigo se impressionava com muita facilidade. Até os homens das cavernas sabiam fazer fogo.

Miro amarrou os cavalos e ela estendeu as peles no chão. Em seguida, os viajantes se empanturraram de pão e carne com crosta de ervas. Miro tinha levado até mostarda doce para usar de molho.

— Tem mais daqueles skrets na floresta? — perguntou Mark, olhando para as árvores em volta da clareira. Os galhos pareciam tremer à luz da fogueira. A madeira em chamas estalava e crepitava.

— Os skrets vivem principalmente nas montanhas — respondeu Miro. — Mas não precisa se preocupar com eles. Eu e o Maudree Král somos aliados. Não existem mais… desentendimentos.

Imogen mastigava devagar, apreciando o calor das chamas. Sentada ali, ao lado da fogueira, com as peles embaixo do corpo e as estrelas brilhando lá em cima, ela teve uma leve sensação de contentamento. Quase conseguia se esquecer do motivo de estar ali…

Imogen esperava que Marie tivesse uma fogueira e algo bom para comer. Esperava que Marie não estivesse com muito frio.

Ela está com frio, pode apostar. Morreu congelada.

Imogen virou a cabeça para a esquerda. Havia um monstrinho da preocupação atrás de Mark, vagando à beira do fogo. Ele encarou Imogen e sibilou baixinho.

Não é real, disse Imogen a si mesma. *É minha imaginação fazendo gracinha.*

Miro se deitou e suspirou.

— Olhem quantas estrelas — disse. — De que lado será que elas estão? Certamente não querem que Anneshka seja rainha, né?

— Bolas de gás explosivas não tomam partido — disse Mark.

— Na verdade — corrigiu Imogen —, as estrelas são principalmente plasma.

O monstrinho da preocupação se aproximou da fogueira. O rosto dele estava enrugado, como se tivesse encolhido na lavagem.

Sua irmã congelou nas montanhas, rosnou. *Morreu congelada e a culpa é toda sua.*

Imogen olhou feio para o monstrinho. Mark se remexeu, sem ter certeza se a careta era para ele.

— As estrelas veem tudo — disse Miro ao enfiar um pedaço de pão na boca. — Tudo o que nós somos. Tudo o que estamos destinados a ser... é o que o meu tio dizia.

— Não existe isso de destino — disse Mark.

— Verdade — respondeu Imogen, no tom de voz mais inocente possível. — Assim como não existem portas em árvores.

Mark contraiu o lábio superior. Imogen tinha pisado no calo dele.

Faíscas e fumaça se avolumaram na escuridão.

Morreu congelada, gritou o monstrinho da preocupação. *Morreu congelada e a culpa é toda sua.*

Imogen se deitou, forçando-se a não prestar atenção naquele bicho que tanto a atormentava. Quanto mais olhava para o céu, mais estrelas parecia haver. Elas andavam em grupos. Espreitavam por entre as nuvens.

Imogen passou mais um tempo encarando o céu e a voz do monstrinho da preocupação silenciou.

— As estrelas veem tudo — sussurrou ela, sem falar com ninguém em particular.

O monstrinho da preocupação soltou um muxoxo, como se estivesse cansado de ser ignorado. Em seguida, deu meia-volta e foi embora.

CAPÍTULO 30

Imogen acordou cedo, sentindo orvalho no rosto. A fogueira tinha se apagado e os outros ainda estavam dormindo. Ela sabia que deveria ficar quietinha, mas estava com frio. Decidiu sair para dar uma volta, só até Miro e Mark acordarem. Talvez pudesse recolher um pouco de lenha.

A Floresta Kolsaney se movimentava à medida que a menina adentrava as árvores e se afastava do acampamento. Em algum lugar distante, um lobo uivou. Mais perto, um pássaro com duas listras estava concentrado em arrancar musgo de um tronco.

Imogen se agachou para observar o pássaro. *Toc, toc, toc.* Ele destroçava o musgo com o bico. Agora que a montanha havia recuperado o coração, a floresta parecia muito mais agitada. Imogen estava tão ocupada olhando o pássaro que não se deu conta de que também estava sendo observada por alguém.

Um graveto se partiu. O pássaro levantou voo e Imogen se pôs de pé.

— As árvores me disseram que você estava aqui. — A voz era de Ochi. Ela estava com a aparência jovem mais uma vez, e alta. — Vim buscar o meu relógio.

— Que relógio? — perguntou Imogen.

— Acho que você sabe, menina… Ele não pertence a você.

— Nem a você — rebateu Imogen.

Ochi a pegou pelos ombros.

— Preciso dele! — Ela sacudiu Imogen. — Você sequer sabe usá-lo! Não sabe nem o que ele é!

Para além das montanhas

Imogen fez menção de pisar nos dedos de Ochi, mas algo lhe prendeu o pé. Ela olhou para baixo. Uma raiz crescera sobre a bota dela, enrolando-se em seu tornozelo.

A menina encarou os olhos da bruxa jovem. Ela estava ali dentro — a versão velha, a *verdadeira* Ochi. Imogen sentiu arrepios só de pensar. Já ouvira dizer que existe uma criança dentro de cada adulto; a sombra de uma versão mais nova. Ela nunca tinha ouvido falar do contrário — uma alma velha embalada em pele jovem.

— Não passa de uma máscara — disse Imogen, encarando-a.

— O relógio — repetiu Ochi, e apertou os ombros da menina como se tentasse esmagá-la na terra.

Imogen não sabia o quanto tinha se afastado da clareira. Será que Miro ouviria se ela gritasse?

— Pode ficar com o relógio assim que eu estiver com a minha irmã. Se você está tão desesperada para recuperá-lo, por que não me ajuda a encontrá-la?

— Eu não interfiro nesse tipo de assunto — disse a bruxa.

O medo de Imogen se transformou em raiva. Como Ochi era capaz de falar uma coisa dessas? Como podia agir como se não fizesse parte deste mundo?

— Mas você já interferiu! — gritou Imogen. — Você levou a gente para a sua casa. Deixou que Anneshka sequestrasse a minha irmã. E agora está aqui, me aborrecendo!

A expressão de Ochi ficou sombria.

— Eu não tenho culpa se a sua irmã foi sequestrada. Eu fui dopada, como vocês... Além do mais, esse é o destino da criança. Não tem o que discutir sobre isso.

Imogen estreitou os olhos.

— Destino. É assim que você chama?

Uma segunda raiz rodeou a perna da menina.

— Não vou pedir de novo — disse a bruxa. — Onde está o meu relógio?

— Solta ela — disse uma voz vinda de trás. A bruxa deu uma olhada por cima do ombro. Era Mark, empunhando uma espada. Imogen tinha quase certeza de que ele não sabia usar aquilo, mas, ao vê-lo erguer a ponta, ficou na dúvida.

Estava muito feliz em vê-lo. As raízes se desvencilharam das pernas dela.

— Estávamos apenas conversando — falou Ochi calmamente, mas soltou Imogen, que correu para o lado do homem. — Ela roubou o meu relógio — reclamou a bruxa da floresta. Parecia mesquinharia, como uma criança se queixando da outra. — Sua filha não tem limites.

— Ele não é o meu pai — murmurou Imogen.

Mark não baixou a arma.

— Concordo plenamente — disse ele a Ochi. — Essa menina é um pesadelo e tanto. Educação progressista. Essa é a verdadeira culpada.

— Quero meu relógio de volta — exigiu a bruxa.

— Infelizmente, você não pode ficar com ele — respondeu Mark. Ele escondeu Imogen atrás de si e começou a recuar.

— Por que não? — gritou a bruxa, com as bochechas em chamas.

— Achado não é roubado — disse Mark. — Só por isso.

Ochi olhou tão feio para Mark que o rosto jovem da bruxa formou rugas. Então, ela jogou a capa por cima do ombro e saiu pisando firme, até sumir entre as árvores.

CAPÍTULO 31

No terceiro dia da jornada, os viajantes se aproximaram de duas montanhas altas. O chão estava coberto de neve e Imogen soltava nuvens brancas ao respirar. Estava feliz com o calor que o pônei emanava.

— Nenhum sinal dos homens de Patoleezal — murmurou Mark, olhando para o vale.

Nenhum sinal da bruxa da floresta também, pensou Imogen. Sentia a ausência da irmã de novo — aquele buraco no lugar onde Marie deveria estar. Só que, daquela vez, o vazio estava fora do corpo de Imogen e lhe dava energia, a atraía.

— Olha — exclamou Miro, apontando o dedo. — É a passagem da montanha! Aqueles picos são chamados de Irmãos Gêmeos.

Imogen guiou o pônei até lá, doida para ver com os próprios olhos. Os Irmãos Gêmeos ficavam bem juntinhos. Protegiam o caminho do sol, fazendo com que a neve no chão não derretesse. As encostas eram rochosas e íngremes. *Vocês não são bem-vindos*, as montanhas pareciam dizer. *Viramos as costas para vocês e para toda a sua espécie.*

Imogen estremeceu e apertou mais a capa. Estava com inveja do gorro de pele de Miro.

— Está com frio? — perguntou Mark. — Quer pegar minha capa emprestado?

Imogen negou com a cabeça.

Miro seguiu adiante com o cavalo, que ia deixando pegadas na neve, e Imogen aproveitou a deixa. Desde que Mark a salvara de Ochi, tinha uma coisa que não saía da sua cabeça.

— Mark — disse ela, tentando soar casual. — Por que você não devolveu o relógio a Ochi? Achei que fosse contra roubar coisas de senhorinhas.

Quando Mark falou, foi com uma voz entrecortada que Imogen nunca tinha ouvido antes:

— Não gosto que ninguém ameace a minha família.

Família dele? Imogen não sabia direito o que pensar. Mark pigarreou.

— Imogen, aquela noite no jardim, quando a gente entrou…

Ele não conseguia nem falar aquilo.

— Na porta da árvore? — sugeriu ela.

Mark fez que sim e endireitou a postura na sela.

— Eu tinha tido uma briga com a sua mãe. A gente se desentendeu à noite e ela foi direto para a cama. Eu estava sozinho no bar quando vi você e a sua irmã passeando escondidas do lado de fora do hotel.

Não muito tempo atrás, Imogen teria ficado feliz de saber da briga entre a mãe e Mark. Naquele momento, só estava cansada. Estava cansada do frio e de não sentir o próprio traseiro. Era como se ela e a sela tivessem se fundido.

— Sua mãe se recusava a acreditar que você tinha fugido no verão passado. Isso me deixou com muita raiva. Não sei o porquê, mas deixou. Falei coisas que não deveria.

— Que coisas? — Imogen olhou de esguelha para Mark.

— A respeito de disciplina e criação de filhos. Que um belo dia você ia precisar se virar sozinha, ia precisar explicar os números para os membros de um conselho. E então, o que você ia fazer? Não poderia simplesmente inventar um reino mágico. Trabalho árduo. Estatísticas. É isso que conta. É preciso viver no mundo real.

Imogen mordeu o lábio. A versão de Mark do mundo real parecia inventada.

— Mas agora… — Ele olhou para a faixa de céu entre as montanhas. — Agora já não tenho tanta certeza.

O silêncio pairava no ar, a não ser pelo ranger dos cascos. Os Irmãos Gêmeos se espremiam de ambos os lados, com a superfície rochosa congelada e austera. Mais adiante, o garanhão de Miro era um borrão preto na neve branca.

— Acho que o que eu estou tentando dizer — prosseguiu Mark —, o que estou tentando dizer é que eu sinto muito.

Imogen ficou tão chocada que quase deixou as rédeas caírem.

— A porta na árvore existe — disse Mark —, assim como esse mundo incrível. Quando a gente chegar em casa, vou pôr todos os pingos nos is. Vou garantir que sua mãe saiba a verdade... O que você acha?

— Acho ótimo — disse Imogen. — Muito bom mesmo.

Então eles passaram no meio dos Irmãos Gêmeos. Passaram por um reino após o outro, deixando o passado para trás e encarando os acontecimentos que ainda estavam por vir.

PARTE 3

CAPÍTULO 32

No quarto dia de viagem, Imogen, Miro e Mark chegaram ao outro lado das montanhas. Uma grande extensão de terra estendia-se diante deles, dividida por rios e lagos. As colinas não eram muito grandes. Os vales cercavam as aldeias.

— Além das montanhas — sussurrou Imogen. — Não parece tão ruim.

Miro se aproximou montado em seu cavalo preto.

— As aparências enganam — comentou, mas estava sorrindo. Ele parecia relaxado... até mesmo empolgado.

Riachos percorriam as encostas das montanhas. Para Imogen, era como se estivessem rindo de uma piada sobre degelo e curvas de correnteza forte, com um desfecho que ela jamais entenderia.

Os cavalos seguiram o fluxo da água morro abaixo. De vez em quando, atravessavam a parte rasa. Outras vezes, mergulhavam a cabeça para tomar uns goles.

No sexto dia, os viajantes terminaram a descida. As montanhas ficaram para trás e, diante deles, um rio amplo e colinas baixas se estendiam.

— Onde estamos? — perguntou Imogen.

— Acho que estamos no reino das Terras Baixas — respondeu Miro. — Dizem que faz séculos que ninguém invade. — Imogen sentia que era verdade. Havia uma certa paz naquele lugar encharcado. Talvez fosse o cheiro de terra úmida e coisas crescendo. Talvez fosse o tamanho do céu.

Ela não pôde deixar de sentir esperança. É claro que encontrariam Marie. É claro que ficaria tudo bem. Os monstrinhos da preocupação pareciam tão surreais quanto neve no verão.

O relógio de estrelas

— Por que será que o reino não foi invadido? — perguntou Mark. — Não estou vendo nenhuma torre ou muralha.

— Não precisam de muralha quando se tem um dragão das águas — respondeu Miro.

Mark olhou de um lado para o outro.

— Dragão? Espero que seja modo de dizer.

Imogen olhou para Miro. Ele sorriu e deu de ombros, mas não falou mais nada.

Eles pararam para comer queijo e biscoito. Miro passou gordura de porco nos próprios biscoitos. Mark os empilhou num sanduíche com três camadas. Imogen mordiscou o queijo à beira do rio, que serpenteava lentamente entre bosques e campos.

Uma libélula estava caçando nos juncos. A menina se agachou para ver de perto. O inseto tinha o corpo reluzente. Suas mandíbulas faziam *crac, crac*. Estava devorando moscas em pleno voo.

Sem mais nem menos, uma língua comprida voou e acertou a libélula com um *ploft*. Imogen ficou tão chocada que deixou o queijo cair. A língua recuou, levando o inseto para debaixo d'água.

Tudo acabou num piscar de olhos. A caçadora foi caçada. O rio correu tranquilo.

Imogen procurou o dono da língua. Abriu caminho entre os juncos… Não havia nada ali. Ela se debruçou sobre as águas, segurando-se na grama para não cair.

Dava para ver o próprio reflexo embaçado, a face se contorcendo com a correnteza. Mas, abaixo do rosto dela, havia outro. Olhos azuis a observavam lá de baixo. Imogen se afastou correndo da margem e reprimiu um grito.

Miro se pôs ao lado dela em dois tempos.

— Tem um rosto na água! — gritou Imogen. — Tinha olhos azuis e uma língua comprida e pegajosa!

— Tem certeza de que não era um sapo?

Mas, enquanto Miro falava, alguma coisa emergiu do rio. Os dedos membranosos vieram à tona primeiro, depois o topo de uma cabeça e

Para além das montanhas

então um rosto com olhos profundos e esverdeados.

— Acho que é uma ninfa do rio — sussurrou Miro. — Sai de perto.

Imogen ficou onde estava. Queria perguntar à criatura aquática se ela tinha visto Marie. Mas, antes que pudesse dizer qualquer coisa, Mark a pegou com as duas mãos.

— Ei! — gritou ela. — Me solta!

Ele a arrastou para longe do rio e a colocou na grama alta.

— Você estava perto demais! — berrou. — Onde estava com a cabeça?

— Queria perguntar da minha irmã!

— Você queria *bater um papo*? — disse Mark. — Acabei de salvar a sua vida! Só Deus sabe o que andam jogando nessa água. Deve ser algo terrível, para fazer monstros daquele tipo.

— *Você* é o único monstro por aqui — murmurou Imogen. Mas, ao olhar para o rio, a ninfa tinha desaparecido.

CAPÍTULO 33

Os viajantes chegaram a uma cidade à beira do rio. Era o primeiro povoado daquele lado das montanhas.

A maioria das construções era feita de madeira, com janelinhas e telhados pontudos. Brotos de vegetais enchiam os jardins, e gansos pastavam perto de um riacho.

As casas eram bem mais baixinhas do que em Yaroslav e pareciam bastante aconchegantes por dentro. Imogen conseguia ver pelas janelas.

— Vamos nos dividir — disse ela ao chegarem a uma praça perto do centro da cidade. — Deveríamos perguntar se alguém viu minha irmã.

— Não vou sair de perto de você — disse Mark, e indicou Miro com a cabeça. — E a gente também não deveria deixar ele sozinho.

Miro pareceu estranhamente satisfeito com aquela afirmação.

— Tudo bem — disse Imogen. — Mas vai levar séculos.

O lorde da cidade não quis ajudá-los a encontrar Marie. Ele olhou os viajantes com desconfiança.

— Crianças somem o tempo todo — disse ele. — Não cabe a mim ficar de olho nelas. Esse é o papel dos pais.

O padre também não tinha visto Marie.

— Vou rezar pela alma dela — avisou o clérigo de rosto abatido. — Os krootymoosh já levaram várias. Gostariam de acender uma vela para a criança?

— Espera — disse Mark. — Krooty o quê?

— Krootymoosh — falou o padre sem pestanejar. — São monstros que levam crianças pecadoras.

Mark não sabia o que dizer. Seu olhar assustado deixava isso evidente. Por sorte, Imogen sabia.

— Marie não é pecadora. Ela é toda certinha.

— Quem a sequestrou foi uma mulher — acrescentou Miro.

O padre empurrou os óculos para o dorso do nariz.

— Ah, é mesmo? Vocês deviam ter cuidado para não falarem o que não devem, crianças... senão os krootymoosh podem levar vocês também.

— Obrigado — disse Mark, conduzindo-os para fora da igreja. — Vamos nos lembrar disso.

O boticário da cidade era um homem magro de aparência pálida e faminta.

— Em que posso ajudar? — perguntou.

Havia centenas de garrafas nas prateleiras atrás dele, cheias de pós brilhantes e geleias.

— Estou procurando uma menina ruiva — explicou Mark. — Ela desapareceu faz uma semana.

— Outra? Ah, não — murmurou o boticário.

— Outra o quê? — perguntou Miro.

— Outra criança levada pelos krootymoosh. Eles são uma praga nas Terras Baixas. Não tem cura... — Ele parou e fungou. — Mas e vocês? Estão doentes?

Imogen, Miro e Mark balançaram a cabeça.

— Sendo assim, infelizmente não posso ajudar — disse o homem.

Os viajantes viraram de costas para ir embora.

— Cinco coroas — gritou o boticário atrás deles. — Não distribuo conselho de graça!

Imogen, Miro e Mark pararam as buscas ao anoitecer. Caminharam até um conjunto de salgueiros nos limites da cidade, onde tinham deixado os cavalos pastando.

O rio balbuciava e o fogo iluminava as casas. Imogen se apoiou numa árvore e sentiu a energia se esgotar com o que lhe restava de esperança.

Ninguém tinha visto a irmã dela. Ninguém nem se importava com o sumiço.

Imogen olhou para o céu. Havia tanto espaço… A que distância Marie estaria naquele momento? Tão longe quanto a lua? Tão longe quanto as estrelas?

Ela imaginou a irmã à deriva na escuridão, o cabelo flutuando como se estivesse debaixo d'água, o corpo traçando uma linha no céu. Era o que acontecia na gravidade zero. Era preciso encontrar coisas para empurrar e então seguir na mesma direção para sempre… não tinha como parar. Quer dizer, a menos que você bata num asteroide.

Por favor, pensou Imogen. *Não bata num asteroide.*

— Não faz sentido — disse Mark. — Esta é a primeira cidade a que chegamos. Marie e Anneshka devem ter feito o mesmo. — Atrás dele, os galhos dos salgueiros miravam as estrelas. Mark ficou imóvel, meio de lado. — A não ser que não tenham atravessado as montanhas.

— Como assim? — perguntou Miro.

— Alguma coisa nessa história não bate. — Mark começou a andar de um lado para o outro. — E se Ochi mentiu? Ela disse que Marie tinha sido sequestrada e nós acreditamos nela. Ela disse para irmos "além das montanhas" e, vejam só, aqui estamos. E se Marie ainda estiver na cabana de Ochi? E se estiver amarrada na floresta?

— Ochi nunca roubou nenhuma criança antes — comentou Miro, embora não parecesse muito certo disso.

— Usem a lógica — prosseguiu Mark. — Anneshka não parecia interessada em você nem na sua irmã, e ninguém a viu passar por aqui. Nem uma única pessoa.

— Não perguntamos a todas as pessoas — gritou Imogen. — Não perguntamos nem à ninfa do rio.

— Perguntamos a todos os adultos responsáveis — retrucou Mark. Ele passou a mão pela barba por fazer. — E agora descubro que crianças estão sendo levadas pelos krootymoosh. Ochi não falou disso, falou? — Ele se virou de frente para Imogen. — Mocinha, vou levar você pra casa.

Para além das montanhas

— NÃO! — gritou Imogen.

— Já? — sussurrou Miro.

— Sim — respondeu Mark com a calma de um homem decidido.

— Eu não vou — berrou Imogen. — Você não pode me obrigar! A porta na árvore está trancada!

— Vou dar um jeito de abri-la — disse Mark, e então pôs as mãos na cintura.

— Mas vocês acabaram de chegar — murmurou Miro.

— Não vou embora sem a minha irmã — disse Imogen.

Mark balançou a cabeça.

Quanto mais calmo Mark ficava, mais raiva Imogen sentia.

— Não, não, não! — berrou ela. — Quero encontrá-la AGORA!

— Imogen, isso é para proteger você.

A menina estava tão brava que não conseguia pensar. Justo quando Mark parecia um pouco legal... Como ele era capaz de abandonar Marie?

— É culpa sua a gente estar aqui! — gritou ela. — É culpa sua eu ter passado pela porta na árvore! Se você não estivesse tão disposto a provar que eu estava errada, eu não precisaria provar que estava certa!

— Não vem botar a culpa em mim — disse Mark, perdendo a paciência. Ele se conteve... respirou fundo. — Você vai voltar e ponto-final. Vamos embora de manhã cedinho.

CAPÍTULO 34

Havia uma taberna não muito longe do conjunto de salgueiros, com uma placa grande que dizia *A casa das águas*.

— Vamos passar a noite aqui — disse Mark com falsa animação — e então seguiremos para casa pela manhã. Tenho certeza de que vai se sentir melhor até lá.

Encontrar Marie faria eu me sentir melhor, pensou Imogen, mas entrou na taberna atrás de Mark e Miro.

Havia um grupo de homens de rosto corado, usando chapéus de pescador e com bigodes sujos de espuma de cerveja, amontoado ao redor de uma mesa. Um skret roía um pernil de cordeiro assado. Três senhorinhas monopolizavam a lareira.

Todos se viraram para encarar os recém-chegados.

— Pelo menos os bares funcionam igual à nossa terra — murmurou Mark, e se jogou em um banco no balcão.

— Vocês devem estar com sede — falou o dono do bar, que tinha pele negra e olhos amigáveis. — O caminho de Yaroslav para cá é difícil.

— Como adivinhou de onde estamos vindo? — perguntou Mark, parecendo assustado.

O dono do bar deu uma risadinha e apontou.

— As roupas. Elas entregam vocês.

Mark deu uma olhada na capa e na túnica emprestadas, como se estivesse se enxergando pela primeira vez. Parecia mesmo diferente do dono do bar; formal e vestido para o frio. O homem usava uma camisa larga e acolchoada. Mark usava um colete e uma gravatinha.

Para além das montanhas

Miro foi logo subindo na banqueta ao lado de Mark, apoiando os cotovelos no balcão. Imogen hesitou. Queria se sentar com o amigo. Não queria ficar perto *daquele homem*.

— E aí — disse o dono do bar —, como vão as coisas em Yaroslav? A Estrada Antiga anda parada. O conflito com os skrets foi resolvido?

Imogen sentiu uma pontinha de satisfação enquanto Mark se atrapalhava para responder. Ele não sabia nada a respeito de Yaroslav.

— Com certeza — instigou o dono do bar — o rei Drakomor assumiu as rédeas da situação, né?

— O rei Drakomor está morto — disparou Miro e, por um instante, parecia prestes a chorar. Mas ele se conteve e afastou o cabelo do rosto.

— Eu sou o herdeiro de Drakomor.

O dono do bar bateu a caneca de cerveja com tanta força que a alça se soltou na mão dele.

— Você é o rei de Yaroslav? — perguntou o homem, e olhou para Mark em busca de confirmação. Imogen fechou a cara para os dois. Por que será que os adultos só confiavam uns nos outros?

— É verdade — disse Mark. — Ele é mesmo.

As senhorinhas e os pescadores começaram a cochichar. As pontas das orelhas de Miro ficaram vermelhas.

— Seja bem-vindo às Terras Baixas, Sua Majestade — disse o dono do bar. — Vou querer notícias de Yaroslav. Mas, primeiro, o que gostaria de beber?

Imogen decidiu deixar Miro sozinho. Não estava a fim de participar daquela conversa… Ela localizou uma mesa no canto. Tinha banquetas com braços. Parecia um bom lugar para ficar de mau humor.

A menina escapuliu para um banco, mas havia uma garota sentada de frente. Havia um gato selvagem ao lado dela — como uma espécie de lince gigante ou um leopardo das neves.

— Ah, me desculpa — disse Imogen. — Não tinha percebido que a mesa estava ocupada.

A garota tinha mais ou menos a idade de Imogen, com a pele negra cor de âmbar e o cabelo cacheado que emoldurava o rosto como uma nuvem. A parte de cima da roupa era lisa e a saia era florida, como parecia ser a moda por ali.

— Sem problema — disse a garota com um sorriso tímido. — Pode ficar se quiser.

O gato enorme não piscou, encarando Imogen fixamente. Havia algo de predatório no olhar daquele animal. Imogen teria ficado apavorada se a garota não parecesse tão à vontade. Ela não agia como se o gato fosse perigoso, por mais que ele fosse do tamanho de um lobo.

Debaixo da mão da garota havia um pergaminho.

— O que você está desenhando? — perguntou Imogen, inclinando a cabeça.

— Ah, não terminei ainda — disse a garota, e então escondeu o esboço debaixo da mesa.

Ela examinou Imogen, e parecia estar decidindo se ia ou não falar. Imogen deve ter passado no teste.

— Aquele é o meu pai — comentou a garota —, atrás do balcão. Ele ama quando chega gente nova. Vai conversar com o seu pai até dizer chega.

— Mark não é o meu pai — retrucou Imogen. A resposta saiu com mais raiva do que pretendia e a garota ficou quieta. Ela estava ouvindo a risada de Mark. Pelo menos, com os bancos de espaldar alto, não dava mais para ver o rosto dele.

O gato enorme continuou encarando e Imogen se remexeu, desconfortável.

— Qual é a desse seu gato-lobo? — perguntou ela, tentando parecer confiante, mas se sentindo cada vez mais como um ratinho a cada segundo que passava.

A garota acariciou o gato e o animal relaxou.

— Não é uma gata-loba — disse. — É uma snĕehoolark.

Imogen sentiu uma pontinha de inveja. Desejou que *ela* tivesse um snĕehoolark de estimação. A gata tinha listras brancas abaixo dos olhos, grandes orelhas peludas e bigodes do tamanho de pincéis.

— Onde se consegue um sneehoo-laquê?

— Foi um monge que deu aos meus pais — disse a garota. — Ele tinha vindo lá das Montanhas Sem Nome. Snĕehoolarks são comuns por lá... O nome dela é Konya.

A sementinha da inveja criou raízes. Imogen apostava que Konya não desistiria de Marie. Apostava que Konya matava monstrinhos da preocupação como se fossem ratos. A snĕehoolark esfregou a cabeça macia no ombro da garota. O ronronar dela parecia um helicóptero. Fazia a mesa vibrar.

— Qual é o seu nome? — perguntou Imogen.

— Perla — respondeu a garota depois de um momento de hesitação —, e o seu?

— Imogen Clarke. Minha irmã foi sequestrada e eu estou aqui para encontrá-la e levá-la de volta para casa.

A menina lançou um olhar de curiosidade para Imogen.

— A sua irmã foi sequestrada pelos krootymoosh?

Imogen balançou a cabeça. As pessoas não paravam de falar dos krootymoosh, mas ela ainda não sabia o que eles eram. Talvez, se não se aprofundasse no assunto...

É isso aí, sibilou um monstrinho da preocupação. *Finge que sabe. Você não vai querer fazer papel de trouxa.* Ele saiu do esconderijo debaixo da mesa.

— O que é um krootymoosh? — perguntou Imogen enquanto pisava no monstrinho da preocupação.

Perla pareceu surpresa com a pergunta.

— Posso te mostrar... se quiser. Eu tenho um lá em cima. Mas não pode rir do meu quarto.

Imogen se perguntou o que teria de engraçado no quarto da garota.

— Prometo — disse ela, levantando-se do banco.

Miro estava cercado de pescadores, todos se acotovelando para falar com o rei. O rosto dele estava corado. Estava amando receber toda aquela atenção. Imogen falou no ouvido dele:

— Estou indo ver um krootymoosh — sussurrou. — Quer vir comigo?

CAPÍTULO 35

Perla saiu do bar com Imogen e Miro e os guiou por um lance de escadas. Não havia nenhum krootymoosh por ali, seja lá o que fosse aquilo.

As crianças subiram uma escada para o sótão, e Konya, a gata-loba, saltou atrás deles.

Certamente o krootymoosh não pode ser tão perigoso se Perla o cria aqui em cima, né?, pensou Imogen.

Mas também não havia sinal de krootymoosh no sótão.

— Esse é o seu quarto? — perguntou Imogen.

Cada pedacinho do quarto tinha sido pintado. Mas não era uma pintura parecida com a do quarto de Imogen, e sim a de um mapa gigantesco.

Perla assentiu com a cabeça, ansiosa.

Havia trilhas desenhadas nas tábuas do piso, montanhas acima da porta. Imogen olhou para cima e o teto era espetacular. Entre o cruzamento das vigas, o telhado tinha sido pintado de um preto profundo. Uma galáxia de estrelas piscava acima deles, conectadas por linhas finas e prateadas.

— É um mapa estelar — sussurrou Miro. — Que incrível!

— Gostou? — Perla juntou as mãos.

— É maravilhoso! — falou Imogen, semicerrando os olhos em direção a uma enorme pintura de um pântano intitulada *Mokzhadee*. Os detalhes eram primorosos: brejos e neblina crescente, campos alagados e ilhas gramadas.

— Por que você achou que nós iríamos rir disso?

— Tem gente que acha estranho — falou Perla. A voz dela estava baixa, como se compartilhasse um segredo. — Mas eu gosto de fazer mapas.

— *Você* fez isso? — perguntou Imogen, arfando. — Como? Quem te ensinou?

— Aprendi sozinha. — Os olhos de Perla brilhavam de satisfação. — Vários viajantes vêm parar na nossa taberna, gente de terras muito distantes. Eu não gosto de fazer perguntas a eles, mas o papai faz um bocado… Alguns falam da terra natal. Outros falam dos lugares onde já estiveram. Eu escuto… Depois, acrescento o que aprendi no meu mapa.

Miro tinha encontrado Yaroslav, bem no cantinho do sótão.

— Esse é o meu reino — comentou ele, apontando para uma cidade do tamanho de um botão.

Perla olhou para Imogen.

— Você também vem de lá? — perguntou.

Imogen não sabia como responder. Estava tão cansada de ter que se explicar, cansada de ninguém acreditar nela. Será que Perla entenderia se ela dissesse que tinha passado por uma porta numa árvore?

— Sim — disse Imogen. — Eu sou de Yaroslav.

Miro abriu a boca. Estava prestes a contradizê-la, então Imogen tratou logo de mudar de assunto:

— Achei que você fosse nos mostrar um krootymoosh. Cadê? Você o deixa trancado?

Perla pegou um caderno de couro.

— Vou mostrar um krootymoosh *aqui*.

Imogen e Miro juntaram-se a ela. Na primeira folha de pergaminho havia o desenho de um monstro.

Ele estava de pé sobre as patas traseiras, como um humano, mas era todo coberto de pelos. Tinha ombros bem largos e fortes presos numa armadura cheia de espetos. Um elmo pontiagudo lhe cobria o rosto.

Assim como tinha feito com os mapas nas paredes, Perla capturara cada detalhe.

— *Isso* é um krootymoosh — disse ela, batendo o dedo em cima da página.

— É um monstro de armadura! — exclamou Miro, com os olhos arregalados de espanto... ou seria satisfação? — Minha antiga babá conhecia esses monstros. Dizia que eles pegavam crianças malcriadas.

— É o que dizem as canções de ninar — sussurrou Perla. — E era o que eu achava também. — Ela falava dos krootymoosh ainda mais baixo do que dos mapas.

— E o que você acha *agora*? — perguntou Imogen.

Perla sentou-se na cama e manteve os olhos fixos em Konya.

— É mentira. Eu sei que é. Meu irmão *era* comportado, mas os krootymoosh o levaram mesmo assim.

Imogen sentiu uma onda de compaixão. Sabia bem como era sentir saudade de um irmão, pensar nele o tempo todo.

— Sinto muito pelo seu irmão — disse ela.

Perla estava franzindo a testa e mordendo o lábio.

— Pelo menos ainda tenho a Konya. Os krootymoosh não mexem com ela.

A snĕehoolark estava se lambendo no colchão.

Miro parecia meio desconfiado da gata-loba, mas Imogen se sentou na outra ponta da cama.

— Como isso aconteceu? — perguntou a Perla. — Não precisa nos contar se não quiser — acrescentou depressa.

Perla passou um tempão em silêncio. Ela acariciava o pelo da snĕehoolark.

— Era cedo — disse. — Meus pais estavam dormindo, mas Tomil, meu irmão, queria ir pescar. Dava para vê-lo em seu barco da minha cama. — Ela olhou pela janelinha redonda, como se o irmão ainda estivesse ali fora.

Imogen sentiu um pouco de enjoo. Não pôde deixar de imaginar Tomil como Marie.

— Ele sempre acordava cedo — continuou Perla. — Vivia cheio de planos. Mas estava tão ocupado dando partida no barco que não viu o krootymoosh se aproximar.

Miro estava prestes a falar, mas Imogen fez que não com a cabeça. Perla estava imersa nas próprias lembranças. Era melhor deixar fluir.

— Eu vi o krootymoosh chegando no rio. Tinha dois metros de altura e carregava uma gaiola nas costas. Chamei Konya e descemos às pressas. Juntas, poderíamos tê-lo parado. Juntas, talvez…

Konya soltou um miado que pertencia a um gato muito menor. Ela estendeu uma pata na direção da dona.

— Chegamos tarde demais — sussurrou Perla. — O krootymoosh e meu irmão tinham ido embora. Encontrei o barco do Tomil a mais de um quilômetro rio abaixo. Talvez se eu tivesse corrido um pouquinho mais rápido… talvez se eu…

— Não é culpa sua — disse Imogen com certa força. Os olhos castanho-escuros de Perla encontraram os dela.

Por um instante, o silêncio tomou conta do sótão. Vozes adultas viajavam pelas tábuas do assoalho. Eles estavam rindo e gritando no bar.

— Por que o rei daqui não faz alguma coisa? — questionou Miro. — Quantas crianças já sumiram?

— Não sei — disse Perla. — Faz pouco tempo que isso começou a acontecer. As pessoas achavam que os krootymoosh eram monstros de contos de fada. A gente não sabia que podiam existir de verdade.

Ela se virou para Imogen com uma expressão curiosa. Foi a mesma cara que tinha feito no bar, quando Imogen falou de Marie.

— Se não foi um monstro, quem levou a sua irmã?

— Uma mulher loira.

Perla parecia triste.

— Você acredita em destino?

— Claro —- respondeu Miro.

— Não tenho certeza — sussurrou Imogen.

— Eu nunca contei isso a ninguém — disse Perla —, mas, às vezes, acho que as estrelas fazem coisas de propósito. Elas juntam as pessoas por um motivo.

— Eu também acho — disse Miro, assentindo vigorosamente.

Imogen sentiu um aperto no estômago. Será que Perla sabia alguma coisa sobre a irmã dela?

Perla virou a página do caderno de desenhos. O que Imogen viu em seguida fez todos os músculos do seu corpo se contraírem. Ali estava um desenho... dela. Bom, de uma garota com o rosto igualzinho ao dela. Tinha sardas no nariz e o cabelo curto. Imogen passou os dedos pelo pergaminho.

— Bem que eu achei você familiar —- disse Perla.

Imogen olhou para o desenho de si mesma. Tinha sido feito num estilo que ela conhecia. Tinha sido feito no estilo de Marie.

— Foi... *você* que fez esse desenho? — perguntou Imogen.

— Não — respondeu Perla. — Mas a menina que fez esteve aqui, e ela estava viajando com uma mulher loira.

CAPÍTULO 36

— Ela esteve aqui? — gritou Imogen. — Minha irmã esteve aqui, nesta casa?

— Eu não sabia que ela tinha sido sequestrada — disse Perla. — Pensei que a mulher loira fosse mãe dela.

— Você falou com ela? — perguntou Miro. — Como ela estava? Há quanto tempo foi embora?

Perla pensou por um instante.

— Parecia triste. Foi por isso que emprestei o meu caderno de desenhos… Faz apenas alguns dias.

Imogen tentou rir, mas o que saiu estava mais para soluço. Ela olhou o desenho outra vez. Era obra de Marie. Dava para ver pelo nariz. Marie sempre fazia Imogen parecer nariguda.

— A mulher chegou a dizer para onde estavam indo? — perguntou Imogen.

— Ela não falou muita coisa. Acho que queria ficar sozinha.

Imogen levantou o alçapão do sótão e pôs o pé no degrau mais alto da escada.

— Aonde você está indo? — quis saber Miro.

— Resgatar minha irmã, é claro!

— Não dá! — exclamou Miro. — Não sabemos para onde elas foram.

Mas Imogen não estava dando ouvidos. Marie tinha passado ali e ainda poderia estar por perto. Talvez, com uma lanterna, Imogen pudesse chegar à próxima aldeia antes do amanhecer, e então, e então…

— Devíamos contar a Mark — disse Miro.

Para além das montanhas

— De jeito nenhum! — gritou Imogen. — Ele já decidiu que vai me levar para casa. Não vai me deixar ir atrás de Marie.

— Mas, talvez, se ele soubesse que ela foi vista...

— Qual é o problema, Miro? — perguntou Imogen. — Está com medo?

Miro recuou, ofendido com a acusação.

— Só acho que deveríamos ficar juntos.

Imogen desceu do sótão. Miro, Perla e a snĕehoolark foram atrás. No bar, Mark estava conversando com o pai de Perla. Estavam de costas para as crianças, de cabeça baixa, então Imogen escapuliu sem ser vista.

Foi um alívio sentir o ar frio na pele. *Ali* estava o barulho do rio. *Ali* estavam as nuvens apressadas. Tudo passava depressa e Anneshka estava fugindo.

Imogen correu até o estábulo — uma construção rústica de madeira perto dali. Miro e Perla a seguiam, e nenhum dos dois ousava abrir a boca.

O interior do estábulo cheirava a palha e a cocô de cavalo. A luz da taberna entrava pelas portas. Os cavalos se moveram nas sombras, sem saber o que achar dos visitantes.

— Preciso que me ajude a pôr a sela no meu pônei — disse Imogen a Miro.

— Você nem sabe para onde vai — implorou ele. — O que vou dizer a Mark?

— Diga o que quiser — gritou ela enquanto dava meia-volta. — Mark não é o meu pai! É só um mandão que não sai da minha cola!

— Acho que ele seria um bom pai — murmurou Miro.

Perla e Konya ficaram olhando da porta.

— Tá bom — disse Imogen rispidamente. — Eu mesma vou preparar o pônei. — Ela tirou a sela do suporte e cambaleou com o peso antes de deixá-la cair no chão. O pônei virou a orelha na direção dela.

— Me passa as bolsas — ordenou ela.

— Você deveria dar uma chance a Mark — disse Miro, pegando um alforje e segurando-o firme.

Imogen tentou tirar dele, mas Miro não quis soltá-lo. Ela puxou

153

O relógio de estrelas

uma alça e a costura rasgou. Uma caixa caiu. Alguma coisa foi ao chão com um estrondo.

Imogen e Miro se olharam na penumbra.

— Que foi? — perguntou Perla. — O que foi que vocês quebraram?

O estojo estava aberto no chão do estábulo.

— O relógio do meu pai — lamentou Miro, caindo de quatro. Nem se a cabeça do tio tivesse rolado no chão ele teria ficado tão angustiado.

— Eu pensei que tivesse sido destruído no incêndio! — Miro olhou feio para Imogen, com a acusação estampada no rosto. — Como você conseguiu isso? Por que não me contou? Esse relógio pertence a mim! Meu relógio do castelo!

Imogen engoliu em seco.

— Eu não sabia se você ia entender. — Ela se agachou ao lado do amigo. — Não sabia se acreditava em "achado não é roubado".

— Achado não é roubado — murmurou Miro. — Eu me lembro dessa frase. — Uma pedra preciosa em forma de estrela brilhou entre a palha e a lama seca.

— Peguei o relógio de Ochi — comentou Imogen, escolhendo as palavras com cuidado. — Não sei como ela conseguiu.

A expressão de Miro passou da fúria à descrença.

— Você roubou de uma bruxa?

— Ochi disse que o relógio lê as estrelas. Achei que se eu conseguisse fazê-lo voltar a funcionar, ele poderia nos ajudar a encontrar Marie. Poderia nos mostrar para onde Anneshka está indo.

Perla se juntou a eles, ajoelhando-se no chão do estábulo. Konya farejou o mostrador do relógio como se tivesse encontrado um rato morto. Não havia nenhuma movimentação, nenhum coração batendo.

A portinhola do relógio estava aberta, como se tivesse sido forçada. Havia um pedaço de madeira ao lado dela.

— Caiu alguma coisa — disse Perla, e então pegou a madeira. — Parece um brinquedo.

— Não é um brinquedo — respondeu Imogen. O mundo pareceu se inclinar. — É uma escultura de três crianças… é uma escultura da gente.

CAPÍTULO 37

De volta ao sótão, Imogen, Miro e Perla formaram um triângulo. Estavam um de frente para o outro, de mãos dadas, como as crianças que tinham saído do relógio.

— Está funcionando? — perguntou Perla. O relógio estava diante dos pés deles.

— Ainda não — disse Imogen. — Continuem parados.

Konya assistia à cena deitada num ninho de mantas em cima da cama. Apenas a pontinha do rabo se mexia, balançando de um lado para o outro.

— Não está acontecendo nada — disse Miro, soltando as mãos das meninas. Ele ainda estava meio mal-humorado.

— Mas Ochi disse que o relógio lê o futuro — disse Imogen.

— Está quebrado — resmungou Miro ao se jogar na cama. — Você quebrou o relógio do meu pai.

— Talvez a gente não esteja pensando do jeito certo — disse Perla. — Quando estou enfrentando dificuldades com um mapa, tento olhar para ele de um ponto de vista diferente. — Ela virou as esculturas de cabeça para baixo.

Mas as crianças de madeira guardaram seus segredos. Perla deu uma sacudida nelas antes de jogá-las na direção de Konya. A snëehoolark assumiu o modo caçadora.

— Ei! — gritou Miro, pegando os bonequinhos. — Isso faz parte do meu relógio!

Konya deu uma patada na escultura e suas garras cortaram a mão de Miro. O sangue jorrou do dedo dele. *Pinga, pinga, pinga até o chão.*

O relógio de estrelas

— Ops — disse Perla. — A Konya pensou que você estivesse brincando.

— Rápido! — gritou Imogen. — Você precisa limpar com a língua.

Miro ficou meio vesgo de tão perto que olhou o corte. Imogen teve medo de que ele pudesse desmaiar.

— Já sei — falou. E, então, mais animado: — Já sei como consertar o relógio! E se as crianças de madeira não estivessem dando as mãos? E se estivessem fazendo um pacto?

É claro, concluiu Imogen. *Por que não pensei nisso antes?*

Konya mastigou a escultura e os dentes rangiam na madeira.

— Como se faz um pacto? — perguntou Perla.

Miro puxou uma faca do cinto.

— Precisamos de sangue. Do sangue de todo mundo.

As crianças estavam no meio do sótão, com o relógio quebrado diante dos pés e um céu de pinturas de estrelas lá no alto.

— Prometo resgatar Tomil e Marie — falou Miro. — Farei tudo o que for preciso. Pela minha honra, eu juro.

Imogen queria perguntar como fariam para salvar as duas crianças ao mesmo tempo. Elas poderiam estar em lados opostos do mundo, e Miro tinha prometido a ela primeiro… mas ele já estava cortando a mão.

Imogen pegou a faca.

— Prometo salvar Tomil e Marie — afirmou, e depois pressionou a lâmina na palma da mão. A ponta picou sua pele e ela passou a faca adiante.

Perla fez o mesmo, franzindo as sobrancelhas de tão concentrada.

— Por Tomil e Marie — sussurrou ela. As crianças apertaram as mãos.

Era isso. O pacto foi selado. Os sons da taberna se dissiparam e o mundo ficou em silêncio.

E, então, o tique-taque começou.

Os ponteiros do relógio começaram a se mexer. Pedras preciosas em forma de estrela se agitaram ao redor dele. As crianças se agacharam

Para além das montanhas

para ver o que ia acontecer. Bem quando parecia que o relógio ia pegar no tranco, impulsionado pelo giro dos ponteiros, ele desacelerou.

A portinhola se abriu e uma figura saiu. Era um homem usando uma coroa.

— É o rei Ctibor — sussurrou Perla. O homenzinho de madeira deu um aceno majestoso antes de voltar para dentro do relógio.

— Excelente — falou Imogen. — Vamos fazer uma visitinha. — Ela nunca tinha conhecido um rei... a não ser Miro, mas ele não contava.

— Imogen! Hora de ir para a cama! — gritou Mark lá de baixo.

Imogen revirou os olhos.

— Só um minutinho — gritou de volta. Em seguida, baixou o tom de voz para falar com Miro e Perla. — Onde é que esse rei Ctibor mora?

Perla correu até a parede, quase trombando nela de tão empolgada.

— Aqui — exclamou, e então apontou para o mapa. Perto do dedo dela havia uma cidade cercada de rios. — Vodnislav, capital das Terras Baixas.

— Ótimo — disse Imogen. — Vamos partir esta noite, enquanto os adultos estiverem dormindo. — Miro estava prestes a protestar, mas Imogen levantou a mão. — Não. Não vamos contar a Mark.

— Mas não podemos simplesmente sumir — disse Perla de olhos arregalados. — O que os meus pais vão achar?

Imogen sentiu uma pontada de culpa. Os pais de Perla ficariam aterrorizados. Assim como a mãe e a avó de Imogen.

— O que eles diriam se contássemos nossos planos? — perguntou ela. — Acha que eles deixariam você ir?

Perla franziu os lábios.

— Eles dizem que estou segura no sótão. Têm medo dos krooty-moosh.

— Exatamente — disse Imogen. — Mesma coisa com Mark. Ele quer que eu desista e vá para casa. — Ela se voltou para Miro. — E você fugiu de Patoleezal. Não tem diferença, se parar pra pensar.

— É *bem* diferente — disse Miro, retesando-se. — Mark não tem nada a ver com Patoleezal.

— Imogen! — explodiu Mark. — Desça agora mesmo! Já passou muito da sua hora de dormir!

— Já estou indo! — gritou ela. Em seguida, voltou-se para os amigos. — Olha, podem ficar aqui se quiserem, podem fingir que está tudo bem. Mas eu não vou mais seguir as regras dos adultos. Vou atrás de Marie. E se o relógio diz que ela está com o rei Ctibor, é para lá que eu vou.

— Mas e se Mark precisar da gente? — perguntou Miro.

Imogen olhou firme para ele. Ser rei tinha deixado Miro com uns conceitos estranhos.

— Mark é adulto — disse ela. — Adultos sabem se cuidar.

CAPÍTULO 38

Imogen tinha ficado com o menor quarto da taberna. Mark estava no quarto ao lado. Ela esperou passar uma hora depois de tê-lo ouvido ir para a cama, então escapuliu das cobertas e vestiu as calças, o casaco acolchoado e as botas.

O plano era fugir antes do amanhecer.

A menina não sabia o que a fizera olhar pela janela. Estava escuro, não tinha muita coisa para ver. Mas bem ali, do outro lado do vidro, havia uma mariposa com asas cinza-prateadas.

— Ah, *agora* você me aparece — disse Imogen, abrindo a janela para que a mariposa das sombras entrasse, mas a mariposa se afastou da taberna, tentando guiar Imogen de volta ao mesmo caminho por onde ela tinha vindo.

— Até você? — soluçou Imogen. — Não posso ir para casa. Ainda não. Anneshka sequestrou a minha irmã.

Imogen não estava mais tão certa sobre o plano. Não queria admitir isso para Miro ou Perla, mas se sentia dividida entre a mãe e a irmã. Parecia uma sensação física, como se o coração estivesse se partindo ao meio. Ela pressionou a palma da mão no peito.

Sabia que, a cada dia de sumiço, a mãe ficaria mais e mais preocupada. Sabia que toda aquela situação era um grande erro... Mas, se não fosse atrás da irmã, talvez Marie nunca mais voltasse para casa.

O que a mamãe faria se estivesse aqui no meu lugar?, perguntou-se Imogen. Mamãe já tinha lidado com várias situações difíceis, e sempre parecia saber a melhor solução.

E foi então que a menina encontrou a resposta. Mamãe jamais iria embora sem as duas filhas. Imogen tinha certeza daquilo.

A mariposa das sombras pousou no parapeito da janela e fechou as asas finas feito papel, dobrando-as como se fossem um pequeno guarda-chuva prateado. Imogen imaginou que ela compreendia. Passaram um tempinho sentadas em silêncio, apenas respirando e observando a lua.

— Estou preocupada com a mamãe — disse Imogen, por fim. — Ela deve estar achando que a gente não vai voltar para casa. — Ao pensar no rosto da mãe, com a expressão cansada e chorosa, Imogen levou a mão de volta ao coração e apertou a área entre as costelas. — Só queria poder avisá-la.

A mariposa virou as antenas para a esquerda e Imogen não pôde deixar de perguntar.

— Você acha que…? Será que você poderia dar um recado à mamãe?

A mariposa virou o corpo para a direita. Imogen não sabia o que aquilo significava. Era exigir demais de um inseto, e Imogen tinha quase certeza de que a mariposa não sabia falar, mas se lembrou do que tinham lhe dito. Mariposas são mensageiras. Elas levavam mensagens entre humanos e skrets. Sendo assim, por que não enviar uma mensagem à mãe?

— Só quero que ela saiba que estamos bem — disse Imogen — e que vamos voltar assim que possível. Se você pudesse fazer com que ela se sinta um *pouquinho* melhor… Eu agradeceria muito.

A mariposa das sombras abriu as asas e afofou o pelo das costas. Parecia saber o que fazer.

— Obrigada — disse Imogen enquanto a mariposa se afastava. — Se tiver algo que eu possa fazer em troca…

Mas a mariposa já tinha desaparecido na noite.

— Muito bem — murmurou Imogen. — É hora de fazermos o mesmo.

Imogen, Miro, Perla e Konya rastejaram pelo bar vazio. O chão estava todo grudento de cerveja. Eles abriram a porta da frente e saíram correndo.

Alguém tinha trancado o estábulo, mas Miro pegou um par de alfinetes da capa e os sacudiu dentro do buraco da fechadura. Houve um clique e a porta do estábulo se abriu. Imogen teve que admitir que o amigo levava jeito para arrombar fechaduras.

Dentro do estábulo, eles prepararam os cavalos. Imogen esperava que Perla não notasse seu esforço para subir no pônei. Afinal, estava fingindo ser daquele mundo.

Finalmente, as crianças partiram. Estava escuro, mas os cavalos enxergavam razoavelmente bem. Miro foi na frente em seu garanhão preto. Perla estava no cavalo da mãe. Konya, a gata-loba, trotava ao lado dela.

O pônei de Imogen os seguiu. O relógio de estrelas estava guardadinho dentro do estojo, preso atrás da sela junto com os outros suprimentos. E, enquanto o pônei se movia abaixo dela, afastando-a da taberna, Imogen sentiu uma onda de alívio.

Tinha tomado a sua decisão. Chega de Mark. Chega de ordens. Chega de "Eu sei o que é melhor". Ela ia a Vodnislav resgatar a irmã e ninguém conseguiria impedi-la.

CAPÍTULO 39

Anneshka cavalgava por Vodnislav no pônei branco. A cidade tinha sido construída no encontro de três rios e, para onde quer que ela olhasse, havia água engolindo a terra.

Marie andava atrás do pônei, presa à sela por uma corda.

— Estou com fome — disse, baixinho.

— Não ligo — respondeu Anneshka.

As construções de Vodnislav eram baixas, assim como a terra. Não havia grandes muralhas. Não havia mansões. Até os campanários das igrejas careciam de ambição. Não fosse o número absurdo de barcos, Anneshka teria achado que estava no lugar errado.

— Onde nós estamos? — perguntou Marie.

— Na capital das Terras Baixas — disse Anneshka. — Este é o reino que estou destinada a governar. — Ela desceu do pônei e desamarrou as mãos de Marie. Havia gente por perto, gente que não estava acostumada a ver crianças em uma coleira.

— Pensei que você fosse governar o maior reino do mundo — comentou Marie. — Como é que você sabe que é aqui? O povo está feliz? Eles têm robôs que dão conta de todas as tarefas?

Anneshka encarou a menina. O rosto dela estava branco e sujo da estrada, com olheiras e um machucado na bochecha.

Robôs… Tarefas… Do que será que ela estava falando?

— É o único reino com um dragão — respondeu Anneshka, e então puxou a menina para a sela. Era melhor que os habitantes da cidade pensassem que eram mãe e filha. Elas chamariam menos atenção assim.

Para além das montanhas

— Que tipo de dragão? — perguntou Marie, que olhava à sua volta com olhos arregalados.

Anneshka lembrou-se do incêndio no Castelo Yaroslav: seu casamento reduzido a cinzas, seus sonhos virando fumaça.

— Não estou falando *daquele* tipo de dragão — murmurou. — O daqui é um dragão das águas. É uma arma poderosa.

Um senhor fumava um cachimbo perto de um poço.

— Com licença — disse Anneshka ao homem. — Onde posso encontrar a rainha de Vodnislav?

Ele a olhou por trás de uma nuvem de fumaça amarelada.

— Não tem rainha nenhuma por aqui.

O pulso de Anneshka acelerou. Era o destino. O trono esperava por ela!

Mas o homem prosseguiu.

— Tem só o rei Ctibor e a filha dele. — Ele deu uma olhada na garota em cima do pônei. — Vocês não são dessas bandas, são?

— Não — respondeu Anneshka antes que Marie pudesse responder. Ela soprou a fumaça do rosto.

— A maioria das pessoas esconde os filhos — comentou o homem. — Se bem que nem sempre isso é o suficiente. Meu vizinho escondeu o filho numa armadilha para enguias. Foi levado pelos krootymoosh no verão passado. Minha sobrinha bota os gêmeos dentro do forno. Eles saem de lá cheirando a bolo.

O senhor estava divagando. Anneshka deu meia-volta para ir embora.

— Até o rei perdeu a criança mais velha — disse o homem. — Foi um bafafá.

Anneshka hesitou.

— O rei perdeu um filho?

— Uma filha. Muitos anos atrás. — O homem deu um trago no cachimbo e parecia fazer cálculos. — Ela teria mais ou menos a sua idade agora... Foi bem antes dos krootymoosh surgirem, mas o rei Ctibor afirma que foram eles. Faz um bom tempo que o povo fala dos mons-

O relógio de estrelas

tros. Acho que falamos tanto deles que passaram a existir. — O homem voltou os olhos para Marie. — Não deixe sua filha sair de perto.

Para o horror de Anneshka, Marie respondeu:

— Não sou filha dela! Eu fui sequestrada!

— Com licença — sibilou Anneshka, então puxou as rédeas do pônei, forçando-o a descer a rua. Fizeram uma curva acentuada à esquerda e saíram do campo de visão.

Anneshka puxou Marie da sela e a menina caiu de bruços na lama.

— Não se atreva a me meter em encrenca desse jeito!

— Quero voltar para a minha irmã! — disse Marie aos soluços. — Quero voltar para a minha mãe!

Alguém observava da janela de uma casa próxima, então Anneshka pôs a menina de pé.

— As estrelas mandaram você para mim por algum motivo — sussurrou. — Mas tenha cuidado… pode não ser o motivo que você gostaria.

Ela abraçou Marie e fingiu consolá-la. A menina balançava os ombros enquanto chorava. Por fim, o rosto sumiu da janela.

— Proponho um trato — falou Anneshka, afastando Marie. — Se você facilitar minha vida, eu deixo você ir embora quando tudo isso terminar.

Marie parou de chorar e olhou para cima; os olhos brilhavam por conta das lágrimas e da esperança renovada.

— Se dificultar minha vida — continuou Anneshka —, vou dar você de comida ao dragão das águas. Entendido?

O castelo do rei Ctibor ficava escondido na curva do rio. Anneshka achou a construção bem sem graça. Parecia agarrado à terra, como se temesse escorregar.

Apenas uma fina faixa de terra ligava a fortaleza à cidade. Havia três guardas de armadura ali. Anneshka se aproximou com a menina e o pônei a reboque. Seria muito fácil cair no rio; dava para ouvir os rugidos das águas que corriam por ambos os lados, mas ela não tirou os olhos dos homens.

Eram algum tipo de soldados — diferentes dos Guardas Reais que ela conhecia. Em vez de elmos emplumados, usavam baldes de ferro na cabeça. Em vez de paletós elegantes, vestiam cotas de malha. Dois deles eram bem baixinhos.

— Quem vem lá? — perguntou o menor de todos, com a voz chiada como metal na pedra.

Anneshka parou e tentou disfarçar a surpresa. Olhos luminosos a espiavam por trás de uma fenda na viseira do capacete.

Skrets.

O que será que eles estavam fazendo nas Terras Baixas?

Apenas um dos guardas era humano.

— Por favor, tragam o rei — disse Anneshka.

— Fizemos uma pergunta — rosnou o skret.

Ela espiou por cima do ombro, lançando um olhar de advertência para Marie. Era uma expressão que dizia *bico fechado*.

— Viemos de muito longe — disse Anneshka, apelando para o guarda humano.

— Mas *quem* são vocês? — perguntou ele.

— Não está reconhecendo o meu rosto? Acho que já faz um tempinho… — Ela se deixou desfalecer, caindo de joelhos, como se as pernas não pudessem mais sustentá-la. O homem tirou o elmo e baixou a lança.

— Cuidado — alertou o skret. — Ela pode estar tramando alguma coisa.

Anneshka reduziu a voz a um sussurro.

— Por favor… digam ao rei Ctibor que a filha dele voltou.

O homem largou a lança e segurou Anneshka no instante em que ela fingiu desmaiar.

CAPÍTULO 40

O sol estava baixo quando Imogen, Perla e Miro chegaram ao Rio Klikatar. Imogen não se conteve e olhou por cima do ombro para conferir se havia alguém os seguindo. Mas, se Mark estivesse à procura das crianças, ou estava lento demais ou andando na direção errada. Ao que parecia, Imogen tinha conseguido escapar.

— Que estranho — comentou Perla. — O mapa indica que a travessia é bem aqui. — Ela trouxera a maior quantidade possível dos próprios desenhos: esboços das Terras Baixas, das Terras Secas e além.

Imogen examinou os arredores. O rio era largo e caudaloso. Perto da água havia árvores marrom-avermelhadas e o ar pulsava com a presença de insetos. Não havia sinal de ponte. Talvez os mapas de Perla fossem mais imaginação do que realidade…

— Deixa eu dar uma olhada — disse Miro, e pegou o mapa das mãos de Perla.

Imogen desceu do pônei, exausta e dolorida depois de tanto tempo sentada na sela. Caminhou até a água. No meio do rio, a correnteza era um turbilhão. Mas as margens estavam mais calmas. Havia rochas mais à frente — não do tipo deixado pela natureza. Elas eram lisas nas laterais e afiadas nos cantos.

— Ei — chamou Imogen. — Venham aqui. Olhem isso!

Um arco de pedra despontava dos juncos. Havia mais um arco do outro lado da água. Era tudo o que restava da travessia.

— É a nossa ponte — disse Perla por cima do ombro de Imogen. — Ou era, pelo menos.

Konya farejou os escombros.

— O que vamos fazer? — perguntou Miro.

— Deve ter outro caminho para Vodnislav — disse Perla. — O que diz no mapa?

Miro analisou o pergaminho.

— Tem uma travessia ao norte, mas nossa viagem levaria mais dias.

— A gente não tem dias! — exclamou Imogen. Perla arqueou as sobrancelhas e Imogen ficou envergonhada. — Desculpa... não quis gritar.

As crianças amarraram os cavalos e jantaram em silêncio. Nenhum deles sabia fazer uma fogueira, então se aconchegaram uns nos outros para se aquecerem, e Konya, a gata-loba, ficou no meio.

Imogen tirou o relógio da bolsa e o apoiou numa árvore, mas o instrumento não deu nenhuma resposta. Quando o sol se pôs, surgiram insetos que picam. Um deles zumbiu perto da orelha de Imogen.

— Que bom que Mark não está vendo a gente — murmurou ela. — Já estamos empacados.

— O mesmo vale para Patoleezal — disse Miro, e fez uma voz engraçada. — Reis não se sentam no chão. Reis não comem com a mão. — Ele olhou para Perla. — E os seus pais, o que diriam?

— Alguma coisa sobre os krootymoosh, imagino.

A noite já tinha caído sobre o rio quando um ruído profundo cortou o ar. Parecia um fagote quebrado, tocando a mesma nota sem parar.

— O que é isso? — sussurrou Imogen.

Miro estendeu a mão para pegar a faca.

Mas Perla só deu uma risadinha.

— Não tem sapo na terra de vocês?

Mais barulhos se juntaram à fanfarra dos sapos. Uma trombeta aguda soou por debaixo de um tronco. Um coaxar ritmado surgiu das águas.

— Não temos sapos assim — falou Imogen. — Não na Inglaterra, pelo menos.

Perla parou.

O relógio de estrelas

— O que é Inglaterra?

Ops! Imogen tinha se esquecido da própria mentira. Dissera a Perla que era de Yaroslav... Ela se atrapalhou para responder e foi salva por outro som esquisito.

— Boa noite, peixinhos — disse uma voz suave.

As três crianças ergueram o olhar. Havia um rosto entre os juncos: uma mulher com as pernas submersas... ou quem sabe era uma cauda?

Imogen se pôs de pé.

— Toma cuidado — avisou Perla, e Konya sibilou, concordando. Até mesmo os sapos tinham ficado quietos. — As ninfas do rio são perigosas... Tem ninfa do rio na terra de vocês?

— Não — sussurrou Miro. — Não tem.

Mas Imogen não iria deixar *aquela* ninfa fugir. A mulher apoiou os cotovelos na margem do rio. Não parecia se incomodar com a lama. Cabelos verdes caiam sobre os ombros.

— Olá — disse Imogen. — Você sabe como podemos atravessar o rio?

A mulher piscou os olhos com pálpebras que se fechavam de lado.

— É fácil — respondeu ela. — É só nadar.

— A correnteza está muito forte — disse Perla.

— Não confio nela — acrescentou Miro em voz baixa.

A ninfa do rio pegou uma mosca com a língua. Em algum lugar ao longe, ouvia-se uma trovoada de cascos.

— Nós não vamos nadar — disse Imogen à mulher. — Existe outra maneira de atravessar?

A ninfa abriu espaço entre os juncos, revelando três vitórias-régias enormes. Cada folha tinha o tamanho de um bambolê, com um brilho ceroso e bordas viradas para cima.

— Eu posso levar vocês — disse ela, abrindo um sorriso gentil. Os seus dentes eram de um branco perolado com pontas afiadas.

Miro começou a girar os anéis nos dedos, como sempre fazia quando estava com medo.

Para além das montanhas

O som dos cascos foi ficando mais alto e ali, sob a lua cheia, Imogen viu dois cavaleiros se aproximando. Ela reconheceu o da frente como o pai de Perla. A outra sombra tinha a forma de Mark.

Imogen ficou pálida. Os homens não tinham visto as crianças... ainda. Mas era apenas uma questão de tempo.

— Estou esperando — cantarolou a ninfa do rio, e balançou uma vitória-régia gigante.

CAPÍTULO 41

O rei de Vodnislav acolheu a filha há muito desaparecida de braços abertos. Mandou preparar um banquete em homenagem a ela. Anneshka não queria comer. Queria ver o dragão das águas, mas aquele era o castelo do rei Ctibor, então precisava seguir as regras dele.

— Tudo bem, minha querida? — perguntou Ctibor de seu lugar na cabeceira da mesa.

— Estou sem apetite, pai — disse Anneshka. — Foi um dia cheio de emoções.

Ela nunca tinha gostado muito de peixe, e havia uma pilha de mariscos marrons no prato, ao lado de uma truta assada inteirinha. Os olhos da truta tinham virado geleia. Que nojo.

Marie parecia achar o mesmo.

— Sou vegetariana — sussurrou ela.

Anneshka se perguntou o que aquilo significava.

— Quando a moça vai brincar comigo? — perguntou a menina sentada ao lado de Marie. O nome dela era princesa Kazimira. Era a filha mais nova de Ctibor; tinha seis anos de idade e era a herdeira do trono. Quer dizer, *tinha* sido a herdeira do trono até a chegada de Anneshka.

— Como já disse — falou o rei Ctibor —, a moça é a sua irmã, princesa Pavla. — Os olhos do rei ficaram vidrados. — De volta depois de todos esses anos…

— Irmã — disse a princesa ao olhar para Anneshka, com óleo de peixe escorrendo pelo queixo. — Quando a irmã vai brincar de boneca comigo?

O rei sorriu para a filha mais nova.

O relógio de estrelas

— Pavla está cansada, meu bolinho de ameixa. Tenho certeza de que vai brincar de boneca com você de manhã.

A princesa Kazimira pegou um garfo e apunhalou a cabeça do peixe.

— Mas eu quero brincar AGORA!

O olhar de Marie expressava horror. *Sim*, pensou Anneshka, começando a se afeiçoar à menina. *O rei e a filha são tão asquerosos quanto a comida deles.*

Mas então Marie pegou Anneshka de surpresa. Ela se virou para Kazimira.

— Eu brinco com você, se quiser.

— É uma boa ideia — disse o rei Ctibor.

Um criado presenteou Anneshka com uma travessa de ovinhos cozidos.

— O melhor de Vodnislav — disse o rei.

Anneshka curvou o lábio, mas conseguiu assentir com a cabeça. Até os ovos ali cheiravam a peixe. Então levou um à boca. Eca! Era salgado! Ela engasgou. Será que deveria engolir? Não, era demais. Cuspiu o ovo, pegando-o com o guardanapo.

Será que estou no lugar certo?, perguntou-se. *O maior dos reinos teria uma comida tão ruim?*

O rei arqueou a sobrancelha.

— Estava com o gosto estranho — comentou Anneshka, e pegou o vinho. *Não é a comida que faz Vodnislav ser grande*, lembrou a si mesma. *É o dragão das águas e o seu poder.* Ela tomou um bom gole do cálice para tirar o gosto ruim da boca.

— Então, conte para nós — disse Ctibor. — Para onde os krootymoosh levaram você? O que os monstros queriam?

— Ah... Prefiro não falar disso — respondeu Anneshka. — Foi muito traumático.

— Meu pobre bichinho! — exclamou Ctibor. — Eles machucaram você?

— Estou exausta — disse Anneshka rispidamente. — Guarde as perguntas para depois.

Para além das montanhas

— Claro — disse Ctibor, mas o rosto dele expressava decepção.

Anneshka voltou a se concentrar no dragão. Com um monstro daquele ao lado dela, conseguiria conquistar o mundo...

— Pai — disse no tom de voz mais suave possível —, quando eu poderei ver o dragão?

O rei esfregou o nariz vermelho e fungou.

— Por que você quer ver aquilo?

— Já ouvi falar muito sobre ele — disse Anneshka. — Ele consegue mesmo inundar cidades inteiras?

— Não se preocupe, meu docinho querido. O dragão das águas está pronto para defender Vodnislav. Ele fica preso no fundo dessa fortaleza, guardado a sete chaves.

— Ele come crianças? — perguntou Marie. Ela parecia bem pálida.

O rei Ctibor pareceu perplexo com a pergunta.

— Ele come nossos inimigos — respondeu.

A princesa Kazimira começou a quicar na cadeira, cantando:

— Dragão, dragão, dragão! — Ela esmagou um ovo cozido com o punho. — Também quero ver!

O rei fechou a cara como se tivesse visto um pudim estragado.

— Sinto dizer que está fora de cogitação.

Kazimira abriu o berreiro e Marie tapou os ouvidos.

Anneshka encarou Ctibor, examinando-o. O que será que aquele homem estava escondendo?

— Claro, pai — disse ela. — O que achar melhor.

Debaixo da mesa, tirou um frasco de poção para dormir do bolso da saia. Tinha pegado o frasco de Ochi. Funcionara na cabana da bruxa. Por que não a usar novamente?

Anneshka enfiou o frasco dentro da manga e se levantou.

— Gostaria de fazer um brinde — disse. Ela inclinou a mão em cima do jarro de vinho, deixando cair algumas gotas da poção ali dentro.

— Que ideia maravilhosa — exclamou o rei. Ele sorria de orelha a orelha.

Anneshka encheu o cálice do rei. Depois, serviu um copinho para a princesa.

— Eu não ganhei um copo — falou Marie.

Anneshka a ignorou.

— À família — disse ela, e então ergueu o cálice. Ctibor e Kazimira a imitaram.

— Às irmãs! — guinchou a princesinha.

Anneshka observou enquanto os dois bebiam.

CAPÍTULO 42

— Mark e o pai de Perla estão vindo — sussurrou Imogen aos amigos, agachando-se nos juncos. — Precisamos subir naquelas vitórias-régias... agora!

— Mas e os cavalos? — perguntou Miro. — Eles não vão caber!

Ele tinha razão. As vitórias-régias eram grandes, mas não *tão* grandes assim.

— Vamos ter que continuar sem eles — respondeu Imogen.

Ela arrastou os alforjes até o rio. Miro soltou os cavalos, mas Perla estava muito quieta.

— Não tenha medo — disse Imogen. — A ninfa está do nosso lado. Dá pra saber.

— Não estou com medo — respondeu Perla. Ela baixou o queixo até o peito. — Só não quero chatear o papai.

Imogen se lembrou de como encorajara Marie a passar pela porta na árvore... Como prometera que ia ficar tudo bem. Não queria cometer o mesmo erro duas vezes. Então, em vez de falar, ela rastejou até uma vitória-régia, arrastando os alforjes atrás de si. A folha era elástica e estranhamente sólida, mais parecida com um bote inflável do que com uma planta.

Os cavaleiros se aproximavam.

— O que é aquilo ali, perto do rio? — gritou Mark. A silhueta dele era preta em contraste com o céu iluminado pela lua.

— Perla! É você? — berrou o pai da menina.

Perla se decidiu. Embarcou numa vitória-régia, abrindo os braços para manter o equilíbrio. Konya foi atrás dela com as patas bem abertas.

O relógio de estrelas

A ninfa afastou as folhas da margem.

— Bons peixinhos — sussurrou ela. — Muito bons peixinhos.

Mas a terceira vitória-régia ainda estava vazia. Imogen se virou. Onde estava Miro? Por que não tinha vindo?

— Ei! — exclamou Mark. — Parem aquele menino!

Miro apareceu. Estava correndo até a margem do rio com uma caixa nas mãos.

É claro.

O relógio de estrelas.

Imogen deve ter deixado na grama.

Miro disparou em direção às vitórias-régias. Mark tinha descido do cavalo e estava a poucos metros de distância, correndo a toda velocidade.

A ninfa seguiu nadando e puxando as folhas.

Miro saltou da lama, pés acima da água e caixa colada no peito. Caiu na terceira folha e ela mergulhou com o peso. O relógio de estrelas derrapou até a beirada. Foi salvo pela borda da vitória-régia.

Imogen olhou para a margem do rio. O mundo foi dominado pelas sombras; contornos de árvores e grama alta. Dava para enxergar Mark e o pai de Perla perto dos juncos.

— PERLA, O QUE ESTÁ FAZENDO?

— IMOGEN, MIRO, VOLTEM!

A distância entre as folhas e a terra foi ficando cada vez maior. Grande demais para os homens pularem. Mark entrou no rio, mas o pai de Perla o segurou.

— Não — disse ele. — A correnteza é forte demais.

Imogen sentiu uma pontada de culpa — por mais que fosse Mark, por mais que ele não pudesse mandar nela.

— Papai — sussurrou Perla na escuridão, e levantou a mão para a margem.

As vitórias-régias boiaram rio abaixo, levando as crianças embora.

— Bons peixinhos — disse a ninfa do rio. A água mal se mexia conforme ela nadava.

CAPÍTULO 43

A ninfa do rio puxava as folhas pelo caule aquático. Ela era uma excelente nadadora. As vitórias-régias subiam e desciam feito balões.

Imogen não conseguia mais ouvir os gritos de Mark. Estava sentada no meio da folha, agarrada aos alforjes e se esforçando para abafar as próprias dúvidas. Ela *precisou* ir atrás de Marie. *Precisou* escapar no meio da noite... mas, mesmo assim, não se sentia muito bem com isso.

A lua estava baixa e alaranjada como uma luz noturna. Os sapos retomaram a cantoria.

— Acho que já fomos longe o suficiente — disse Miro. — Queria descer desta folha.

Perla concordou com um aceno de cabeça.

Os olhos de Konya estavam no formato de um pires. Assim como muitos felinos, ela não parecia ser muito fã de água. Também queria sair da folha.

Mas a ninfa não deu nem sinal de ter ouvido o pedido de Miro. Ela continuou a puxá-los.

Imogen estava maravilhada com a salvadora deles. Não ligava para o que Miro e Perla diziam. Ela achava as ninfas do rio incríveis.

— Como você se chama? — perguntou Imogen.

— Odlive — respondeu a ninfa, e seguiu nadando.

Imogen espiou pela lateral da folha. Era difícil adivinhar a profundidade da água. Alguma coisa farfalhou no lugar onde deveriam estar as pernas de Odlive. Será que era uma cauda? Um peixe de passagem?

— Vocês não são daqui, são? — perguntou a ninfa. — Faz anos que não tem como atravessar aquela ponte... O que traz os peixinhos ao meu rio?

— O destino — sussurrou Perla.

A ninfa parou e se virou na água.

— Sempre gostei do destino — refletiu ela. Havia comida presa entre os dentes incisivos. — O destino é mais ou menos como o meu rio. Não importa o quanto você se esforce, ele sempre vence no final.

— Esse é o seu conselho? — perguntou Imogen. — Simplesmente deixar as coisas ruins acontecerem?

— Não dou conselhos a humanos — disse Odlive, e um sorrisinho malicioso foi se abrindo no rosto dela. — Mas, se eu desse, diria que o melhor é seguir o fluxo. Parar de tentar nadar contra a corrente.

A admiração que Imogen nutria pelas ninfas do rio sofreu um baque. Ela não concordava com aquilo. Talvez Odlive não fosse exatamente o que a menina tinha imaginado...

— Agora — disse a ninfa — é hora do pagamento.

Imogen pensou ter ouvido errado. Sapos preencheram o silêncio que se seguiu. O som de um deles lembrava um kazoo.

A ninfa afundou um pouco mais na água.

— A maioria das pessoas não gosta de pagar no início. Elas ficam ainda menos dispostas no final, mas no meio... — Ela soltou um suspiro alegre. — No meio elas *sempre* pagam.

— Ops — disse Perla, a voz saindo abafada.

Konya olhou de relance para a dona, tentando entender por que tinham parado.

— Com licença — disse Miro com seu tom de voz mais majestoso —, mas isso não fazia parte do acordo.

— Que acordo? — esbravejou Odlive. — Não é um acordo se eu não ganho nada.

Miro cerrou a mandíbula.

— Eu sou o rei Miroslav Yaromeer Drahomeer Krishnov, Senhor da Cidade de Yaroslav. Não faço acordo nenhum.

Imogen olhou para o amigo. O nome dele era mais comprido antigamente, não?

Odlive passou a língua pelos dentinhos afiados.

— Os reis pagam dobrado.

— Ele estava de brincadeira! — exclamou Imogen. — Ele não é rei de verdade!

— Por favor — disse Perla —, deixa a gente ir! Preciso resgatar o meu irmão!

Odlive deu uma risada, depois deslizou para baixo d'água. A cauda serpenteou até a superfície. Era longa — bem longa —, e estava mais para enguia do que para sereia. Imogen girou ajoelhada, tentando registrar o formato de Odlive. A ninfa nadava sob o reflexo da lua. Nadava sob as folhas flutuantes.

— Não deveríamos ter confiado nela — sibilou Miro.

— Nós não tínhamos escolha — retrucou Imogen, irritada por ele parecer culpá-la. Era fácil criticar as ideias dos outros, difícil era ter ideias próprias.

Quando Odlive voltou à superfície, estava com algas no cabelo.

— Paguem o que me devem! — gritou. — Paguem agora! — Ela agarrou a folha de Imogen e a planta balançou.

Imogen pegou os alforjes, vasculhando-os em busca de um porta-moedas.

— Quanto? — perguntou ela, e então ofereceu um punhado de ouro. Algumas moedas caíram na água, mas Odlive deixou que afundassem.

— Não estou interessada em dinheiro — respondeu a ninfa. — Só estou interessada em carne.

Imogen sentiu o estômago embrulhar.

— Você não pode comer a gente! — gritou Miro.

— Não *vocês*, peixinhos tolos! Eu já provei carne humana. É azeda e gordurosa demais. Tenho peixe para comer todo dia. Quero algo diferente, da terra. Quero lobo!

Ela encontrou o caule da folha de Perla e começou a puxá-lo. Konya avolumou o rabo e sibilou.

179

O relógio de estrelas

— Konya não! — gritou Perla. — Ela é minha amiga!

Odlive dobrou os dedos membranosos na borda da folha de Perla.

Imogen precisava pensar rápido. Revirou os alforjes. Queijo? Não. Não parecia certo. Pão velho e frutas silvestres? Também não serviriam. Havia algo enrolado num pano...

— Estava aqui pensando — disse Imogen do jeito mais casual possível. — As ninfas do rio gostam de presunto?

Odlive soltou a folha de Perla.

— Presunto? O que é *presunto*?

Imogen estreitou os olhos.

— Acho que é um tipo de peixe terrestre.

A ninfa do rio lambeu os beiços e nadou para perto.

— Às vezes, os pescadores me dão peixe terrestre — disse ela. Seus olhos eram ávidos e redondos. — Eles têm uma pele transparente e nenhum osso por dentro.

Imogen quase riu.

— Está falando de linguiça? Isso aqui é ainda mais gostoso.

A ninfa dilatou as narinas impermeáveis e puxou o ar para sentir o cheiro da comida. Imogen ofereceu a carne defumada e jogou um pedaço na água. A ninfa atacou a comida com seus dentes em forma de pinça. *Mastiga, mastiga, mastiga, engole.*

— Peixe terrestre — sussurrou ela, e os olhos brilhavam de prazer. — Eu amo peixe terrestre.

CAPÍTULO 44

O rei Ctibor afundou na cadeira de boca aberta. A princesa Kazimira estava de cara na mesa, com a testa apoiada na truta comida pela metade.

— O que você fez? — exclamou Marie.

— Silêncio — retrucou Anneshka. — Eles estão dormindo.

Os criados pareciam inquietos, mas Anneshka falou com muita segurança.

— Meu pai e minha irmã beberam demais. Levem-nos para os aposentos deles.

Os servos levaram Ctibor e Kazimira embora. Anneshka e Marie ficaram a sós.

— Estou cansada — disse Marie. — Posso ir para a cama?

— Não — respondeu Anneshka. — Você vem comigo.

Ela marchou com a menina pelo castelo até encontrarem uma criada — uma jovem que não sabia que o rei tinha acabado de proibir visitas ao dragão. A criada as levou ao guardião do dragão. Assim como vários dos guardas de Ctibor, ele era um skret.

— Sou a princesa Pavla — falou Anneshka —, filha do rei Ctibor e herdeira do trono. Quero ver o meu dragão.

— Sim, Sua Alteza — falou o skret. O guardião não estava presente quando Ctibor proibira aquela visita, e quem era ele para dizer não à filha do rei?

Anneshka e Marie o seguiram pelo castelo. Os cômodos não eram especialmente grandiosos. As lareiras estavam acesas, mas não eram su-

O relógio de estrelas

ficientes para espantar a umidade. Por trás de todas as janelas, o rio corria.

Marie dava passos cada vez mais lentos, como se torcesse para ser esquecida. Mas Anneshka não esqueceu.

— Vamos, continua — ordenou ela —, e me diz... o que é uma vegetariana? Por que você disse que é isso?

Marie se escondeu atrás dos cachos.

— É uma pessoa que tem gosto de vegetal — respondeu. — Você não pode me dar de comida para o dragão. Os dragões não gostam de cenoura e feijão.

Anneshka sentiu que a menina estava mentindo, mas Marie parecia obstinada e aquele assunto não tinha importância, então voltou a atenção para o skret.

— Qual é a altura do dragão? — perguntou ela. — Deve ser do tamanho de uma igreja.

— Não sei — disse o skret. — Nunca tive permissão para entrar na câmara. É o próprio rei Ctibor que alimenta o dragão.

— Então o que você faz como guardião da fera? — questionou Anneshka, a irritação se insinuando na voz.

— Mantenho a porta trancada — disse o skret, e parou perto de uma tapeçaria que se estendia até o chão. A peça exibia um dragão poderoso com criaturas fugindo por todos os lados. Os pássaros voavam, os veados galopavam, as pessoas corriam. Aparentemente, aqueles eram os inimigos de Vodnislav.

— Tem certeza disso? — perguntou o guardião. Seus olhos enormes se voltaram para Marie. — Talvez não seja seguro para a pequenina.

— Não quero ver o dragão — gritou Marie, pegando o skret pelo braço.

— A menina vem comigo — disse Anneshka rispidamente. — Não vou pedir de novo: pode abrir!

O skret parecia incerto, mas abaixou a cabeça careca, assentindo.

— Sim, princesa Pavla — disse. Ele afastou a tapeçaria, revelando uma porta que destrancou com três chaves diferentes. O coração de Anneshka deu pulos no peito.

Para além das montanhas

— É ali que fica o dragão — murmurou o skret ao escancarar uma porta. Uma passagem se perdia escuridão adentro. — O rei Ctibor sabe que...

— Sabe! — ganiu Anneshka. Ela tirou uma tocha da parede e empurrou Marie pela passagem. A menina podia ir na frente. Se fosse para o Dragão das Águas comer alguém, não ia ser Anneshka.

Talvez aquela fosse a utilidade a que a menina estava predestinada...

Anneshka seguiu o túnel e manteve Marie um passo à frente. O ar ficou tão abafado que dava para sentir a umidade no rosto. As roupas dela ficaram empapadas.

— Por favor — lamentou Marie. — Eu não quero!

Anneshka deu um cutucão entre os ombros da menina.

— Continua andando.

Marie choramingou e seguiu em frente.

Quando a passagem se ampliou, a menina tentou recuar.

— Não vou contar a ninguém que você não é a Pavla — gritou. — Eu vou me comportar! Por favor, não me dá de comida para o dragão!

Anneshka pegou o cabelo de Marie com uma das mãos e ergueu a tocha com a outra. Era difícil enxergar na penumbra, mas parecia que elas tinham entrado numa câmara. Não havia nenhuma janela e a água cobria boa parte do chão. E ali, acorrentado acima do lago negro, havia um dragão.

O pulso de Anneshka acelerou. Ela arrastou Marie em direção ao monstro e a menina se debatia feito um gato preso num saco.

— Quando minha irmã descobrir...

— Sua irmã não vem! — Anneshka puxou o cabelo de Marie com mais força. O dragão era menor do que imaginara, mal tinha o tamanho de dois homens.

Ela segurou Marie na beira da água. A menina tremia de medo.

— Está com fome? — perguntou Anneshka ao dragão. O monstro não puxou as correntes. — Você come *vegetarianas*?

O dragão não respondeu.

Anneshka forçou Marie a erguer o olhar.

O relógio de estrelas

— Por que ele não se mexe? — sibilou ela.

Houve uma pausa, uma inspiração aguda... Depois de toda aquela agitação e gritaria, a menina ficou bem quieta e paradinha.

— Eu fiz uma pergunta — exigiu Anneshka.

— Não é um dragão — falou Marie. Ela parecia fraca de alívio.

— Mentirosa! — gritou Anneshka, mas, quando a visão se ajustou, viu que a criança tinha razão. Ela soltou Marie, que caiu no chão. A menina começou a chorar, mais baixinho dessa vez.

Anneshka sentiu como se tivesse levado um chute no estômago.

Ela ergueu ainda mais a tocha.

O dragão estava rígido.

O dragão não tinha asas.

O dragão era um crocodilo empalhado.

CAPÍTULO 45

Miro e Perla desceram a colina com Konya trotando ao lado deles. Imogen parou no cume. Dali, dava para ver Vodnislav, com três rios curvando-se para se encontrarem, igualzinho ao mapa que Perla havia feito. Tinha tanta água fluindo até a cidade que a terra parecia sustentada por pontes.

Aquele era o lar do rei Ctibor, o homem que tinha saído do relógio. Se o relógio de fato conseguia prever o futuro, se as coisas que ele revelava fossem pistas, Marie deveria estar ali também.

Imogen sentiu-se leve só de pensar naquilo, apesar de estar com uma carga pesada. Ela estava levando um dos alforjes, com o estojo do relógio amarrado na parte de cima. Nos últimos dias, desde que soltaram os cavalos e fugiram dos adultos, as crianças se viram forçadas a carregar os próprios pertences. Não era fácil arrastar alforjes pelas Terras Baixas. Mesmo assim, tinha valido a pena, porque conseguiram se livrar de Mark.

Imogen ergueu o alforje até o ombro e seguiu os amigos morro a baixo.

— Por que você acha que o relógio nos mostrou o rei Ctibor? — perguntou Perla a Miro. Ela encarava o chão com a testa franzida ao caminhar. — Você acha que o rei sabe alguma coisa sobre o meu irmão?

— Talvez — disse Miro. — O rei Ctibor não deve ter conhecimento de todos aqueles casos de crianças sendo roubadas, senão teria feito alguma coisa para ajudar. Talvez ele reúna um exército e lute contra os krootymoosh em campo aberto.

O relógio de estrelas

À medida que as crianças se aproximavam da cidade, Imogen percebeu que as casas eram parecidas com as da terra de Perla — feitas de madeira, com telhados pontudos e inclinados —, a diferença era que ali havia milhares.

Quando os viajantes passaram pelo primeiro grupo de cabanas, duas mulheres de xale saíram para espiar. Imogen conseguia ouvir a conversa:

— Três jovenzinhos… não estão nem disfarçados… não vão durar muito quando os krootymoosh chegarem.

As crianças e a snëehoolark se arrastaram por uma ponte, adentrando Vodnislav cada vez mais. Ninfas do rio espiavam por baixo da travessia. A água estava abarrotada de barcaças e barcos. Embarcações em forma de casca de noz transportavam uma ou duas pessoas. E, vez ou outra, uma pessoa e uma ovelha.

Miro apontou para um barco sobrecarregado.

— Olha! Olha aquilo! — Então ele se virou para uma dupla de pássaros brancos que brigava pelo que pareciam ser tripas de peixe. — Eca! Que pássaros são aqueles?

— Gaivotas ribeirinhas — disse Perla.

Parecem abutres, pensou Imogen ao observar os ombros encurvados e o pescoço depenado daqueles pássaros. As gaivotas ribeirinhas destroçavam as entranhas do animal, que brilhavam feito joias escarlate.

— São asquerosas — comentou Miro.

— Não são, não — disse Perla. — As gaivotas ribeirinhas sabem nadar debaixo d'água e voar mais alto do que qualquer coisa. Elas engolem peixes para os filhotes e cospem tudo nos ninhos.

Miro não pareceu convencido por aquela informação, mas a mente de Imogen estava em outro lugar. A irmã dela… a irmã dela estava naquela estranha cidade de madeira… Ela se perguntou se estava perto. Os pensamentos pareciam ter conjurado uma criança que surgiu de relance logo à frente. Era uma menina ruiva, que tinha a mesma altura de Marie.

Algo se retorceu no peito de Imogen, como uma corda apertada.

— Marie? — gritou.

A menina não ouviu, mas Imogen sabia o que tinha visto. Era a irmã dela!

Um homem de galocha de couro levava a menina para longe, puxando-a pela mão. A adrenalina inundou o corpo de Imogen. Ela largou o alforje e os perseguiu. Perla e Miro a chamaram, mas Imogen ignorou os dois. Não podia perder a irmã de novo.

O homem puxava a menina por uma rua movimentada.

— Marie! — gritou Imogen. — MARIE! — A multidão foi aumentando. — Com licença, preciso alcançar minha irmã. Com licença... posso passar?

Imogen sentiu o cheiro do mercado de peixe antes de vê-lo. Ela parou na beira de uma praça. Na sua frente havia um muro de pessoas, e foi por ali que Marie deve ter sumido.

Imogen subiu na lateral de um carrinho e deu uma olhada ao redor.

A praça estava repleta de gente fofocando, pechinchando e maltratando peixes. Uma carpa tinha bigodes do tamanho de humanos. Os baldes continham ostras e lama. Havia peixinhos prateados nas barracas, sem ar e debatendo-se. Ela queria devolvê-los ao rio — mas não antes de salvar Marie.

A menina bateu os olhos num clarão de cabelos vermelhos. Marie estava no centro da multidão. Imogen pulou do carrinho e os corpos se espremeram ao redor dela: axilas, saias e carrancas severas.

Alguém atirou um peixe e ela se abaixou para evitar ser estapeada por uma cauda. Havia enguias cor de lama penduradas em fileiras, e Imogen passou no meio delas.

O cabelo brilhoso de Marie surgiu no campo de visão antes de sumir num beco de terra.

— MARIEEEEE! — gritou.

A voz dela foi abafada pelos sinos. Naquela cidade, eles tilintavam feito panelas velhas. Imogen disparou atrás da irmã, apertando o passo pelo caminho de terra, e não parou até encontrar mais água. E lá estava Marie, perto da margem do rio.

— MARIE! — guinchou Imogen.

Finalmente, Marie ouviu. Ela soltou a mão do homem e se virou.

Mas a criança tinha o rosto errado.

Não era Marie, no fim das contas.

Um nervosismo se espalhou pelo corpo de Imogen.

Eu prometi que não ia deixar a porta se fechar. Prometi que ia ficar tudo bem.

Ela tentou respirar fundo, tentou se concentrar no chão e na firmeza dele sob seus pés. Aos tropeços, ajoelhou-se à beira do rio. Parecia prestes a vomitar.

Será que era assim que mamãe se sentia: sempre à espera da volta das meninas, enxergando o rosto delas por toda parte?

Eu prometi... Eu prometi...

— Imogen!

Ela engoliu em seco e olhou na direção de onde tinham chamado. Miro e Perla corriam, sobrecarregados de alforjes. Konya saltava na frente da dona e as pessoas abriam caminho para a gata gigante.

— O que aconteceu? — perguntou Miro quando chegou ao lado de Imogen. — Você quase perdeu o relógio! — Ele e Perla carregavam a bolsa de Imogen entre si, e os dois estavam sem fôlego.

— Ah. — Imogen engoliu em seco. — Eu achei... Não foi nada... Só me confundi.

Perla e Miro trocaram olhares, e Imogen sabia o que aquilo significava. Deviam estar achando que ela era doida.

— Você está bem? — perguntou Miro.

Imogen se levantou aos trancos e barrancos e decidiu não responder.

— Onde podemos encontrar o rei Ctibor? — indagou.

— Acho que ele tem um castelo — respondeu Perla. Ela pegou um dos mapas e estreitou os olhos para o pergaminho. — Deve ficar nas margens do rio Pevnee, rodeado por água. Uma ponte de terra impede que o castelo seja uma ilha...

— Tipo aquele lugar ali? — perguntou Miro, apontando para uma fortaleza que se erguia acima dos telhados de madeira.

— Isso. — Perla riu. — Igualzinho a aquele lugar ali!

CAPÍTULO 46

Dentro do Castelo Vodnislav, skrets protegiam a sala do trono. *O que será que os skrets estão fazendo aqui, servindo a um rei humano?*, pensou Imogen.

A sala do trono era cheia de pilares. Cada um deles tinha a forma de uma ninfa do rio, com uma cauda comprida enrolada na parte de baixo e a cabeça sustentando o teto. Imogen espiou entre os pilares, imaginando se a irmã estaria ali.

Perla fazia o mesmo. Devia estar procurando Tomil, mas se manteve escondida entre os amigos enquanto Konya rondava atrás dela. Perla não gostava de falar com adultos — especialmente com aqueles que não conhecia.

Um homem estava largado num trono do outro lado da sala. Parecia ter acabado de acordar de um cochilo. Num trono menor havia uma menininha com uma touca de babado. Ela era quase tão branca quanto o vestido que usava.

— Papai, quem são eles? — perguntou a menina.

— Não sei, minha cerejinha — respondeu o homem —, mas acho que estamos prestes a descobrir.

Um guarda skret respirou fundo.

— Eu vos apresento o rei Miroslav Yaromeer Drahomeer Krishnov, Senhor da Cidade de Yaroslav, Supervisor dos Reinos das Montanhas e Guardião da Floresta Kolsaney.

Era engraçado ouvir outra pessoa apresentando Miro desse jeito. Imogen sempre achou que ele tinha inventado aqueles nomes.

— Na verdade — interrompeu Miro —, pode me chamar apenas de rei Miroslav.

— E este é o nobre rei Ctibor — disse o skret —, Protetor do Reino das Terras Baixas, Senhor dos Três Rios e Comandante do Grande Dragão das Águas.

Miro curvou-se com um floreio. Imogen ficou esperando ser apresentada, mas o skret deu meia-volta e foi embora.

Que grosseria, pensou ela. *Melhor cuidar disso sozinha.*

— E nós somos amigas de Miro — exclamou.

Perla parecia envergonhada, como se Imogen tivesse feito algo errado.

— *Que foi?* — perguntou Imogen sem emitir som. Era Perla quem estava sendo esquisita.

— Conheci bem seu pai — disse o rei Ctibor para Miro, ignorando Imogen. Em seguida, apontou para a menina de touca. — Esta é minha filha, a princesa Kazimira. Faz um bom tempo que não temos notícias de Yaroslav. A que devemos a honra?

— Estou em uma missão — respondeu Miro, e endireitou um pouco a postura.

Ctibor se remexeu no trono. Não parecia satisfeito com a notícia.

— Se você deseja pegar meu Dragão das Águas emprestado, sinto dizer que não posso cedê-lo.

— Não é isso que queremos — disse Imogen.

— O que querem, então? — vociferou Ctibor.

Miro estava perdendo a postura real. Imogen não se surpreendeu: não era fácil dizer que estavam ali por conta de uma figura em um relógio mágico.

— Na verdade — disse Miro —, não tenho tanta certeza.

— Papai, eu quero brincar com essas crianças — falou a princesa, e bateu o pé no trono.

— Mas que ideia esplêndida — respondeu o rei Ctibor. — Por que não leva as meninas para os seus aposentos? Mostre as suas bonecas a elas. Eu vou conversar com Miroslav, de rei para rei.

CAPÍTULO 47

Assim como sua touca, o quarto da princesa Kazimira era cheio de babados. Havia babados nas mesas, nas cadeiras e em todos os tapetes. Ela saltitava pelos aposentos, pegando bonecas. Quando os braços já estavam cheios, jogou todas na cama.

Uma saia de seda rodeava a parte inferior do colchão. Konya enfiou a cabeça ali embaixo.

— Gatinha feia! — gritou Kazimira, e agarrou o rabo de Konya. A snëehoolark se virou, com as garras expostas, mas Perla já sabia o que ia acontecer. Ela afastou a princesa do alcance de Konya.

— A gata me machucou! — gritou Kazimira.

— Ela não encostou em você — disse Perla, confusa.

Mas Imogen reconheceu a expressão de Kazimira: a princesa estava morrendo de inveja.

— Pede desculpa AGORA! — berrou ela. Em seguida, falando mais baixo: — Pede desculpa ou me dá a sua gata.

Atrás de Kazimira, alguma coisa saiu rastejando por debaixo da cama.

— O que é aquilo? — perguntou Imogen, na esperança de distraí-la.

A princesa deu gritinhos de alegria e esqueceu a raiva na mesma hora. A coisa rastejante era um lagarto ou algum tipo de salamandra, mais ou menos do tamanho de um estojo.

— Achei você! — gritou Kazimira ao pegar a salamandra, envolvendo os dedos na cintura do bicho. A pele do animal era preta, com manchas brilhantes cor de esmeralda.

— É assim que se segura mesmo? — perguntou Perla.

— Minha bonequinha — disse a princesa, sacudindo a salamandra.

Imogen teve vontade de dizer que aquilo era um ser vivo, não uma boneca, mas precisava manter Kazimira feliz. Precisava enrolar para que Miro tivesse tempo de perguntar ao rei sobre Marie.

Konya olhou de relance para Perla, pedindo permissão para caçar a salamandra. Mas Perla apontou para o chão aos seus pés e então a gata se aproximou devagar, relutante.

— Qual é o nome do seu bichinho? — perguntou Imogen à princesa.

Kazimira subiu na cama e jogou a salamandra no meio.

— Pavla — respondeu. — Uma homenagem à minha irmã. — Imogen juntou-se a Kazimira enquanto ela arrancava o vestido de uma boneca. A roupinha tinha o estilo parecido com o que a própria criança usava. Na verdade, todas as bonecas se pareciam um pouco com a princesa.

Kazimira começou a colocar o vestido da boneca no corpo da salamandra. Imogen assistiu à cena horrorizada. Estava sem palavras... Perla não arredava o pé do lugar, relutante, ou talvez incapaz de se aproximar.

— Tem certeza de que é uma boa ideia? — perguntou Perla.

— Claro — disse a princesa, espiando Perla por baixo da touca branca caída. — Não quero que Pavlinha fique pelada.

— A salamandra... quer dizer, *Pavla*... tem o nome da sua irmã mais nova? — perguntou Imogen. Não tinha visto outra princesa na sala do trono.

— Não, sua boba — disse Kazimira com uma risada. — A Pavla de verdade é bem mais velha do que eu. Ela tem cabelo dourado e o nariz bonito. A Pavla é linda. Quando eu crescer, vou ser linda também.

A princesa forçou as patas dianteiras da salamandra a entrarem nas mangas do vestido.

— Claro — disse Imogen. — Tenho certeza de que você vai ficar a cara da Pavla. — Ela deu uma risadinha com a própria resposta. A salamandra era *mesmo* linda, à sua maneira salamândrica.

— Pega essa aqui — ordenou a princesa, entregando a Imogen uma boneca com a cabeça em forma de bola. — A Pavla vai ser a rainha e a sua boneca é a criada dela. — Então, caso Imogen precisasse de mais esclarecimentos: — *Você* é a criada.

Imogen mordeu o lábio. Era bom que Miro estivesse obtendo informações úteis do rei Ctibor.

Parecia que já fazia horas que elas estavam brincando de boneca. Perla assistia de longe. O rosto dela dizia tudo que havia para dizer. Konya estava bem-comportada, mas não desgrudava os olhos da salamandra.

Imogen fez a boneca agir como agem as criadas. Pavla, a salamandra, estava usando uma touca além do vestido. Tinha ficado meio molenga.

— Pavla feia — repreendeu a princesa.

— Acho que Pavla quer uma xícara de chá — sugeriu Imogen. Ela despejou um pouco da água de um vaso num bule de brinquedo. Em seguida, serviu uma xícara em miniatura para a salamandra. A pobrezinha enfiou o rosto inteiro ali dentro.

— Ela está matando aquela salamandra de tanto brincar — murmurou Perla quando Kazimira saiu do quarto para pegar outra boneca.

— Pois é — disse Imogen. — Mas como podemos fazê-la parar?

Perla inclinou-se para a frente e cochichou.

Imogen sorriu. Para uma pessoa tímida, Perla tinha ideias muito boas.

Os passos de Kazimira ecoaram no cômodo ao lado. Ela estava voltando. Imogen pegou a salamandra, com o máximo de delicadeza possível, e a enfiou no bolso da calça.

Foi então que Perla entrou em ação. Ela gritou com Konya, fingindo persegui-la. A sněehoolark correu, feliz com a brincadeira.

— O que está acontecendo? — perguntou Kazimira, parada na porta com o rosto corado.

— Konya comeu Pavla! — exclamou Imogen, lutando para se manter séria. Konya correu mais rápido e derrubou uma mesa. Imogen se juntou à perseguição.

Kazimira arregalou os olhos.

— GATINHA FEIA! — ela gritou, partindo para cima da snĕehoolark. Conseguiu pegar a gata pelo rabo, mas Konya estava meio agitada de empolgação. Ela não desacelerou, nem mesmo com a princesa a tiracolo, e saltou por cima da cama, arrastando Kazimira junto.

— Gatinha feiaaaaaaaa! — berrou a princesa quando bateu de barriga no chão. Konya fez a curva e Kazimira a soltou, deslizando pelo chão até bater num banquinho cheio de babados.

A snĕehoolark subiu as cortinas às pressas quando um guarda skret irrompeu no quarto. Imogen e Perla estavam ofegantes e risonhas.

— Princesa Kazimira — exclamou o skret —, está tudo bem? — Seus olhos redondos foram da menina no chão à snĕehoolark agarrada nas cortinas.

— A gata comeu minha boneca! — choramingou Kazimira, batendo os punhos. — Quero que seja punida! Quero que *todas* sejam punidas!

CAPÍTULO 48

A lareira na biblioteca do castelo era mais alta e larga do que o próprio rei. Era coberta de azulejos e irradiava calor, mas nem mesmo ela conseguia espantar a umidade. Um mofo alaranjado se espalhava pela lombada dos livros. A tintura do teto estava descascando.

— Vodnislav fica mais úmida a cada ano que passa — resmungou Ctibor, sentando-se perto da lareira de cerâmica. — Você não deve ter esse tipo problema na sua terra.

— Não — confirmou Miro. Ele estava munido de três rolos de pergaminho e o relógio mágico do pai. Pôs tudo na mesa e se sentou de frente para o anfitrião. Havia chegado a hora. Aquela era a chance de Miro descobrir por que o relógio os levara até Ctibor. As amigas contavam com ele.

— Conte-me — falou Ctibor —, o que aconteceu com o seu tio? Da última vez que tive notícias, Drakomor era rei... Não me diga que você já atingiu a maioridade?

Miro girou o anel no dedão.

Drakomor...

Seu tio...

As lembranças eram mais reais do que a própria biblioteca de Ctibor. Drakomor inconsciente no chão. O castelo consumido pelas chamas. Miro conseguia sentir o gosto da fumaça, sentir o...

— Miroslav, você está bem? — perguntou o rei Ctibor.

Miro voltou à sala.

— Estou — disse ele, piscando os olhos. — Meu tio morreu.

Para além das montanhas

— Ah. Eu sinto muito. — Ctibor falou com tanta sinceridade que Miro quase se esqueceu de que não deveria chorar. — Não existe nada pior que perder um membro da família... É preciso lutar por aqueles que amamos, lutar para protegê-los.

— Sim — disse Miro, pensando nas amigas. — Eu penso o mesmo.

Ctibor sorriu.

— Chega dessa conversa! Você precisa engordar. Devo pedir aos meus criados que nos tragam algum doce?

Miro fez que sim. Gostava do jeito com que Ctibor olhava para ele. Havia um brilho indulgente nos olhos do velho rei.

Ctibor mandou um homem buscar comida, depois voltou-se para o relógio.

— E então, o que é isso? — perguntou.

Miro conseguiu abrir um sorriso.

— É uma herança do meu pai. Um relógio que lê as estrelas. — Ele abriu a caixa e estava prestes a dizer mais coisas quando o sino do relógio começou a tocar.

— Que graça — disse Ctibor. A portinhola se abriu e um skret de madeira saiu dali se arrastando. Os dentes da frente eram incomumente compridos.

Zuby!, pensou Miro. *Onde será que ele estava? O que será que aquela nova pista significava?*

— Impressionante! — disse Ctibor. — Que engenhoca maravilhosa.

O skret minúsculo escapuliu para dentro do relógio, fechando a portinhola logo depois. Antes que Miro tivesse tempo de quebrar a cabeça a respeito do significado do Zuby em miniatura, um skret de verdade entrou no recinto, carregando doces e chá de erva-caracol. Ele serviu a bebida com garras reluzentes. Miro precisou se lembrar de não ter medo. Os skrets não eram mais inimigos.

— Aqui... coma um pouco — disse Ctibor.

Miro deu uma mordida num doce, que lhe soprou açúcar na cara. O skret fez uma mesura e foi embora.

— Sabe — disse Ctibor —, você é a cara do seu pai.

— Sou? — Miro olhou seu contorno borrado refletido nos azulejos da lareira. Queria conseguir enxergar as semelhanças. Já tinha passado horas e horas na sala espelhada analisando o próprio rosto, buscando os traços dos pais. Chegou até a tentar imitar a pose da estátua do pai. Tinha passado tanto tempo na mesma posição que as pernas ficaram dormentes, como se ele mesmo também fosse feito de pedra.

— A semelhança é bem impressionante — comentou Ctibor. — Ninguém nunca falou isso antes? — O rei enfiou um doce inteiro na boca e nuvens de açúcar saíram pelas narinas. — Consigo ver seu pai agora mesmo, olhando pelos seus olhos.

Miro pegou o chá e escondeu o rosto atrás da xícara.

— O-obrigado — gaguejou.

Ctibor deu uma risadinha.

— Não falei que era uma coisa boa. Aqui… coma outro doce.

Miro sabia que deveria fazer uma pergunta a Ctibor, puxar assunto, do jeito que Patoleezal tinha lhe ensinado. Ele disse a primeira coisa que lhe passou pela cabeça:

— Você sabe o que está acontecendo com os krootymoosh?

O semblante do rei Ctibor ficou mais triste.

— Minhas duas filhas estão seguras, se é isso o que quer dizer.

— Mas e as outras pessoas? — questionou Miro. — Os krootymoosh estão sequestrando crianças. Se você soltasse o Dragão das Águas, ele logo espantaria os monstros!

— Não se pode proteger todo mundo — respondeu Ctibor. — Muito menos os camponeses. Eles andam procriando feito gatos… Às vezes, acho que os krootymoosh são males que vieram para o bem. — Ctibor olhou de relance para Miro. — Você vai entender quando for mais velho — murmurou ele. — É como eu estava dizendo… é preciso cuidar dos seus. Decidir quem você vai ou não salvar. Lembre-se disso, Miroslav.

Miro quis concordar. Queria que o rei Ctibor gostasse dele, mas não pôde deixar de pensar que era melhor proteger os filhos de todo mundo, se fosse possível.

Para além das montanhas

— Então — disse Ctibor, recostando-se na cadeira —, que história é essa de missão?

Miro pegou os pergaminhos, desenrolando um de cada vez. Eram todos retratos, desenhados no caminho. Ele tinha se esforçado ao máximo para reproduzir a imagem de Anneshka; Imogen tinha desenhado Marie; e Perla tinha feito um desenho de Tomil como se o rosto dele fosse um mapa — vários detalhes que formavam um todo.

Miro mostrou os retratos a Ctibor. Duas crianças desaparecidas. Uma falsa rainha.

— Estou procurando essas pessoas — disse ele.

O rei Ctibor viu o desenho de Anneshka e congelou.

— Ora... é a minha Pavla!

Miro balançou a cabeça. Talvez o desenho não estivesse bom o suficiente. Talvez se parecesse com outra pessoa.

— O nome dela é Anneshka. Não dá para ver no desenho, mas os olhos dela são de um azul brilhante. Ela é muito perigosa e levou minha amiga embora. Eu vou levá-la à justiça.

Ctibor inclinou-se para a frente, e a cabeça dele quase tocou a de Miro. De perto, Miro enxergava cada poro no rosto do velho rei.

— Vou avisar só uma vez — disse Ctibor. — Não fale de Pavla desse jeito.

— Mas o nome dela não é...

— Por acaso tenho cara de tolo? — exclamou Ctibor, enfurecido. — Você acha que pode jogar creme nos meus olhos e me dizer que o mundo é feito de leite?

Miro ficou desnorteado.

— Creme? Não, eu...

— Sei reconhecer a minha própria filha! Essa é Pavla, meu docinho de abóbora! Todo mundo disse que ela estava morta. Todo mundo disse que ela tinha se afogado. Mas eu sabia que a minha Pavla era esperta demais para isso... Ela foi raptada pelos krootymoosh e agora escapou.

Miro fraquejou. Apontou para o desenho de Marie.

— Pavla está com essa menina?

— Está, sim — resmungou o rei. — E daí? Ela levou a criança para Valkahá. Precisaram lidar com negócios urgentes, faz vários dias que foram embora… mas Pavla vai voltar. Eu sei que vai.

Miro teria que escolher as palavras com cuidado.

— Como Pavla provou que é sua filha?

Ctibor ergueu os olhos.

— Como você *provou* que é Miroslav Krishnov?

— Você disse que eu me pareço com o meu pai — falou Miro.

— Eu estava mentindo. Você não tem nada a ver com ele.

Miro se encolheu como se tivesse apanhado.

— Vou enfiar a sua cabeça num espeto! — esbravejou Ctibor. Em seguida, pegou Miro pelo colarinho e o puxou. — Vem ao meu castelo, ameaça a minha filha. Quem é você de verdade?

Um guarda skret entrou correndo no salão.

— Sua Majestade — disse o skret antes de hesitar ao ver que um rei segurava o outro pela garganta.

— Que foi? — resmungou Ctibor, sem deixar de encarar os olhos de Miro.

— É a respeito da snĕehoolark — respondeu o skret. — Ela comeu a lagarta da princesa Kazimira. Eu não teria vindo até aqui, mas a princesa está fora de si. Ela quer que o animal seja executado. Junto com as menininhas.

— Pois bem — disse Ctibor. — Parece que Kazimira e eu chegamos à mesma conclusão.

CAPÍTULO 49

De longe, Valkahá parecia um formigueiro. Era no mesmo formato, com laterais íngremes e, assim como um formigueiro, tinha várias rainhas.

Mas aquele monte não foi construído por insetos. Era uma cidade, feita a partir da pedra.

Anneshka e Marie se aproximaram a cavalo, e um grupo de skrets marchava atrás delas. Os skrets tinham sido enviados pelo rei Ctibor para manter a filha em segurança.

Anneshka deixara Vodnislav às pressas. Aquele não era o lugar que ela buscava. Tinha notado o erro assim que conheceu o "dragão" e, então, voltara a atenção para o oeste...

Valkahá era o maior. *Daquela* vez ela tinha certeza.

Entre Anneshka e o seu objetivo havia as Terras Secas. Era um lugar de solo queimado e espinhos, de rochas e arbustos floridos. Também era esburacado.

— Parece que estamos na lua — comentou Marie, olhando para os buracos.

— Deixa de ser ridícula — rebateu Anneshka. — A lua é perfeitamente lisa.

— Minha irmã disse que ela é cheia de crateras.

— Sua irmã é muito burra.

— Não é, não! — gritou Marie. — Imogen salvou a mariposa das sombras! E achou o caminho para este mundo. Minha irmã sabe de muita coisa.

O relógio de estrelas

Anneshka olhou de relance para os soldados skrets atrás delas, imaginando se eles tinham ouvido. Ela falou baixinho e com delicadeza:

— Achou o caminho para este mundo? O que exatamente você quer dizer com isso?

Marie contraiu os lábios, pensativa. Anneshka conhecia aquela expressão: *Até essa história toda acabar, já vou conhecer essa menina mais do que minha própria mãe. É provável que eu acabe a odiando na mesma medida. Mas nossos destinos estão entrelaçados, para o bem ou para o mal...*

— Estou com sede — disse Marie.

— Não ligo — respondeu Anneshka. — Explique-se e talvez ganhe uma bebida.

Marie olhou avidamente para o cantil amarrado no cavalo de Anneshka.

— Não sou de Yaroslav — sussurrou a menina.

— Ah, não?

Marie lambeu os lábios secos.

— Sou de outro mundo.

Um adulto comum a teria xingado por mentir, mas Anneshka tinha um bom faro para a verdade. *Outro mundo...* Aquilo explicaria a esquisitice da menina.

Anneshka ordenou que os skrets parassem, e então entregou o cantil a Marie. A menina bebeu com vontade.

— Como você saiu do seu mundo? — questionou Anneshka. — Existe algum tipo de ponte?

Marie parecia cautelosa.

— Existe uma porta.

— Que interessante... E como é esse reino de onde você veio?

Uma abelha do tamanho de um bolinho zumbia de um arbusto a outro. Marie a seguiu com os olhos.

— Ah, sei lá. É bem chato... Quer dizer, comparado a este mundo aqui.

— Tem dragões por lá?

Marie negou com a cabeça.

Para além das montanhas

— Você é rica? As ruas são pavimentadas com ouro?

Marie negou novamente.

— O seu rei é casado ou solteiro?

— Na verdade, a gente tem uma rainha — contou Marie. — Mas ela não tem permissão para fazer muita coisa. Só a deixam sair em ocasiões especiais para cortar fitas e acenar para a multidão.

Bom. Não parecia muito promissor...

Anneshka encorajou os cavalos a seguirem em frente, ziguezagueando por entre buracos e rochas.

— Como é que você sabe que *este* reino é o maior de todos? — indagou Marie. Estava mais animada depois de se hidratar.

— Você não tem olhos, não? — exclamou Anneshka. — Contemple!

O sol brilhava na cidade dos cupins. Cada construção se ajoelhava no ombro da construção vizinha, esforçando-se para ser mais alta do que as demais, mas nada se comparava com o palácio lá em cima. O brilho era tão intenso que Anneshka teve que baixar os olhos.

Mesmo assim, Marie não parecia entender.

— Você acha que este lugar é o maior de todos só por causa da aparência?

— Deixa de ser ridícula. Valkahá é uma cidade riquíssima. As cinco rainhas daqui têm mais prata do que Vodnislav, Yaroslav e as Montanhas Sem Nome juntas. Aposto que o seu mundo não consegue competir com *isso*.

Quanta coisa Anneshka poderia fazer toda aquela prata! Comandaria exércitos. As pessoas obedeceriam à vontade dela.

A menina pareceu pensar por um instante.

— Mas se Valkahá já tem cinco rainhas, talvez não tenha espaço para mais uma.

Anneshka deu um sorriso malicioso.

— Eu vou abrir espaço.

— Como? — perguntou Marie.

— Do mesmo jeito de sempre. Eu descubro o que as pessoas querem e as faço pensarem que posso oferecê-lo a elas.

O relógio de estrelas

A criança não respondeu. Atrás delas, a cota de malha dos skrets tilintava.

As ruas de Valkahá estavam visíveis agora, entocadas entre os prédios. *Lá* estava a entrada semicircular da cidade. *Lá* estavam os famosos prateiros.

— Foi o que você fez com o rei Ctibor? — perguntou Marie. — Fez ele achar que você tinha algo que ele queria? O rei Ctibor sentia saudade da filha mais velha. Ele *queria* acreditar que você era ela.

Anneshka balançou a cabeça. Não gostava que encontrassem defeitos nos seus métodos, que expusessem as partes capengas.

— Sabia que existe um tipo de formiga na Floresta Kolsaney que imita os inimigos? Ela entra de fininho em um formigueiro rival, mata a rainha e se acomoda no trono — contou ela. Marie ouvia de olhos arregalados. — As formigas operárias não conseguem diferenciar as duas rainhas e seguem alimentando a impostora. Quando os ovos dela geram novas formigas, elas matam as operárias e tomam o formigueiro para si.

A menina olhou para Anneshka com uma expressão vazia. Claramente não fazia ideia do que estava acontecendo. Anneshka suspirou e indicou a cidade com a cabeça.

— Esse é o *nosso* novo formigueiro — disse.

CAPÍTULO 50

Imogen, Miro e Perla foram sentenciados na sala do trono do rei Ctibor. Estavam cercados por garras e lanças de skrets. Não era o desfecho que Imogen imaginava para aquela visita. O rei Ctibor estava sentado em seu trono, vestindo uma beca especial e um chapéu frouxo de veludo. A princesa Kazimira estava do lado.

— Os crimes que cometeram são graves — disse o rei Ctibor. — Vocês são acusados de alta traição, de conspirar contra a princesa Pavla, de se passarem por realeza e... — Ele pigarreou. — Não brincar direito.

Imogen apertou as mãos. Nem metade daquilo era verdade, e o restante com certeza não era justo.

— Como vocês se declaram? — exclamou Ctibor.

— Inocentes — gritaram as crianças.

O rei voltou a atenção para Konya.

— E *você*, seu monstro imundo, é acusado de assassinato. Uma pobre lagarta indefesa... A favorita de Kazimira! O que tem a dizer?

Konya sibilou para os guardas parados entre ela e os tronos. Vários humanos recuaram. Até mesmo os guardas skrets se encolheram.

— Konya não é culpada — gritou Perla, finalmente encontrando a voz. — Deixem ela fora disso!

— Aquela gata comeu a minha boneca! — berrou Kazimira.

Imogen enfiou a mão no bolso. Dava para sentir o coração da salamandra batendo debaixo da pele fria. Talvez devesse devolvê-la... confessar que tudo não passava de uma pegadinha.

Mas não teve coragem. A salamandra era tão pequena e mole... Era

O relógio de estrelas

como Perla tinha dito: Kazimira ia matá-la de tanto brincar.

— Levei em consideração todas as provas — disse o rei Ctibor — e decidi que vocês são uma ameaça às minhas filhas. Vocês são, sem sombra de dúvida, culpados.

— Não! — exclamou Miro.

— A gatinha — guinchou Kazimira. — Eu quero a GATINHA!

— Sinto muito, meu docinho — disse o pai. — A gatinha deve ser punida. Vou arrumar outra, prometo. — Então Ctibor voltou-se para os guardas. — Levem-nos! — ordenou. — Quero que sejam executados ao amanhecer.

CAPÍTULO 51

Os guardas jogaram as crianças em uma cela. Não havia móveis, nem janela, nem saída. Apenas quatro paredes e um balde.

— Não é justo — exclamou Imogen. Ela esmurrava a porta da prisão, gritando a plenos pulmões.

Miro se levantou e a encarou. Perla se aninhou no canto com as mãos tampando os ouvidos. Konya fez o mesmo com as patas.

Mas a menina não estava nem aí para o que os outros pensavam. Precisava sair da cela. Precisava alcançar a irmã. Ela começou a chutar a porta.

— Para com isso, Imogen! — disse Miro. — Preciso contar uma coisa para você.

— De que adianta? — Imogen chutou a porta com mais força. — Vamos ser executados pela manhã!

— É sobre Marie. Ela esteve aqui… neste castelo.

Imogen parou.

— Como você sabe disso?

Miro contou para as meninas tudo o que havia descoberto: que o rei Ctibor pensava que Anneshka era a filha há muito desaparecida e que ela tinha partido antes da chegada deles.

— O relógio nos trouxe ao lugar certo — concluiu Miro. — Só que chegamos tarde demais.

— O rei Ctibor falou alguma coisa sobre os krootymoosh? — perguntou Perla.

Miro balançou a cabeça e Perla escondeu o rosto entre os braços.

— Para dizer a verdade — sussurrou Miro para Imogen —, Ctibor não parece se importar com os krootymoosh... contanto que as filhas *dele* estejam seguras.

— Não tem jeito, né? — disse Perla, sem olhar para cima. — Nunca mais vou ver Tomil. De que adianta fazer mapas e falar com reis... de que adianta qualquer coisa?

O desespero de Perla ecoou em Imogen. Ela entendia o que Perla queria dizer... Estar sem Marie era como ser seguida por uma sombra. Não, uma sombra não — um buraco negro. Um espaço onde deveria haver uma irmã. Um vazio que sugava a alegria do mundo.

Talvez fosse mais difícil ainda para Perla. Fazia um tempo que ninguém tinha visto o irmão dela. E Imogen nunca tinha parado para pensar, mas Perla era a irmã mais nova. Certamente era o filho mais velho que deveria cuidar do resgate, não?

Imogen se aproximou da amiga. Não levava muito jeito para dar abraços, mas talvez pudesse oferecer palavras.

— Sabe, Perla, certa vez alguém me disse que as estrelas fazem coisas de propósito.

Perla levantou a cabeça.

— Fui eu... Eu disse isso.

— As estrelas unem as pessoas — disse Miro. — Você, Imogen e eu.

— Mas olha onde viemos parar — respondeu Perla. — Vamos ser mortos ao amanhecer!

Konya soltou um miado triste.

Imogen colocou as mãos debaixo das axilas. Estavam doloridas depois de socar a porta da cela.

— Olha só — disse ela —, não sei onde Tomil está. Não sei como vamos sair dessa confusão. E com certeza não sei o que está escrito nas estrelas.

Perla olhou para ela com apreensão. Aquelas palavras não eram muito animadoras.

— Mas o que eu sei é que a gente fez uma promessa — disse Imogen. — Essa missão não acabou... ainda.

Perla fungou.

— Só queria saber onde o meu irmão está.

Imogen se lembrou da sensação que tivera mais cedo, ao se dar conta de que a menina ruiva não era Marie. Naquele momento, sentira vontade de virar uma bolinha e se esconder, mas Perla e Miro vieram correndo.

— Não vamos parar até encontrarmos o seu irmão — disse Imogen. — Você não precisa cuidar disso sozinha.

Miro fez que sim com a cabeça freneticamente, concordando.

Perla olhou de um para o outro. Depois se pôs de pé, afastou o cabelo encaracolado do rosto e espantou o pior da sua tristeza.

— Tudo bem — disse ela com um aceno de cabeça. — Essa história não acaba até que o sapo cante.

CAPÍTULO 52

— Ctibor disse que Anneshka foi para Valkahá — comentou Miro. — Não que eu saiba onde fica isso.

— É a capital das Terras Secas — explicou Perla. — O reino a oeste. Queria saber o que Anneshka quer por lá...

— Deve ter decidido que é um reino maior que este aqui — respondeu Imogen, apontando para o balde no canto da cela. — Para dizer a verdade, dá até para entender o porquê.

Miro bufou e Perla parecia prestes a discordar, mas houve um barulho do outro lado da porta da cela.

— O que será que temos aqui? — disse um skret.

Konya sibilou.

Imogen deu meia-volta. Aquela voz era familiar...

Um olho-mágico se abriu e um olho amarelo ocupou o espaço.

— Eles me disseram que não têm humaninhos o suficiente... disseram que não param de sequestrá-los. — O skret destrancou a porta e entrou na cela. — Agora tenho três filhotinhos de uma vez! Isso quer dizer que eu tenho sorte ou azar?

— Zuby! — gritou Imogen, abraçando-o pelo pescoço. O corpo dele era duro e ossudo. Não era um abraço confortável, mas Imogen estava muito feliz em vê-lo.

— O que você está fazendo aqui? — perguntou Miro, arfando. E então, com um sussurro: — Você saiu de dentro do relógio.

— Esta é a minha prisão — respondeu o skret. Ele gesticulou para a cela, como se estivesse orgulhoso.

Imogen se afastou. Pensou que ele tivesse vindo para libertá-los...

— Mariposas e prisioneiros — disse Zuby. — É isso que Zuby faz de melhor. Os humanos não têm interesse pelas mariposas. Mas prisões... todo reino tem.

— Você não pode trabalhar para Ctibor — gritou Imogen. — Ele é do mal!

Zuby parecia incerto.

— Ele não é nenhum Král. *Nisso* podemos concordar. Mas me contem, humaninhos, por que estão na minha prisão? Por que não estão em casa com seus familiares?

Imogen pensou na mãe. Esperava que a mariposa tivesse entregado a mensagem. Esperava que mamãe não passasse as noites preocupada e os dias vasculhando o jardim. Esperava que alguém tivesse visitado a sra. Haberdash...

Zuby apontou para Imogen.

— Mandei a mariposa procurar você... pedi a ela que te acompanhasse até em casa. E, mesmo assim, aqui está você, aprontando!

— Minha irmã foi sequestrada — gritou Imogen. Zuby coçou a cabeça.

— Ah. Entendi. — Os grandes olhos circulares do skret se voltaram para Perla. — E você? Qual é a sua desculpa?

Perla se encolheu com a pergunta. Que adultos estranhos. Que skrets estranhos. Ela também não parecia gostar.

— Vim salvar o meu irmão dos krootymoosh. — A voz era tão suave quanto uma mariposa.

— E você? — perguntou Zuby a Miro. — Pensei que fosse um rei.

— Estou ajudando as minhas amigas — disse Miro.

— Ah, então os reis *têm* amigos. — A expressão de Zuby suavizou. — E o que está achando de ser rei?

— Ah... é ótimo... — Miro não foi muito convincente. Estava girando os anéis outra vez. — Posso ficar acordado até meia-noite e ter banquetes enormes.

— Entendi — disse Zuby, analisando o menino. — É isso que significa ser rei?

Imogen sentiu uma movimentação no bolso. A salamandra! Tinha se esquecido de que estava ali. Ela ergueu o animal com as duas mãos. A salamandra não se desvencilhou nem tentou escapar; simplesmente ficou deitada na palma de Imogen, como um saco de feijão.

— O que é isso? — perguntou Miro, aproximando-se.

— É a salamandra de Kazimira — respondeu Perla. — Konya não a *comeu* de verdade.

— Por que não a devolve? — exclamou Zuby.

A salamandra parecia exausta. Mal conseguia levantar a cabeça.

— Kazimira está matando ela — disse Perla.

— Você não ouviu os guardas? — gritou Zuby. Ele agitava as garras, aflito. — Eles vão matar *vocês*. Devolvam a salamandra e talvez eles os libertem!

— Você não iria sugerir isso se fosse uma mariposa no lugar da salamandra — murmurou Imogen. O bicho tinha ventosas nos dedos. Imogen as sentia grudadas na palma da mão, como se estivessem se agarrando a ela, como se estivessem pedindo socorro.

— Mas não é uma mariposa — disse Zuby. — É um girino com pernas. Pensem na família de vocês. O que eles diriam? Não dá para salvar todo mundo o tempo todo. Às vezes, temos que pensar em nós mesmos.

— Parece Ctibor falando — comentou Miro.

Os ombros de Zuby se curvaram e as garras encostaram no chão.

— Talvez pareça. — Ele olhou para as crianças com tristeza, como o filhotinho mais feio do mundo. — Trabalhar para aquele homem não é honrado.

Imogen colocou a salamandra de volta no bolso.

— Por que *você* está aqui, Zuby? — perguntou ela.

Zuby olhou o bolso de Imogen, de onde despontava o rabo preto da salamandra.

— É um bom lugar — disse o skret —, por mais que o rei não seja.

— O que tem de bom em Vodnislav? — questionou Miro. — Tudo aqui apodrece por causa da umidade.

— Ei — disse Perla, fechando a cara.

Zuby agitou a garra.

— Não estou falando disso.

— Ele está falando das pessoas — disse Perla. — Papai diz que nós, das Terras Baixas, somos um povo amigável. Muito mais amigável do que em qualquer outro lugar. E papai entende *muito* de pessoas.

— Seu pai tem razão — comentou o skret. — Os humanos em Yaroslav têm o cérebro tolhido. Passaram tempo demais presos naquele vale.

Perla sorriu, satisfeita. Miro abriu a boca para protestar.

— Mas eu não estava falando das pessoas — prosseguiu Zuby. — Não é só de humanos que vive uma cidade, sabe? Ela é formada por suas florestas e árvores, por seus rios e montanhas, e às vezes... se você tiver sorte... ela é formada por sua sertze também.

Sertze? Imogen conhecia aquela palavra. O tio de Miro tinha uma Sertze Hora. Ele a roubara e a escondera. O reino inteiro tinha sofrido por causa disso.

Miro virou o balde de cabeça para baixo e sentou-se nele, apoiando os cotovelos nos joelhos e enfiando a cabeça entre as mãos.

— Pensei que Yaroslav fosse o único lugar com uma sertze — murmurou.

Imogen ficou imaginando como ele se sentia com a notícia. Talvez o velho Miro tivesse ficado chateado; mas o novo Miro parecia apenas bem cansado.

— Existem vários tipos de sertze — disse Zuby. — Aquelas lindas pedras que dão vida. E as Terras Baixas têm a sua própria sertze... Eu consigo sentir.

O skret pôs a mão no peito, como se pudesse senti-la ali mesmo. Imogen fez o mesmo. Prendeu a respiração e esperou, mas só sentiu as batidas do próprio coração.

— Não é igual à sertze com a qual eu cresci — comentou Zuby. — Ela não bate pelas montanhas e árvores. Ela bate pelas ninfas e pelos riachos. A Sertze Voda. É esse o nome dela.

Imogen pressionou o ouvido na parede da cela. *Chuá, chuá, chuááá*, dizia o rio. Devia passar ali perto.

O relógio de estrelas

— Nós, skrets, somos sensíveis a esse tipo de coisa, ou, pelo menos, mais sensíveis do que os humanos. — Zuby envolveu os braços compridos ao redor do próprio corpo. — É bom sentir os batimentos dela… Me lembra de casa.

— Eu e Tomil saíamos para caçar a sertze — disse Perla. Não parecia estar confortável de dizer aquilo em voz alta. — Konya não aprovava.

— Konya tinha razão — disse Miro, e a snĕehoolark olhou para cima com a menção ao próprio nome. — Vocês não deviam caçar sertzes. Aquelas pedras fazem parte do lugar delas.

— Foi ideia de Tomil. — Perla se defendeu. — Ele vivia me desafiando a fazer coisas: escalar uma árvore para vasculhar um ninho de corvo, enfiar o braço numa armadilha de enguia. Uma vez ele me desafiou a mergulhar a cabeça na água e eu achei que tivesse encontrado a sertze, mas era só uma boia de pesca velha. — As suas bochechas formaram covinhas com a lembrança. — A gente fazia… sabe… coisas de irmãos.

Eu não teria feito o que Tomil me mandasse, pensou Imogen. Se bem que, para dizer a verdade, aquilo parecia uma versão mais assustadora das coisas que ela fazia com Marie.

— Enfim — concluiu Perla. — A gente nunca encontrou a Sertze Voda. Onde quer que esteja, está bem escondida.

— Que bom — disseram Zuby e Miro ao mesmo tempo.

Então, sem mais nem menos, o skret pigarreou.

— Certo, já chega de relembrar os velhos tempos — anunciou ele com sua voz metálica. — Independentemente do que vocês aprontaram, não podemos permitir que humaninhos sejam mortos.

— Você vai nos libertar? — perguntou Imogen, cheia de esperança.

O skret passou as garras pelo couro cabeludo.

— Hum… Pode-se dizer que sim…

CAPÍTULO 53

Imogen olhou para o redemoinho de água. Estava de pé numa varanda de madeira nos fundos do castelo do rei Ctibor.

— Dá pra pular daqui — disse Zuby —, e o rio vai levar vocês para longe.

O rio não parecia tão rápido, mas a menina sabia que as aparências enganavam. O tio dela quase tinha se afogado tentando salvar um cachorro do rio Trent. No fim das contas, fora o cachorro que o salvara. Havia correntezas abaixo da superfície, foi o que mamãe disse. Nem sempre era possível saber onde se estava pulando...

— Os humaninhos sabem boiar? — perguntou Zuby.

— Sim — disse Perla. — Se bem que Konya não gosta de molhar as patas. — A snĕehoolark estava com o rabo entre as pernas.

— Não tenho certeza se eu sei boiar direito — comentou Miro.

O rio corria abaixo da varanda. Havia rochas do outro lado e árvores com raízes profundas. A água balbuciava ao desviar pelo castelo, fazer a curva e sumir de vista.

— Agora me ouçam — prosseguiu Zuby. — Não estaria sugerindo isso se conseguisse pensar em outra solução. Os guardas vão ver vocês se saírem pelo castelo. — Ele olhou de relance para a água. — Os barcos são proibidos nesse trecho do rio, mas não quer dizer que não existam outros perigos. — O skret usou as garras para contabilizá-los. — Cuidado com os lamaçais e com as ervas-caracóis. Elas embolam na gente. Não falem com as ninfas e, não importa o que aconteça, tomem cuidado com as armadilhas de enguias.

O relógio de estrelas

As crianças assentiram.

— A água vai levá-los na direção de um círculo de árvores chamado Anel de Yasanay. Nos encontramos lá.

— Você vai embora por nossa causa, não vai? — disse Imogen. — Porque nos ajudou a fugir... de novo.

— Me agradeçam indo para casa em segurança — murmurou Zuby. — Vou tentar levar o relógio mágico comigo. E uns cavalos também... acho que vão precisar deles.

— Mas o rei Ctibor pode capturar você — disse Perla.

— Ah, não se preocupe — respondeu Zuby com um sorriso. — Os skrets daqui são preguiçosos, e os humanos... bom, são humanos. O rei Ctibor só vai perceber que vocês sumiram por volta do anoitecer. Até lá, já estarei muito longe daqui.

— Obrigado, Zuby — disse Miro. — Vou garantir que você receba uma recompensa justa. — Ele usou um tom de voz altivo que Imogen passara a considerar a "voz de rei" do amigo.

— Não esquente a cabeça com isso — disse Zuby, agitando as garras. — Só se concentrem em não se afogar. Hora de pular, humaninhos.

Imogen abriu a boca, mas o medo se apoderou da língua dela. E se ela caísse de barriga e abrisse o abdome? E se batesse numa rocha submersa? E se houvesse peixes com dentes gigantes e...

Perla pulou da varanda.

Imogen e Miro olharam para baixo. Perla estava caindo, caindo... *splash!* Caiu em pé na água.

— Cuidado! — gritou Zuby. As crianças saíram da frente quando Konya veio galopando na direção delas. Num borrão de pelos, a sněehoolark saltou do muro da varanda.

Konya respingou mais água do que Perla. Ela voltou à superfície e não tirou os olhos da dona. A gata-loba nadava com velocidade surpreendente, as patas remavam com força debaixo d'água, o rabo se erguia feito uma barbatana. Perla segurou Konya e o rio as levou.

— Agora é a vez de vocês — avisou Zuby. — Andem logo, antes que alguém veja.

Para além das montanhas

Imogen sentiu o estômago revirar.

— Não quero me afogar! — exclamou Miro, que tinha abandonado a voz de rei.

Imogen estava passando mal de nervoso, mas precisava ter coragem pelos dois. Ela subiu no muro da varanda, encontrando força no medo do amigo.

— Vamos — disse. — Juntos nós vamos conseguir.

O vento afastou a franja da testa de Imogen. O céu estava enevoado, brilhante. A ponta das botas travou na quina do muro. A água lá embaixo era escura e funda. *Nem sempre é possível saber onde se está pulando... Nem sempre é possível saber...*

— O círculo de árvores — gritou Zuby. — É lá que vou estar. Não se esqueçam.

Miro também subiu no muro. Parou ao lado de Imogen e pegou a mão dela.

— Não solta — disse a menina. O cabelo bateu em seu rosto e, por um instante, Imogen teve a sensação de que era Marie ali do lado... A mão de Marie na dela.

Miro assentiu sem dizer uma só palavra. E, assim, os amigos pularam.

CAPÍTULO 54

Imogen colidiu com a água.

Um choque de frio.

A correnteza nos joelhos, na barriga, no rosto.

O cabelo levantando.

O corpo despencando.

Ela estava em queda livre, girando no espaço.

Imogen abriu os olhos e o rio arrebatou a mão de Miro, puxando-o para longe. Os dedos dele desapareceram num turbilhão de bolhas.

— NÃO! — gritou Imogen, mas a garganta se encheu de água.

Para que lado ficava a superfície? Para que lado ficava a luz?

As algas ali embaixo eram maiores do que árvores.

Ela precisava respirar. *Para que lado ficava a luz?*

Olhos afundados e brilhantes espreitavam por cima da grama alta.

Seus pulmões começaram a doer, inundados de pânico.

Ela precisava respirar. *Para que lado ficava a luz?*

O rosto encontra a superfície.

Inundado de ar!

Imogen arfou uma, duas vezes.

— Miro! — gritou para o céu. Em algum lugar lá em cima, gaivotas ribeirinhas riam. Um corpo macio roçou a perna de Imogen, mas ela foi arrastada pela curva do rio. Lá estava o castelo, afastando-se. Mas onde estavam os amigos da menina?

Para além das montanhas

Ela bateu os braços e as pernas com força para não afundar. Passou por redes de pesca, moinhos d'água e barcos quebrados. Um casal se beijava numa ponte. Certas coisas eram iguais nos dois mundos.

Imogen foi arrastada para baixo de uma ponte, passando por um túnel aquático. Ratos guinchavam na escuridão. Foi um alívio ser jogada para o outro lado.

O rio levou Imogen para longe de Vodnislav. Ela tentou procurar o círculo de árvores, mas era difícil enxergar alguma coisa. Da posição em que estava na água, os gansos na margem do rio superavam as vacas em tamanho. Até as flores pareciam enormes. Ela desejou poder agarrar um galho baixo e se puxar para a terra firme.

O rio ficou mais largo e não havia nenhum sinal dos outros. E se Miro não conseguisse mesmo boiar?

Uma alga se enroscou no tornozelo de Imogen. Ela mergulhou a cabeça para se soltar, mas a planta não era uma planta. Era uma enguia comprida. Imogen emergiu, sem fôlego.

— Miro? — gritou. O rio balbuciou em resposta. Ela bateu o pé e a enguia se enroscou ainda mais. — MIRO! — berrou Imogen. — SO-CORRO!

A enguia a puxou para baixo.

Ela afundou em meio às bolhas.

Afundou em meio às algas escorregadias.

Naquele momento, Imogen pôde ver que a coisa em volta do tornozelo não era uma enguia, embora tivesse o mesmo formato. Era a cauda de um ninfo do rio — meio homem, meio moreia —, com olhos turvos e cabelo verde.

Ele puxou Imogen para mais perto e ela tentou se soltar aos chutes, mas a cauda se enroscou nas pernas dela, os dedos membranosos se fecharam ao redor do pescoço, e Imogen soube que tinha sido derrotada.

A última coisa que vou ver na vida é esse rosto, pensou ela. *Um rosto com olhos alienígenas.*

Bolhas lhe escaparam dos lábios e o terror a dominou quando a cauda grossa esmagou seu tronco.

O relógio de estrelas

Eu nunca vou salvar a minha irmã! Nunca mais vou ver a minha mãe!

Imogen não sentiu a salamandra saindo do bolso, mas o animal deve ter saído, porque de repente ele estava nadando — nadando entre ela e o ninfo.

Nem sempre é possível saber onde se está pulando...

Depois daquilo, tudo aconteceu rápido. A salamandra grudou na testa do homem do rio e se iluminou, tornando-se verde-fluorescente. O ninfo pareceu chocado e arregalou os olhos.

Será que a salamandra estava... se comunicando? Se fosse o caso, Imogen não sabia o que ela estava dizendo. Precisava se soltar, precisava de ar.

O ninfo soltou Imogen.

Mãos pegaram punhos.

Mãos a pegaram e a puxaram.

Por cima das algas.

Por cima das bolhas.

Por cima dos prismas de luz.

A cabeça dela veio à tona e os pulmões subiram e desceram no ar.

Arquejos, murmúrios. Braços em volta do peito.

Seus salvadores lutaram contra a corrente. Havia quatro mãos, e duas delas usavam anéis. Pés esmagaram pedrinhas e Imogen foi posta no chão como um peixe premiado. Rostos de cabeça para baixo surgiram acima dela. Um deles era o de Miro, sorridente, sem fôlego. O outro era o de Perla, preocupada. O terceiro era de uma gata-loba, com o pelo liso como o de uma lontra.

Era muito bom vê-los. Muito bom estar viva.

CAPÍTULO 55

O nariz e a garganta de Imogen ardiam como se ela tivesse engolido uma água-viva. Ela estava deitada nas pedrinhas, inspirando intensamente, esperando a respiração voltar ao normal.

Miro e Perla se agacharam ao lado da amiga, a água pingando dos cabelos.

— Bagres me mordam! — exclamou Perla. — Foi por pouco!

Imogen não sabia o que *bagres me mordam* queria dizer… Imaginava que era algo do tipo "uau".

— Você está bem? — perguntou Perla, falando mais baixinho. Konya cutucou Imogen com o focinho, como se fizesse a mesma pergunta.

— Acho que sim — respondeu a menina. Ela tinha engolido um pouco de água e a parte de trás da garganta doía, mas, tirando isso, estava se sentindo bem.

— Fizemos uma corrente humana e puxamos você — disse Miro, claramente animado de contar a história.

Imogen assentiu. Não estava acostumada a ser salva, e percebeu que não gostava muito daquilo. Era melhor ser a salvadora.

— Obrigada — disse aos amigos.

— Sem problema — respondeu Miro, sorrindo de orelha a orelha. — Esse é um dos ofícios de um rei.

Imogen sentou-se e olhou em volta. Estavam numa praia de cascalho; mais adiante, havia uma faixa de lama e juncos, e depois *dessa faixa*, prados e colinas.

O relógio de estrelas

Não havia sinal do ninfo do rio. Também não havia sinal da salamandra.

Konya sacudiu o pelo para se livrar da água.

— O que aconteceu? — perguntou Perla. — Num minuto você estava boiando, no outro tinha sumido.

— Um ninfo do rio apareceu — respondeu Imogen. — Ele ia me afogar, mas a salamandra fez ele parar… pelo menos eu acho que fez.

Perla parecia intrigada.

— Como que aquela coisinha derrotou um ninfo?

Imogen balançou a cabeça. A verdade era que a menina não fazia ideia. Será que a salamandra tinha mesmo ficado verde-fluorescente ou era só imaginação dela? Talvez tivesse engolido muita água do rio.

— Bom, sendo assim, estamos quites — comentou Perla. — Nós salvamos a salamandra. A salamandra salvou você.

Miro virou o rosto para o céu.

— Tudo que a floresta recebe a floresta devolve.

— Isso é coisa da Lofkinye — disse Imogen bruscamente.

Por que estava sendo tão má? Miro tinha acabado de salvar a vida dela…

Porque nunca vou conseguir salvar Marie se não consigo nem salvar a mim mesma, pensou ela. A vergonha inundou seu corpo.

— É claro — acrescentou ela. — Você também pode usar o ditado, se quiser.

— A gente tem uma frase assim — disse Perla. — Tudo que as águas recebem as águas devolvem. — Ela virou uma bota de cabeça para baixo e algas saíram dali. — Significa que se você for bom para o rio, coisas boas lhe acontecem.

Imogen se pôs de pé. O sol estava começando a se pôr, mas ainda dava para ver Vodnislav à distância. O rio serpenteava na direção oposta, tranquilo e suave, como se fosse incapaz de machucar uma mosca… que dirá afogar três crianças.

— Como a gente faz para encontrar o círculo de árvores? — perguntou Miro. — Zuby vai estar à nossa espera.

— Eu já pintei aquelas árvores — disse Perla. Ela traçou o dedo no ar, como se estivesse de volta ao sótão, como se analisasse o mapa. Seus lábios estavam ligeiramente entreabertos. O olhar estava distante.

A vovó chamaria Perla de "excêntrica", pensou Imogen. *O pessoal da escola usaria outras palavras...* Mas Imogen a achava brilhante.

Perla baixou a mão.

— O Anel de Yasanay fica no sul das Terras Baixas — anunciou ela. — Doze freixos plantados no alto de uma colina. Papai me contou que ele foi feito para ser um mirante. Num dia claro, se você ficar entre as árvores, dá pra ver tudinho, até chegar às Montanhas Sem Nome.

— Ótimo — disse Imogen. — Pra que lado a gente vai?

Perla deu de ombros.

— Não faço ideia.

Até mesmo Konya pareceu decepcionada.

— Quer dizer que aquele monte de dedo apontado para o ar foi de brincadeira?

— Eu me lembro do *mapa* — respondeu Perla na defensiva. — Só não sei onde a gente está.

CAPÍTULO 56

A salamandra nadou contra a correnteza. Contorceu-se de um lado para o outro, forçando caminho rio acima. Ela nadou em meio a uma floresta de ervas-caracóis e esbarrou na barriga de uma truta. A salamandra não parou. Sabia aonde estava indo.

Na margem do rio havia um buraco — a boca de uma caverna submersa. A salamandra entrou. A água dentro da caverna era quente feito sangue, e ali, abrigada no cantinho, estava a Sertze Voda. O coração do rio.

A Sertze era de um azul forte e escuro. Ela pulsava e a água ondulava. Havia um aglomerado de ovinhos minúsculos ali perto. Dentro do líquido gelatinoso dos ovos, criaturas pretas em forma de bolha se contorciam. Criaturas com caudas e guelras. A salamandra conferiu cada uma delas, aproximando-as, ajudando-as a se aquecerem no calor suave da pedra.

Por fim, satisfeita com a organização, relaxou e envolveu o corpo ao redor da Sertze Voda. Hora de recarregar as energias. A salamandra precisaria de toda a força que conseguisse obter.

PARTE 4

CAPÍTULO 57

Zuby nunca entendeu a obsessão humana por cavalos. Gostava do cheiro deles — grama seca e cogumelos. Gostava da sensação do pelo aveludado. Até que eram saborosos, quando servidos com um belo molho de frutas silvestres.

Mas *viajar* a cavalo? Aquilo já era completamente diferente. E, mesmo assim, os humaninhos precisariam de cavalos caso quisessem ter sucesso na missão.

O skret se aproximou do estábulo do rei Ctibor com frio na barriga. Não gostava de sair em plena luz do dia — ele ficava nervoso, mesmo usando uma capa comprida para proteger a pele.

O relógio mágico estava guardado num embrulho dentro da bolsa. Zuby se sentia um ladrão por roubar o objeto da biblioteca de Ctibor, mas não tinha escolha. Precisava ajudar os amigos.

— O que está fazendo? — perguntou o humano encarregado do estábulo.

Roubando cavalos, pensou Zuby. *Libertando prisioneiros. Jogando tudo para o alto!*

— Estou seguindo ordens do rei — respondeu o skret. — Ele me mandou pegar três cavalos pequenos.

O homem fez uma careta e Zuby achou que tinha sido desmascarado, mas o chefe do estábulo levantou o dedo.

— Olha só esses dentes! — exclamou. — Você tinha que ter arrancado tudo. Vai assustar os pôneis com presas assim.

Zuby forçou um sorriso.

O chefe do estábulo trouxe três pôneis com rédeas na cabeça.

— Preciso das cadeiras de cavalo também — disse Zuby.

O homem revirou os olhos, mas voltou para dentro do estábulo, murmurando baixinho:

— Acho que quis dizer selas… skret tonto. — Ele prendeu os assentos de couro nas costas dos animais.

Zuby agradeceu ao chefe do estábulo e depois foi embora com os pôneis, em direção à faixa de terra que ligava o castelo à cidade. O rio corria de ambos os lados. Havia três guardas parados com roupas de metal. Zuby os cumprimentou. Os pôneis trotavam atrás dele. Até o momento, tudo certo.

— Aonde vai com esses cavalos? — perguntou o guarda humano. Os outros dois eram skrets.

— O rei ordenou que fossem vendidos — disse Zuby.

Os guardas skrets abriram caminho para deixá-lo passar, mas o humano ainda não estava satisfeito.

— Por quê? — perguntou. — É um pônei bem-criado. Que pena vendê-lo para outra pessoa.

— Não sou eu que tomo as decisões. — Zuby forçou outro sorriso.

O humano balançou a cabeça e abriu caminho.

— Certifique-se de conseguir um bom preço.

Zuby ficou animado. Estava pegando o jeito dessa coisa de mentir.

Ele conduziu os companheiros com cheiro de palha pelas ruas de Vodnislav e não parou até chegar aos arredores da cidade. As Terras Baixas corriam por todas as direções. Mas, para além daquelas encostas suaves, havia outros reinos. As Terras Secas se estendiam a oeste. As Montanhas Sem Nome dominavam o sul.

Uma gaivota ribeirinha cantou um alerta agudo e, por um instante, Zuby teve a sensação de estar sendo observado. Ele olhou por cima do ombro.

— Deve ser a minha consciência pesada — murmurou, e então checou se o relógio ainda estava seguro nas costas.

Ele subiu no menor pônei e se sentou como se fosse um humano, com uma perna pendurada de cada lado. O pônei começou a trotar e

Zuby quicou no assento. *Pá, pá, pá.* O couro lhe atingia a anca a cada passada.

Então ele tentou se agachar, com as garras cravadas na sela. Assim era melhor. O pônei disparou e os outros foram atrás enquanto Zuby segurava firme nas rédeas.

Já estava escurecendo quando se aproximou do círculo de árvores. Ele prendeu os pôneis, tirou a capa e seguiu em direção ao Anel de Yasanay a pé.

— Humaninhos? — chamou. Não conseguia ouvir as vozes das crianças. Talvez tivessem dormido.

Estava perto do topo da colina quando o vento sussurrou por entre as árvores.

Zuby decidiu levar o relógio mágico nas garras. O objeto parecia preciosíssimo. Era como se estivesse segurando um skret recém-nascido. Era tão perfeito e delicado, familiar e estranho, de um jeito que Zuby não conseguia explicar.

O skret entrou no círculo de árvores olhando ao redor. Enxergava bem na luz do anoitecer, mas não havia nenhum humaninho ali em cima.

Zuby jamais se perdoaria se os amigos tivessem se afogado.

— Não faz sentido se preocupar — disse em voz alta. — Tenho certeza de que logo vão estar aqui.

Viajar a cavalo não era tão fácil quanto parecia e Zuby estava bem cansado. Ele se sentou no meio das árvores. Foi então que ouviu um badalar do relógio. O skret desamarrou o embrulho e segurou o objeto na frente do rosto.

Havia uma porta na parte de cima, tão pequena que comportava uma mariposa. A porta se abriu e Zuby deu um pulo. A miniatura de uma mulher usando uma capa saiu dali. Ela levantou as duas mãos, como se estivesse se agarrando a alguma coisa.

— Olá — disse Zuby. — Prazer em conhecê-la.

A mulher não respondeu, já que era de madeira, e rolou de volta para dentro do relógio.

CAPÍTULO 58

Zuby deitou-se bem no meio do círculo de árvores. O relógio mágico tiquetaqueava na barriga dele, a grama lhe esfriava as costas e o céu entre os galhos formava uma argola de um azul profundo.

Alguma coisa fez cosquinha no tornozelo do skret. Parecia ser uma aranha. Ele mexeu o pé e a coceira parou.

Zuby suspirou. Não podia voltar a Vodnislav. Não depois do que tinha feito… Ctibor não seria tão generoso quanto o Král quando descobrisse que os seus prisioneiros tinham fugido.

A aranha voltou. Dessa vez subia pelo braço do skret. Ele se mexeu para enxotá-la, mas não se tratava de uma aranha. Era uma raiz.

— Ah — falou Zuby. — Não tinha visto você aí embaixo. — Ele levantou a raiz pequenina com o máximo de delicadeza possível. Ela era fininha, com pelos ralos.

Então voltou a deitar na grama. *Tique, taque*, fazia o relógio.

— Calma, calma — falou Zuby, acariciando-o. E por falar em tempo, onde será que estavam aqueles humaninhos? Ele achou que, àquela altura, já teriam chegado…

Uma raiz se enganchou no tornozelo de Zuby — tinha a espessura de uma minhoca e estava bem fixa dos dois lados. Zuby tentou soltar o pé, mas não conseguiu.

— Desculpe — balbuciou ele, e então cortou a raiz com uma das garras.

Uma terceira raiz veio serpenteando na direção dele. Zuby se levantou de supetão, sem soltar o relógio. A grama onde estava deitado se contorcia com as raízes. As árvores estavam ganhando vida!

Para além das montanhas

O skret recuou. Havia uma árvore na altura do ombro dele, mais perto do que Zuby esperava. Ele esbarrou no tronco e estava prestes a pedir desculpas quando a árvore o envolveu pela cintura com um galho.

— O q-que está acontecendo? — gritou Zuby. Ele se agarrou ao relógio mágico enquanto o farfalhar das folhas lhe enchia os ouvidos.

Havia uma mulher de capa. Estava parada no centro do círculo de árvores.

— Cuidado — alertou Zuby. — Não é seguro! As raízes estão... — Um punhado de folhas entrou na boca dele.

A mulher se aproximou. Tinha olhos de jacarandá e a pele de bétula branca.

— Filho das montanhas — disse ela em voz baixa —, o que faz tão longe de casa?

Zuby tentou falar em meio às folhas, mas não conseguiu.

— Não se preocupe — disse a mulher, levando um candeeiro ao rosto dele. — Não precisa falar... Vim apenas buscar o meu relógio.

CAPÍTULO 59

— Isso quer dizer que estamos perdidos? — perguntou Miro. Ele tremia dentro das roupas úmidas. Casacos acolchoados eram ótimos para atravessar montanhas cobertas de neve; mas não eram tão bons assim para pular em rios.

— Pode-se dizer que sim — refletiu Perla.

— Vamos andar — disse Imogen, impaciente. — Nós vamos ficar gripados se continuarmos parados. — Quem dizia aquilo era a mãe. Falar a frase em voz alta fez Imogen se sentir mais corajosa.

Assim, as crianças e a snĕehoolark seguiram em frente. As roupas molhadas de Imogen grudavam no corpo, a água escorria do cabelo até o pescoço. Ela se perguntou aonde Mark tinha ido parar. Será que estava na Casa das Águas, desfrutando de uma refeição quentinha com o pai de Perla?

O sol mergulhou no horizonte. Os juncos balançaram com a brisa. As colinas tranquilas, que tinham uma aparência tão amigável durante o dia, pareciam arquear-se como as costas de um monstro.

Imogen lembrou-se das palavras de Odlive: *O melhor é seguir o fluxo. Parar de tentar nadar contra a corrente.*

— Seguir o fluxo uma ova! — resmungou Imogen, que marchava rumo à noite crescente.

— Ei — disse Miro. — O que é aquilo? — Ele apontava para um grupo de árvores contornando o topo de uma colina, que surgiu conforme eles caminhavam.

— É o Anel de Yasanay! — gritou Perla, e se pôs a correr em direção

Para além das montanhas

ao morro. Konya saltava atrás dela. Imogen e Miro as seguiram, e as botas molhadas esguichavam água a cada passo que davam.

As crianças correram por campos e riachos. Subiram degraus bambos. Um monstrinho da preocupação surgiu num montinho de terra. *É tarde demais para salvar a sua irmã*, sibilou ele. Imogen o esmagou com o calcanhar.

No sopé da colina havia três pôneis, as sombras deles se moviam na escuridão. Zuby deve tê-los deixado pastando enquanto aguardava as crianças lá no topo.

— Será que podemos... parar um pouco para... recuperar o fôlego? — disse Miro, arfando. Imogen ficou aliviada por ele ter cedido primeiro. Não queria sugerir, mas precisava de um instante antes de encarar aquela subida.

— O que está acontecendo lá em cima? — sussurrou Perla, olhando de relance para o grupo de árvores. Elas batiam os galhos como se fossem atingidas por ventos fortes.

Imogen não sabia a resposta. Quando os batimentos cardíacos se estabilizaram, ela começou a escalar a colina. Já estava perto do cume quando ouviu o farfalhar das folhas. Era um som tão alto — como ondas quebrando numa tempestade.

Uma voz feminina se sobressaía em meio ao ruído. Imogen ainda não conseguia ver quem estava falando, ou com quem estava falando. A voz vinha do outro lado das árvores.

— Não quero machucar você — dizia.

A menina espiou, protegida por um tronco.

Ochi, em sua forma jovem e forte, estava parada no círculo de árvores fazendo algo horrível. Imogen levou a mão à boca. Queria desviar o olhar, mas não conseguia.

Os galhos se agitavam, a madeira rachava, as raízes despontavam da terra e o candeeiro da bruxa iluminava a cena. Um skret estava preso no tronco de uma árvore, e a casca se espalhava por toda a pele dele. As pernas estavam cheias de sulcos ásperos. O líquen lhe encobria o rosto.

Era Zuby, selado até a metade numa árvore.

233

O relógio de estrelas

— Solte! — disse Ochi. — Solte e eu paro! — Os olhos de Zuby estavam tomados pelo terror, e ele não conseguia nem falar. Havia brotos crescendo dentro da boca, encravados entre os dentes em forma de presa.

As garras estavam bem juntas, protegendo alguma coisa. Imogen semicerrou os olhos e se deu conta de que era o relógio. Zuby se recusava a entregá-lo à bruxa.

Ele já morreu, sibilou um monstrinho da preocupação. *Já está virando madeira.*

Perla e Miro se esconderam atrás das árvores vizinhas.

— Imogen — gritou Miro. — Precisamos salvar Zuby!

A menina assentiu, desesperada, mas os monstrinhos da preocupação a prendiam. Eles caíam dos galhos e brotavam da terra. Agarravam-se à bainha do casaco. *Você não é boa o bastante*, sussurraram. *Também não é corajosa o bastante. Tem alguma coisa muito errada com vocêêêê.*

Imogen viu Miro correr até o centro do anel. Ele soltou um grito de guerra sem palavras, brandindo a adaga com uma das mãos. Mas uma raiz o pegou pelo pé e ele derrapou de joelhos.

Ochi sequer se deu o trabalho de se virar. As raízes amarraram Miro em um instante. As árvores abriram as garras de Zuby à força.

Não é boa o bastante. Não é corajosa o bastante. Agora os seus amigos sabem a verdade. Você falhou com Marie e está prestes a falhar com Zuby também.

Imogen tirou um monstrinho da preocupação do pescoço enquanto vários outros escalavam as suas costas.

Então Perla partiu para dentro do Anel de Yasanay. Ela era rápida e ligeira feito uma lebre, mas as raízes perseguiram os calcanhares dela e a pegaram pelo tornozelo. Ela caiu em câmera lenta.

Imogen arrancou os monstrinhos da preocupação do corpo e os jogou contra a árvore. *Paft. Craft. Ploft.* Eles caíram feito batata assada. Ela esmagou um por um.

Em seguida, Imogen se forçou a sair do esconderijo.

— Ochi — gritou do outro lado da colina. — Solta eles!

CAPÍTULO 60

Imogen foi correndo até Zuby. As garras dele tinham sido abertas à força pela casca invasora, o corpo estava envolto em árvore. Bastava Ochi se esticar e o relógio seria dela.

A menina pulou por cima de uma raiz enorme e serpenteante. Um galho tentou acertar a sua cabeça e ela se abaixou. Estava perto da bruxa, pronta para saltar — mas então foi empurrada para trás. Ela não viu a raiz que a atingiu, só a sentiu se fechar em volta da cintura.

Imogen tentou se soltar, mas a raiz parecia uma jiboia.

— Esse relógio nem é seu! — gritou enquanto as árvores a arrastavam para longe da bruxa.

Mal dava para ver Zuby. A casca só tinha deixado o rosto de fora. Perla e Miro estavam tão indefesos quanto Imogen, amarrados pelas raízes.

Ochi estendeu a mão para pegar o relógio.

Mas não tinha percebido a presença de um ser.

Konya entrou voando no círculo de árvores; as patas da gata mal tocavam o chão, o pelo estava arrepiado e as garras, à mostra. A snĕehoolark não estava para brincadeira.

Ela partiu para cima da bruxa, e as árvores rangeram e grunhiram. Ochi berrou. Imogen soltou um grito de triunfo quando Konya levou sua presa ao chão.

Então a bruxa e a gata-loba rolaram num turbilhão de garras e capa, pelo e pele. Perla gritava palavras de incentivo para Konya. Por fim, a snĕehoolark estava em cima da bruxa. Patas prendendo os ombros da mulher. Bigodes roçando-lhe o rosto.

Que bom, pensou Imogen. *Vamos ver o que ela acha de ficar presa.*

A raiz ao redor da cintura de Imogen afrouxou e depois, contorcendo-se, recuou para baixo da terra. As crianças estavam livres das árvores.

Perla e Miro correram até Zuby. Havia uma fenda na árvore que o atacara, como se tivesse sido atingida por um raio. O skret estava estatelado na base do tronco.

— Zuby! — gritou Miro. — Você está ferido?

Ele abriu os olhões amarelos.

— Zuby é durão que nem cogumelo velho — murmurou ele.

Imogen hesitou, um pouco mais atrás. Ficou imaginando se os amigos notaram que ela tinha sido a última a ajudar, a última a entrar no círculo de árvores. Deviam achá-la uma baita covarde.

Mas Imogen não podia contar a verdade, não podia dizer que os monstrinhos da preocupação a prenderam. Iam pensar que ela era louca. Iam chamá-la de mentirosa. Iam deixar de ser amigos dela.

— Ainda tem uns pedacinhos de árvore em você — disse Miro a Zuby.

Ele tinha razão. A maior parte da casca tinha caído do corpo do skret, mas havia resquícios presos nas pernas como se fossem crostas.

— Por favor — disse uma voz. — Tenha piedade.

Imogen quase tinha se esquecido da bruxa. Ela se virou e viu Ochi debaixo das patas da sněehoolark.

— Você não machucaria uma velhinha, machucaria?

A cara de Konya dizia que ela a machucaria tranquilamente.

— Velhinha? — disse Perla, visivelmente perplexa.

— Ochi fica diferente na casa dela — explicou Imogen.

O relógio estava aos pés da bruxa. Arranhado, mas ainda parecia funcionar. Cinco ponteiros tiquetaqueavam em harmonia. Pedras preciosas em forma de estrelas pairavam acima do mostrador.

Imogen pegou o relógio e olhou feio para a bruxa.

— Se soltarmos você, promete parar de nos seguir?

Ochi fez uma careta.

— Eu faço o que eu quiser.

O relógio de estrelas

Konya uivou na cara dela.

— Prometo — gritou a bruxa.

Imogen se juntou aos outros.

— O que vocês acham? — sussurrou.

— Só existem duas opções — murmurou Miro. — Ou a matamos ou a libertamos.

Perla arqueou as sobrancelhas.

— Não podemos matá-la — respondeu, arfando. — Ela é uma pessoa, não um rato. — Perla fez um gesto para Konya e a snĕehoolark recuou.

Ochi se levantou aos tropeços.

— Pode ir — disse Miro com a sua voz de rei. — Mas se um dia você machucar Zuby de novo, eu vou…

— O quê? — perguntou a bruxa com uma risada. — Me mandar para além das montanhas? — Os olhos dela brilharam. — Você acha que está numa missão valente. Acha que pode derrotar os krootymoosh e o mundo cairá aos seus pés? Bom, deixe-me lhe contar uma coisa, *menino-rei*… Eu vi as suas estrelas e não há nada além de sangue e morte no seu futuro.

Miro ficou um pouco mais pálido. Konya rosnou.

— Deixa a gente em paz — gritou Imogen para a bruxa.

— E vocês — disse Ochi, apontando para as meninas conforme recuava —, os krootymoosh são a menor das suas preocupações. — Ela estava nos limites do círculo de árvores e os galhos balançavam com o vento… ou talvez ainda dançassem sob as ordens da bruxa. — Temam os homens da chama ardente. Temam as formas derretidas. Temam os olhos profundos de vulcão e as mandíbulas enormes e famintas!

Imogen não sabia o que responder. Aquilo era algum tipo de poema?

Ochi deu uma última olhada no relógio antes de entrar na escuridão e sumir pela encosta da colina.

As crianças ajudaram Zuby a se sentar, apoiando-o numa árvore. Miro trouxe o candeeiro da bruxa para mais perto. Ela o esquecera quando fugiu.

Para além das montanhas

— Estou bem — respondeu o skret. — Só preciso de um tempo.

— Aquilo foi incrível — comentou Perla. — A gente virou e falou "não!", aí ela pegou e falou "sim!", e as árvores ficaram tipo... — Perla agitou os braços. — Eu não sabia que as raízes das árvores sabiam fazer aquilo.

— Nem eu — falou Miro com muito menos entusiasmo. — O que Ochi quis dizer com sangue e morte?

Os monstrinhos da preocupação de Imogen estavam escapulindo com olhares presunçosos. As crianças tinham salvado Zuby e ficado com o relógio. Então, por que parecia que os monstrinhos tinham vencido?

— Não deixa Ochi te afetar — disse Imogen a Miro. — Acho que ela queria nos deixar com medo. — A menina se agachou ao lado do skret e lhe entregou o relógio surrado. — Zuby, sinto muito por termos colocado você em perigo.

— Não sei o que foi que deu em mim — disse ele. Então girou o objeto, como se fosse um enigma. — Eu deveria ter deixado a bruxa levá-lo, mas parece tão especial.

As crianças se sentaram dentro do círculo de árvores, revezando-se entre cochilar e ficar de guarda, até que as gaivotas ribeirinhas começaram a cantar para o sol que nascia lentamente.

As árvores voltaram a ser apenas árvores, listras escuras contra o céu tingido de rosa. E, assim que os primeiros raios de luz espreitaram entre os galhos, o relógio de estrelas começou a badalar.

Zuby ergueu o objeto e as crianças se reuniram em volta dele. Konya enfiou o focinho entre Perla e Imogen, com os bigodes achatados no rosto.

A porta do relógio se abriu e duas figuras saíram. O homem usava um chapéu de aba larga. A mulher tinha fitas no cabelo.

— São Branna e Zemko — exclamou Perla. — Amigos dos meus pais. Miro suspirou.

— O relógio está nos fazendo andar em círculos.

— Não — disse Perla, indicando um ponto no ar. — É *aqui* que estamos agora. — Ela indicou outro ponto, brandindo o dedo como se fosse uma varinha mágica. — *Aqui* é Valkahá, para onde Anneshka levou Marie. — Em seguida, Perla apontou para outro lugar. — E *aqui* é onde Branna e Zemko moram.

Obrigada, pensou Imogen. *Não faço a menor ideia do que isso significa.*

Perla olhou de relance para os amigos, esperando que a ficha caísse. No fim das contas, foi Zuby quem explicou.

— Se vocês estão indo para Valkahá, humaninhos, então os amigos de Perla moram no caminho.

CAPÍTULO 61

As cinco rainhas de Valkahá usavam suas joias como se fossem armaduras: maçãs do rosto salpicadas de pérolas, pescoço banhado a prata, peitoral coberto de cristais. Anneshka mal conseguia enxergar as mulheres por baixo de tudo aquilo. Apenas um piscar de olhos ou um espasmo nos lábios as entregava.

Anneshka sentiu-se envergonhada diante delas. O vestido que usava foi feito com a lã das Terras Baixas. O cabelo estava preso com fitas, seguindo o estilo das Terras Baixas. Só que ali, no salão nobre de Valkahá, ela se sentia mais uma leiteira do que uma princesa visitante. Estava feliz por ter deixado Marie na porta.

— Vossas Majestades — anunciou um criado. — Esta é a princesa Pavla de Vodnislav.

Anneshka fez uma reverência e observou o salão. A decoração do espaço era prateada. Os tronos também eram de prata. As rainhas usavam tiaras de vários tamanhos e modelos.

Então aquela era a cara da grandeza. Anneshka finalmente tinha encontrado o seu reino.

A primeira rainha inclinou a cabeça. Seus olhos eram de um azul lacrimejante e havia uma centopeia prateada pendurada na bochecha.

— A que devemos a honra? — perguntou ela.

— Vim visitar a sua catedral — respondeu Anneshka — para rezar pela saúde do meu pai.

O corpete da segunda rainha estava rígido de tantas joias.

O relógio de estrelas

— Está em busca de um lugar seguro para ficar?

Anneshka fez que sim, tentando parecer submissa.

A quinta rainha se pôs de pé. Havia tantas pérolas penduradas na frente do rosto dela que só dava para ver a pontinha do queixo branco.

— Por favor, fique à vontade — disse ela. A voz era rouca, quase como se fosse um sussurro alto. — A princesa de Vodnislav é sempre bem-vinda.

Então, Anneshka sentiu-se em casa no palácio. Trancou Marie no quarto dela. Não podia deixar que a garota escapasse… não sem antes ajudar Anneshka a se tornar rainha.

Mas as coisas não foram tão simples quanto Anneshka esperava. As rainhas não se misturavam com os convidados. Passaram o dia seguinte nos próprios aposentos — uma parte independente do palácio. Ali, elas tinham passarelas particulares, câmaras particulares e até mesmo uma igreja particular.

Anneshka estava começando a entender como elas tinham passado tanto tempo no poder…

Naquela noite, os convidados do palácio se juntaram para comer um banquete, como parte do ritual noturno. Eles se reuniram no salão nobre, onde as mesas foram organizadas em longas fileiras.

Muitos dos nobres usavam capas vermelhas. As damas preferiram as tiaras prateadas, como aquelas que as rainhas usavam. Anneshka comprou uma, louca para se livrar das fitas das Terras Baixas. Podia até ser herdeira do rei Ctibor, mas ela não pretendia ser *só* isso.

Anneshka sentou-se à mesa e observou ao redor. Os tronos de prata continuavam vazios — as cinco rainhas estavam jantando sozinhas —, mas nenhuma despesa foi poupada com a comida. Cada um dos pratos era uma obra de arte. As aves foram assadas dentro de aves. A carne de porco foi picada e disfarçada de fruta.

Anneshka comeu bem pouco. Estava ali para ouvir.

— Não vejo por que temos que dar tanto — disse um homem jovem sentado à direita dela.

Anneshka fingiu estar concentrada em tomar sopa de dentro de uma cabeça oca de javali e se inclinou para a frente para que pudesse ouvir melhor.

— Tudo o que elas têm que fazer é se sentar nos tronos — comentou o homem. — Somos nós que fazemos o trabalho. — O amigo dele apenas grunhiu em resposta.

Anneshka levou uma colher de ervilhas aos lábios e ficou surpresa ao descobrir que eram doces.

— Fala sério, Surovetz — insistiu o homem. — Você é o favorito das rainhas. Renegocie as taxas. Assim ficaremos com mais prata!

O homem chamado Surovetz não respondeu. Anneshka arriscou uma olhadela na direção dele e descobriu, com um sobressalto, que ele já a fitava. Era loiro, com o queixo forte e os olhos penetrantes.

Anneshka olhou para baixo. Precisava ser mais cuidadosa.

— A gente conversa mais tarde — disse Surovetz ao amigo. — Tem muitos espiões por aqui.

Pois bem, pensou Anneshka enquanto os homens se afastavam. *Os nobres estão insatisfeitos com as rainhas... Parece que encontrei uma porta de entrada.*

CAPÍTULO 62

A cabana de Branna e Zemko ficava quase totalmente escondida pelas flores.

— Que fedor é esse? — perguntou Zuby.

Imogen puxou o ar. Não estava sentindo nenhum cheiro ruim.

— São flores — respondeu Miro com uma risada. — A maioria das pessoas gosta.

A cabana era pintada de branco com telhas de madeira pregadas no telhado. Um cachorro veio correndo pela lateral da construção. Era um bichinho magro e pequeno, parecia um banquinho. Latiu para as crianças, mas ficou quieto assim que bateu os olhos em Konya. *Que gata grande*, o cachorro parecia dizer.

As crianças desceram dos pôneis, cansadas e com o corpo travado depois de um dia cavalgando. Zuby insistira em seguir a pé, mesmo depois do ataque de Ochi.

— Eu e os cavalos estamos dando um tempo — explicara o skret.

Um menininho passou correndo, todo manchado de grama, descalço e latindo, pelo jardim da frente do chalé. Estava perseguindo o cachorro e, ao que parecia, fingindo ser um. Ele desacelerou quando viu os visitantes.

— Mamãe — chamou. — Mamãe, tem gente aqui!

Uma mulher saiu de dentro da casa, enxugando as mãos no avental. Tinha a pele rosada e uma marca de nascença na bochecha. A princípio, ficou confusa quando viu aquele pequeno grupo na frente da cabana: três crianças, três pôneis, uma snĕehoolark e um skret todo enlameado.

Para além das montanhas

— Branna — falou Perla, arrastando os pés para a frente. — Sou eu, a filha do Michal.

— Perla! — exclamou a mulher. Ela abriu os braços e deu um abraço na menina, levantando-a do chão. Imogen queria um abraço daquele, um abraço com o poder de espantar todas as coisas ruins.

Konya roçou a cabeça na saia de Branna, como se tentasse se juntar ao abraço. Quando se afastaram, a mulher inspecionou Perla.

— As suas roupas estão imundas — falou em tom de censura. — E o que é isso? — Ela tirou ervas-caracóis da blusa de Perla. Imogen levou a mão ao cabelo. Estava cheio de sujeira seca do rio.

— De onde eles vieram? — perguntou o menino à mãe.

Branna ignorou o filho e, em vez disso, fixou o olhar em Perla.

— Seus pais sabem que você está aqui?

Perla contraiu os lábios. Parecia um pouco desconfiada de Branna... fosse ou não amiga da família.

— Foi exatamente o que eu perguntei a eles — acrescentou Zuby.

Branna olhou para as pernas encrostadas do skret. Então voltou-se para Imogen e Miro.

— E vocês? — ela exigiu saber. — Seus familiares não estão preocupados?

Imogen não deu nenhuma resposta. Branna era o tipo de pessoa para quem era difícil mentir.

Branna fechou a cara.

— Acho melhor vocês entrarem.

A sala de estar da cabana cheirava a ervas e pão. Havia almofadas bordadas numa cadeira de balanço e mudas de plantas em vasos no parapeito da janela. O ar próximo ao forno dançava com o calor. Imogen já sabia que não ia querer ir embora.

— Antes de mais nada — disse Branna —, o piano é o nosso melhor esconderijo. Se os krootymoosh vierem, é para lá que devem ir.

Perla assentiu como se aquele fosse um jeito normal de receber crianças em casa. Imogen deu uma olhada nas teclas pretas e brancas.

O relógio de estrelas

Nunca tinha entrado num piano. Ela se perguntou se havia espaço… e esperou não ter que descobrir.

— Luki, pega o sabonete — ordenou Branna.

O menino descalço saiu trotando com o cachorrinho a tiracolo.

Branna voltou a atenção para Perla.

— Pois bem, mocinha. Seus companheiros têm nome?

Perla fez que sim.

— Esse é Zuby — apresentou. — Ele é carcereiro… ou, pelo menos, *era.* — Zuby abriu um sorriso e acenou com a garra. — *Essa* é Imogen. É a minha amiga do outro lado das montanhas. E esse é Miro, rei de Yaroslav.

Branna olhou de canto de olho para Miro. Não parecia muito impressionada. Talvez achasse que os reis deveriam ser mais altos.

— É uma honra conhecê-la — disse Miro.

— Sim — respondeu Branna. — Você está imundo também. Vou esquentar um pouco de água para o banho.

Miro olhou para Imogen e Perla. Aquela não era a resposta que esperava.

— Vocês não podem estar desse jeito quando seus pais chegarem — prosseguiu Branna, ocupando-se de afazeres no forno.

— Meus pais? — disse Perla. — Eles estão vindo para cá?

— Com certeza vão sair de casa assim que receberem o meu bilhete. Os pobrezinhos devem estar preocupados. Vou mandar uma carta por cavaleiro hoje à noite, para que eles saibam que você está segura.

Imogen lembrou-se da própria mensagem… aquela que havia enviado pela mariposa. Esperava que a mãe tivesse recebido. Esperava que ela entendesse.

Se Mark ainda estivesse com o pai de Perla, também acabaria lendo a carta de Branna. Imogen conseguia até imaginar a reação dele. Ele entraria pela porta da frente a passos largos. A menina se meteria numa baita encrenca. Não sabia o que ele iria dizer… certamente a obrigaria a ir para casa.

Mas ela não podia deixar Mark arruinar tudo. Não depois de ter ido tão longe naquela viagem. Não agora que sabia aonde Anneshka tinha ido.

— Não — exclamou. — Não mande carta nenhuma.

Perla balançou a cabeça bem de leve… Seria um aviso? De quê?

Branna parou o que estava fazendo e olhou diretamente para Imogen.

— Não sei como as coisas funcionam do seu lado das montanhas, mas são os adultos que dão as ordens por aqui.

— Mas… — arriscou Imogen.

Branna apertou as cordas do avental.

— Sem *mas* nem *meio mas*. Vou mandar as cartas hoje à noite. Agora vão logo se preparar para o banho.

CAPÍTULO 63

Branna esfregou cada uma das crianças com a esponja. Imogen não gostava de receber ordens, mas gostava da sensação da água quente na pele. Eles usavam um barril como banheira, tipo aqueles de cerveja.

Imogen também gostava quando lavavam o cabelo dela. E com certeza adorava comer bolo de groselha enquanto se secava no quentinho do forno. Ela nunca tinha visto um fogão daquele tipo. A boca era tão grande que dava para rastejar para dentro dele.

— Branna — disse Imogen, lambendo o resto de bolo que havia ficado no polegar —, imagino que você não tenha visto uma menina ruiva, né?

Branna negou com a cabeça.

— Não posso dizer que tenho visto muita gente nos últimos tempos. Estamos bem escondidinhos nesta rua.

Imogen apertou a toalha em volta dos ombros.

— Acho que essas aqui vão caber — disse Branna ao pôr uma pilha de roupas perto do fogão.

Imogen inspecionou as meias.

— De quem são? — perguntou.

— Eram da minha filha — respondeu Branna.

Imogen se perguntou se a filha de Branna tinha crescido e saído de casa. Branna deve ter percebido a dúvida estampada no rosto da menina.

— Krootymoosh — disse ela. — Seis meses atrás.

— Ah — respondeu Imogen, e então sentiu um pouco de frio, apesar do calor do forno.

Para além das montanhas

Em todos os lugares por onde passava nas Terras Baixas, ouvia as mesmas histórias: crianças arrancadas das famílias, pais tentando esquecer. Os krootymoosh deixaram uma grande sombra no caminho.

Imogen vestiu a saia e o corpete. Branna fechou os botões da frente.

— Pode ficar com as roupas — comentou. — A minha filha... — Os dedos dela se atrapalharam no botão de cima. — Ela não vai voltar.

Imogen olhou Branna mais de perto. A mulher tinha um belo rosto, redondo feito uma maçã.

— Tem certeza? — perguntou Imogen.

— Tenho — disse Branna. — Ninguém está usando.

Mas Imogen não estava falando das roupas.

Branna deu um passo para atrás para admirar a própria criação.

— Pronto — disse ela. — Coube certinho.

Imogen se sentiu fantasiada. A saia farfalhava quando ela se mexia, as meias coçavam e havia fitas no cabelo recém-lavado.

— Obrigada — murmurou.

Esperava que mamãe não estivesse doando as roupas *dela*: as calças jeans e os tênis, o casaco com o capuz fofinho. Ela tentou não pensar nos abraços da mãe. Depois que Imogen voltou do verão de aventuras, os abraços ficaram um pouquinho mais demorados... um pouquinho mais apertados.

— Eu *vou* voltar — sussurrou Imogen. — Assim que resgatar Marie.

— O quê? — disse Branna.

— Ah, nada, não — respondeu Imogen. — Só estava falando sozinha.

Branna esvaziou a banheira, um balde de cada vez. A mulher tinha sido muito generosa. Talvez houvesse uma coisa que Imogen pudesse consertar naquele instante.

— Nós vamos descobrir para onde os krootymoosh levam as crianças — disse. — Vamos procurar a sua filha também.

Branna parou. O rosto vacilou.

— Não diga uma coisa dessas.

— Mas não é uma boa notícia? — perguntou Imogen.

O relógio de estrelas

— Os krootymoosh são uma maldição — disse Branna. — São uma punição por algo que nós fizemos. Quanto mais mentiras você conta, mais crianças somem. É isso que você quer? Quer que Perla seja levada? *Você* quer ser levada também? Porque é isso que vai acontecer se vocês continuarem zanzando sozinhos.

Imogen balançou a cabeça, confusa. Por que os adultos sempre achavam que ela estava mentindo?

— A gente vai resgatar o irmão de Perla — disse ela. — O rei Ctibor não está fazendo muita coisa para ajudar, mas…

— O rei Ctibor está tentando — rebateu Branna. — Ele está fazendo o possível.

Imogen tinha conhecido o rei. Ele não parecia se importar com ninguém além de si mesmo e das filhas. Certamente não estava fazendo o possível.

— Além do mais — prosseguiu Branna —, se todos os sacerdotes e homens de grande conhecimento não conseguiram encontrar nossos filhos, o que leva *vocês* a acreditarem que conseguirão fazer isso?

Imogen não tinha uma resposta para aquela pergunta. Ela apenas *sentia*… Quando os monstrinhos da preocupação não entravam na cabeça dela, Imogen se sentia capaz de fazer qualquer coisa. Ainda mais com a ajuda dos amigos e do relógio.

— Vocês são apenas crianças — murmurou Branna, e o doce rosto de maçã azedou. — Não sabem de nada da vida e dos monstros que nela habitam. — Então a raiva pareceu perder a força. — Mesmo assim… ainda tenho meu filho. Sou mais sortuda do que muitos. É bem melhor agradecer pelo que temos do que chorar pelo leite derramado.

Imogen percebeu que não fazia sentido discutir, então não respondeu, mas o acesso de raiva de Branna não a fizera mudar de ideia. Ela estava mais determinada do que nunca a continuar procurando Tomil e Marie.

CAPÍTULO 64

Naquela noite, Imogen sentou-se à mesa da cozinha com Perla e Miro. Konya estava deitada embaixo deles como um grande tapete sněehoolark. Zuby sentou-se de frente para as crianças, com as feridas cuidadas e higienizadas. Ainda havia um pouquinho de líquen na nuca, mas Branna tinha limpado o resto.

Ninguém podia tocar na comida antes que Branna fizesse uma oração. O marido dela, Zemko, tinha passado o dia todo trabalhando no jardim. No momento, encarava o ganso assado com olhos apaixonados. O filho deles, o menininho descalço chamado Luki, parecia pronto para atacar as pastinacas.

Quando Branna terminou, todo mundo partiu para cima da mesa. Mais purê de rutabaga com bacon. Mais pastinaca amanteigada com ervas. Imogen mastigava o mais depressa que conseguia. Zuby destroçou um pernil de ganso em questão de segundos. Konya e o cachorrinho, Klobasa, imploravam pelos restos.

Quando o frenesi alimentício terminou, Zemko recostou-se na cadeira.

— E aí, o que está fazendo aqui, Perla? — perguntou ele. — Veio me ajudar a construir barcos?

Estamos numa missão de resgate, pensou Imogen, *e um relógio que lê as estrelas está nos guiando. Fugimos dos nossos pais, escapamos do rei Ctibor e derrotamos uma bruxa má.*

— Ah, estamos apenas viajando — respondeu Perla. As sobrancelhas arqueadas a entregavam. Mas Branna e Zemko não pareceram notar; ou talvez não estivessem em busca da verdade.

O relógio de estrelas

— Eu vou precisar saber como entrar em contato com os pais de todos vocês — disse Branna —, antes de irem para a cama.

— Mark está com o pai de Perla — disse Miro, antes que Imogen pudesse impedi-lo.

Branna fez que sim.

— Mark é o seu pai?

— Não — falou Miro. — Ele cuida de Imogen. Eu sou… — Imogen lhe deu um cutução nas costelas. — Ninguém cuida de mim — concluiu ele.

— Papai, esse menino aí é rei mesmo? — perguntou Luki. Ele estava encarando Miro com um fascínio escancarado.

— Não, filho — disse Zemko. — Ele é uma criança, que nem você.

Miro abriu a boca, mas Imogen lhe deu mais um cutução.

— Economiza saliva — sussurrou ela. — Se eles não souberem quem você é, não poderão te mandar para casa.

— Ele vai banir os krootymoosh? — perguntou Luki.

— Não, filho. Não vai. Coma as verduras.

Imogen estava prestes a pegar mais pastinaca quando notou alguma coisa prateada em seu prato. Ela piscou os olhos, pensando que a vista pudesse estar cansada… mas a coisa prateada se mexeu.

— Olá — disse ela à mariposa das sombras.

Branna estendeu a mão para espantá-la e Zuby ergueu uma garra protetora.

— Por favor, não faça isso — pediu ele. — Ela não vai te machucar. Acho que tem alguma mensagem para transmitir.

Branna pareceu confusa, mas se recostou na cadeira. A mariposa foi voando até a mesa e abriu as asas.

— O que ela está fazendo? — perguntou Luki, inclinando-se para a frente.

— Ela disse que enviou a sua mensagem — avisou Zuby, voltando os olhos para Imogen.

— Minha mensagem? — disse ela, arfando. — Para a minha mãe!

A mariposa agitou as antenas emplumadas e bateu as patas minúsculas. Será… será que estava fazendo algum tipo de dança?

Zuby pigarreou.

— Vou traduzir. A mariposa disse… ela disse que fez uma dança na parede da sua caça.

Imogen ergueu o olhar.

— Não faz sentido.

— *Casa* — disse Zuby. — Desculpa. Ela fez uma dança na parede da sua casa.

A mariposa percorreu a mesa de cima a baixo, traçando padrões na madeira. O silêncio se instalou no recinto. Até mesmo Branna e Zemko estavam ouvindo.

Então quer dizer que as mariposas falam, pensou Imogen e, depois de tudo o que tinha acontecido, não ficou muito surpresa. *Elas usam uma linguagem de movimentos em vez de palavras.*

— A princípio, a sua mãe não percebeu — disse Zuby. — Então a mariposa fez a dança de novo.

O inseto deu uma volta no saleiro e o mundo de Imogen pareceu se reduzir. O piano. O forno. A gata gigante e o cachorro pequeno. Nada daquilo tinha importância naquele momento.

— O que aconteceu depois? — sussurrou ela.

— A sua mãe não gritou. Nem espantou a mariposa. Mas os olhos transbordaram.

Mamãe estava chorando, pensou Imogen, sentindo o estômago embrulhar. *Eu deveria saber que ela não ia conseguir entender a mensagem.* Por baixo da mesa, Imogen apertou as mãos com força.

O inseto dançou em volta de copos e pratos. Perla tirou a louça do caminho.

— A mariposa disse à sua mãe que você voltaria para casa com Marie. A sua mãe desenhou padrões com um bastão de tinta.

Imogen apertou ainda mais as mãos. Será que bastão de tinta era caneta? Será que mamãe tinha feito anotações?

— Sua mãe parecia saber o que comer — prosseguiu Zuby. — Ah… comer, não. Desculpa. Sua mãe parecia saber o que *fazer*.

Branna e Zemko estavam atordoados. Como se uma bomba tivesse explodido na cara deles.

— Onde foi que você aprendeu a falar a língua das mariposas? — sussurrou Perla, olhando para Zuby.

— Dá pra aprender com os livros — disse Miro, como se fosse especialista. — Meu pai... ele sabia falar. Mandava mensagens para os skrets da Montanha Klenot.

Zuby pegou o bule e disse:

— Mais uma bebidinha para a viagem. — Ele enfiou o bico entre as presas e começou a gorgolejar, jogando a cabeça para trás. Luki abafou uma risadinha.

— Você não vai *deixar* a gente, vai? — gritou Miro.

— Eu preciso ir — disse Zuby, e a mariposa voou para a cabeça dele. — Os skrets viajam melhor de noite e eu tenho uma missãozinha à parte.

Miro largou o garfo com um tinido.

— E se eu ordenar que você fique?

— Você não é o meu Král — falou o skret. O tom era brando, mas deixava evidente que ele tinha escolhido qual caminho seguir. — Cuidem-se, humaninhos. E cuidem daquele relógio mágico.

Imogen deveria ter dito alguma coisa. Deveria ter feito perguntas a respeito da missão de Zuby e agradecido pela ajuda, mas ainda estava pensando na mãe. Será que mamãe tinha entendido a mensagem da mariposa? O que ia fazer com aquelas anotações?

Zuby fez uma reverência para Branna e Zemko. Ele pegou a capa e, assim, o skret e a mariposa foram embora da casa.

CAPÍTULO 65

Depois do jantar, as crianças foram acomodadas no andar de cima. O quarto de Luki estava iluminado por uma vela. Havia cavalos de brinquedo e um dragão bem grande de tricô, duas camas e um baú de tampa lisa.

Miro deitou-se ao lado de Luki. Imogen e Perla dividiram a cama extra. Imogen ficou imaginando se aquela cama pertencera à filha de Branna, mas achou melhor não perguntar. Foi bem reconfortante sentir Branna a aninhando na cama — por mais que o espaço fosse mais apertado do que Imogen estava acostumada.

Klobasa, o cachorro, deitou-se no chão como se fosse uma salsicha com pernas. Konya acomodou-se perto da janela e envolveu o relógio com o rabo comprido. O objeto continuava tiquetaqueando. Uma lua prateada deslizava por trás do maior ponteiro. Estrelas mecânicas cintilavam.

Lá fora tinha começado a chover e Imogen ouvia o som da água tamborilando no telhado, como centenas de dedos impacientes. Dentro da cabana, dava para ouvir outra coisa: um farfalhar na sala, uma correria na escada. Os monstrinhos da preocupação estavam a caminho.

Imogen queria se distrair dos monstrinhos. Se Marie estivesse ali, ela pediria que a irmã lhe contasse uma história...

Imogen esperou Branna sair do quarto.

— Ei, Luki — sussurrou ela. — Você conhece alguma história?

— Claro que conheço — respondeu o menino. — Um monte.

— Então vai — disse Imogen. — Conta a melhor de todas.

O relógio de estrelas

— Hum — disse Luki, e foi se contorcendo até sair da cama. — Normalmente não tenho permissão para contar *essa*.

Ele parou perto da única vela do quarto e a luz projetou a sombra do menino na parede.

— Era uma vez uma terra atormentada por monstros.

— Que tipo de monstros? — perguntou Imogen.

Luki chegou mais perto da vela para que a sombra dele dominasse o quarto. Ele abriu bem os dedos em cima dos ombros como se fossem espinhos.

— Krootymoosh — sussurrou Perla.

— Isso aí — respondeu Luki com um sorriso. — O rei dessa terra era corajoso. Ele queria mandar os monstros embora. — O menino afastou os dedos para fazer uma coroa na sombra dele.

Luki leva muito jeito para teatro de sombras, pensou Imogen, e ela teria falado isso em voz alta se os monstrinhos da preocupação não estivessem debaixo da cama. Ela precisou reunir todas as forças para ignorá-los.

— O rei desafiou os krootymoosh para um duelo — falou Luki. — O Senhor dos Krootymoosh aceitou. Eles se encontraram na Ilha Mlok, e todos foram até lá para assistir. O rei atacou, e a espada brilhava ao sol. Parecia que ele ia ganhar! Mas ninguém consegue derrotar os krootymoosh. O monstro deu uma pancada na cabeça do rei.

— Não! — gritou Imogen.

Perla arfou.

— Enquanto o rei estava morrendo, o Dragão das Águas surgiu. — Luki pegou o dragão de brinquedo e o fez voar pelo quarto. Ele pulou de uma cama para a outra.

Klobasa abanou o rabo, animado. Será que também poderia entrar na brincadeira?

Branna irrompeu no quarto. Luki congelou. Perla puxou a coberta para cima da cabeça.

— O que vocês estão fazendo? — gritou Branna. — Deveriam estar dormindo!

— Desculpa, mamãe — disse Luki, então largou o dragão de brinquedo e voltou de fininho para a cama.

Branna apagou a vela e bateu a porta, mergulhando o quarto na escuridão.

Mas Luki não tinha terminado de contar a história.

— O Dragão das Águas matou o krootymoosh — sussurrou. — Ninguém nunca mais viu nenhum dos dois.

O relógio tiquetaqueou no silêncio que se seguiu. Até a chuva no telhado pareceu se calar.

— Nunca tinha ouvido essa história — disse Miro.

Imogen sentia o calor de Perla nas costas. Precisou se lembrar o tempo todo de que não era Marie.

— Você acha que o dragão existe mesmo? — sussurrou.

— Não — respondeu Perla na escuridão. — Um dragão de verdade já teria nos ajudado a essa altura.

CAPÍTULO 66

Imogen foi acordada pelo badalar de um sino. Já era manhã. Sentou-se com um sobressalto.

— Rápido! — gritou. — É o relógio! — Ela pulou da cama quando a portinhola se abriu, e Perla e Miro fizeram o mesmo.

A figura que saiu do relógio era grande, ou maior do que as outras. Precisou se abaixar para passar pela portinhola. Segurava um porrete em uma das mãos.

— O que está acontecendo? — perguntou Luki. — Qual é o problema?

O krootymoosh em miniatura brandiu o porrete algumas vezes e, depois, voltou furtivamente para dentro do relógio.

— Bom, não vejo como isso pode nos ajudar — comentou Miro.

Assim que as palavras saíram da boca dele, um grito veio lá de fora. As crianças voaram até a janela e viram pessoas correndo pela rua. A chuva da noite tinha deixado o jardim reluzente e, no topo da colina, por trás das sebes cheias de flores, havia uma figura gigantesca. Era tão alta que a cabeça estava escondida atrás dos galhos mais baixos de uma árvore. Carregava uma arma muito parecida com um porrete.

O estômago de Imogen revirou.

— Os krootymoosh estão vindo — gaguejou Luki.

— O que vamos fazer? — gritou Miro.

— Nos esconder! — berrou Perla.

As crianças correram escada abaixo; Konya e Klobasa vieram logo atrás. Perla destravou a porta do piano. A caixa de ressonância e as cordas já tinham sido tiradas. Lá fora, os gritos ficavam cada vez mais altos.

— Rápido — disse Perla —, entrem.

Miro e Imogen se espremeram dentro do piano oco, prendendo Luki entre eles. Perla entrou por último e arranhou o painel lateral numa tentativa de fechá-lo, mas as mãos tremiam.

— Não consigo! — gritou ela.

Miro estendeu a mão por cima de Perla e fechou o painel.

A nuca de Imogen tocava a parte de trás do piano. Os martelos fofinhos, feitos para bater nas cordas, faziam cosquinha na ponta do queixo dela. Não havia muito espaço para se mexer, mas, se Imogen se curvasse de leve, dava para enxergar através de uma fresta na madeira.

Lá estavam as mudas de Branna, dentro dos vasos no parapeito da janela. E lá estava Konya, vigiando a porta. Uma silhueta se mexeu por trás das cortinas de renda. O krootymoosh estava no jardim da frente.

Luki começou a cantar baixinho.

— Cuidado com as batidas na porta. Cuidado com o krootymoosh malvado. Cuidado com o barulho das gaiolas. Jovem nenhum...

— Shhhh — sibilou Imogen. Suas pernas pareciam líquidas. O coração estava muito acelerado.

Branna e Zemko vieram correndo dos fundos da casa. Eles olharam ao redor e conferiram se as crianças estavam escondidas.

Boom. Boom. Boom. O krootymoosh bateu na porta. Imogen sentiu Luki tremer.

— Não tem criança nenhuma aqui — bradou Zemko.

— Você ouviu — gritou Branna para o monstro. — Não temos o que você quer.

A voz que respondeu era profunda e terrível:

— Não é isso que andam dizendo na aldeia.

Imogen olhou de relance para Miro. Os olhos dele brilhavam na escuridão do piano.

Boom. Boom. Boom. O krootymoosh não estava mais batendo na porta. Devia estar dando golpes de porrete. Quando Imogen olhou pela fresta no piano, a porta da frente estava quase saindo das dobradiças.

Klobasa guinchou e rosnou. E ali estava o krootymoosh, com a cabeça escondida por trás do batente da porta.

O monstro se inclinou para entrar na casa. Ele era coberto de pelo branco, mas a armadura cheia de espetos protegia os ombros. Andava na vertical, sobre as patas traseiras bem grossas.

— Onde estão as crianças? — exigiu saber, enquanto o capacete roçava o teto.

Branna e Zemko se encolheram ao lado da pia.

— O-o-olhe à sua volta — disse Zemko. — Não tem criança nenhuma aqui.

O krootymoosh brandiu o porrete, partindo a mesa da cozinha ao meio. Branna gritou e se agarrou ao marido.

— Por que os vizinhos mentiriam? — rosnou o monstro.

— Estavam tentando afastar você da casa deles — exclamou Branna. — Você já levou a minha filha! Não tenho mais nada para dar!

O krootymoosh grunhiu ao ouvir aquilo. Ele marchou até o forno e espiou lá dentro.

— Nenhuma criança aqui.

Ele parou ao lado do piano, bloqueando a visão de Imogen. Dava para ver umas partes emboladas no pelo dele e sentir o cheiro azedo de suor.

A menina sentiu vontade de espirrar. Ela prendeu o nariz e a vontade passou.

O krootymoosh avançou em direção a Branna e Zemko. Imogen pôde ver que o rabo dele era pouco mais do que um cotoco desgrenhado.

— Se vocês não têm crianças, então por que estão lavando as roupas delas? — O krootymoosh apontou para as calças de Luki, secando acima do forno.

Branna e Zemko ficaram sem resposta. O krootymoosh pegou um vaso de muda e o jogou do outro lado da sala. O vaso se espatifou acima da cabeça de Zemko.

Para além das montanhas

— Vou esmagar o crânio de vocês — berrou o monstro.

Imogen não viu o que aconteceu em seguida, mas ouviu gritos e quebra-quebra. O krootymoosh brandia o porrete. Em algum lugar fora do campo de visão, Klobasa estava latindo. Em seguida, o cachorro guinchou e ficou quieto.

Em meio ao caos, Luki começou a berrar. Imogen e Miro tentaram impedi-lo. Mas ele berrava com os olhos bem fechadinhos. Era como se tivesse explodido, como se tivesse perdido as estribeiras. Perla começou a gritar também.

A parte superior do piano foi arrancada. Imogen olhou para cima e ali estava o monstro. Ele usava uma máscara de metal plana e os olhos eram buracos negros.

— Aí estão vocês — rosnou o krootymoosh enquanto enfiava a mão no piano.

Então Konya o atacou por trás — garras nos ombros, presas na garganta. O krootymoosh rugiu e cambaleou, tentando se livrar da snĕehoolark.

As crianças se empurraram para sair do piano e Imogen pôde ver toda a cena. A sala de estar foi despedaçada. Branna estava deitada de costas, com os braços jogados para cima. Zemko atirava pratos no krootymoosh.

— Mamãe? — disse Luki. A mãe dele estava imóvel.

Um segundo krootymoosh vinha descendo a rua. Imogen pôde ver pela porta da frente destruída. Zemko se virou para as crianças.

— Estão esperando o quê? — gritou. — Corram!

CAPÍTULO 67

Imogen saiu correndo pela porta dos fundos. Olhou ao redor do jardim em busca de algum lugar para se esconder. Macieiras. Estacas. Adubo. Será que podia mergulhar ali dentro?

Dois barcos estavam empilhados no cantinho. Eram embarcações circulares para uma pessoa. Perla ergueu um deles acima da cabeça e o levou ao chão, como se fosse uma tartaruga entrando no casco.

Konya saltou para cima de uma árvore e o rabo sumiu entre as flores.

Dentro da casa, o quebra-quebra continuava. Imogen foi correndo atrás de Perla e pegou o segundo barco — era surpreendentemente fácil levantá-lo. Ela rastejou para baixo dele.

O barco era feito de salgueiro, dobrado em aros e muito bem atado. A parte de fora era revestida de couro, deixando a luz do sol alaranjada. Imogen se agachou no ar quentinho de âmbar.

— Imogen? — chamou Miro. Ela levantou o barco pela beirada. Ali estava ele, parado no jardim. Uma sombra se espalhava pela lateral da casa.

— Psiu! — disse Imogen. — Aqui.

Miro correu até ela, pulando por cima de repolhos e alhos-porós. A sombra se esticava pelo jardim enquanto Miro engatinhava para baixo do barco. Ficou apertado com duas pessoas.

— O que você estava fazendo? — sussurrou Imogen.

— Esperando Luki — respondeu Miro.

O coração de Imogen vacilou. Tinha se esquecido da quarta criança.

— Cadê ele?

A resposta veio com um grito bem agudo.

Para além das montanhas

Miro e Imogen ergueram o barco. Um krootymoosh pegou Luki pelo tornozelo. O menino gritou de novo, balançando no ar. Mais krootymoosh se aproximavam, com crianças enjauladas nas costas. Algumas das crianças gritavam como Luki. Outras, apenas choravam.

Miro se mexeu, como se quisesse ajudar, mas Imogen o pegou pelo pulso.

— Não — sibilou ela. — Vão pegar você.

— Não ligo — respondeu ele com os olhos esbugalhados.

— Ela está certa — sussurrou Perla debaixo do barco vizinho. — São muitos krootymoosh. Não temos a menor chance. Nem Konya consegue lutar contra seis de uma vez.

O krootymoosh enfiou Luki numa gaiola. O menino puxava as grades e berrava.

— Quero salvá-lo — disse Miro.

— Eu também — sussurrou Imogen. — Mas, se sair daqui, você vai ser apenas mais uma criança capturada.

Imogen fechou os olhos com força e tentou não pensar em Branna, deitada tão imóvel no chão. Será que ela estava respirando? Não dava para saber.

Os krootymoosh estavam muito perto. A terra tremia com as batidas das patas gigantes. Imogen rezou para que não fossem descobertos. A grama roçava o rosto. A umidade do solo escorria pelos joelhos.

Quando o som de passos diminuiu e tudo ficou silencioso, as crianças ergueram os barcos. Não havia mais nenhum krootymoosh no jardim.

Imogen saiu engatinhando do esconderijo. Também não havia krootymoosh nos campos.

— Não podemos deixar que eles escapem impunes — exclamou Miro.

Imogen tremia e não sabia por quê. Será que estava com raiva ou prestes a chorar?

Perla já estava correndo pelo jardim, em direção à porta dos fundos. Konya saltou da árvore numa névoa de flores e saiu galopando atrás da dona. A menina e a snĕehoolark não olharam para trás. Elas sumiram dentro da cabana.

CAPÍTULO 68

Branna estava se levantando quando Imogen entrou na casa, embora estivesse muito pálida.

— Eles levaram Luki — murmurou a mulher.

Perla, Imogen e Miro ficaram em silêncio. Nenhum deles sabia o que dizer.

Zemko carregou a esposa para o andar de cima e a deitou na cama deles.

— Você vai ficar bem — falou ele. — Só precisa descansar um pouco. — Mas, apesar de todas as palavras tranquilizadoras, Zemko não saiu do lado dela.

Então, as crianças ficaram encarregadas da casa. O lugar parecia vazio sem adultos. Sem Luki. Sem Klobasa, o cachorro.

As crianças cavaram um buraco nos fundos do jardim, onde o chão era macio. Elas enrolaram Klobasa num cobertor.

Konya cutucou o cachorro com o focinho, como se tentasse fazê-lo reagir. Mas Klobasa reagiu pela última vez ao defender a família do ataque do krootymoosh. Seu rabo fininho ficou de fora do cobertor.

Imogen mordeu o lábio e tentou segurar as lágrimas, mas elas escorreram pelas bochechas. Não era justo. Nada daquilo era justo. Ela abaixou a cabeça para que os outros não a vissem chorando.

Miro pôs o cachorro morto no chão. Quando recuou, Imogen percebeu que o amigo também estava chorando. Ela olhou para Perla. Lágrimas caíam pelas bochechas da menina.

Para além das montanhas

— Não era pra isso acontecer — falou Perla, fungando. — Não é possível que isso esteja escrito nas estrelas. — As lágrimas das crianças caíam no chão. Acima delas, uma gaivota ribeirinha cantava.

Zemko não desceu o dia inteiro, então as crianças prepararam o almoço usando quaisquer ingredientes que conseguiram encontrar. O resultado foram sanduíches de alface. Não era muito apetitoso, mas pelo menos tinham algo para comer.

Depois do almoço, eles arrumaram a sala de estar. Perla pendurou um tecido na porta arrombada. Miro recolheu lascas de móveis e Imogen varreu vasos quebrados.

— Não paro de pensar em Luki — falou Miro ao pegar uma perna de cadeira arrancada. — Para onde vocês acham que os krootymoosh vão levá-lo?

— Se soubéssemos disso, já estaríamos lá — murmurou Imogen. Ela olhou para as mudas pisoteadas. Branna tinha cuidado tão bem das plantas, virando-as todos os dias para que recebessem luz o suficiente. Agora estavam todas destruídas.

— Pelo menos Luki não vai estar sozinho — comentou Miro. — Talvez, a essa altura, já esteja com a irmã dele, ou com Tomil.

— Talvez já esteja morto — sussurrou Perla. Depois daquilo, trabalharam em silêncio.

Imogen encontrou um punhado de terra em meio aos vasos estilhaçados. Havia uma muda brotando do solo. Uma sobrevivente. Um broto verde-claro, muito novinho para ter folhas.

Ela se inclinou para pegá-lo, mas, quando se agachou, percebeu alguma coisa debaixo do aparador. Era um rolo de pergaminho. Ela o puxou e leu o que estava escrito dentro.

Aqui jaz Valkahá, Cidade de Pedra

A respiração de Imogen ficou presa na garganta.

Valkahá… Foi para lá que Anneshka levou Marie.

Abaixo dos dizeres havia uma obra de arte abstrata: uma poça de linhas de tinta e círculos complexos. Havia rabiscos em cobalto e mari-

O relógio de estrelas

nho, índigo e azul-esverdeado. Era como se o artista tivesse mergulhado a pena em todos os azuis do mundo.

— Ei — chamou Imogen. — Olhem isso aqui.

O semblante de Perla mudou conforme estudava o pergaminho. Parte da tristeza parecia ter ido embora.

— É um mapa!

Imogen olhou de novo. Linhas se contorciam pelo pergaminho, ziguezagueando sobre si mesmas. Linhas inquietas, incapazes de ficar paradas, linhas com junções e becos sem saída...

Perla pegou o pergaminho e disparou escada acima. Voltou alguns minutos mais tarde, com a empolgação estampada no rosto.

— O mapa não é de Branna nem de Zemko — declarou. — Eles nunca tinham visto antes. Deve ser dos krootymoosh! Provavelmente deixaram cair durante o ataque!

Por que aqueles monstros precisariam de um mapa?, perguntou-se Imogen.

— Aposto que é onde os segredos dos krootymoosh estão — disse Perla, cuspindo as palavras. — Aposto que mostra para onde eles vão agora e para onde levam os reféns.

Miro apontou para os dizeres na parte de cima.

— Valkahá — murmurou. — Não é para onde Anneshka foi?

Imogen sentiu algo se inclinar, como se o chão estivesse se movendo debaixo dos pés dela. Foi a mesma sensação que tivera quando três criancinhas de madeira saíram do relógio... Era como se as coisas estivessem circulando e girando; juntando-se de maneiras que ela era incapaz de entender.

— Às vezes, as estrelas unem as pessoas — comentou Perla, virando o mapa de cabeça para baixo. — Só precisamos descobrir como ler essa coisa.

— Talvez não seja tão fácil — respondeu Miro, e Imogen sentiu-se inclinada a concordar. As linhas azuis estavam sobrepostas, como se cinco cidades tivessem sido desenhadas num só pergaminho.

— Nós vamos descobrir — disse Perla. O otimismo estava de volta.

— Deveríamos partir o quanto antes rumo a Valkahá.

CAPÍTULO 69

Anneshka ficou esperando Surovetz na adega do Palácio das Cinco Rainhas. Depois de entreouvir aquela conversa sobre prata, ela o rastreara e solicitara uma reunião particular.

A mulher andava de um lado para o outro na abóbada, onde garrafas de vinho empilhadas de cada lado formavam uma passagem estreita. Ouviu o som de passos ecoarem pela escada. Será que era ele?

— Um lugar de fermentação silenciosa — comentou Surovetz. — Ou deveria ser contemplação? Sempre esqueço.

Ele estava do outro lado da parede de garrafas. Anneshka enxergava a silhueta dele pelo vidro. Aquilo o fazia parecer mais alto do que de fato era.

— E então, o que quer, princesa Pavla? Toda essa história de ter sido sequestrada pelos krootymoosh... nós dois sabemos que não passa de uma mentira.

— Eu sei quem você é — disse Anneshka. Ela percorreu a passagem ladeada de vinhos e Surovetz a seguiu. Os dois pararam. Ela andou e ele a acompanhou.

Anneshka deveria estar com medo?

— Você é a filha do rei das Terras Baixas e eu sou filho de um nobre — disse Surovetz. — Parece até o início de um poema longo e chato.

— Você não é apenas o filho de um nobre — falou Anneshka. — Meus criados ficaram de olho.

Ela não estava mentindo. Marie acabou se provando útil. A menina cabia dentro de lugares pequenos onde os adultos não pensavam em olhar.

O relógio de estrelas

— Ah, é? — disse Surovetz, e então espiou por uma fresta entre as garrafas. — E o que foi que os seus criados disseram?

Marie mantivera Anneshka informada. A criança ouviu muita coisa, algumas delas irreproduzíveis. É incrível o que as pessoas dizem quando *acham que ninguém está ouvindo*, pensou Anneshka.

— Você fornece prata para as rainhas — disse ela. — Graças a você, Valkahá continua rica. Você é o verdadeiro motivo desse reino ser grande.

Surovetz puxou o ar entre os dentes.

— Seus criados não falaram nada sobre a minha beleza?

— Você se considera um lorde — disse Anneshka, batendo as unhas nas garrafas. — E, mesmo assim, mal consegue ter prata para si mesmo. Uma pepita aqui, umas moedinhas ali. Basta as cinco rainhas assobiarem que você vem correndo. Não é nada mais que o cachorrinho delas.

Surovetz não gostou do que ouviu. Ele correu até o fim da passagem, fazendo a curva depressa.

— Eu não vou perguntar de novo, princesa Pavla. O que você quer? — A mão dele tocou o punho da espada.

Ele não se atreveria, pensou Anneshka, e então se forçou a não recuar.

— Sou favorecida pelas estrelas — respondeu ela.

— As estrelas não favorecem ninguém — rebateu Surovetz com uma curvinha autoconfiante no lábio.

— Se você me ajudar, vai ter mais prata… muito mais. Você será meu braço direito. Tudo o que eu peço em troca é a sua ajuda. Desejo me livrar das rainhas.

O sorriso sumiu do rosto de Surovetz e Anneshka soube que tinha vencido.

— Quem é você *de verdade*? — perguntou ele.

CAPÍTULO 70

Imogen fez sopa de queijo para o café da manhã.

— Isso deve nos dar um pouco de energia para a viagem — disse ela ao servir o queijo derretido nas tigelas.

Miro foi preparar os pôneis. Eles ficaram pastando no campo perto da casa. Naquele momento, olhavam para o menino sobrecarregado de rédeas. *Lá vem ele acabar com a nossa paz*, os animais pareciam dizer.

Perla escreveu uma carta para Zemko e Branna, agradecendo-lhes e explicando para onde ela e os amigos tinham ido. Zemko estava dormindo ao lado de Branna na cama, ainda vestido com as roupas do dia anterior. Branna também estava dormindo, e suas bochechas tinham recuperado um brilho rosado. Perla deixara o bilhete perto da porta.

De barriga cheia e alforjes recém-arrumados, retirados do celeiro de Zemko, as crianças se afastaram da casa e Konya foi trotando atrás delas. No alto da rua, Imogen olhou para trás. O cenário parecia o mesmo do dia em que chegaram: uma nuvem rosa e branca de flores, uma cabana meio escondida do campo de visão.

Mas não era a mesma coisa. Não tinha Luki. Não tinha Klobasa. E Branna estava doente na cama. Os krootymoosh tinham feito aquilo. Imogen sentiu algo enrijecer dentro dela, como uma pedra se formando entre as costelas. Ela não conseguia desenterrá-la. Não tinha nem certeza se queria.

— Resgatar Tomil não é o suficiente — comentou Perla. — Todo mundo está tão ocupado protegendo o que tem que as pessoas só pensam em uma criança de cada vez. Bom, assim não vai dar certo. Preci-

O relógio de estrelas

samos resgatar *todas* as crianças raptadas, não só as que conhecemos. E precisamos impedir que os krootymoosh continuem fazendo isso.

Imogen olhou para a amiga. Perla parecia zangada. Talvez houvesse uma pedra crescendo dentro dela também.

As crianças seguiram para o oeste. Ao meio-dia, o verde das Terras Baixas foi perdendo a força, as colinas ondulantes foram se nivelando. Imogen sentia-se aliviada por estar em movimento, por mais que o corpo estivesse cansado. O pônei sacolejava com firmeza abaixo dela. Os alforjes rangiam dos dois lados.

Não havia nenhum sinal de Mark nem de Ochi, nenhum sinal dos guardas do rei Ctibor. Imogen tinha quase perdido a conta de todas as pessoas que queriam que ela voltasse.

Com o passar da tarde, os cascos dos pôneis começaram a trotar nas rochas. As crianças adentraram as Terras Secas: lugar com solo plano e vegetação emaranhada. O chão ali era empoeirado e todo esburacado. Alguns buracos eram do tamanho de tocas de coelho; outros seriam capazes de engolir uma vaca.

Certos buracos eram tão grandes que pareciam ter gravidade própria. Imogen os sentia atraindo-a para perto, convidando-a a olhar ali dentro. Ela desceu da sela e se agachou perto de um deles.

— Oláááá — gritou na escuridão. Sua voz parecia ecoar para o centro da Terra. Mas, é claro, ninguém respondeu.

Com o cair da tarde, Valkahá surgiu no horizonte. A cidade se elevava acima da vegetação rasteira como a barbatana de um tubarão: com laterais íngremes e incrivelmente alta.

Marie está ali, pensou Imogen. *Minha irmãzinha... completamente sozinha.*

As crianças montaram acampamento antes do anoitecer. Amarraram os cavalos num arbusto grande e florido e se sentaram com as costas apoiadas numa rocha. Ali, comeram as sobras de pastinaca, o que havia restado da comida caseira de Branna e Zemko. Aquilo fez Imogen se lembrar da comida da mãe. Mamãe fazia as pastinacas terem gosto de guloseima: ela as assava até ficarem crocantes e as besuntava de mel e sal.

Para além das montanhas

Perla semicerrou os olhos enquanto estudava o mapa dos krooty-moosh. As primeiras estrelas surgiam no céu. Ela traçou as linhas azuis com o dedo. Konya ficou observando com os olhos enluarados. Imogen e Miro também observavam.

Imogen não conseguia interpretar o diagrama. Aquilo a lembrava uma obra de arte moderna, um monte de rabiscos e cores que levantavam uma grande pergunta: o que isso deveria ser? Ela olhou de relance para a cidade no horizonte. Não era muito parecida com o mapa.

— Você consegue ler essa coisa? — perguntou Miro a Perla.

— Estou trabalhando nisso — disse ela. Havia covinhas nas suas bochechas. — Os mapas exigem paciência. Quanto mais você estuda, mais coisas descobre... Quero ser cartógrafa quando crescer.

— Não é *você* que decide isso — zombou Miro. — Você tem que ter o mesmo emprego dos seus pais. A menos que queira ser um monge e viver de nabos.

As covinhas de Perla sumiram.

— Papai também diz isso. Ele quer que eu cuide da taberna... mas não sou a mesma pessoa que ele.

— Não dê ouvidos a Miro — comentou Imogen. — Minha mãe trabalha para o conselho e eu vou ser astronauta. Você pode ser o que bem entender!

Perla não perguntou o que era um astronauta, mas Imogen sabia que ela só não tinha feito isso pois estava com vergonha.

— Astronauta é alguém que viaja no espaço. Mark diz que eu preciso de uma carreira como plano B, mas eu já me decidi.

— Mas eu tenho que ser rei — desabafou Miro.

— É diferente — disse Imogen com uma risada. — Ser rei é divertido! Todo mundo quer ser rei.

Miro não respondeu. Ele se levantou e foi até os pôneis, murmurando algo sobre conferir o relógio. Imogen se perguntou se havia dito alguma besteira. Miro não *queria* governar Yaroslav? Ela pensou que ele gostasse de estar no comando.

O relógio de estrelas

— Você não é de Yaroslav, é? — perguntou Perla quando as duas ficaram a sós. — Você é da Inglaterra. O lugar que não tem sapo.

Imogen engoliu em seco.

— Bem… sim.

Imogen esperava que Perla pudesse ter se esquecido do que ela tinha dito, mas a amiga parecia estar esperando, ansiosa.

Sua boca ficou toda seca. Tinha mentido sobre o lugar de onde viera. Estava tão cansada de ninguém acreditar nela — Mark, a polícia e a própria mãe — que não podia encarar o risco de Perla também desconfiar. Não queria que a amiga achasse que ela era esquisita.

Uma abelha de fim de tarde passou voando por ali toda desajeitada.

Mas havia algo ainda pior do que ninguém acreditar na gente: mentir para um amigo.

— Não, eu não sou de Yaroslav — disse Imogen. — Na verdade, eu sou de outro mundo. — Ela se preparou, esperando que Perla fosse rir ou exigir que a amiga contasse a verdade.

— Bagres me mordam! — exclamou Perla. — No seu mundo tem montanhas e rios? Tem florestas e desertos e pântanos? Existe algum tipo de portal? Você tem algum mapa?

Imogen sorriu com as perguntas. O rosto de Perla se iluminou de curiosidade e Imogen se sentiu uma boba por não ter lhe contado antes.

— Bom — respondeu Imogen —, a gente até tem *algumas* espécies de sapos, para início de conversa…

CAPÍTULO 71

Anneshka estava sentada em seu aposento dentro do Palácio das Cinco Rainhas, penteando o cabelo de Marie.

— Descobri por que as estrelas me enviaram você — disse ela.

— Descobriu?

A menina parecia animada. Tolinha.

Anneshka gostava de pentear o cabelo de Marie. Gostava de passar os dentes do pente pelos cachos repetidas vezes — enrosca, alisa, recomeça.

— Tudo o que você precisa fazer — explicou Anneshka — é invadir os aposentos particulares das rainhas. Procure por uma janela ou uma chaminé. Não deve ser difícil... você leva jeito para se esconder em espaços pequenos.

Anneshka começou a fazer uma trança, separando o cabelo da menina em mechas. *Cruza, torce, repete.*

— Mas os aposentos particulares não deveriam ser particulares? — perguntou Marie. — Por que você quer que eu invada?

— Para dar um beijo de boa-noite nas rainhas — disse Anneshka. *Cruza, torce, repete.* — Vai fazer ou será que eu devo te entregar aos krootymoosh?

A menina se retesou em resposta.

— Lembre-se — sussurrou Anneshka —, se fizer o que eu mandar, vou te libertar. A sua irmã deve estar procurando por você.

— Será? — Marie tentou dar uma olhadela por cima do ombro, mas Anneshka usou a trança para virar a cabeça dela.

O relógio de estrelas

— Não se mexa — sibilou. — Eu não terminei.

Cruza, torce, repete.

— Sim, a sua irmã está aqui — disse Anneshka, e então sorriu com a mentira. Ela se lembrava da irmã de Marie lá da cabana da bruxa… uma coisinha esquelética com a pele cheia de pintinhas. Não havia a menor possibilidade de ela conseguir sair das florestas, que dirá chegar até ali.

— Os seus pais também estão em Valkahá — disse Anneshka, animando-se com a própria história. — Estão prontos para levá-la para casa, de volta para o seu mundinho. Mas só depois que você completar essa tarefa.

Cruza, torce, repete.

— Meus pais? — Marie parecia confusa. — Está falando de Mark e da mamãe?

— Isso — respondeu Anneshka rispidamente. — Seja lá qual for o nome deles.

A trança da menina brilhava à luz das velas. Anneshka a prendeu no lugar.

— Pronto — disse ela. — Terminei.

Marie levou a mão ao cabelo.

— Obrigada.

— Então — disse Anneshka —, estamos combinadas?

— Tá bom — respondeu Marie —, eu faço. Se você prometer que vai me deixar ir embora, eu entro escondida nos aposentos particulares das rainhas.

— Boa menina — disse Anneshka. — Eu prometo. Fechado.

CAPÍTULO 72

O sol estava se pondo enquanto Imogen, Miro e Perla cavalgavam rumo a Valkahá. Eles guiaram os pôneis ao redor de um arbusto espinhoso antes de se juntarem ao fluxo de pessoas que passavam pela entrada de pedra da cidade.

Havia carroças repletas de mercadorias, andarilhos, um bando de crianças na traseira de uma charrete. Imogen se pegou encarando a cena. Fazia um tempão que não via tantas crianças — certamente não ao ar livre. Será que não tinham medo dos krootymoosh? Miro e Perla também olhavam fixamente.

Os guardas na entrada estavam coletando uma taxa.

— Três coroas para viajantes — disseram.

Imogen tirou algumas moedas da bolsinha — dinheiro que Zuby tinha "pegado emprestado" do rei Ctibor.

— Não é de se admirar que Valkahá seja tão rica — murmurou Miro —, cobram uma taxa só para entrar.

As crianças passaram pelo arco e Imogen não pôde deixar de ficar impressionada. Valkahá parecia uma escultura entalhada em uma única rocha: construções claras e reluzentes, campanários revestidos de prata, ruas de pedras lisas feito vidro.

Perla olhava a cidade brilhante boquiaberta. A boca articulava a palavra "uau". O povo dali se vestia com extravagância. Usava ornamentos redondos na cabeça e vestes prateadas. Pássaros com asas pontudas davam rasantes lá de cima, usando os becos como pistas de corrida. Eram rápidos demais para Konya, que os observava com inveja nos olhos.

— Vocês acham Valkahá mais bonita do que Yaroslav? — perguntou Miro.

— Ela é... maior? — respondeu Imogen, tentando ser diplomática. Dava para entender por que Anneshka pensou que *aquele* era o maior dos reinos. Londres era modesta se comparada a tudo aquilo. Vodnislav parecia um pântano.

E em algum lugar, em meio a todas aquelas ruas claras e sinuosas, estava a irmã dela... Imogen mal podia acreditar. E se o rei Ctibor estivesse mentindo? E se Marie tivesse sido levada para outro lugar?

Mas o relógio nos trouxe nesta direção, pensou Imogen. *E, até agora, o relógio esteve certo.*

Perla abriu o mapa dos krootymoosh.

— Valkahá foi construída em camadas — disse ela, e apontou para as fileiras superiores da cidade, onde as construções se estendiam até as nuvens. — Fico pensando se cada azul do mapa não representa uma camada diferente da cidade.

— Interessante — refletiu Miro. — Isso explicaria por que o mapa é uma bagunça.

— O azul mais escuro é a pontinha de Valkahá — explicou Perla —, onde fica o palácio em que as cinco rainhas moram. O azul mais claro deve ser o nível em que estamos agora.

Faz sentido, pensou Imogen. Mas faltava uma peça naquele quebra-cabeça. Se o mapa pertencia aos krootymoosh, se era para aquele lugar que eles tinham ido, então por que Imogen não estava vendo nenhum deles? Era muito difícil um krootymoosh passar despercebido.

As crianças conduziram os pôneis por uma rua larga. Imogen ficou atenta a qualquer sinal dos monstros, mas as pessoas dali aparentavam estar bastante tranquilas. Não pareciam esperar um ataque dos krootymoosh...

Uma placa chamou a atenção de Imogen:

Pousada do Pátio

Camas de pluma. Cerveja forte. Comida quente.

Havia uma pintura de uma mulher sorridente, de braços bem abertos. Imogen não tinha interesse na cerveja, mas queria muito dormir em um colchão, e eles tinham acabado com boa parte da comida que trouxeram.

— Está ficando tarde — comentou ela. — Talvez devêssemos arrumar um quarto.

Perla e Miro concordaram. Até os cavalos pareciam cansados.

Dentro da Pousada do Pátio havia uma mulher atrás do bar. Ela usava uns dez colares de prata. Era parecida com a mulher da placa, só que não estava sorrindo e os braços estavam cruzados.

— Vocês têm quartos disponíveis? — perguntou Imogen.

A mulher se debruçou no bar e os colares tilintaram. Olhou bem para as roupas das Terras Baixas que as crianças estavam usando e a snĕehoolark ao lado delas.

— Quartos disponíveis? — respondeu ela. — Até tem, mas nada em Valkahá é de graça. Se querem uma cama, precisam pagar.

— Ah, nós podemos pagar — disse Imogen, despejando suas últimas moedas.

E só *então* a proprietária da pousada sorriu e abriu os braços, igual à mulher da placa.

CAPÍTULO 73

A cidade de Valkahá estava tranquila aquela noite. Uma brisa suave soprou na Pousada do Pátio, brincou pelo rosto de três crianças adormecidas e eriçou o pelo de uma sněehoolark.

Então o vento se alastrou pela cidade. Girou ao redor de torres e campanários. Foi sussurrando pelas ruas íngremes de pedra. Viajou até chegar ao topo da colina, onde agitou as saias de Anneshka.

Ela estava do lado de fora do palácio, com o ouvido colado em uma das portas. Era a entrada dos criados para os aposentos particulares das rainhas. Estava trancada por dentro, claro.

Surovetz estava ao lado dela, encostado na parede. A capa vermelha que ele usava estava jogada por cima do ombro.

— Não precisa ficar aí desse jeito, todo presunçoso — comentou Anneshka. — Você nem fez nada ainda.

— Não me culpe por gostar tanto do meu trabalho — respondeu Surovetz.

O som de passos ecoou dentro do palácio. Anneshka recuou. A porta se abriu.

E ali, do outro lado, havia um fantasma.

Mas não era uma alma penada. Era uma criança coberta de farinha.

— Eu entrei pela calha de farinha — comentou Marie. — Não sabia que estava cheia.

Anneshka a encarou.

— Criança estúpida! Você deixou pegadas!

Para além das montanhas

— Você disse que não ligava para o jeito que eu entrasse!

Anneshka limpou a farinha do corpo de Marie, resmungando baixinho. Depois, entrou na área dos aposentos particulares das rainhas. Surovetz a seguiu, rápido e silencioso feito uma sombra.

Eles encontraram a rainha Svitla dormindo no quarto dela. A tiara estava apoiada no suporte. As joias estavam penduradas na parede — colares, anéis e terços. Alguns dos anéis eram tão compridos que pareciam dedos saindo da pedra.

Anneshka trancou a porta e caminhou até a beirada da cama. Marie hesitou na entrada.

— O que estamos fazendo? — sussurrou ela.

— Shhh — disse Anneshka. — Não acorda ela.

Sem joias e pérolas, a rainha Svitla era definitivamente humana — vulnerável e um tanto ridícula, com cabelos grisalhos e a pele pálida. Havia rugas em volta da boca curvada para baixo. Ela fazia Anneshka se lembrar da mãe.

Surovetz puxou a faca.

— Não machuquem ela — gritou Marie, e então atravessou o quarto às pressas, mas Anneshka segurou a criança. A rainha Svitla murmurou dormindo.

— Rápido — disse Anneshka.

— NÃO! — gritou Marie.

Surovetz inclinou-se para a frente, com a faca empunhada, assim que a rainha Svitla acordou.

A senhora arregalou os olhos para os seus assassinos. Uma pergunta começou a se formar nos lábios dela. Surovetz respondeu com um movimento rápido.

Marie berrou e Anneshka cobriu o rosto da menina. Será que estava tentando abafar os gritos de Marie ou protegê-la do que estava acontecendo? Ela não tinha muita certeza.

Mas Marie mordeu o dedo de Anneshka.

— Sua ratinha! — ela exclamou e soltou a menina. A visão do próprio sangue a deixou tonta. Ela se equilibrou contra a cama.

O relógio de estrelas

Depois de um longo e vertiginoso instante, Anneshka percebeu que a gritaria de Marie tinha parado. A menina estava caída aos pés de Surovetz. Os olhos cinzentos do homem encontraram os de Anneshka.

— A menina não queria ficar quieta — murmurou ele.

— Ela está... morta? — perguntou Anneshka.

Surovetz se curvou e apalpou o pescoço de Marie.

— Inconsciente.

— E a rainha?

— Definitivamente morta.

Houve uma batida na porta do quarto. Os guardas do palácio chegaram tarde demais.

— Sua Majestade — disse o homem do lado de fora do quarto —, pensei ter ouvido uma comoção. Está tudo bem?

Anneshka revirou os olhos porque, por mais longe que tivesse viajado, parecia não fazer diferença: soldados eram todos farinha do mesmo saco. Ela olhou para a mulher morta em cima da cama.

— Estou bem — disse Anneshka, imitando a voz seca da rainha Svitla. — Tive um pesadelo, só isso.

Quando o barulho dos passos do guarda foi sumindo, Surovetz jogou Marie por cima do ombro de modo que os braços da menina pendessem das costas dele.

— Devo entregar a criança aos krootymoosh?

Anneshka olhou de relance para Marie. As roupas dela estavam sujas de farinha, e a trança, pendurada de cabeça para baixo. A menina não tinha mais utilidade para Anneshka e, mesmo assim...

— Você me ouviu? — pressionou Surovetz, com um toque de sarcasmo no rosto.

— Pode fazer o que quiser — falou Anneshka. — A menina cumpriu o destino dela.

CAPÍTULO 74

Imogen teve um sonho naquela noite.

Sonhou que estava em casa, do lado de fora.

— Vamos, Marie, vamos voar! — Ela deu impulso na calçada e os pés saíram do chão. Os braços se estenderam e a lançaram para o alto; os dedos roçaram o teto dos carros.

Mas Marie estava ancorada lá embaixo.

— Não consigo — gritou. — Estou presa.

Imogen desceu e segurou a irmã. Não foi difícil lhe dar um impulso. De mãos dadas, elas pairaram pela rua.

— Viu? — disse Imogen. — É fácil.

As duas voaram entre chaminés e copas de árvores. Deram tchauzinho para um pássaro que estava construindo um ninho. O sr. Green olhava com cara feia para o jornal. A sra. Kowalski cantava no chuveiro. Mas, no fim da rua, Marie começou a perder altitude. Ela estava caindo feito um balão furado.

— Imogen! — gritou a menina, chutando o ar. Imogen precisou soltá-la.

Marie berrava e tombava, tombava, tombava até chegar no asfalto lá embaixo.

Imogen acordou com uma sensação de queda, como se tivesse despencado em cima da cama. Estava num quartinho. Havia manchas no teto e insetos esmagados nas paredes.

Estou em Valkahá, lembrou-se. *Na Pousada do Pátio.*

Miro e Perla já estavam acordados, estudando o mapa dos krootymoosh. Konya ficava de guarda na porta.

Imogen pensou na irmã no mesmo instante. Onde será que Marie estava? Será que tinha acontecido algo ruim? Ela não conseguia se livrar daquela sensação que o sonho tinha deixado — a visão de Marie caindo. Esperava que fossem apenas seus monstrinhos da preocupação. Eles passaram a noite inteira arranhando o peito dela.

— As ruas da cidade estão no lugar errado. — Perla franzia a testa enquanto analisava o mapa.

— Tem certeza de que está segurando na posição certa? — perguntou Miro.

Perla franziu as sobrancelhas. Virou o mapa de um lado para o outro.

— O que está acontecendo? — perguntou Imogen, balançando as pernas para fora da cama.

— O mapa de Valkahá não bate com o lugar de verdade — respondeu Miro. — Nunca vamos encontrar Tomil e Luki desse jeito. A gente precisa ir até o palácio e falar com as cinco rainhas.

— O que vamos dizer a elas? — perguntou Perla. Ela parecia estar com um pouco de medo.

— Vamos dizer: "Precisamos da sua ajuda para encontrar os krootymoosh" — falou Miro. — "Viemos para resgatar as crianças e livrar vocês dos monstros." — Ele sacou uma espada imaginária e espetou a própria sombra na parede.

Imogen não pôde deixar de se admirar com a fé de Miro nas pessoas que usavam coroas. Drakomor, Ctibor, Kazimira… até o momento, elas não tinham sido de muita ajuda.

— Você acha que vai dar certo? — perguntou Perla.

Imogen também tinha suas dúvidas, mas não custava nada tentar. Além do mais, se Anneshka queria virar rainha, não deveria estar muito longe dos tronos…

Os pensamentos de Imogen foram interrompidos por um barulho do relógio. Ele começou a tocar, então as crianças e Konya se aproximaram às pressas.

Ele estava um pouquinho desgastado: as pedras preciosas flutuavam em órbitas irregulares e os ponteiros mancavam ao redor do mostrador. A portinhola se abriu e um homem saiu lá de dentro. Ele segurava um bule em uma das mãos.

— Quem é esse aí? — perguntou Imogen enquanto a figura servia chá de mentirinha.

Perla balançou a cabeça.

— Não sei.

Konya deu uma patada no homem de madeira. Ele virou e deu de cara no chão. O relógio de estrelas o puxou de volta para dentro.

— Parecia um criado — comentou Miro. — Aposto que trabalha para as cinco rainhas. Vamos lá, vamos até o palácio. Pode ser que Anneshka esteja lá também.

CAPÍTULO 75

Valkahá tinha mais andares do que um bolo de casamento, e cada rua parecia levar a uma ladeira ainda maior. Imogen, Perla, Miro e Konya foram subindo até o topo. O Palácio das Cinco Rainhas dava para a cidade. Era uma construção ornamentada com torres em forma de longos colares de pérolas.

Miro marchou até a entrada, onde dois homens vestidos com muita elegância montavam guarda.

— Eu sou o rei Miroslav Yaromeer Drahomeer Krishnov — disse ele —, Senhor da Cidade de Yaroslav. Gostaria de uma audiência com as rainhas.

Os guardas pararam, como se prendessem a respiração, e então caíram na gargalhada. Miro se retesou. Imogen sentiu a própria raiva borbulhar. Como ousavam rir do amigo dela?

— Você não é rei de lugar nenhum — disse um guarda. — Não passa de um garotinho.

Miro olhou de relance para Perla e Imogen. As pontas das orelhas dele ficaram vermelhas.

— É bom vocês serem legais com ele — comentou Imogen —, senão ele manda jogar vocês nos Fossos Hladomorna.

— Uuuui, que medo — disse o mesmo homem. Ele enxugou as lágrimas de riso das bochechas. — Olha só… já faz um tempinho que eu trabalho aqui, e sei qual é a aparência de um rei. Ele chega com estandartes e criados. Não com duas menininhas e um gato.

— Eu *sou* o rei de Yaroslav — disse Miro, seu tom de voz ficando

mais alto. — Ordeno que me deixem entrar! — Só que, quanto mais aborrecido Miro ficava, menos se parecia com um rei. Os guardas começaram a rir de novo.

— Não tem jeito, não — murmurou Imogen. — Como podemos fazer eles ouvirem?

— Diz a eles que as rainhas estão correndo perigo — sussurrou Perla.

— Diz você — retrucou Miro. — Eu não falo mais com esses camponeses.

Perla contraiu os lábios, relutante.

— Tá bom — disse Imogen. — Deixa comigo. — Ela avançou em direção aos homens. — Tem uma mulher aí fingindo ser a princesa Pavla, mas ela não é princesa coisa nenhuma. Ela está planejando tomar os tronos de Valkahá! Viemos alertar as cinco rainhas.

O segundo guarda pareceu incerto.

— Se isso for uma piada, vocês vão se dar mal.

— Não é — disse Imogen. — É verdade!

— Esperem aqui — falou o primeiro guarda, e então entrou no palácio.

Imogen esperou com o máximo de paciência possível, mas foi difícil, sabendo que Marie poderia estar por perto. Mal via a hora de ver a surpresa no rosto da irmã. Seria como aquela vez que vovó saiu do hospital e fizeram um bolo enorme para ela. Ou quando mamãe disse que elas iam ao dentista, mas, em vez disso, as levou à praia. Ou no aniversário de dez anos de Imogen, quando…

As portas do palácio se abriram de supetão e um grupo de homens, todos usando capas vermelhas, saiu.

— Ah, crianças! — exclamou o mais alto. — Soube que vieram para impedir a princesa Pavla.

— Quem é você? — Miro exigiu saber.

— Meu nome é Surovetz — disse o homem alto. — Não que isso importe… Sinto informar que chegaram tarde demais. A princesa Pavla saiu de Valkahá no meio da noite.

Havia um brilho feroz nos olhos dele e Imogen soube que tinha algo errado.

Para além das montanhas

— Cadê a minha irmã? — perguntou. — Ela estava com a princesa Pavla. Minha irmã é uma menininha ruiva. Tem mais ou menos *essa* altura.

Pela expressão no rosto dele, ficou bem claro que sabia de quem ela estava falando.

— A sua irmã está com os krootymoosh — disse Surovetz. — Fui eu mesmo que entreguei. E é para lá que vocês vão também.

Ele avançou para pegar Imogen, mas Konya sibilou baixinho para adverti-lo. O corpo da snĕehoolark se curvou feito uma mola.

— Eu prefiro cachorros — comentou Surovetz ao tentar se esquivar da gata gigante, mas Konya era rápida demais. Ela se levantou e lhe deu uma patada no rosto. Surovetz cambaleou para trás e levou a mão à bochecha. Havia sangue. Três arranhões vermelhos onde as garras de Konya tinham cortado.

— Vai se arrepender disso — sussurrou, sacando a espada. Os outros homens se reuniram ao redor dele.

— O que fazemos agora? — sibilou Miro.

— Eu acho — disse Imogen — que devíamos correr.

E, assim, a menina deu meia-volta e bateu em retirada. A mão de alguém se aproximou do rosto dela. Ela se abaixou, engatinhando pela laje. Perla e Miro também fugiram, e Konya saltou para a frente.

— Peguem-nos! — gritou Surovetz. — Por ordem das cinco rainhas!

CAPÍTULO 76

Imogen escolheu uma rua e a desceu às pressas. Os outros não pareciam acompanhá-la. Deviam ter seguido por caminhos diferentes.

Agora que Imogen se afastava do palácio, todas as ruas desciam a colina. Os pés dela mal conseguiam acompanhar o ritmo do corpo.

A menina desviou para a esquerda e por pouco não trombou com uma mulher que carregava uma pilha de pratos de prata. Os homens que a perseguiam não foram tão ágeis. Ouviu-se uma barulheira terrível, mas Imogen não olhou para trás enquanto derrapava por um beco. Havia passarelas lá no alto, cruzando a rua. Perla foi correndo até a mais próxima.

— Ei! — gritou Imogen. — Como você chegou aí em cima? — Mas Perla sumiu num piscar de olhos, seguida por um rastro de snëehoolark. Miro foi o próximo, disparando atrás da amiga. Ele não baixou o olhar e não viu Imogen parada no beco ali embaixo. Surovetz e seus comparsas foram os últimos. Eles cruzaram a ponte em três pernadas, as capas vermelhas voando do pescoço.

— Vai, Miro, vai! — gritou Imogen. Mas era hora de seguir o próprio conselho. Os homens que a perseguiam encontraram o beco. Ela correu por baixo das pontes, os pés golpeando as pedras. Acima dela, os pássaros de asas pontudas guinchavam e cortavam o ar.

Monges se aproximavam do outro lado — lentos e rechonchudos feito gansos.

— Estou passando! — gritou Imogen. O grupo chegou para o lado e Imogen sumiu em meio a um mar de mantos escuros.

Para além das montanhas

Ela saiu voando do beco e chegou a uma rua mais larga. Atrás dela, os monges protestavam enquanto os homens de Surovetz tentavam forçar a passagem. À sua frente, a cidade era uma massa de pináculos claros.

Imogen continuou correndo. Não sabia para onde estava indo, só não podia ser capturada. Guardas desciam a colina. Será que também estavam à procura dela? Imogen não ficou esperando até descobrir. Ela entrou correndo em uma loja e fechou a porta.

Com o coração martelando no peito, espiou pela janela. Lá na rua, os homens do palácio falavam e apontavam enquanto procuravam por ela. Imogen se abaixou para que não vissem sua cabeça. Ela contou as respirações e aguardou, na esperança de que os perseguidores seguissem colina abaixo.

— Como posso ajudar? — perguntou uma voz radiante. Imogen deu meia-volta e viu um homem jovem e loiro sentado atrás de uma bancada.

— Ah… Acho que você não pode me ajudar — respondeu.

— Que bobagem — disse o homem. Ele gesticulou ao redor salão. — É só uma questão de encontrar o estilo certo.

As paredes da loja eram repletas de armários de vidro. Dentro deles havia todo tipo de joias reluzentes: pulseiras incrustadas com pedras preciosas, fivelas decorativas para cintos. Havia uma tiara feita de pérolas, e colares de contas de coral pendiam do teto.

— Trabalho com a melhor prata de Valkahá — comentou o homem. — Todos os desenhos são de autoria própria. Tem certeza de que não posso convencê-la a dar uma olhadinha em algo pequeno? Quem sabe um anel ou um broche?

— Não estou procurando um broche — disse Imogen com uma nova onda de amargura. — Estou procurando a minha irmã.

— Ah — disse o joalheiro, dando-lhe um sorriso solidário. — Infelizmente não tenho algo assim.

Mas Imogen não estava ouvindo. Ela se lembrou do que Surovetz tinha dito.

Sua irmã está com os krootymoosh… e é para lá que vocês vão também.

Imogen tinha chegado tarde demais. Ela sentiu um nó na garganta.

Minha irmã é uma menininha ruiva; tem mais ou menos essa *altura.*

O nó na garganta aumentou. Falar de Marie não a faria aparecer.

Mas o joalheiro estava esperando que Imogen dissesse alguma coisa, então ela deixou as palavras fluírem.

— Marie é ruiva, tem uma sarda grandona no nariz e uma cicatriz no lugar onde cortou a mão uma vez. Ela só tem oito anos, mas sabe desenhar muito bem… — As lágrimas pinicaram os olhos de Imogen.

— Ela tem sorte de ter uma irmã como você — disse o homem.

As lágrimas de Imogen explodiram.

— Não — gritou ela. — Não tem, não! Marie foi sequestrada por minha culpa! Foi por minha causa que ela saiu do hotel!

O joalheiro não a contradisse, não falou que era mentira. Em vez disso, esperou as lágrimas diminuírem.

— Gostaria de uma xícara de chá? — perguntou ele.

Imogen olhou de relance pela janela. Os homens de capa vermelha já tinham ido embora.

— Sim, por favor — respondeu. — Seria ótimo.

CAPÍTULO 77

O joalheiro abriu espaço na bancada, afastando martelos, pinças e pedras preciosas. Em seguida, trouxe um par de xícaras com bordas de prata. Era o tipo de coisa que vovó teria amado.

As engrenagens na cabeça de Imogen entraram em ação enquanto observava o homem servindo o chá. Ele tinha sobrancelhas claras, praticamente invisíveis, e suas mãos pareciam fortes e hábeis. Mas ela não conseguia tirar os olhos do bule. Onde ela tinha visto isso antes?

— Vou botar um pouquinho de mel para adoçar — disse ele, entregando uma xícara para Imogen.

— Eu sei quem você é — exclamou ela, quase derramando a bebida de tanta empolgação. — Você é o homem do relógio!

O joalheiro parecia confuso.

— Você sabe alguma coisa sobre a minha irmã? — indagou Imogen, perguntando-se por que o relógio tinha lhe mostrado aquele homem. Ele balançou a cabeça e tomou um gole do chá. — Você sabe algo sobre os krootymoosh?

O joalheiro quase cuspiu a bebida.

— Não — respondeu ele. — Não tem krootymoosh em Valkahá.

— Tem, sim — rebateu Imogen. — Entregaram minha irmã a eles *bem aqui, nesta cidade.* Além disso, por que os krootymoosh iam ter um mapa de um lugar que nunca atacaram? Eles estão *aqui* e precisam ser impedidos!

O homem pôs a xícara na bancada.

— Quem enviou você até aqui? — perguntou ele.

— Ninguém.

— Seja lá com quem você esteja falando…

A porta se abriu e uma mulher entrou na loja. Ela hesitou quando viu Imogen.

— Estou interrompendo? — perguntou.

— Nem um pouco — respondeu o homem, arriscando um sorriso.

— Estou procurando um grampo de cabelo — explicou a mulher. — Não quero nada muito extravagante.

— A loja está fechada — disse Imogen rispidamente.

A mulher olhou de Imogen para o homem.

— Desculpa, não tinha percebido.

Imogen ficou encarando até ela se retirar. Depois, levantou-se do assento e baixou o trinco para que mais ninguém entrasse.

— O que você pensa que está fazendo? — exclamou o joalheiro. — Aquela era uma das minhas melhores clientes!

Imogen voltou à bancada.

— Vou te fazer umas perguntas — disse ela, tentando emular seu lado detetive. — E preciso que você me diga a verdade. Qual é o seu nome?

— Yemnivetz — sussurrou. — Yemni, para abreviar.

Ele parecia assustado, e Imogen teria se sentindo mal se sua missão não fosse tão importante. Não estava interrogando aquele homem por diversão. Estava fazendo aquilo por Tomil, Luki e Marie — e todas as crianças que tinham sido levadas pelos krootymoosh.

— O que você sabe sobre a minha irmã? — perguntou ela.

— Nada — disse Yemni.

Imogen pôs as mãos para trás.

— O que sabe sobre os krootymoosh?

— Nada — disse ele, embora desta vez a resposta tivesse um tom de pergunta.

— Você está mentindo, não está? — acusou Imogen.

— Quer mais um pouco de chá? — Yemni serviu a xícara pela segunda vez. — É bom para acalmar os nervos.

A porta da oficina fez barulho. Imogen vislumbrou capas vermelhas pela janela.

— Desculpe — gritou Yemni. — A loja está fechada.

Boom, boom, boom. Eles bateram com mais força.

— São os homens do palácio — sibilou Imogen. — Eles estão atrás de mim! Não os deixe entrar!

— Eu preciso — disse Yemni. — Eles vão arrombar a porta. — Ele abriu um baú nos fundos da oficina. — Rápido — exclamou. — Entra aqui.

Será que é uma armadilha?, perguntou-se Imogen. Mas não dava tempo de discutir. Os homens estavam socando a porta com os punhos.

— Só um minuto — gritou Yemni enquanto Imogen entrava no baú e ele fechava a tampa sobre a cabeça dela.

A menina conseguia enxergar pelo buraco da fechadura. Yemnivetz abriu a porta e três homens invadiram o salão.

— Por que demorou tanto? Por que a sua porta estava trancada?

— Estava só fazendo um chá — disse Yemni. — Querem?

Os homens olharam feio para as duas xícaras com bordas de prata.

— Com quem você está tomando chá?

Por um instante terrível, Imogen pensou que Yemni estivesse prestes a traí-la. Seria fácil entregá-la agora que ela estava dentro de um baú. Será que ele tinha planejado aquilo desde o início?

— Ah, eu sempre faço duas xícaras — disse o joalheiro. — Uma só nunca é o suficiente.

Um homem pegou a xícara de Imogen e a jogou na parede. Ela recuou ao ouvi-la se espatifar.

Por um instante peculiar, a mente de Imogen viajou no tempo. Ela estava de volta à casa de Branna e Zemko, escondida dentro do piano, encolhida enquanto o krootymoosh atacava...

Ela balançou a cabeça e olhou pelo buraco da fechadura do baú. Dois homens prendiam Yemni contra a parede enquanto um terceiro revirava os armários. Era um homem corpulento com o pescoço carnudo. Ele abriu os aparadores um a um, jogando as joias de lado.

293

O relógio de estrelas

— O que está fazendo? — gritou Yemni. — Você não tem esse direito…

O homem com pescoço de touro estilhaçou um armário no chão.

Imogen se encolheu.

— Por favor, não o machuquem — sussurrou ela. Quem sabe não devesse tentar ajudar? Mas, se fosse capturada naquele momento, tudo seria em vão. Não seria nada útil para Marie.

— Você gosta de pensar que é superior a nós, não é? — disse o homem, insultando o joalheiro. — Você, com as suas mãos cheias de prata… Mas as suas mãos são tão sujas quanto as minhas. Só porque não vai à caça, não significa que não tenha culpa no cartório. — Ele olhou ao redor da oficina com nojo. — Você não seria nada sem nós, Yemnivetz.

Imogen não tirou os olhos do buraco da fechadura. O homem falava como se conhecesse Yemni, mas os dois não pareciam ser amigos. Ela queria que aqueles homens o deixassem em paz. Três contra um não era justo.

— O que você quer? — perguntou Yemni.

— Estamos procurando uma criança — falou o homem corpulento. — Uma garota das Terras Baixas. Tem mais ou menos dez ou doze anos. Ela estava seguindo nessa direção. Chegou a ver pra que lado ela foi?

O joalheiro hesitou e Imogen recuou. Yemni estava prestes a entregá-la. Se ao menos tivesse sido um pouco mais legal com ele… Os homens ainda o seguravam pelos braços e pelo pescoço.

— Não — respondeu. — Não vi nenhuma menina. — Imogen soltou a respiração.

— Acho bom que esteja dizendo a verdade. Surovetz quer que a gente dê um jeito nela.

— Estou falando sério — exclamou Yemni —, eu estava trabalhando.

Eles o soltaram e Yemni caiu no chão.

— Você sempre foi muito centrado mesmo — debochou o homem com pescoço de touro. Ele empurrou um anel para a pontinha do dedo.

Para além das montanhas

— Minha mulher gosta de prata — murmurou. — Muito obrigado pelo presente.

Os homens pegaram algumas joias ao saírem da loja. A porta se fechou atrás deles.

CAPÍTULO 78

Miro, Perla e Konya correram pelas ruas de Valkahá. Eles dispararam por passarelas e praças de pedra. Miro não parava de olhar para trás, na esperança de que tivessem se livrado dos homens, mas ali estavam eles, as capas vermelhas ao vento.

Logo à frente estava o arco que sinalizava a entrada semicircular da cidade. Depois dele só havia vegetação rasteira, e Miro não queria ir para lá. A terra era plana, não tinha lugar para se esconder. Mas os homens de Surovetz vinham de todas as direções. Miro não teve escolha.

— Por aqui — gritou para Perla, depois foi correndo até o arco com os joelhos esbarrando um no outro e os pulmões explodindo a cada respiração.

Havia guardas cobrando taxas na entrada. Eles hesitaram, sem saber se deviam ou não deixar as crianças passarem.

Foi então que viram Konya, e seus mais de sessenta quilos em forma de snĕehoolark, correndo na direção deles. Os dois guardas abriram caminho.

Miro, Perla e Konya voaram por baixo do arco e chegaram ao matagal, levantando poeira com os pés. Uma doninha guinchou e foi logo saindo da frente, sumindo dentro de um buraquinho.

— Para onde vamos? — perguntou Perla, ofegante. Ela diminuiu o passo, mas Miro seguiu em frente. Não havia tempo a perder. Ele esquadrinhava a paisagem árida enquanto corriam.

— Para aquela rocha, bem ali. Deve servir. — Mas Miro estava tão ocupado em encontrar um esconderijo que se esqueceu de olhar para baixo.

Para além das montanhas

A bota de Miro afundou e ele caiu num lugar que pensava ser uma rocha, mas na verdade era um buraco no chão. O menino agarrou um arbusto e tentou impedir a queda. Por uma fração de segundo, ficou pendurado na beira de um poço, se agarrando a um punhado de folhas.

Havia flores lá em cima, e o ar lá embaixo era rarefeito. Os pés de Miro lutaram para se segurar. Então as folhas se soltaram e ele caiu.

A rocha lisa arranhava as calças do rei de Yaroslav.

A camisa que ele usava batia feito asas em seu rosto.

Ele deslizava, deslizava.

Não conseguia ver para onde.

Até seu grito ficou para trás.

A rampa aplanou e Miro foi derrapando até parar. Ele tirou a camisa do rosto e conferiu os braços, as pernas, o corpo. Nada parecia estar quebrado...

Perla veio zunindo pelo poço atrás dele. Seus pés bateram no traseiro de Miro.

— Ai! — gritou ele, virando-se um pouco. Konya juntou-se ao engavetamento, derrapando apoiada nas quatro patas. Miro grunhiu quando o crânio dela acertou suas costas.

Eles ficaram parados por uns segundos, ofegantes. Miro piscou repetidas vezes em meio à poeira crescente. Estava escuro ali, abaixo do matagal, mas não um breu. Era possível ouvir as vozes dos homens que passavam lá em cima.

— Bom esconderijo — sussurrou Perla.

— Pois é — disse Miro, levantando-se e esperando que a amiga pensasse que aquele tinha sido seu plano desde o início.

Pareciam ter caído numa caverna íngreme. As vozes lá em cima diminuíram.

Conseguimos, pensou Miro. *Nós fugimos*. Mas, quando a visão se ajustou à escuridão da caverna, silhuetas surgiram nas sombras. Armaduras de krootymoosh e pernas de krootymoosh. Corpos e garras de krootymoosh.

Miro sentia cada batida do coração. A respiração de Perla estava frenética.

— É só ficar bem quieta — sussurrou Miro.

Os krootymoosh não se mexeram. Eles estavam parados feito guerreiros antes da batalha.

Por que não tentavam atacar? Parecia até que os monstros não tinham notado a presença das crianças. Miro olhou Perla de relance. Ela estava tremendo e recuando. Ele nunca tinha visto alguém com tanto medo. Aquilo fez com que também ficasse apavorado.

Mas havia alguma coisa errada…

O joelho de Miro estalou e uma luz azul surgiu com um zumbido. Ela vinha de um vaga-lume minúsculo.

Mesmo assim, os krootymoosh não saíram do lugar. Os monstros estavam lado a lado, fileira após fileira, estendendo-se para a escuridão do fundo da caverna até se perderem de vista. Miro deu um passinho na direção deles. Konya rosnou baixinho.

Era apenas a imaginação de Miro ou os monstros estavam caídos em posições estranhas? Pareciam magros e flácidos, como roupas velhas num guarda-roupa.

O vaga-lume voou até o krootymoosh mais próximo e sumiu no buraco do nariz do elmo. A caverna mergulhou na escuridão. O inseto reapareceu e trouxe junto sua luz, saindo pela orelha peluda do monstro.

— Eles não são de verdade — disse Miro, sem acreditar nas próprias palavras.

— Como assim? — sussurrou Perla. Sua voz saiu fininha como se fosse um rato.

Miro se forçou a dar mais alguns passos à frente, lutando contra todos os instintos. Ele levou os dedos ao pelo claro do krootymoosh. *Tudum-tudum*, fez o coração de Miro. O corpo do monstro estava frio.

— Essas coisas não são krootymoosh — disse Miro. — Estão ocas.

— Não — disse Perla, arfando. — Não é possível.

Para além das montanhas

Miro inspecionou o torso. Por mais que a mente do menino soubesse que os monstros não eram uma ameaça, o medo se recusava a abandonar o corpo dele.

Os krootymoosh eram feitos de pele animal costurada em formas humanas grosseiras. Dois braços. Duas pernas. Um buraco para o pescoço. O rabo falso ficava preso na base da coluna.

Um elmo protegia a cabeça, com pelos escapulindo por baixo. Ele tinha dentes extras embutidos na frente da boca e buracos para os olhos, de modo que o dono da vestimenta pudesse enxergar.

O mais estranho de tudo eram as botas dos krootymoosh: patas falsas enormes revestidas de pelo, com garras na parte de fora e plataformas por dentro. Provavelmente para que aqueles que as usavam parecessem mais altos.

— São *fantasias* — constatou Miro, mais confiante daquela vez. — Não são krootymoosh coisa nenhuma.

CAPÍTULO 79

Imogen saiu do baú. Havia cacos de vidro espalhados pela oficina, armários revirados e tesouros pisoteados. Yemnivetz se pôs de pé.

— Você está bem? — perguntou a menina.

O joalheiro assentiu. Parecia exausto.

— Acho que deu tudo certo… apesar dos pesares.

— Obrigada por não me entregar — agradeceu Imogen.

Ela esperou um instante, deixou que Yemni recuperasse a compostura. Ele alisou o colete e endireitou o cabelo.

— Quem são aqueles homens? — perguntou ela. — E como eles conhecem você?

Yemni a encarou com olhos pesarosos.

— Vamos começar do começo — respondeu ele. — Você me diz o que está aprontando e eu te conto o que sei. Mas, primeiro, vamos lá para cima. Não aguento olhar essa bagunça.

Imogen seguiu o joalheiro até o cômodo acima da loja. Havia um teto de pedra abobadado e cadeiras com pernas fininhas, tipo as do Bambi. No canto, um manequim usava uma tiara brilhante de prata. Não havia muitos objetos ali em cima, mas todos que estavam naquela sala tinham sido feitos com muito esmero.

Imogen resistiu ao impulso de encostar na tiara. Queria mostrar a Yemni que estava pronta para falar. Ela se sentou em uma cadeira e deslizou as mãos para baixo das pernas.

— Começa você — disse o joalheiro. — Sou todo ouvidos.

Então Imogen contou a história dela a Yemni. Explicou que a irmã

Para além das montanhas

tinha sido sequestrada. Que estava determinada a trazer Marie de volta. Que as crianças estavam sendo levadas pelos krootymoosh e que ela e os amigos iam acabar com aquilo.

Yemni ficou em silêncio, assentindo com a cabeça nas horas certas e emitindo sons tranquilizadores. Imogen não pretendia lhe contar tudo, mas, de alguma maneira, a história inteira escapuliu.

— Você está tomando uma atitude muito corajosa — disse o joalheiro quando Imogen terminou. — Quisera eu ser tão corajoso quanto você.

Imogen se perguntou o que ele quis dizer. Ele a protegeu dos homens de capa vermelha, recusou-se a lhes dizer onde ela estava, mesmo quando destroçaram sua oficina. Aquilo tinha sido um ato de coragem, não?

Yemni acendeu o fogo debaixo de uma chaleira e esperou a água ferver. Então pegou mais duas xícaras e um pote de mel.

— Olha — prosseguiu enquanto servia o chá —, assim como qualquer um, não gosto dos krootymoosh, mas o que vou dizer agora... bom, não fui eu que contei. Tudo bem?

Imogen fez que sim, ansiosa para ouvir a história de Yemni.

— Muito bem — disse o joalheiro com um suspiro. — Vou começar. Antes de Valkahá existir, muitos séculos atrás, apenas os mais fortes eram capazes de sobreviver nessas terras: nômades sem rumo e plantas com raízes profundas.

"Você já viu como é lá fora. O chão é naturalmente cheio de buracos. Ninguém pensou que fosse um bom lugar para uma cidade, muito menos uma tão boa quanto essa aqui. Mas, quando a prata foi descoberta, tudo mudou. Uma criança escorregou num poço e encontrou um veio enorme, que se estendia feito um raio pela rocha.

"A notícia se espalhou e as pessoas migraram para as Terras Secas na esperança de ficarem ricas da noite para o dia. A cidade que construíram recebeu o nome de Valkahá: um pequeno posto avançado de mineração no meio da vegetação rasteira."

— E o que isso tem a ver com os krootymoosh? — questionou Imogen, remexendo-se na cadeira.

— Vou chegar lá — disse Yemni. — Mas você precisa entender a história desse lugar se quiser descobrir os segredos dele... Quando o primeiro veio de prata secou, os mineiros começaram a cavar. Acharam mais metal impregnado na rocha. Valkahá e seus habitantes ficaram ricos.

"Alguns mineiros desapareceram, mas ninguém se preocupou com isso. Todos diziam que eles deveriam ter tomado mais cuidado. Enquanto isso, a rocha cortada da terra era usada para construir palácios, igrejas e ruas. Quanto mais fundo as minas iam, mais alta Valkahá ficava."

Imogen deu uma olhada na tiara por cima da borda de sua xícara. Ela brilhava na luz baixa. Então era *daí* que vinha toda aquela prata... Havia minas escondidas no subterrâneo.

— Um tempo depois — prosseguiu Yemni —, foi ficando cada vez mais difícil encontrar prata, e tantos mineiros já tinham desaparecido que ficou complicado convencer as pessoas a descerem para as minas. Histórias sombrias começaram a surgir, contos de monstros que viviam nas rochas.

— Krootymoosh! — exclamou Imogen, quase derramando o chá.

Mas Yemni negou com a cabeça.

— Não — respondeu ele. — Receio que não. No ano passado, as cinco rainhas fecharam as minas. Elas alegaram que não valia mais o risco. Além disso, Valkahá já era bastante próspera. Qual era a necessidade de termos mais riqueza? Pelo menos foi o que elas *disseram*.

Imogen se serviu de mel. Era para colocar no chá, mas ela estava com fome e deixou os cristais derreterem na língua.

— Como assim? — perguntou ela.

Yemni massageou a nuca.

— A maioria das pessoas acredita que as minas estão abandonadas. Elas acham que não passam de estruturas vazias... centenas de quilômetros de túneis desertos debaixo dos nossos pés. — Ele bateu os dedos do pé no chão de azulejo. — Só que as minas não fecharam.

Para além das montanhas

Nem naquela época. Nem nunca. As cinco rainhas ainda as administram em segredo.

Imogen já ia perguntar como elas podiam ter uma mina sem nenhum mineiro, mas a resposta brotou na mente dela. Feia e atrevida. Terrível demais para ser dita.

— As cinco rainhas encheram as minas de crianças — disse Yemni.

— Elas são mais fáceis de controlar do que os adultos e não somem tão rápido.

— Não somem?

— Isso. As criaturas que vivem nas rochas... elas só comem adultos.

A cabeça de Imogen girava. Como as rainhas eram capazes de fazer uma coisa dessas?

— Só tinha um problema — explicou ele. — Valkahá é uma cidade civilizada. Não podíamos mandar nossos próprios filhos para as minas. Mas talvez pudéssemos mandar os dos outros... E foi assim que os krootymoosh nasceram.

— As cinco rainhas descobriram os krootymoosh? — perguntou Imogen.

— *Inventaram* — respondeu Yemni com uma careta. — Os krootymoosh não existem.

Imogen pousou a xícara de chá na mesa fazendo um estardalhaço. Não acreditava no que estava ouvindo.

— Como assim? Eu os vi!

— As cinco rainhas buscaram a ajuda das famílias mais ricas de Valkahá. — Yemni encarou o braço da cadeira. Por um instante, parecia hipnotizado.

— Continua — instigou Imogen. — O que aconteceu depois?

— As famílias entregam os filhos mais fortes à causa. Rapazes cheios de vigor, que não se importam em derramar um pouco de sangue. Esses homens recebem uma parcela da prata. Em troca, sequestram crianças de reinos vizinhos e as botam para trabalhar na mina subterrânea.

— Você está dizendo que os krootymoosh são *pessoas*?

O relógio de estrelas

— São as pessoas mais cruéis que eu conheço. Sabe os homens que destruíram a minha oficina? São eles, eles são os krootymoosh. — Yemni deslizou a mão até o lugar em que os invasores lhe prenderam pela garganta.

— Mas os krootymoosh têm pelo! — exclamou Imogen.

— Eles usam fantasias — disse Yemni em tom sombrio. — E não são muito boas, se quer saber. Eles as vestem quando vão à caça. No resto do tempo, são iguais a qualquer um. Só as capas vermelhas os distinguem: um símbolo do clube secreto deles.

— Não — disse Imogen. — Não pode ser! Os krootymoosh não são novos. Faz séculos que as pessoas falam deles! Existem histórias e canções de ninar!

— De onde você acha que as cinco rainhas pegaram a inspiração?

Imogen sentiu alguma coisa estalar. Talvez fosse a pedra da raiva — aquela que ela tinha imaginado enrijecer entre as costelas.

— Como é que você sabe? — Imogen insistiu. — Como pode provar tudo isso? — Ela falou de um jeito que lembrava um pouco Mark.

— O Senhor dos Krootymoosh é o meu irmão mais velho — confessou Yemni, baixando a cabeça. — O nome dele é Surovetz.

Os pensamentos formaram um turbilhão na cabeça de Imogen. Surovetz era o homem do palácio, aquele que sorria feito um lobo. Ele dissera que Marie estava com os krootymoosh, que ele mesmo a entregara.

Mas todas aquelas crianças roubadas… o irmão de Perla… os filhos de Branna… Tudo isso foi feito por seres humanos? Apenas para obter prata?

Imogen fechou a cara para o joalheiro.

— Se o Senhor dos Krootymoosh é o seu irmão, então por que você não o detém?

Yemni ergueu o olhar.

— Surovetz cumpre as ordens das rainhas. Não há nada que eu possa fazer! Além disso, ele não é o tipo de homem com quem se pode argumentar. Não é… *ele* não é… minha culpa.

Para além das montanhas

Imogen analisou o rosto pálido de Yemni. Até que ele lembrava um pouquinho Surovetz. Tinha a mesma mandíbula marcada, os olhos cinza-prateados e os cabelos loiros, embora o cabelo de Yemni fosse ainda mais claro, quase branco.

— Você tem medo, não tem? — perguntou ela. — Tem medo do seu próprio irmão.

— Como já disse — murmurou Yemni —, quisera eu ser tão corajoso quanto você.

CAPÍTULO 80

Era fim de tarde quando Imogen voltou à Pousada do Pátio. Ela cruzou a taberna, ignorando o olhar fixo da proprietária. Subiu a escada até o quarto dos fundos, aquele que dividia com Perla e Miro, rezando para que eles também tivessem conseguido escapar. Precisava contar a eles o que tinha descoberto.

Mas, quando abriu a porta, o quarto estava vazio. Nada de snĕehoolark. Nada de amigos.

Eles foram capturados, sibilou um monstrinho da preocupação. *Surovetz os pegou.*

Imogen se equilibrou. Não podia ser verdade. Ela não conseguiria enfrentar aquilo sozinha.

Imogen se arrastou para a cama, sem tirar a roupa, e puxou os lençóis para cima da cabeça. Odiava pensar em Marie com medo e lá no fundo da terra. Não haveria sol nas minas, nem lua, nem estrelas. Só camadas e mais camadas de rochas endurecidas pelo tempo.

Ela fechou os olhos.

A irmã não gostava de lugares escuros. Marie fazia mamãe deixar a luz do patamar da escada acesa.

Por que Anneshka tinha deixado os krootymoosh ficarem com ela? Ela não fazia mais parte da profecia? Anneshka não queria ser rainha? Imogen não conseguia entender.

Só sobrou você, sibilaram os monstrinhos da preocupação. *De agora em diante, seremos só nósssssssss.*

Imogen abraçou um travesseiro contra o peito.

Para além das montanhas

— Só preciso ter paciência — sussurrou ela. — Miro e Perla vão voltar.

Miro queria retornar à superfície. Aquela caverna lhe dava arrepios. Por mais que os krootymoosh não fossem de verdade, ele não gostava da ideia de estar rodeado pela carcaça deles.

Perla não tinha a mesma pressa. Não parava de enfiar a mão nas mangas das fantasias e girar as patas gigantes. Konya mastigava uma luva de krootymoosh.

— Estão vazias — murmurou Perla. — Passei esse tempo todo me escondendo, mas do que é que eu estava me escondendo? Espera só até o papai descobrir.

Papai... a palavra ocupou a cabeça de Miro. O que o pai dele diria a respeito dos krootymoosh? O que um bom rei faria? Ele espiou pelo buraco no teto da caverna — aquele por onde tinha caído. Não dava para ver os homens que os perseguiam, só um círculo de ervas daninhas e o céu. De tempos em tempos passava um pássaro por ali; aqueles pequenos, com asas em forma de arco.

Era como se Miro estivesse olhando por um telescópio. Os pássaros pareciam distantes nesse nível.

Ele arregaçou as mangas da camisa até os cotovelos e se deu bastante espaço. Em seguida, disparou ladeira acima, pegando impulso com os braços. Quase chegou ao topo. Os dedos seguraram as folhas. Mas o pé escorregou e a gravidade fez o resto.

Perla e Konya ficaram olhando enquanto Miro derrapava pela caverna.

— Estou bem — falou, fingindo limpar a poeira da calça. A verdade era que dava para sentir o sangue correndo até o rosto e ele não queria que Perla visse isso. — Precisamos achar outra saída — murmurou. — Seria mais fácil se não estivesse tão escuro.

Perla estalou os dedos e um vaga-lume se acendeu. A luz azul iluminou o rosto dela.

— Como foi que você fez isso? — exclamou Miro.

— Observação — respondeu Perla com a voz suave.

O relógio de estrelas

— Observação? Que tipo de observação? — Miro não fazia a menor ideia do que ela queria dizer.

— Os seus joelhos estalaram antes do primeiro vaga-lume aparecer. Achei que pudesse ser uma reação ao barulho.

Os dois ficaram estalando os dedos até um enxame de vaga-lumes iluminar a caverna. Konya observou a cena com um espasmo no rabo e o reflexo dos vaga-lumes nos olhos.

Os insetos passaram flutuando pelas fantasias de krootymoosh e se reuniram perto do teto. Naquela luz misteriosa, Miro pôde ver a outra ponta da caverna.

— Ali! — gritou ele, apontando o dedo.

Havia uma passagem dentro da rocha.

Miro e Perla entraram na fenda, e a sněehoolark os seguiu bem de perto. O teto acima deles estava todo esburacado. As fendas eram altas demais para que os dois tentassem escalar, mas pelo menos deixavam entrar um pouco da luz do sol.

As crianças chegaram a um entroncamento onde o túnel se dividia em cinco ramificações.

— Isso aqui não é apenas uma caverna — sussurrou Miro. — É toda uma rede subterrânea.

Konya farejou o ar.

— O que foi? — perguntou Perla. A sněehoolark ficou tensa antes de se enfiar num canto escuro. Perla e Miro a seguiram, escondendo-se.

Foi bem a tempo. Uma fileira de homens marchou pela passagem. Carregavam elmos de krootymoosh debaixo do braço. Depois, mais figuras passaram pela fenda; daquela vez fantasiadas da cabeça aos pés peludos.

— São tantos — sussurrou Perla, desamparada.

A terra vibrou com a marcha. As paredes da passagem soltaram poeira.

Miro ficou desanimado.

Por mais que soubesse que os krootymoosh eram homens, não pôde deixar de ter medo. Se tivessem más intenções, as pessoas podiam ser tão assustadoras quanto monstros.

Para além das montanhas

Você entende de maldade, disse uma voz na cabeça de Miro. *Não se esqueça do que o seu próprio tio fez.*

— Eu não sou que nem o meu tio — sussurrou Miro.

Os últimos krootymoosh já tinham ido embora.

— Vamos dar o fora daqui — comentou Perla. Ela correu até outra fenda e Konya foi atrás, com o focinho no chão.

— Precisamos ficar juntos — disse Miro. — Espera… me espera!

CAPÍTULO 81

Imogen pretendia esperar os amigos acordada. Pretendia mesmo. Mas o sono deve ter chegado de fininho quando ela estava distraída. A menina acordou com um sobressalto, de bruços na cama. Era de madrugada e havia vozes do lado de fora da Pousada do Pátio. Pouco tempo depois, Miro, Perla e Konya entraram no quarto de supetão.

— Onde vocês estavam? — exclamou Imogen. — Achei que tinham sido capturados por aqueles homens! Achei… — Ela parou. Os amigos estavam cheios de poeira. O pelo de Konya estava imundo.

— Você não vai acreditar no que nós vimos — disse Miro, fechando a porta ao entrarem.

E, assim, os amigos compartilharam histórias. Miro e Perla falaram da fuga deles para Imogen, que tinham caído num buraco no matagal e descoberto uma caverna cheia de krootymoosh.

Imogen tentou contar a eles o que tinha descoberto graças a Yemni. Ela ainda estava meio sonolenta e a história saiu toda embolada, mas Perla e Miro entenderam os pontos principais.

— Surovetz é o Senhor dos Krootymoosh — explicou Imogen. — Ele leva as crianças para trabalharem nas minas, que todo mundo acredita estarem fechadas.

Perla pegou o mapa dos krootymoosh e segurou as bordas com velas.

— O que está fazendo? — perguntou Imogen. Perla apontou para o título do mapa:

Aqui jaz Valkahá, Cidade de Pedra

Para além das montanhas

— Lembra que achamos que o mapa estava errado? — disse Perla sem erguer os olhos. — Nós pensamos que não batia com a realidade da cidade, não é?

— É...? — disse Imogen.

Perla traçou as linhas azuis com o dedo, seguindo cada desvio e curva.

— Bom, não tem nada de errado com o mapa. Não é um desenho da cidade da superfície. É um desenho da cidade que fica *embaixo*.

Imogen ajoelhou-se ao lado dos amigos e inspecionou o pergaminho com os próprios olhos. Teve a sensação de que o mundo tinha dado uma cambalhota; as ruas que pareciam impossíveis na superfície faziam sentido caso ziguezagueassem em meio às rochas. Igrejas transformaram-se em cavernas. Pináculos viraram poços subterrâneos.

— Perla, você é um gênio! — exclamou Imogen. — É um mapa das minas!

Perla abriu um sorriso tímido.

— E o que estamos esperando? — perguntou Imogen, levantando-se depressa. — Vamos começar essa missão de resgate agora mesmo! — Ela imaginou Marie caindo num buraco absurdamente fundo e escuro.

— Ahn — comentou Miro —, não sei se é uma boa ideia. A gente teve que tentar uns trinta caminhos diferentes antes de achar a saída. Quando finalmente chegamos à superfície, os homens que estavam nos perseguindo já tinham desistido e ido para casa. Esse foi o tanto de tempo que a gente demorou para fugir! E não estávamos nem nas minas... só estávamos presos no nível de cima.

Konya sacudiu a poeira do pelo, criando uma nuvenzinha branca.

— Tá bom — disse Imogen, tentando ao máximo parecer paciente. Não via a hora de resgatar a irmã. — Mas dessa vez vamos levar o mapa.

— Tivemos que nos esconder nas sombras toda vez que um krootymoosh passava — disse Miro. — Não ia dar certo com um monte de crianças sequestradas. Eles iam nos ver antes que pudéssemos escapar.

— Nesse caso, vamos lutar! — declarou Imogen, cerrando os punhos.

Mas Miro negou com a cabeça.

— Imogen, você não está entendendo. Tinha tantos krootymoosh lá embaixo... Não existe a menor possibilidade de conseguirmos enfrentar todos eles.

Imogen afundou no chão.

— Então o que faremos?

Perla pôs o dedo na pontinha do nariz, o que significava que ela estava bem concentrada. Imogen pôs a cabeça entre as mãos, o que significava que ela estava sem ideias.

— Podíamos criar uma distração — sugeriu Miro. — Alguma coisa para manter os krootymoosh longe.

O relógio tiquetaqueou um pouco mais alto.

— Tipo um terremoto? — perguntou Perla.

— Talvez algo um *pouquinho* menor do que isso. — A voz de Miro tinha ficado estranhamente calma. — Que tal um duelo, como o daquela história que Luki nos contou?

O relógio de estrelas parecia cutucar a lateral da cabeça de Imogen.

— Eu poderia desafiar o Senhor dos Krootymoosh para uma luta — comentou Miro. — As pessoas viriam para assistir. Até as cinco rainhas de Valkahá. Até os krootymoosh!

— Mas, Miro — respondeu Imogen, franzindo a testa —, o rei da história... ele morre.

Miro analisou os anéis.

— Ah... Não precisa se preocupar... Seria só um duelo em que o primeiro que derramar sangue do outro vence. Deve ser o suficiente para distrair os krootymoosh. Enquanto isso, você pode libertar as crianças sequestradas.

— Meus pais jamais *me* deixariam lutar num duelo — comentou Perla, como se estivesse irritada. — Um duelo com o Senhor dos Krootymoosh... é tipo o desafio dos desafios!

Imogen não pôde deixar de sentir que Perla não estava entendendo a parte mais importante da história.

— Essa é uma das vantagens de ser rei — disse Miro. — Você pode fazer o que quiser.

— Mas como você faria para desafiar o Senhor dos Krootymoosh? — indagou Perla. — Não é como se eles tivessem um quartel-general.

— Vou pedir ao pregoeiro da cidade para gritar aos quatro ventos. A notícia vai chegar até Surovetz rapidinho.

Imogen balançou a cabeça, exasperada. Como poderia deter o amigo?

— Miro — arriscou ela —, Marie não é a sua irmã. Você não pode...

— Ela é minha amiga — retrucou o menino, afastando o cabelo dos olhos. — Além disso, eu sou o rei Miroslav Krishnov, filho de Vadik, o Valente. Qual é o sentido de ser rei se eu não puder consertar situações desse tipo?

CAPÍTULO 82

A notícia do duelo realmente se espalhou depressa. O menino-rei de Yaroslav desafiara o Senhor dos Krootymoosh a enfrentá-lo em um combate individual. A batalha se daria na Ilha Mlok, assim como na antiga lenda.

Ninguém achava que o menino ia ganhar, mas, mesmo assim, o povo não falava em outra coisa. Sussurros se espalharam em locais de culto. Apostas foram feitas. Cavaleiros foram enviados a terras distantes.

Quando Patoleezal soube da notícia, seu sorriso elástico murchou.

— Ele foi *aonde*? Está fazendo o *quê*? — Patoleezal cerrou o punho em volta da carta. — Será que esse menino não pensa em ninguém além dele mesmo? O que vai ser de mim se o rei morrer na batalha? Homens mortos não precisam de conselheiros!

O rei Ctibor já estava se preparando para dormir quando um criado bateu à sua porta.

— Sua Majestade, recebemos uma carta. O rei de Yaroslav desafiou o Senhor dos Krootymoosh para um duelo na Ilha Mlok.

Ctibor deixou a touca de dormir cair.

— O que ele ganha fazendo isso? Será que não ouviu as histórias? É o rei de Vodnislav que deveria banir os monstros de armadura!

Escolhendo com cuidado as palavras que iria usar, o criado falou:

— Acho que ele pode estar tentando acabar com os ataques dos krootymoosh.

— Bobagem — gritou Ctibor. — Ele está tentando me fazer passar vergonha. É isso que ele quer. Está roubando a minha glória! Está de

Para além das montanhas

olho no meu trono! — Mas o rei Ctibor se acalmou. Talvez houvesse uma saída... — Esse aí é o mesmo menino que fugiu da minha prisão? Aquele com as meninas e a gata?

— A descrição é bem parecida — disse o criado.

— Excelente — respondeu Ctibor. — Pegue a minha pena. Vou escrever para ele agora mesmo.

Enquanto isso, em Valkahá, as cinco rainhas estavam sentadas em seus tronos frios de prata, com seus pensamentos frios de prata. Anneshka estava entre elas, fazendo de tudo para ficar quieta.

Ela não era mais a princesa Pavla. Isso era coisa do passado. Após se livrar do corpo da rainha Svitla, Anneshka vestira as roupas dela — tiara, peitoral, joias e vestido. Era uma sorte que a rainha usasse uma redinha na face, pois assim ninguém poderia ver o verdadeiro rosto de Anneshka por trás do véu de pérolas.

Enquanto ela estava ali sentada, esforçando-se ao máximo para se passar por rainha, Surovetz entrou às pressas no salão. Estava com três cortes vermelhos no rosto, como se tivesse sido atacado por um gato monstruoso.

— O menino-rei me desafiou para um duelo — declarou. — Uma luta até o primeiro derramamento de sangue. A cidade inteira está falando disso!

Anneshka não se mexeu, mas um músculo do pescoço ficou tenso. O menino-rei de Yaroslav. Era o herdeiro de Drakomor. O que será que ele estava fazendo daquele lado das montanhas?

— Por que o menino quer um duelo? — perguntou a rainha Yeeskra.

— Ele acredita que os krootymoosh sequestraram alguns de seus amigos. — Surovetz parecia esperar uma risada. Foi saudado por um silêncio impassível.

— Os krootymoosh deveriam ser lendas, não homens com quem se pode lutar no campo de batalha. — Quem falou foi a rainha Blipla, sempre prudente.

Anneshka queria concordar. Já tinha tentado mandar matar Miroslav uma vez e as coisas não acabaram muito bem...

Surovetz encarou as rainhas.

— Eu não posso recusar, a notícia já se espalhou! Tem gente viajando de muito longe. O duelo vai acontecer na Ilha Mlok, não muito longe de Vodnislav. Seria uma vergonha se eu não aparecesse... Daria a impressão de que fiquei com medo.

— Que se exploda a sua honra — gritou a rainha Zlata. — Ninguém sabe que é você!

— Querem mesmo que os krootymoosh pareçam covardes? — disse Surovetz. — Se o povo das Terras Baixas parar de temê-los, talvez comece a reagir.

Aquele argumento conseguiu fazer com que as rainhas dessem mais atenção ao assunto. Anneshka fez o melhor que pôde para participar, mas não estava com um bom pressentimento.

— Você tem razão — disse a rainha Yeeskra. — É muito melhor acabar com a esperança deles. Mostrar ao povo das Terras Baixas o que acontece quando se desafia os krootymoosh. Deixe que vejam como a história de verdade termina.

— Como assim? — perguntou a rainha Flumkra, sempre a última a entender. — É só um duelo ao primeiro sangue. Vai acabar quando o menino sofrer um arranhão.

Surovetz parecia perfurar o véu de Anneshka com os olhos. Sabia que era ela ali por trás. Afinal de contas, fora ele quem matara a rainha Svitla — fora ele quem ajudara na transformação de Anneshka.

— Às vezes — disse Surovetz com um sorriso maligno —, o primeiro sangue jorra bastante.

CAPÍTULO 83

A proprietária da Pousada do Pátio entrou de supetão no quarto das crianças.

— Tem um homem no pátio. Diz que tem uma mensagem para o rei Miroslav. Isso é algum tipo de nome artístico?

Miro sentou-se na cama, com a visão meio encoberta pelo próprio cabelo. O menino calçou as botas e passou correndo pela mulher, desceu as escadas e chegou ao pátio.

O mensageiro fez uma reverência e entregou um pergaminho a Miro:

Caro rei Miroslav,

Minha irmã foi levada pelos krootymoosh. Não sei se ela ainda está viva, mas espero que você vença a batalha. Espero que corte a cabeça do krootymoosh. Aqui está uma flor prensada para dar sorte.

Atenciosamente,

Milena

Miro sentiu o sangue subir ao rosto. Dobrou o pergaminho ao meio.

No dia seguinte, mais cartas chegaram. Elas vinham do povo das Terras Baixas: pastores, barqueiros e pescadores gratos. Havia cartas de agradecimento e de encorajamento. As pessoas pareciam achar que Miro era um bom rei. Ele esperava não as decepcionar.

O rei Ctibor enviou uma das cartas. Miro notou pelo lacre de cera especial. Abriu o envelope e olhou o conteúdo.

O relógio de estrelas

Caro Miroslav, herdeiro de Vadik, o Valente,

Você puxou mesmo seu pai! Afinal, o que poderia ser mais valente do que um duelo contra os krootymoosh?

Por favor, aceite minhas desculpas pelo mal-entendido que ocorreu durante a sua visita. Em tempos difíceis como este, nós, reis, precisamos nos unir.

Eu gostaria de me redimir. Você deve permanecer comigo durante o duelo e as festividades vindouras. Meu castelo, meus skrets e meus criados estarão à sua disposição.

Tenho certeza de que seu pai ficaria emocionado ao imaginar o filho e o velho amigo, Ctibor, lutando lado a lado. Sempre considerei você um aliado, por quem nutro o mesmo carinho que teria por um filho.

Mandarei preparar os aposentos de hóspedes para a sua chegada.

Cordialmente,

Rei Ctibor,

Protetor do Reino das Terras Baixas,

Senhor dos Três Rios,

Comandante do Grande Dragão das Águas

De volta à Pousada do Pátio, Miro mostrou a carta às amigas.

— Por que o rei Ctibor está falando desse jeito? — perguntou Perla.

— Porque ele precisa — disse Miro. — É assim que os reis escrevem.

— "Lutando lado a lado" — murmurou Imogen. — Não é ele que vai enfrentar uma luta.

— Achei uma bela carta — disse Miro. Ele queria que Imogen e Perla parassem de criticar e se concentrassem em ficar impressionadas. Ele tinha feito as pazes com o rei Ctibor. Os dois eram aliados. Aquilo não era suficiente? — Enfim — continuou —, prefiro muito mais ficar no Castelo Vodnislav do que numa estalagem ensopada. Eu vou precisar dormir bem antes do duelo.

— Mas Ctibor queria nos executar! — exclamou Imogen.

— Bom... é evidente que ele mudou de ideia. Ctibor odeia os krootymoosh. Ele está do nosso lado. — Miro enfiou a carta no bolso de cima, para que ficasse perto do coração. — Não sei se já falei isso antes, mas ele era amigo do meu pai.

CAPÍTULO 84

Imogen e Perla estavam sentadas do lado de fora da Pousada do Pátio estudando o mapa dos krootymoosh, quando ouviram o barulho de cascos. Konya se pôs de pé assim que uma carruagem surgiu.

Não era tão chique quanto as carruagens de Valkahá. Parecia um depósito sobre rodas, mas era puxado por quatro cavalos fortes e tripulado por dois skrets que usavam cota de malha.

Imogen recuou assim que a carruagem parou bem na frente da pousada.

— Viemos buscar a criança humana — falou o skret com um elmo em forma de baiacu e a voz esganiçada. — Qual de vocês seria?

Imogen ficou em silêncio, atordoada. Não conseguia tirar os olhos das garras que despontavam dos sapatos de ferro.

— É aquela ali — exclamou o outro skret, apontando para Perla.

— Tem certeza? — disse o companheiro.

— Sei lá. Elas são todas iguais. Faz diferença qual delas a gente pega?

Perla e Imogen trocaram olhares.

O primeiro skret deu um peteleco no elmo do outro e a peça retiniu feito um sino.

— É claro que faz, seu trouxa desdentado! A gente precisa levar o paladino do rei Ctibor até ele! Não um filhote de humano qualquer.

Imogen estava prestes a intervir quando Miro saiu correndo da pousada.

— Desculpem o atraso — exclamou ele para os skrets. Estava com um alforje pendurado no ombro e o relógio de estrelas debaixo do bra-

Para além das montanhas

ço. As meninas tinham concordado que ele deveria levar o relógio. Afinal de contas, o objeto pertencia a ele.

O skret virou o elmo de baiacu para trás para que pudesse ver melhor o menino.

— Como é que a gente vai saber que você é o humano certo?

— Por que ele mentiria para a gente? — questionou o outro skret.

— Estamos levando ele para enfrentar o krootymoosh, não oferecendo uma taça de vinho preto.

O skret com o elmo de baiacu deu de ombros.

— Tudo bem — concordou. — Pode embarcar.

As duas meninas abriram caminho enquanto Miro subia na carruagem. Imogen não queria que ele fosse sozinho. Perla devia estar pensando a mesma coisa, porque, antes que fechassem a porta, gritou:

— Leva Konya com você!

Miro pareceu surpreso.

— Konya não deveria proteger você?

Mas Konya não era simplesmente uma guarda-costas. Perla e a snĕehoolark estavam mais para melhores amigas, unidas por laços invisíveis.

— Neste momento você precisa de mais proteção do que eu — disse Perla. — E até os reis precisam de companheiros.

Perla acariciou a parte macia debaixo do queixo de Konya. A gata-loba soltou um ronronado sísmico. Em seguida, Perla a encorajou a entrar na carruagem. Konya espiou pela janelinha, confusa.

— Preciso que você tome conta do meu amigo — disse Perla. Konya miou baixinho.

O rosto de Miro surgiu na outra janela da carruagem. Ele não se parecia muito com o menino que Imogen tinha encontrado na mansão de Patoleezal — aquele que pensava que o mundo era um lugar terrível. Sua pele tinha adquirido um tom marrom-avelã depois dos longos dias cavalgando sob o sol. O cabelo cacheado quase lhe cobria os olhos.

Imogen sentiu um aperto no peito. Um leve puxão. Uma dor. Talvez ela também tivesse um laço invisível que a unia às pessoas que amava.

321

O relógio de estrelas

— Tem certeza de que é uma boa ideia? — perguntou a Miro. — Tem certeza de que você não vai se machucar?

O menino-rei levou a mão à janela da carruagem, pressionando a palma contra o vidro. Imogen ergueu a mão para encontrar a do amigo. Eles passariam apenas alguns dias longe um do outro... Mas Imogen estava triste, como se fossem se separar por um tempão.

Com um estalo de chicote, a carruagem começou a se movimentar. Imogen e Perla recuaram um passo. O rosto de Konya ainda estava na janela. Ela inclinou a cabeça para trás e uivou.

Imogen sentiu algo dentro de si reagir e, por um instante, ficou sufocada demais para dizer qualquer coisa. Aquele laço invisível se estreitou.

— Espero que Miro saiba o que está fazendo — comentou Perla. As lágrimas brilhavam nos olhos dela.

Então a carruagem dobrou a esquina e desapareceu pelas ruas movimentadas de Valkahá.

CAPÍTULO 85

Miro não foi o único a viajar para Vodnislav. Muitos foram atraídos pelo duelo. Os espectadores vinham dos Campos Alagados, ansiosos para verem uma novidade. Skrets chegaram do norte; slipskins, do sul; e uma bruxa, mais velha do que parecia, deu meia-volta e caminhou com os demais.

Mas a maioria dos recém-chegados a Vodnislav vinha das cidades vizinhas. Eles viajaram de barco ou a pé. Foram as crianças deles que tinham sido roubadas pelos krootymoosh: irmãos, irmãs, filhas e filhos. Eram o povo das Terras Baixas e vieram para ver a justiça ser feita.

Anneshka atravessou as Terras Secas numa carruagem banhada a prata. Cada rainha tinha uma, mas Anneshka não estava sozinha. Surovetz viajava de frente para ela.

— Você imita bem a rainha Svitla — comentou ele enquanto a carruagem chacoalhava pelo caminho. — Continue assim e talvez se transforme nela. Imagina só: você vai dormir como Anneshka e acordar com a cara da velha rainha.

Ela estremeceu. Não apreciava a ideia.

— É mais provável que você acorde como um krootymoosh — murmurou, mas o sorriso de Surovetz só se alargou.

A paisagem foi ficando mais verde. A superfície lunar deu lugar às colinas.

— Você não deveria estar tão tranquilo em relação ao duelo — disse Anneshka. — Eu conheço Miroslav Krishnov. Ele nunca morre quando deveria.

O relógio de estrelas

— Fico comovido com a sua preocupação — respondeu Surovetz. — Mas todos nós sabemos como essa luta vai terminar. Vou esparramar o cérebro desse menino pela ilha.

Anneshka fechou as cortinas da carruagem.

— Estou lhe dizendo, ele está aprontando alguma coisa. — Primeiro ela tirou a tiara. Depois, os anéis. Eles eram compridos, com juntas articuladas… que troço desconfortável. — Estou cansada dessa fantasia — murmurou. — Não vou ficar me escondendo nela para sempre.

— Que escolha você tem? — disse Surovetz com uma risada. — Está acorrentada à sua máscara, assim como eu.

— Não estou acorrentada a nada — vociferou Anneshka. — Eu sou a rainha de Valkahá!

— É *uma* das rainhas — corrigiu Surovetz. Anneshka fechou a cara. Queria enfiar uma faca no rosto dele.

— Por que você está na minha carruagem? — ela exigiu saber. — Não deveria estar viajando com seus homens? Ou seja lá o que você faz quando não está vestido de monstro?

Surovetz inclinou-se para a frente.

— Eu e você temos um acordo — disse ele. — Eu te ajudo a virar rainha, você me deixa rico. — Os olhos dele brilharam na luz fraca e Anneshka sentiu uma vontade súbita de abrir as cortinas. — Agora trate de se sentar aí com as suas joias chiques — prosseguiu Surovetz. — Cadê a minha parcela de prata? Cadê a minha parte da riqueza? Nós, krootymoosh, não somos famosos pela nossa paciência.

— É como você disse — rebateu Anneshka. — Sou apenas *uma* das rainhas. Você receberá o seu pagamento quando eu for a última governante viva. Só tome cuidado para não morrer antes disso.

A carruagem seguiu em frente.

CAPÍTULO 86

Imogen e Perla entraram na oficina de Yemni. O joalheiro tinha limpado o vidro quebrado e a loja estava em ordem de novo. Pedras preciosas reluziam nas prateleiras.

Yemni martelava uma peça de prata. Ele ergueu o olhar quando ouviu a porta, como se esperasse um cliente. Ficou decepcionado quando viu que era Imogen.

— Não há mais nada que eu possa fazer — resmungou ele. — O que quer que você peça, a resposta é não.

— Bom te ver também — disse Imogen. — Essa é a minha amiga Perla.

Yemni respondeu com um aceno de cabeça e voltou ao trabalho. O martelo fez *ting, ting, ting.*

— É melhor irmos embora — sussurrou Perla. — Ele obviamente não quer ajudar.

Mas Imogen não ia sair.

— Nós vamos entrar nas minas — declarou ela. — Para resgatar as crianças... minha irmã, o irmão de Perla, todas elas.

Yemni parou com o martelo na mão.

— Não podem fazer isso. Não é seguro... Vocês são apenas crianças.

— Já *tem* crianças lá embaixo — rebateu Imogen. — Nós vamos libertá-las.

A mente da menina invocou imagens da irmã sentada no chão com o caderninho de desenhos, cantarolando enquanto coloria alguma coisa. Imogen não suportava a ideia de Marie mantida em cativeiro no subterrâneo.

Yemni soltou o martelo e esfregou as mãos no rosto.

— Olha. Sei que é difícil, mas existem algumas coisas que vocês não entendem. Sem as minas, não haveria prata. Sem a prata, não haveria comércio. Não se pode ter uma cidade sem comércio... é assim que o mundo funciona.

Imogen passou os olhos pela oficina. Absorveu os diademas e as pulseiras, os broches, os alfinetes de capa, as pérolas. Finalmente entendeu.

— Você não quer ajudar — disse ela, arfando.

Yemni suspirou.

— Não foi isso que eu disse.

— Seu irmão é o Senhor dos Krootymoosh. Ele faz as crianças trabalharem nas minas. E você está usando a prata que elas desenterram para fazer joias! Você não quer que as crianças sejam livres!

— Não — exclamou Yemni. — Não é verdade!

Imogen parou. O peito subia e descia depressa. Ela nunca tinha sentido tanta raiva. Yemni fingia ser todo gentil e amigável, mas estava lucrando com aquilo. Dava para sentir a pedra da raiva dentro da caixa torácica. Era dura feito diamante e afiada feito uma faca.

— Se não é verdade, então por que não prova? — disse Perla.

Yemni hesitou.

— O quê?

Perla continuava não gostando de conversar com estranhos, mas aquilo era importante demais para deixar passar. Ela ergueu a voz e olhou diretamente para o joalheiro.

— Se não é verdade, então por que não prova? Viemos pedir a sua ajuda.

Os braços de Yemni tombaram nas laterais do corpo.

— O que exatamente querem que eu faça?

— Venha conosco — gritou Imogen. — Nos mostre onde as crianças estão presas!

Yemni começou a balançar a cabeça. Não foi só uma ou duas vezes. Parecia um daqueles cachorrinhos de carro que sacodem a cabeça sem parar. Só que, no caso, ele só fazia que *não, não, não*.

— Você não ouviu a minha história? — perguntou o joalheiro. Havia um tom de súplica na voz. — Tem monstros nas minas que comem adultos. Eu nunca sairia de lá com vida.

Perla abriu o mapa dos krootymoosh e o segurou para que Yemni pudesse ver.

— Não precisa nos acompanhar — disse a ele. — Basta apontar o lugar certinho no mapa.

Yemni pegou o pergaminho.

— Tudo bem — respondeu ele. — Deixa comigo.

CAPÍTULO 87

Na noite anterior ao duelo, Miro teve um pesadelo. Ele acordou enrolado em lençóis úmidos, sozinho numa cama de dossel. Bom, aquilo não era nenhuma novidade.

Mas ele não estava totalmente sozinho. Konya dormia perto da porta, o relógio de estrelas tiquetaqueava nas proximidades, e aquele não era o castelo em que Miro tinha crescido. Era a fortaleza do rei Ctibor, em Vodnislav.

Os travesseiros dali cheiravam a mofo e havia uma vela ao lado da cama. Ela tinha a forma de uma ninfa do rio, com um corpo humano rechonchudo e uma longa cauda serpenteante.

Miro não ia conseguir voltar a dormir. Não depois de um pesadelo daquele… Tinha sonhado que o próprio tio morto era o Senhor dos Krootymoosh, que era contra Drakomor que teria que lutar.

O pânico que vinha reprimindo com tanto cuidado, esmagando-o até virar uma bolinha dura, explodira em mil pedacinhos. Ele estava rodeado de fragmentos de medo.

Lá estava o medo de perder o duelo, o medo de ser um péssimo rei. *Lá* estava o medo da dor e da morte, e o de falhar com as amigas…

É só um duelo ao primeiro sangue. Mas Miro não queria sangrar.

Konya olhou para ele com os olhos entreabertos, talvez se perguntando por que o menino não estava dormindo.

— Vou lá fora — disse Miro. — Preciso espairecer.

A gata se levantou e arqueou as costas, flexionando as patonas fofas. *Vou com você*, ela pareceu responder. Miro sentiu-se grato por isso.

Para além das montanhas

Havia skrets do lado de fora dos aposentos. Ctibor disse que estavam ali para protegê-lo, mas Miro não pôde deixar de sentir que a verdadeira função deles era impedi-lo de fugir. Em poucas horas a cidade acordaria e o duelo teria início.

— Vou dar uma voltinha — murmurou Miro. Os skrets o encararam com olhos esbugalhados. — Não se preocupem — acrescentou. — Volto antes do amanhecer.

Em pouco tempo, já estava caminhando por Vodnislav a passos largos, e Konya o seguia ao seu lado. Era bom estar fora da fortaleza, sentir o ar fresco na pele. Miro andou em meio a casas e passou por um rio. Não sabia qual rio era aquele, não tinha um plano, só sabia que precisava movimentar o corpo se quisesse afastar o medo da cabeça.

Ele puxou um pergaminho do bolso. Era uma carta com a caligrafia de Patoleezal.

Caro Miroslav,

Os guardas andam procurando você, mas jamais imaginaríamos para onde tinha ido…

Além das montanhas. Você perdeu o juízo?

Não leve esse duelo adiante. Yaroslav ficaria perdida sem a Família Real. Eu ficaria perdido sem você também.

Miro conseguia visualizar Patoleezal dizendo aquela frase. Ele devia estar com um sorriso bem largo no rosto.

Eu até iria vê-lo pessoalmente, mas precisam de mim aqui. É meu dever cuidar do reino na sua ausência.

Nesse meio-tempo, rezo para que você cancele a luta. Não há chance de vitória.

O relógio de estrelas

Seu humilde servo,

Patoleezal Petska,

Conselheiro-Chefe do Rei

Miro jogou a carta na lama. Ele não era uma "Família Real". Era apenas um menino.

As cabanas ribeirinhas estavam escuras, mas algumas lanternas balançavam nos barcos. Konya bebia a água do rio. Miro pegou uma pedrinha e a atirou.

Ele queria que o sol nunca nascesse. Queria que a batalha nunca começasse.

— Não entre em pânico — sussurrou para si mesmo. — É apenas um duelo ao primeiro sangue.

Ele pegou outra pedrinha e a lançou bem acima da cabeça. Ela assobiou no ar e caiu na água. Konya observou a cena com as orelhas retraídas.

Miro se perguntou como Perla e Imogen estariam. Será que os krootymoosh tinham se dispersado das minas? Esperava que as amigas estivessem bem.

Ele pegou uma terceira pedrinha e a jogou na correnteza, mas dessa vez não houve o som de mergulho na água. Talvez tenha caído nos juncos…

Miro examinou o rio lento com os olhos e viu uma certa mão saindo da água com os dedos membranosos fechados ao redor da pedra.

Konya pulou para o lado de Miro quando a cabeça de Odlive emergiu.

CAPÍTULO 88

Odlive veio nadando para mais perto e Miro recuou. As narinas da ninfa se fecharam ao mergulhar na água e se abriram quando ela ergueu a cabeça.

— Isto pertence a você? — perguntou ela, pousando a pedra na margem do rio.

— Não — respondeu Miro. Não queria aborrecer Odlive e pensou que jogar pedrinhas na casa dela podia ser visto como falta de educação.

— Que estranho — comentou Odlive, olhando para a lua crescente. — Deve ter caído lá de cima. — Exibia um olhar travesso e Miro se perguntou o que ela queria.

— Não tenho nenhum peixe terrestre — alertou o menino.

— Não estou aqui para comer — retrucou Odlive. — Estou aqui porque mudei de ideia. Andei de olho em você e nas suas amigas... Você não é como os outros reis.

Miro fechou a cara. Ele não estava tentando ser diferente. Na verdade, tentava ser igualzinho ao pai.

— Eu vi você escapar do rei Ctibor — continuou ela. — Não pensei que fosse sobreviver. — Dava para ver a cauda dela rastejando de um lado para o outro por baixo da água turva. — Agora fico sabendo do duelo com o krootymoosh, e você volta para o lugar de onde fugiu. Eu não esperava tanta coragem... Não sabia que os reis podiam ser bons.

Konya rosnou e Miro estava propenso a lhe dar razão. Não confiava nem um pouco em Odlive. Talvez ela tentasse convencê-lo a fugir. Talvez tentasse afogá-lo.

O relógio de estrelas

— O que você quer? — perguntou ele.

Lá do outro lado do rio, um pescador noturno puxava sua linha. Um peixe se debatia contra a lateral do barco.

— Isso é nadar contra a corrente — disse Odlive —, mas decidi te dar um conselho.

— Não preciso do seu conselho — retrucou Miro.

A ninfa do rio pegou uma mosca com a língua.

— Os reis precisam de conselhos mais do que ninguém — disse ela, engolindo o inseto de uma só vez.

Ouviu-se um baque lá do barco do pescador e o peixe parou de se debater.

— Eu sei de coisas que você não sabe — cantarolou Odlive.

Se Miro quisesse ir embora, aquele seria um bom momento. Mas talvez Odlive tivesse razão. Talvez ele precisasse mesmo de uma ajudinha. Talvez todo mundo precisasse, de vez em quando…

— Sou todo ouvidos — disse ele.

A ninfa sorriu com seus dentinhos afiados.

— O Dragão das Águas vem se você chamar.

— Dragão das Águas? — gritou Miro. — Ele existe?

— É claro — disse a ninfa do rio.

— Sabia! — exclamou Miro. — Mas o Dragão das Águas só vem para o rei das Terras Baixas. É o Ctibor. Não eu.

Odlive jogou a cabeça para trás e riu.

— Aquele velhote bolorento? Ele não reconheceria um Dragão das Águas nem se chegasse e se sentasse no colo dele.

— Como assim? — Miro estava intrigado.

— Qualquer um pode invocar o dragão — falou Odlive. — Só precisa saber como.

Miro ouvia atentamente.

— Amanhã, quando estiver duelando com o monstro, lembre-se de derramar seu sangue no rio.

— Se basta apenas isso, posso cortar minha mão agora — disse Miro, sacando a faca.

Para além das montanhas

— Não — exclamou a ninfa. — Agora não. Deve ser feito do jeito certo. Seu sangue deve se misturar ao do seu inimigo. Vocês dois precisam sangrar.

Miro embainhou a faca.

— Você quer que eu pegue o sangue do Senhor dos Krootymoosh?

— Em nenhum momento eu disse que seria fácil — murmurou Odlive. Ela estava nadando para longe da margem. — Só disse que te aconselharia.

E, assim, Odlive deslizou para baixo d'água, deixando um mini-redemoinho para trás.

CAPÍTULO 89

Miro e Konya atravessaram o castelo iluminado pelas estrelas. Estavam voltando aos aposentos deles, mas a sněehoolark parou na sala do trono. Deve ter sentido que não estavam sozinhos.

— O que houve? — perguntou uma voz. — Não está conseguindo dormir?

Miro congelou. O rei das Terras Baixas estava sentado no trono. Por que estava esperando no escuro?

— Imagino que você pense que o Dragão das Águas vai te salvar — disse Ctibor.

Será que ele tinha seguido Miro pela cidade? Será que ouvira a conversa com a ninfa?

Miro não disse nada. Queria ser amigo do velho aliado do pai, mas alguma coisa no tom de Ctibor o incomodava.

— Você já deve ter ouvido as histórias do rei que salva o próprio reino dos krootymoosh — prosseguiu Ctibor. — Aposto que se imagina como um herói brandindo a espada. Aposto que é por isso que declarou o duelo. Vamos lá, me diga que estou errado.

Miro não podia contar a verdade a Ctibor: que havia um resgate em curso nas minas, que os krootymoosh precisavam ser afastados, que as cinco rainhas precisavam ter a atenção desviada.

Ctibor deu uma risada sem parecer feliz.

— Vou lhe dizer uma coisa — falou ele. — Não existem heróis. Não de verdade. Assim como não existe Dragão das Águas nenhum.

Miro queria seguir em frente. Queria correr para o quarto e bater a

Para além das montanhas

porta. Mas, em vez disso, ele se viu dizendo:

— Como é que você sabe?

— Vem comigo — disse o rei Ctibor, e então levantou-se do trono.

— Eu nunca mostrei isso a ninguém.

Miro se animou um pouco com aquelas palavras. Ctibor ia lhe mostrar um segredo, um segredo compartilhado apenas entre reis.

Ctibor saiu da sala do trono a passos largos e Miro deu uma corridinha para acompanhá-lo. *Ele deve gostar de mim*, pensou, *deve me ver como um filho*. Não era o que estava escrito na carta?

Konya os seguiu na retaguarda, olhando do menino para o homem.

Ctibor parou perto de uma tapeçaria. A arte exibia um dragão ofuscando o sol. Ele a puxou, revelando uma porta secreta. Então a destrancou e disse:

— Depois de você.

Miro entrou no túnel além da porta. Ali dentro era ainda mais úmido. Ctibor pegou uma tocha da parede e os dois reis caminharam lado a lado. Konya os seguiu de cabeça baixa.

O túnel deu lugar a uma grande câmara. Era sombria, sem nenhuma janela. Enquanto Ctibor acendia as tochas, Miro viu a silhueta de um monstro que tinha o focinho comprido e a cauda pontiaguda. Ele pairava sobre um lago escuro.

— Contemple o Grande Dragão das Águas — anunciou Ctibor. Mas o monstro não se mexeu. Miro encarou seu contorno, boquiaberto. A fera estava suspensa no ar por correntes.

O rei Ctibor analisou o rosto de Miro antes de prosseguir:

— O dragão morreu faz muito tempo... muitos anos antes do meu nascimento. Essa *coisa* é a minha única herança: um brutamontes empalhado com olhos de vidro.

— Não estou entendendo — disse Miro, sentindo a energia se esvair.

— São as histórias que protegem o meu reino — comentou Ctibor.

— As pessoas acreditam que o dragão existe. É por isso que ninguém nos invade... é por isso que ainda vivemos em paz.

Mas vocês estão sendo invadidos, pensou Miro. *Ou você se esqueceu dos ataques dos krootymoosh?*

Konya andou até a beirada do lago e encarou o monstro empalhado. O rabo dela ficou reto feito um espanador, e as orelhas se contraíram em sinal de alerta.

Ctibor indicou a snĕehoolark com a cabeça.

— Que bom que você trouxe a gata. Kazimira está animadíssima. Prometi que poderia ficar com ela… caso você não volte do duelo.

— É apenas um duelo ao primeiro sangue — rebateu Miro. *Não existe Dragão das Águas nenhum*, pensou, desesperado. *Odlive estava redondamente enganada.*

— Enfim — disse Ctibor com um suspiro. — Pensei que você deveria ver a verdade antes de ir para a batalha. Não queria que tentasse bancar o herói; achei melhor que soubesse.

Ele falava com um sorriso no rosto. E foi então que Miro percebeu. Ctibor não o amava. Não o via como um filho. Para Ctibor, ele era apenas o filho de outro homem, mais um corpo para os krootymoosh tomarem.

— Por que você não mencionou isso antes? — perguntou Miro.

O rei Ctibor já estava dando meia-volta para ir embora.

— Não sei, Miroslav — disse ele, dando de ombros. — Devo ter esquecido.

CAPÍTULO 90

Se alguém virasse Valkahá de ponta-cabeça, o formato continuaria o mesmo: como uma árvore cujas raízes se tornavam galhos. Pois havia uma cidade por cima e outra por baixo.

Toda aquela pedra foi extraída do chão. Toda aquela prata foi fundida a partir das rochas. Não se pode construir o maior reino sem destruir outra coisa.

Na parte de cima havia torres. Na parte de baixo, poços. Na parte de cima havia ruas onde as crianças brincavam. Na parte de baixo, túneis onde crianças trabalhavam no escuro.

Imogen estava empoleirada entre os dois mundos, sentada na beira de um poço. Atrás dela havia um arbusto pontudo. Suas pernas balançavam no buraco.

— Tem certeza de que este é o lugar certo? — perguntou.

— Acho que sim — disse Perla.

Ela estava sentada ao lado de Imogen com o mapa dos krootymoosh enfiado no cinto. Perla permaneceu bem paradinha, como se tentasse se misturar ao ambiente. Já Imogen era o oposto. Cada pedacinho dela queria se mexer. Foi dominada por uma energia nervosa.

Yemni estava atrás delas.

— Vou ficar esperando aqui — avisou, olhando por cima do ombro. — Talvez vocês precisem de ajuda na volta.

Perla chegou mais perto da borda do buraco. Sua expressão era impassível feito uma máscara, mas, ao olhar para Imogen, um lampejo de medo percorreu o rosto dela.

Perla fica diferente sem Konya, pensou Imogen. *Como uma frase sem ponto-final.*

— Está tudo bem — sussurrou Imogen. — Estarei logo atrás de você.

Perla fez que sim, aceitando a promessa, depois escorregou para dentro do buraco. Imogen contou os segundos, de modo a dar a Perla um pouco de tempo para sair do caminho.

Então, ela se deixou deslizar para as sombras.

A pedra sibilou debaixo da meia-calça.

A escuridão devorou a luz.

Imogen estava caindo, caindo...

Derrapando até parar.

Fazia mais frio ali embaixo, na caverna subterrânea.

— Tudo bem aí? — gritou Yemni. Dava para ver o rosto dele, pequeno e bem distante, pelo buraco.

— Sim — respondeu Perla. — Estamos bem.

— Que bom — disse Yemni. — Vou ficar aqui esperando. Tomem cuidado aí embaixo.

Imogen se levantou. Quando os olhos dela se ajustaram ao escuro, viu os krootymoosh. Eram fileiras e mais fileiras de monstros. Por mais que a menina tivesse sido avisada, por mais que soubesse que eles não eram de verdade, o medo percorreu sua espinha.

Ouviram-se vozes do outro lado da caverna. Imogen e Perla recuaram quando três homens apareceram. Eles estavam bem-vestidos, com longas capas vermelhas.

— Não é justo — disse um dos homens. — Por que não posso ir? Eu passo o dobro do tempo que os demais aqui no subsolo.

— Para de reclamar — falou o outro. — Não estamos perdendo muita coisa. Surovetz vai quebrar o pescoço do menino. Vai acabar antes mesmo de começar.

Estavam falando do duelo. Imogen não se atreveu a respirar. Ela pressionou o corpo contra a parede da caverna, mas os homens nem chegaram a olhar na direção dela. Era evidente que estavam acostumados a ficar sozinhos.

Para além das montanhas

— Ouvi dizer que o menino anda bebendo leite de buvol — comentou o terceiro homem, e então começou a se despir. — Ele pode ser mais forte do que parece.

— Aposto que vai ter uma festança. Aposto que vai ter música e vinho e porco assado. Enquanto isso, estamos presos aqui embaixo, tomando conta dessas minas idiotas.

Os homens estavam só de cueca, e as roupas foram empilhadas no chão. Cada um deles pegou uma fantasia de krootymoosh e vestiu os trajes peludos. Em seguida, colocaram as patas com garras e os elmos pontiagudos, ajustando a armadura no peito.

A transformação estava completa. Havia três krootymoosh na escuridão. Perla estava ofegante. Imogen estendeu a mão para a amiga. *Está tudo bem*, ela queria dizer. *Não vamos ficar muito tempo aqui.*

Os krootymoosh saíram da caverna pisando firme.

CAPÍTULO 91

Imogen e Perla escolheram a menor fantasia de krootymoosh que conseguiram achar e a tiraram do suporte.

— Você acha que vai dar certo? — perguntou Perla.

— Não sei — disse Imogen. — Mas precisamos tentar.

Ela pegou o elmo. Um rosto metálico e desdenhoso a encarou, com dentes afixados no aço e buracos feitos para os olhos. Imogen enfiou o dedo em um dos buracos.

— Já não parece mais tão assustador...

Perla estalou os dedos e uma luz azul surgiu. Vinha de uma mosca minúscula. Imogen quase deixou o elmo cair por conta do choque.

— Como foi que você fez isso?

— São vaga-lumes — respondeu a amiga com um sorriso. — Eles acendem com sons de estalo... Não me pergunte por quê. São tão desconhecidos para mim quanto para você.

Imogen estalou os dedos. Como era de se esperar, outro vaga-lume se acendeu. Ele flutuava como um grão de poeira. Ela queria observar aquele inseto mais de perto, entender o seu funcionamento, mas não havia tempo para esse tipo de coisa. Imogen e Perla estavam numa missão: precisavam invadir as minas.

Perla estendeu o mapa contra a luz dos vaga-lumes. Depois de um instante de hesitação, ela deu a volta. Havia uma passagem estreita na lateral da caverna.

— Acho que é por aqui — disse ela.

Imogen a seguiu, carregando a fantasia de krootymoosh com os dois braços. Ela decidiu não levar as ombreiras de metal. Eram pesadas, e aqueles espetos eram afiados.

A passagem que as meninas escolheram era uma linha em um sistema de fendas que se espalhava pela rocha feito veias. Perla foi abrindo caminho devagar, contando cada fissura por onde passavam — bifurcação após bifurcação, curva após curva.

— Da última vez, este lugar estava abarrotado de krootymoosh — comentou ela, baixinho. — A estratégia de Miro parece ter dado certo.

Feixes de luz do sol passavam por buracos no teto. De tempos em tempos, uma abelha aparecia ali embaixo. Imogen passou alguns segundos observando uma delas enquanto lutava com a fantasia monstruosa. Tinha acabado de encontrar uma posição melhor para carregá-la quando Perla levantou a mão.

Elas estavam na beirada de uma grande caverna. Havia um krootymoosh parado do outro lado, vigiando um par de portas semicirculares.

— Acho que é a entrada para as minas — sussurrou Perla, conferindo a posição delas no mapa.

A menina se escondeu atrás de uma pedra e Imogen fez o mesmo.

— Ótimo — respondeu, embora estivesse com o estômago embrulhado de nervoso. Se elas fossem pegas, perderiam tudo: toda a esperança de resgatar os irmãos, toda a esperança de voltar para casa.

A máscara de calma que Perla ostentava estava escorregando e o pavor brilhou nos olhos dela.

— Você consegue — disse Imogen. — Por Tomil. Por Luki.

Perla fez que sim e fechou os olhos. Estava apoiada na pedra como se aquilo fosse tudo que existisse entre a vida e a morte.

Imogen vestiu a fantasia de krootymoosh. O plano era Perla se sentar nos ombros dela, tipo um cavalo de pantomima, só que com as duas crianças representando a parte de cima e de baixo, e não a da frente e a de trás.

A fantasia estava imunda, como um macacão que nunca tinha sido lavado. Fedia a suor e queijo velhos.

Eca, pensou Imogen. *Que fedor. Espero que não grude em mim.* Ela parou. E as ações dos krootymoosh? Será que as ações ruins também grudavam?

Imogen afastou aquele pensamento e calçou as botas peludas. Eram grandes demais, então as meninas tiraram as meias-calças e as enfiaram em volta dos pés de Imogen. Em pouco tempo, ela tinha se transformado num krootymoosh. Ou, melhor dizendo, na parte de baixo do monstro.

Agora era a vez de Perla. Ela era pequena e leve para a idade que tinha, então era melhor que ficasse na parte de cima. Imogen levou o elmo à cabeça da amiga.

— Está enxergando? — perguntou.

A krooty-menina fez que sim.

Era hora de juntar as duas metades. Perla enfiou o mapa no cinto e subiu nos ombros da amiga. Por baixo da fantasia de krootymoosh, Imogen segurou firme os tornozelos de Perla.

Imogen lembrou-se de quando foi roubar ameixas com a irmã. Carregara Marie nas costas e a incentivara a pegar as frutas do vizinho.

— A gente não vai se dar mal? — perguntara Marie.

— Pega logo as frutas — respondera Imogen.

Ela soterrou a lembrança dentro da caverna do seu coração.

Perla abotoou a parte da frente da fantasia de krootymoosh. Deixou um botão aberto para que Imogen pudesse enxergar.

E, então, Imogen deu um passo à frente. *Pé esquerdo. Pé direito.* Era como andar em cima de pernas-de-pau gigantescas. Ela deu a volta na pedra até enxergar as portas da mina.

O guarda krootymoosh virou na direção delas.

— O que você quer? — resmungou.

Perla respondeu com a voz mais grave possível.

— A gente precisa entrar nas minas.

— A gente? — O krootymoosh inclinou a cabeça.

Perla parecia mais pesada a cada passo que Imogen dava.

— Eu — engasgou Perla —, eu preciso entrar.

O relógio de estrelas

— Eu não entraria agora, se fosse você — disse o krootymoosh. — Os yedleek estão de tocaia.

Imogen se perguntou o que aquilo significava... talvez fosse um tipo de gíria.

— São ordens de Surovetz — soltou Perla.

E aquelas foram as palavras mágicas. O krootymoosh destrancou as portas em forma de meia-lua. Imogen sentiu uma lufada de ar frio. *Pé esquerdo. Pé direito.* As pernas tremiam. O rosto estava ardendo. A terra vibrou quando as portas se fecharam com um estrondo. Fim de papo. Elas estavam dentro das minas.

CAPÍTULO 92

Perla largou o elmo de krootymoosh com o máximo de delicadeza possível. Ele caiu no chão com um estampido. Depois, desceu das costas da amiga. Por um instante, as duas ficaram presas dentro da fantasia, lutando para se desvencilhar.

— Ai — sibilou Imogen. — Era a minha testa.

— Desculpa — sussurrou Perla. — Cadê os botões?

Ela deve ter encontrado, porque saiu rastejando pela barriga do krootymoosh. Imogen tirou as botas com garras aos chutes e a seguiu, sacudindo-se até se libertar.

As meninas estavam num túnel comprido. As paredes eram de pedra esculpida, o teto era sustentado por vigas. Imogen não gostou de pensar em quantas toneladas de rocha aquelas vigas seguravam.

A única luz vinha de um grupinho de vaga-lumes que pairava perto das portas semicirculares. Mais à frente, o túnel se estendia na escuridão.

— É *aqui* que estão prendendo a minha irmã? — perguntou Imogen. Nem podia imaginar... As minas eram frias, úmidas e escuras. Marie não gostava de nada disso.

Perla tirou o mapa do cinto com os dedos lentos e trêmulos.

— Não sei se consigo... Eu queria... queria que Konya estivesse aqui.

— Você *consegue* — disse Imogen, forçando um tom de certeza na voz. — Já fizemos a parte difícil. Agora basta ler o mapa... e ninguém faz isso melhor do que você.

Perla assentiu, concentrada demais para responder ao elogio. Ela desdobrou o pergaminho e apontou para as linhas mais claras.

O relógio de estrelas

— Estamos no nível superior — murmurou. — Cada azul *de fato* representa um nível diferente, como eu havia imaginado, mas, como estamos no subterrâneo, eles seguem a direção oposta. Quanto mais a gente desce, mais escura a tinta fica.

Perla localizou a cruz que Yemni tinha desenhado à mão. Era ali que as crianças sequestradas ficavam presas, bem nas entranhas das minas. A tinta perto da cruz era de um azul meia-noite brilhante.

As meninas seguiram túnel adentro. Imogen estalou os dedos e um vaga-lume se acendeu. Eles pareciam viver nas fendas das rochas. Suas luzes diminuíram quando as meninas entraram.

O ar suspirava pela extensão do túnel, como se as minas tentassem respirar. E, assim, vieram os monstrinhos da preocupação de Imogen. *Você não vai sair viva daqui...*

Quantos monstrinhos havia? Pareciam milhares.

Perla parou para estudar o mapa. Aquela parte do túnel parecia igual ao lugar por onde tinham começado. Podiam ter andado cinco quilômetros ou cinco metros.

— Por quanto tempo vamos continuar? — perguntou Imogen, ansiosa para falar mais alto que os próprios medos.

— Não sei — respondeu Perla. — O mapa não está em escala real, mas deve ter outra curva em breve.

Imogen notou uma passagem que se bifurcava à direita. Tinha teto baixo e o chão inclinado.

— Tipo aquela ali? — perguntou Imogen, apontando.

— Isso — disse Perla, e então andou na frente. Imogen foi atrás dela, sempre se apoiando na parede. Do jeito que o chão era íngreme, seria fácil escorregar.

Havia um quadrado de luz mais à frente. A luz do sol cortava um poço. Imogen parou embaixo dele, piscando repetidas vezes contra a claridade repentina. Ao olhar para cima, viu um pedacinho de céu. O poço a deixou tonta, então ela contorceu os dedos dos pés. Que coisa esquisita... aquilo só acontecia quando olhava para baixo.

— Imogen — disse Perla —, precisamos seguir em frente.

Imogen saiu de baixo da luz e seguiu a amiga. Cada vez mais fundo. Cada vez mais escuro.

A passagem se juntou a outras rotas e as meninas foram parar na camada central das minas, onde o mapa era azul-cobalto. Alguns dos túneis estavam alagados. Em outros, o teto tinha desabado. Aquelas imagens pareciam um aviso, um lembrete de que o ar e o espaço eram a exceção. A terra poderia se apropriar dos túneis quando bem entendesse.

As meninas desceram uma escada e entraram nos níveis mais baixos das minas. Imogen notou um brilho prateado nas rochas. A princípio, foram apenas alguns pontos. Depois, Perla encontrou um grande veio que corria como um rio cintilante em meio à pedra. Havia cinzéis e martelos no chão.

— A gente deve estar chegando — comentou Perla. Parecia ficar mais confiante a cada passo. Ela conferiu o mapa, seguindo a rota com o dedo. — Acho que estou pegando o jeito.

Já Imogen sentia o contrário. Quanto mais desciam, com mais medo ela ficava, e mais os monstrinhos da preocupação falavam. Ela viu um deles atravessar o túnel feito um rato. *Volte*, sibilou o monstrinho. *Volte se quiser viver.*

Imogen contou as respirações, tentou manter a calma.

Ela não sabia por quanto tempo estavam andando quando Perla parou perto de uma passagem alagada. Imogen estalou os dedos, mas nenhum vaga-lume apareceu. Perla hesitou na beira da água.

— É por ali — sussurrou. — O lugar que o Yemni marcou no mapa... Fica no fim daquele túnel.

PARTE 5

CAPÍTULO 93

Na manhã do duelo, os criados do rei Ctibor ajudaram Miro a se preparar. Pentearam o cabelo dele para trás e limparam o rosto. Prenderam uma armadura de couro no peito dele.

Enquanto eles trabalhavam, Miro parecia estar em transe. Não dormia desde o encontro com o rei Ctibor e o "Dragão das Águas" empalhado. O menino estava nervoso e entorpecido de exaustão.

Havia uma espada presa ao quadril de Miro. Um escudo foi parar na mão dele. Ele saiu cambaleando do castelo, caminhando da escuridão rumo à luz, e as gaivotas ribeirinhas guinchavam lá no alto.

Miro teve a visão parcialmente ofuscada pelo sol. Havia um homem esperando; só dava para ver o seu contorno contra o céu e, por um momento estonteante, Miro achou que era o pai descendo das estrelas...

Mas era apenas outro guarda.

— Sua Alteza — disse ele —, siga-me.

Miro e o homem se afastaram da fortaleza e seguiram em direção à ponte natural. Os guardas skrets se curvaram. O rio corria.

E, então, Miro ouviu um lamento melodioso. O som vinha de trás, de dentro do castelo. Parecia o clímax de uma balada trágica, mas não era um cantor humano...

O guarda olhou de relance para Miro.

— Não é a sua gata?

Miro não respondeu. Não queria pensar em Konya presa nos aposentos dele, arranhando a porta, chorando perto da janela trancada. Ele

351

precisou deixá-la para trás. Não tinha escolha. Talvez em algum momento ela se cansasse.

— Podemos voltar e buscá-la, se quiser — disse o guarda. — Ela pode assistir ao duelo de longe.

Miro teria amado a companhia de Konya. Não queria percorrer aquele caminho sozinho. Mas a snĕehoolark fora treinada para defender as crianças dos krootymoosh. Não havia a menor possibilidade de ela simplesmente se sentar e assistir. Os lamentos voltaram, uma mistura de uivo e miado.

— Não — disse Miro, decidido. — Konya fica.

O guarda levou Miro ao rio Pevnee, onde havia um barco decorado com flâmulas e flores. Fitas desciam do mastro; rosetas tremulavam na proa. A carranca do barco era um dragão com as asas estendidas contra o casco.

Belo conselho o de Odlive, pensou Miro. *O dragão do rei Ctibor é empalhado e esse aí é feito de madeira. Nenhum dos dois virá quando eu chamar.*

Havia quatro skrets e um homem no convés do barco. Se fosse em outra ocasião, Miro teria rido ao ver skrets usando chapéus de aba larga, com fitas amarradas debaixo do queixo. Mas Miro estava assustado demais para rir. Ele foi se arrastando ao longo da prancha em silêncio.

Ainda dava para ouvir o chamado da snĕehoolark, um som longo e triste.

Miro sentiu um nó na garganta.

— Bem-vindo a bordo do *Paladino* — disse um homem que devia ser o capitão. — Mudamos o nome do barco em sua homenagem.

Paladino. Era assim que chamavam Miro agora.

A vela do barco encontrou o vento e o menino-rei segurou o parapeito para não perder o equilíbrio. O convés se movia debaixo dos pés dele conforme a embarcação corria rio acima; as fitas eram arrastadas pela brisa.

Miro dirigiu-se para o navegante mais próximo, um skret de camisa folgada.

— Você acha que esse tal de Dragão das Águas existe? — perguntou ele.

Para além das montanhas

— Ora, acho — disse o skret. — O rei Ctibor mantém a fera no castelo. Todo mundo sabe disso.

Essa não era a resposta que Miro queria ouvir.

Eles navegaram por baixo de uma ponte, mergulhando na escuridão.

— Está com medo? — perguntou uma voz crepitante. Era apenas o skret, mas Miro estremeceu. O nó na garganta pareceu aumentar.

— Claro que não — disse ele. — É apenas um duelo ao primeiro sangue.

O barco emergiu na luz intensa do dia e Miro precisou cobrir o rosto. Vodnislav ficava cada vez menor, suas construções iam recuando, e pessoas se aglomeravam nas margens dos rios.

Elas estavam em cima de carrinhos virados de cabeça para baixo. Enfileiravam-se nos píeres. Havia centenas, talvez até mais: pescadores, fazendeiros e pastores. Alguns faziam silêncio, como se assistissem a um cortejo fúnebre. Outros agitavam bandeiras e vibravam.

Miro sentiu o peso das expectativas das pessoas como um polegar gigante lhe pressionando o peito. *Imagino que esse seja o real significado de ser rei*, pensou ele.

Também havia capas vermelhas em meio à multidão, e Miro sabia o que aquilo queria dizer. Eram krootymoosh sem armaduras e sem trajes peludos, disfarçados à vista de todos. Miro ficou aliviado ao ver que tantos deles tinham vindo. Esperava que as minas estivessem desertas. Esperava que as amigas conseguissem escapar.

Já dava para ver a Ilha Mlok mais à frente, um borrão de terra sem prédios, nem pessoas ou árvores. Era ali que o duelo aconteceria. Miro se sentiu contrair por dentro.

O barco passou por uma barcaça de madeira em cujo convés as rainhas estavam sentadas, com os rostos imóveis e joias refletindo a luz do sol. Uma das rainhas usava uma tiara circular. Outra usava um véu de pérolas. Estavam magníficas, pareciam estátuas vivas. Miro *quase* esqueceu que elas não estavam do lado dele...

Havia um segundo barco ancorado perto da ilha. Ele pertencia ao próprio rei Ctibor. Ele e a filha estavam empoleirados na gávea: um

O relógio de estrelas

barril próximo ao topo do mastro. O vestido de Kazimira era um monte de laços. A capa do rei tremulava ao vento.

Eles também não estavam do lado de Miro. Agora Miro tinha certeza.

O menino se lembrou das palavras de Ochi. *Acha que pode derrotar os krootymoosh e o mundo cairá aos seus pés? Não há nada além de sangue e morte no seu futuro...*

Miro sentiu um aperto ainda maior no estômago. O barco em que estava aproximou-se da Ilha Mlok e o capitão gritou ordens para a tripulação. Os navegantes skrets desceram a prancha.

— Que as estrelas o defendam — disse o capitão a Miro. — Nosso destino está nas suas mãos.

Lá vamos nós, pensou Miro ao pegar o escudo. *Hora de dar orgulho para os meus pais.*

CAPÍTULO 94

Miro estava sozinho na Ilha Mlok, e o coração batia feito um relógio acelerado.

— É apenas um duelo ao primeiro sangue — sussurrou ele, tentando se tranquilizar.

Outro barco se aproximava do outro lado da ilha. O Senhor dos Krootymoosh estava parado na proa — um monstro gigantesco, muito mais alto do que o restante da tripulação. Segurava um porrete na mão.

As pessoas nas margens do rio gritavam e Miro sentia o calor da raiva delas. A raiva também vinha dele, irradiando-se do peito. Ele tentou observar os arredores. Um punhado de juncos. Os escombros de um barco. Mas era impossível se concentrar em qualquer outra coisa. Não conseguia tirar os olhos do inimigo.

O krootymoosh pisou em terra firme e as palavras de Patoleezal nunca pareceram tão verdadeiras. *Não há chance de vitória...*

O rival alongou o pescoço peludo. Depois, brandiu o porrete, girando o pulso para a frente e para trás. Por fim, rodou os ombros poderosos, como se fosse um lutador se aquecendo.

Ele se movia com tanta facilidade. Será que era mesmo uma fantasia? Ou teria como aquele monstro ser autêntico? Talvez existissem krootymoosh de mentira *e* de verdade.

O inimigo de Miro estava usando armadura de metal, com direito a braçadeiras, ombreiras espinhosas e luvas articuladas reluzentes. Cada peça era banhada a prata. Miro sabia de onde aquela prata tinha vindo. Sabia quem a desenterrara.

A armadura que o rei-menino usava era feita de couro. Era leve. Ele conseguia se locomover com facilidade. Mas o krootymoosh estava tão bem protegido...

Trombetas soaram do barco de Ctibor e todos os olhos se voltaram para o rei, que ainda estava sentado na gávea com a filha. Ctibor se levantou e ergueu a mão; a multidão fez silêncio absoluto.

— Povo das Terras Baixas — gritou ele —, sei que vocês estão com raiva. Eu também estou. Nós já perdemos tantas crianças. Sofremos nas mãos desses monstros. — Ele apontou para o Senhor dos Krootymoosh. — Gostaria de agradecer a Miroslav por travar essa batalha em meu nome.

Miro *não* gostou do discurso. Ele não estava lutando pelo rei Ctibor. Estava lutando pelas amigas e pelas crianças nas minas. Estava lutando para ser um bom rei.

— Que as estrelas protejam nosso paladino — concluiu Ctibor.

As trombetas soaram e, ao se virar, Miro viu que o krootymoosh estava partindo para cima dele. Todo o resto pareceu sumir.

O elmo pontudo do monstro abaixou. A batida das patas retumbava no chão.

Os membros de Miro pareciam frouxos, como se ele pudesse desabar a qualquer momento. Em algum lugar distante, as pessoas gritavam seu nome. O Senhor dos Krootymoosh estava quase em cima dele. Miro desviou para a esquerda, arrastando a espada na lama. O porrete do monstro passou de raspão por seu ombro.

O krootymoosh virou-se sobre as patas felpudas.

— Aí está você — disse ele, levantando o porrete.

Miro estava sobrevivendo na base do instinto. Ele ergueu o escudo, recebeu o golpe e a dor ricocheteou no braço.

O menino gritou e largou o escudo. O krootymoosh chutou o objeto para o lado.

— O dragão não vai aparecer para ajudá-lo — rosnou. — Ele não veio quando levamos as crianças das aldeias. Não veio quando invadimos as cidades.

— Eu sei — retrucou Miro. — Eu estava lá.

Pelos buracos do elmo, Miro pensou ter visto o lampejo de uma íris humana. O krootymoosh deu um passo à frente, desfilando todo confiante. Ele balançou o porrete e Miro se abaixou. O porrete cortou o ar acima da cabeça dele.

— O que acha, então? — grunhiu o krootymoosh. — Você pensa que Ctibor vai vir te socorrer? Cá entre nós, eu acho que ele prefere ver você no espeto.

Miro se endireitou e encarou o monstro. Ergueu a espada com um certo esforço, direcionando a ponta para o rosto do inimigo. O krootymoosh tinha quase o dobro do seu tamanho e era pelo menos três vezes mais pesado. Miro queria atacar, mas os pés tinham outras ideias. Não paravam de recuar.

Eles deram duas voltas na ilha assim: krootymoosh avançando, Miro recuando; krootymoosh brandindo o porrete, Miro desviando do golpe.

— Lute comigo — disse o monstro. O suor escurecia o pelo debaixo das axilas, mas os movimentos dele não diminuíram. Miro, por outro lado, não tinha certeza de quanto tempo conseguiria sustentar aquilo.

— Passei meses perseguindo pestinhas que nem você — disse o krootymoosh. — Não pense que vai conseguir escapar.

Miro tropeçou e a espada voou da mão dele, derrapando até ir parar perto da pata do inimigo.

— Vem pegar — sussurrou o monstro. — Prometo que não vou morder.

Uma gaivota ribeirinha observava do alto dos escombros de um navio. As asas do pássaro estavam dobradas para trás. Miro gostaria de ter asas. Se pudesse, voaria para longe…

— Levante-se e lute como um homem — vociferou o monstro.

Mas Miro não estava ali para lutar. Ele se levantou e começou a correr em direção aos escombros do velho barco.

Enquanto o menino-rei duelava com o krootymoosh, Ochi aproveitou a oportunidade. A maioria dos guardas tinha saído do Castelo Vodnislav para assistir à luta.

A bruxa ouvia os uivos da snĕehoolark conforme se aproximava da ponte terrestre do castelo. Ela esperou, sabendo que a gata acabaria se cansando, e, por fim, quando tudo ficou em silêncio, entrou de fininho na fortaleza.

Ela espiou dentro dos aposentos e atravessou os corredores às pressas. Por fim, achou o quarto certo. O relógio de estrelas estava em cima de uma cama, perto de algumas roupas dobradas.

A gata gigante estava dormindo no canto, exausta de tanto uivar. Ochi fez cara feia para a snĕehoolark. Elas já haviam se encontrado antes e a bruxa ainda tinha as cicatrizes para provar.

Ochi esgueirou-se pelo quarto em direção ao relógio, mais grata do que nunca pela própria juventude. Era muito mais fácil andar na ponta dos pés quando assumia a sua forma jovem do que quando o corpo tinha setecentos anos de idade.

O mostrador do relógio estava com novos arranhões e nenhum dos ponteiros se mexia. *Coitadinho*, pensou. *Você não é um brinquedo de criança.*

Ela olhou pelo vitral do quarto. *Lá* estava o rio com a correnteza forte. *Lá* estavam os salgueiros altos.

Os salgueiros acenaram com os galhos para a bruxa da floresta. Foram eles que tinham localizado o relógio. Eles o tinham visto pela janela. Ochi agradeceu com um sussurro.

Em seguida, pegou o relógio com as duas mãos e saiu furtivamente do castelo.

CAPÍTULO 95

Não havia nem uma parte de Imogen que quisesse entrar no túnel alagado. Será que Perla estava certa? Será que o túnel a levaria até Marie?

Mas Perla já estava entrando.

— Vem, Imogen — gritou. — A gente consegue... lembra do que você disse! É por Tomil e por Luki. Pela sua irmã!

A menina respirou fundo e seguiu a amiga, ignorando o choque do frio quando a água respingou nos tornozelos, nas canelas, nos joelhos. O líquido escorria das rochas lá em cima. *Pinga, pinga, pinga; bate, bate, bate.*

E lá, atravessando o ar úmido, vieram os sussurros que Imogen conhecia tão bem... um coro de monstrinhos da preocupação, entoando o nome dela, dizendo que jamais conseguiria sair. Quantos havia? Pareciam milhares. Eles rastejavam pelas paredes feito aranhas.

Imogen começou a cantarolar. Não estava tentando abafar os medos — havia medos demais àquela altura —, mas o som a lembrava do que estava fazendo. Ele a ajudava a ir cada vez mais fundo rumo ao desconhecido. *Pé esquerdo. Pé direito.* Mais para o fundo e mais para o escuro.

Marie sempre gostou de cantarolar.

Imogen via estrelas mais à frente, refletidas na água. Mas aquilo não fazia o menor sentido. Não estava de noite e não havia estrelas no subterrâneo. Talvez seus olhos estivessem lhe pregando peças.

Ela seguiu em frente. A água lhe rodeava os joelhos, as canelas, os pés. O túnel alagado levou as meninas a uma caverna e, a princípio,

Imogen não se impressionou muito. Já tinha visto cavernas o suficiente para durar uma vida inteira.

Mas, quando a visão de Imogen se ajustou, ela percebeu que aquela caverna era diferente. Para início de conversa, era enorme, do tamanho de um campo de futebol. Além disso, continha milhares de vaga-lumes, pontinhos minúsculos de luz azul. Ela estava vendo *eles* quando pensou ter visto estrelas.

Imogen subiu a passagem alagada e pisou em terra firme.

— Bagres me mordam! — Perla arfou ao olhar para a galáxia de insetos. Os vaga-lumes se aglomeravam no teto.

— É uma caverna do cosmos — sussurrou Imogen.

— O que é cosmos?

— Todos os planetas e estrelas — disse Imogen, feliz por Perla ter perguntado. O espaço era a especialidade dela.

Fios de rocha pendiam do teto e montinhos irregulares de pedra erguiam-se do chão. *Estalactites e estalagmites*, pensou Imogen. É assim que se chamam.

Um riacho serpenteava pelo meio da caverna, rodeando as colunas de pedra. Algumas estalagmites tinham o tamanho de postes de luz, enquanto outras não eram maiores do que gnomos de jardim.

Imogen andou alguns passos pela caverna e uma coluna de pedra se mexeu.

Perla quase teve um treco. Imogen soltou um grito esganiçado. As duas crianças passaram um tempão olhando fixamente para a cena. Será que as estalagmites podiam se transformar em humanos?

Mas não foi a estalagmite que tinha se mexido. Havia algo atrás dela. Algo com dedos e cabelo. Era uma criança. Uma menininha.

— Olá? — disse Imogen para a menina atrás da rocha.

Havia uma segunda criança. Um menino alto de cabelo loiro-escuro. Ele envolveu a pedra com os dedos e olhou para Imogen e Perla com curiosidade.

— Recém-chegados — comentou. E então deixou sua voz preencher a caverna: — VENHAM VER OS RECÉM-CHEGADOS!

Outras crianças apareceram. Elas espiavam por trás das estalagmites e piscavam os olhos de dentro de buracos escuros. Uma menina chegou até a sair de fininho de uma poça. Em pouco tempo, a Caverna do Cosmos estava cheia: meninas sujas de terra e meninos privados da luz do sol, crianças com bochechas fundas e cabelos emaranhados.

A menor devia ter uns cinco anos. As mais altas eram adolescentes, ainda em fase de crescimento. Os olhos delas eram muito grandes, as roupas estavam em frangalhos. As bochechas já não tinham mais cor.

— Eu vi as meninas primeiro — disse o menino alto. — Elas vão se juntar ao meu grupo nas Minas Profundas.

— Não — falou uma garota cujas roupas eram pequenas demais. — Você disse que eu podia ficar com os próximos sapatos. Eu quero aqueles. São do meu número! — Ela apontou para as botas de Imogen, as que Branna lhe dera.

Imogen deu alguns passos para trás e quase caiu no túnel alagado por onde tinha acabado de sair. Perla congelou. Seus olhos corriam de uma criança para a outra.

— E as fitas delas? — disse outra menina, que tinha escalado uma estalagmite para ver por cima da multidão. — Eu quero uma fita daquelas.

— Nós não somos reforços — disse Imogen, finalmente achando a própria voz. — Viemos ajudar vocês a fugir daqui.

O menino alto inclinou a cabeça.

— Fugir? É impossível fugir das minas.

Um menininho pálido irrompeu da multidão e se atirou em Perla. Imogen estava a ponto de se interpor entre os dois quando se deu conta de que conhecia o rosto dele. Era Luki.

— Perla! — exclamou ele. — Você também foi sequestrada!

Perla retribuiu o abraço, apertando Luki com os dois braços.

Não muito atrás deles havia uma menina. Ela parecia estar indo atrás de Luki e tinha um semblante que Imogen já tinha visto antes.

A menina parou quando avistou Imogen. E então Imogen conseguiu identificá-la. Ela parecia uma mini versão de Branna, com o mesmo rosto redondo e rosado. Será que era a filha desaparecida? A que Branna disse que não voltaria?

Imogen levou os dedos à saia. Sentiu-se constrangida. Estava vestindo a saia da menina desaparecida.

E Marie?, pensou ela, como se gritasse por dentro. *Cadê ela?*

Outro menino apareceu. Ele tinha a pele negra, com as mesmas sobrancelhas expressivas da irmã.

— Perla — disse o menino. — É você?

— *Tomil!* — guinchou Perla. Sua voz tinha atingido um tom supersônico.

Não demorou até os quatro se abraçarem: Perla, Tomil, Luki e a irmã dele formaram um círculo de braços e sorrisos largos.

Mas Imogen não podia participar. Ela corria os olhos pelos rostos na multidão, ficando mais desesperada a cada segundo que se passava. Nenhuma das crianças era ruiva. Nenhuma das crianças era Marie.

Imogen sentiu-se desmoronar.

E então uma voz veio flutuando por cima do burburinho. Era distante e familiar, como num sonho.

— Ei! — disse a voz. — Sai da frente. É a minha irmã!

CAPÍTULO 96

Imogen viu Marie e todo o resto pareceu ficar à deriva. As outras crianças sumiram, os vaga-lumes perderam o brilho e as irmãs se atraíram, unidas por uma gravidade particular.

Imogen abraçou a irmã e Marie retribuiu o abraço.

— Você me achou — disse Marie, arfando.

— Claro — respondeu Imogen. — Eu nunca voltaria para casa sem você. — As lágrimas escorriam pelo rosto, molhando o queixo e o pescoço. Ela não ligava se as pessoas estavam olhando.

Imogen e Marie eram duas estrelas no espaço, sem palavras e no próprio tempo. Os braços de Marie ao redor da cintura de Imogen. O cabelo de Marie fazendo cosquinha no rosto da irmã. Era real. *Aquilo era real!*

— Anneshka matou uma velhinha — disse Marie. — Eu tentei impedir, mas não consegui.

— Está tudo bem — falou Imogen. — Vou te levar de volta para casa. Você não vai precisar ver Anneshka nunca mais.

— Mas ela está tramando alguma coisa, Imogen. Ela quer se tornar rainha.

Que importância aquilo tinha? Marie estava bem. Elas iam voltar para a mãe. O resto era só um vazio.

— Não esquenta a cabeça com Anneshka — disse Imogen enquanto voltava para a Terra. — Nós precisamos sair desta caverna.

— Peraí — disse o menino alto. — Você sabe o caminho para a superfície?

O rosto de Marie se iluminou.

O relógio de estrelas

— Esta é a minha irmã — declarou ela. — Eu *disse* que ela ia libertar a gente!

Imogen ficou radiante de orgulho.

— Foi basicamente Perla — murmurou, e de repente desejou não ter chorado na frente de toda aquela gente.

— Mas não *existe* saída — disse a menina vestindo roupas pequenas demais. — Vocês vão se perder nas minas. E, depois que se perderem, já era. Vão morrer de fome ou de sede. *Esse* é o único lugar com peixes de cavernas. É por isso que estamos aqui, e não trabalhando. Está quase na hora do nosso almoço.

— Peixes de cavernas — disse Imogen. — É isso que vocês comem?

— Nem sempre — retrucou a menina, cruzando os braços. — Os krootymoosh jogam pão por um poço. De vez em quando jogam repolho também. Mas vocês não deveriam sair zanzando por túneis que não conhecem. É um labirinto. Vocês jamais iam sobreviver.

As outras crianças murmuraram, concordando.

— Não vamos nos perder — falou Imogen. — Perla tem um mapa das minas.

Perla estava conversando com Tomil. O rosto dela refletia a alegria perplexa do irmão. Luki rodopiava em volta deles, fazendo uma dança ensandecida que incluía muitos gritos e batidas de pé.

Uma onda de empolgação percorreu a multidão.

— Um mapa? — sussurraram as crianças. — Um mapa que mostra todos os túneis e cavernas? — Uma das meninas menores soltou um gritinho. — A gente vai voltar à superfície!

— É verdade? — disse o menino alto, aproximando-se de Perla. — Você sabe *mesmo* por onde sair?

Perla fez que sim e lhe mostrou o pergaminho.

O menino alto semicerrou os olhos contra a luz dos vaga-lumes.

— Você sabe ler isso? Parece lã embolada.

Havia centenas de olhos fixos em Perla. Ela ficou muito vermelha. Imogen supôs que a amiga não estivesse gostando da atenção, mas era nisso que dava ser uma leitora de mapas extraordinária.

364

— Acho que sim — murmurou Perla. — Até agora deu certo.

— Mas e os krootymoosh? — disse uma menina de rosto empoeirado.

— Tem poucos aqui no momento — respondeu Perla. — Se formos juntos, eles não têm a menor chance. — A caverna se encheu de conversas animadas. Algumas das crianças mais agitadas se juntaram à dança de Luki.

— Mas estou com medo — disse um menininho. Não podia ter mais que seis anos. — Não quero ir à superfície. É mais seguro aqui embaixo, no escuro.

O menino alto pegou a mão da criança.

— Está tudo bem — disse ele. — Vou estar com você. — E então, ficou ainda mais alto. — Vem... vamos voltar para a luz.

CAPÍTULO 97

Miro correu em direção ao barco virado de cabeça para baixo. A gaivota ribeirinha estava empoleirada no ponto mais alto dos escombros. Ao ver o menino disparando até o local, o pássaro abriu as asas e voou rumo ao céu.

— Isso mesmo! — rosnou o krootymoosh. — Corre! Corre que nem o covarde que você é. — O monstro estava atrás dele; a armadura retinia, cada respiro era como uma bufada de touro.

Miro podia até ter perdido a espada e o escudo, mas ao menos as mãos estavam livres. Ele subiu pela lateral dos escombros até ficar de pé lá no topo, estendendo os braços para se equilibrar. Dava para ouvir o rio atrás dele, dava para sentir a multidão se reunindo.

Ele sabia o que tinha que fazer.

O krootymoosh hesitou na base do barco. Olhou por cima do ombro, em direção à barcaça de onde as cinco rainhas assistiam ao duelo.

Miro aproveitou a oportunidade.

Ele se atirou em cima do inimigo — mãos agarrando armaduras, pés tateando para se firmar. O krootymoosh cambaleou.

— Não é assim que se luta — berrou o monstro, brandindo o porrete na direção de Miro e quase batendo na própria cabeça. — Lute que nem homem! Lute que nem...

Os pés de Miro estavam em cima dos ombros do inimigo, espremidos entre os espinhos de metal. Ele envolveu as mãos nos espetos do elmo. O krootymoosh soltou o porrete e sacou um punhal do cinto.

Miro teria que ser rápido. Ele arrancou o elmo e o levantou. Caiu para trás, de costas — *e em cheio!* — na terra lamacenta. O elmo bateu no peito dele.

Por uma fração de segundo, o silêncio se instalou. Um eco silencioso de choque. O Senhor dos Krootymoosh não era um krootymoosh. Era Surovetz de Valkahá, sua verdadeira face exposta.

— Ora, é um homem! — exclamou o rei Ctibor.

A multidão nas margens do rio rugiu. Era um som furioso e estrondoso, como uma onda que se formava. A onda arrebentou na ilha, inundando o lugar onde Miro se encontrava.

Surovetz cambaleou em suas botas de garras enormes como se estivesse atônito pela luz e pelo barulho. Em seguida, voltou-se para Miro com o punhal na mão.

— Você vai pagar — rosnou ele, avançando com a faca.

O rei-menino ergueu o elmo do krootymoosh. A adaga perfurou um dos buracos para os olhos. Surovetz partiu para cima dele novamente, e dessa vez a lâmina atingiu o alvo. Ela cortou a armadura de couro de Miro, furando a pele do braço dele. Não doeu. Não muito. Mas, quando Miro pôs a mão no ombro, os dedos saíram vermelhos.

Sangue.

Ele havia perdido… O duelo chegara ao fim…

Em vez de ficar triste, Miro sentiu uma leveza incrível. Ele estava livre! A batalha tinha acabado. Lá no alto, as gaivotas ribeirinhas gritavam.

Porém, Surovetz não parecia estar satisfeito. Ele avaliou a presa, a faca brilhando.

Miro ergueu a mão ensanguentada.

— Estou ferido — gritou. — Você ganhou!

— Achou mesmo que eu ia deixar você sair vivo daqui?

Surovetz atacou e Miro rolou para o lado. Por um centímetro a lâmina não lhe perfurou o rosto.

— Mas as regras são essas — gritou Miro ao se levantar em um salto. — Você *tem* que parar quando o primeiro sangue for derramado!

O relógio de estrelas

— Regra é coisa de camponês — zombou Surovetz.

Ouviu-se outro rugido raivoso da multidão. Miro desencadeara algo poderoso ao lhes mostrar o rosto do krootymoosh. A fúria do povo era palpável.

Mas havia um rio entre Miro e as pessoas. Nenhuma delas poderia salvá-lo naquele momento. O menino olhou de relance para o rei Ctibor, empoleirado lá no alto da gávea. Ctibor obviamente daria um fim ao duelo, certo? Mas o rei assistia à cena em silêncio. Kazimira também estava assistindo. Nenhum dos dois se moveu um centímetro para ajudar.

Enquanto Miro se afastava de Surovetz aos tropeços, a voz de Odlive pareceu flutuar no vento. *Lembre-se de derramar seu sangue no rio.*

Bom, ele não tinha nada a perder…

Miro mergulhou no raso, correndo o mais rápido possível. A água fria lhe repuxava os joelhos. Dava para ouvir a multidão do outro lado do rio e enxergar as bandeiras tremulantes.

Ele tocou o braço ferido e mergulhou a mão ensanguentada. Seus dedos estavam bem abertos, como se tentassem alcançar alguma coisa, ou alguém.

A água aceitou o sangue dele.

— Eu vou matar você — gritou Surovetz.

Ele se livrou das botas de krootymoosh aos chutes, num acesso de raiva cega, e se reduziu à sua altura verdadeira. A visão era quase engraçada: olhos esbugalhados, pés descalços e trajes peludos gigantes. Não havia nada que ele pudesse fazer para que as pessoas esquecessem o que estavam vendo. Não tinha como fazê-las apagar aquela memória.

O ex-krootymoosh entrou na água.

Se o dragão fosse real, Miro precisava dele. Precisava que ele surgisse naquele instante. As palavras de Odlive navegaram rio abaixo. *Seu sangue deve se misturar ao do seu inimigo…*

Miro pegou uma pedra do leito do rio. Era pesada e tinha a forma de um punho. Ele a atirou em Surovetz.

Errou. A pedra estatelou-se na água.

Surovetz seguia avançando rio adentro, com a adaga na mão.

Miro pegou outra pedra com o braço que não estava ferido e a atirou com toda a força que conseguiu reunir. A pedra ressoou na ombreira de metal de Surovetz.

Essa foi quase, pensou Miro. *Tenta de novo.*

Ele olhou de relance para as pessoas. A multidão passou a encorajá--lo, carregando-o na grande onda que tinha formado. E, daquela vez, ao invés de pressão, o amor das pessoas lhe deu forças. Ele pegou uma terceira pedra e a lançou. Ela acertou o nariz de Surovetz com um estalo.

Na mosca, pensou Miro, e então foi pegar mais pedras, mas Surovetz o segurou pelo braço.

— Ninguém derrota os krootymoosh — sibilou Surovetz. O sangue escorria do nariz dele. Ele puxou Miro para perto, como se fosse abraçá-lo.

E então a faca entrou.

CAPÍTULO 98

A sensação foi a de um soco no estômago, mas era pior ainda. Miro fora esfaqueado. Havia uma ferida aberta na barriga dele, gorgolejando sangue.

— Você me matou — sussurrou o menino. Não conseguia acreditar. Não estava pronto para morrer.

Não há nada além de sangue e morte no seu futuro…

Ele ergueu o olhar, cambaleante. O vermelho jorrava do nariz de Surovetz. O sangue escorreu pelo queixo e pingou no rio.

— Socorro — disse Miro, e sua voz soava ofegante. — Alguém, por favor…

A água pulsou, como se lhe respondesse. Uma sombra de medo cruzou o rosto de Surovetz e ele saiu correndo pela margem. A água pulsou de novo e, daquela vez, não havia a menor dúvida.

Tudum-tudum, tudum-tudum.

Era a batida de um coração. Os batimentos da Sertze Voda. Seu poder vibrou na água e Miro caiu de joelhos. O rio subia e descia, avolumando-se em grandes ondas corcundas.

Em algum lugar não muito longe, Kazimira berrou.

O menino mal tinha consciência do que estava acontecendo fora de seu corpo. Ele se deixou levar pelas ondas. Havia estrelas na água, estrelas no céu, mais estrelas do que jamais havia sonhado…

Talvez morrer não fosse tão ruim. Talvez assim ele pudesse ficar com os pais. Mas a dor era intensa. Ela o escancarava, virava-o do avesso.

Alguma coisa lhe roçou os dedos e Miro fez um esforço para se concentrar. A coisa na mão dele era um sapo. Não, não um sapo... uma salamandra. Onde será que já tinha visto aquela salamandra?

Havia estrelas por toda parte e, quando a água ao redor ficou vermelha, o mundo de Miro desvaneceu.

CAPÍTULO 99

As crianças saíram da Caverna do Cosmos e Perla foi na frente, guiando-as pelo caminho. Todo mundo queria andar perto dela, ver o mapa e perguntar como funcionava.

Imogen deu uma última olhada na caverna, com todas as luzes de vaga-lume; olhou para as rochas escorregadias e para o riacho subterrâneo sinuoso.

Elas tinham conseguido. Tinham encontrado as crianças desaparecidas. Ela mal podia esperar para contar a Miro como o plano dele tinha dado certo. No fim das contas, tinha sido quase fácil. Imogen e Marie entrelaçaram os dedos e, juntas, foram embora da caverna. Elas seguiram o grupo em meio ao túnel alagado, as vozes das crianças ecoando no escuro.

— Sua amiga é tipo o Flautista de Hamelin — comentou Marie.

— Verdade — disse Imogen com uma risada. — Só que ao contrário, porque ela está levando as crianças para casa.

Chuá, chuá, chuá, fazia a água. Imogen apertou a mão da irmã. Não ia perdê-la de novo.

— Como foi que você me encontrou? — perguntou Marie.

Imogen sorriu na escuridão.

— É uma longa história… Usamos um relógio que lê as estrelas. Sabe aquele da torre de Miro, o que estava na cabana da Ochi?

— Aquele relógio é mágico? — perguntou Marie, arfando. — Esse tempo todo e a gente não sabia! Que legal a Ochi ter deixado você ficar com ele.

Para além das montanhas

— Hum — respondeu Imogen, seguindo em frente. Não estava a fim de contar aquela história no momento.

As irmãs saíram do túnel alagado e os vaga-lumes iluminaram o caminho. Dava para ver uma procissão de crianças seguindo Perla e o mapa dela.

As irmãs passaram por cavernas e fendas, por rochas quebradiças. E, conforme andavam, iam conversando. Imogen ficou bem atenta àqueles que ficaram para trás na fila de Perla.

— Você conheceu a princesa Kazimira? — perguntou Marie.

— Conheci. Ela é uma bela de uma peste.

Marie deu uma risadinha.

— Ela é um pouco, sim... E o pai dela, o rei Ctibor, ele me fez comer peixe.

— Ele nos condenou à morte! Como foram as coisas com Anneshka? Ela... — Imogen fez uma pausa, tentando forçar as palavras a saírem. — Ela machucou você?

Marie balançou a cabeça bem de leve.

As meninas ainda estavam de mãos dadas quando adentraram uma caverna. O teto era sustentado por vigas arqueadas no meio, como se fossem costelas. As outras crianças estavam do lado oposto.

— O que é aquilo? — perguntou Marie, parando de repente.

— O que é o quê? — disse Imogen. Ela tentou puxar a irmã para mais perto, mas então ouviu também. Um ronco baixinho. Vinha lá de baixo. Não... vinha de cima. Um grunhido trêmulo percorreu a rocha.

Marie parecia apavorada.

— Está tudo bem — disse Imogen. Mas Marie conhecia as minas melhor do que a irmã. Os vaga-lumes começaram a se apagar.

As outras crianças saíram correndo da caverna, escapulindo por uma passagem do lado oposto. As vigas do teto estavam se partindo. Mas Imogen e Marie estavam muito para trás. Caso tentassem disparar até a passagem, corriam o risco de serem esmagadas no caminho.

— Não está tudo bem, não — exclamou Marie. — Esse é o som que a rocha faz antes de...

373

O relógio de estrelas

Imogen não ouviu o restante. As vigas estalaram feito palitos de dente. Imogen tropeçou para trás, recuando pelo caminho que tinham acabado de percorrer. Seus dedos se soltaram dos da irmã.

— Marie! — gritou ela. Mas as pedras caíram depressa. Uma delas acertou a cabeça de Imogen em cheio e ela cambaleou até o chão.

A última coisa que viu antes de o mundo sumir foi uma cortina de rochas desabando.

CAPÍTULO 100

Imogen abriu os olhos. Estava escuro. Não era o tipo de escuro de quando a gente vai dormir e ainda dá para ver os postes de luz lá fora. Era um escuro pesado, antigo. Um escuro sem nenhuma promessa de luz.

A menina ficou imaginando se os olhos ainda estavam fechados. Ela os apertou e contou até dez. Em seguida, abriu-os novamente. A escuridão a pressionava por todos os lados.

Eu morri, pensou ela com um horror crescente. O ar cheirava a lama e a minerais.

Eu morri. Eu morri!

Alguma coisa molhada escorregou por seu rosto. Ela lambeu os lábios e a coisa molhada tinha gosto de sangue. *Gente morta sangra?* Imogen achava que não.

Imogen sentia uma dor de cabeça que ficava mais aguda quando se mexia. Ela se sentou e a dor lhe tirou o ar. Então parou um pouco, com a cabeça latejando.

Gente morta não sente dor.

E então se lembrou. A memória foi voltando em flashes... um ronco altíssimo... rochas caindo. O teto da caverna tinha desabado. Imogen tateou na escuridão. Havia pedra para todos os lados.

Não importa o quanto se esforce, o destino sempre vence no final. As palavras eram de Odlive, a ninfa do rio. A menina afastou o pensamento.

Ela tentou se levantar, mas não havia espaço o suficiente. A dor explodiu em sua cabeça e ela foi obrigada a se sentar bem quietinha. Uma

O relógio de estrelas

lembrança de Mark surgiu na escuridão. Ele estava parado com as mãos no quadril. *Ô coisinha raivosa e desagradável. Deve ter puxado ao pai.*

— Eu não tenho nada a ver com o meu pai — murmurou Imogen. — Eu nunca abandonaria a minha família.

E a sua mãe?, disse um monstrinho da preocupação.

Uma imagem da mãe brotou na mente dela. Mamãe sozinha e ansiosa…

Depois, veio uma imagem de Marie.

…Marie.

Onde será que ela estava?

Imogen não conseguia sentir o corpo da irmã. Vasculhou com as duas mãos, rezando para que a criança tivesse conseguido sair da caverna. Ela levantou o braço e tocou a rocha. Estava pairando no ar, suspensa no espaço. Então Imogen traçou uma linha ao longo da parte inferior da rocha até encontrar uma segunda pedra. Estava travando a primeira, impedindo-a de cair na sua cabeça. A garota teve sorte de não ter sido esmagada.

Sorte… Ela fez uma careta ao pensar naquela palavra. O que poderia fazer com essa tal de sorte? Estava presa nas minas, enterrada viva. A sorte a salvara de ser esmagada. Um destino mais lento e mais doloroso estava à sua espera. Por quanto tempo sobreviveria lá embaixo sozinha?

— Olá? — gritou em meio à escuridão. — Tem alguém me ouvindo?

Os monstrinhos da preocupação estavam prontos para responder. *Somos só você e nós*, sussurraram com alegria. *Todo mundo escapou.* Imogen ouvia os monstrinhos subindo pelos destroços. Estavam procurando por ela, alimentando-se do seu medo. E havia um bocado de medo à disposição.

Ela tentou imaginar o mundo lá em cima: a vegetação rasteira e os pássaros voando livremente, o céu infinito com nuvens se deslocando. Tentou pensar nas estrelas.

Mas os monstrinhos da preocupação estavam controlando os pensamentos dela. Não havia mundo lá em cima. Só escuridão e desespero.

Para além das montanhas

Um monstrinho escalou suas costas. Outro enterrou-se no seu peito, espremendo o coração e os pulmões.

— Eles estão me matando! — gritou Imogen, e encolheu-se em posição fetal. Cada respiração era curta e dolorida.

Medo e pânico. Escuridão e desespero. Os monstrinhos espalhavam-se por toda parte.

— Parem! — guinchou Imogen, puxando o próprio rosto. — Vão embora! Me deixem em paz!

Uma voz fininha atravessou a escuridão.

— Oi? — chamou, e os monstrinhos da preocupação congelaram. Imogen também parou de se debater. — Imogen — disse a voz —, é você?

CAPÍTULO 101

Imogen não sabia se ficava feliz ou triste. Não queria que Marie estivesse presa ali embaixo, mas era *tão bom* ouvir a voz da irmã.

— Marie! — disse Imogen, arfando.

— Continua falando — pediu a menina. — Estou tentando achar você pelo som.

— Achei que você tivesse escapado — gritou Imogen. — Achei que só tivesse sobrado eu!

Ela arrancou um monstrinho da preocupação do pescoço e o atirou contra as pedras. Os outros foram recuando devagarzinho.

— Você está machucada? — gritou Imogen.

— Acho que não — disse Marie. A voz dela estava mais perto agora. — Tem um vão… estou só… passando por cima dele…

Algo se arrastou perto dos pés de Imogen. Ela estendeu os dois braços, esticando-se em direção ao desconhecido.

— Cadê você? — perguntou.

Estava com medo da resposta, com medo de que talvez Marie não fosse real. Mas algo tocou a mão dela e não parecia uma pedra. Parecia muito a irmã.

Imogen prendeu os dedos de Marie nos dela. Segurou seus braços… os ombros… o rosto.

— Desculpa — soluçou Imogen. A cabeça doía muito. — Desculpa. Eu não quis…

— Desculpa pelo quê? — perguntou Marie.

— Por *isso* — gritou Imogen. — Eu prometi que ia ficar tudo bem!

Prometi que a gente não ia demorar! Foi ideia minha sair do hotel e passar pela porta na árvore… e agora estamos presas no subterrâneo e ninguém vai nos encontrar, e a mamãe vai ficar triste e é tudo culpa minha!

Houve uma pausa.

— Você não fez nada disso acontecer — respondeu Marie. Ela falou de um jeito tão pragmático que até os monstrinhos da preocupação se levantaram. — Eu escolhi ir com você. Eu queria passar pela porta na árvore.

Imogen conseguia até visualizar o rosto de Marie no escuro, sério, lembrando uma coruja.

— Mas eu sou a irmã mais velha — murmurou. — Sou eu que tenho que fazer as coisas darem certo.

Marie quase riu.

— Você não é responsável pelo mundo inteiro, Imogen. Sabe disso, né?

Os monstrinhos da preocupação de Imogen se remexeram nos destroços. Eles não tinham ido embora. Estavam ouvindo.

Marie se arrastou para mais perto, de modo que a lateral do corpo das meninas se encostasse.

— Com quem estava falando antes? — perguntou ela. — Você disse algo do tipo "Me deixa em paz".

Imogen sentiu uma pontada de humilhação. *Meus monstrinhos da preocupação imaginários* era a resposta, mas era muito difícil dizer aquilo. Marie acharia que a irmã tinha algum problema. Era o que Mark achava. Era o que a mamãe e a terapeuta também achavam.

Não, Marie não podia saber. Ela nunca mais levaria Imogen a sério.

Mas, por outro lado, pensou Imogen, *talvez não fizesse diferença… se nós duas vamos morrer.*

Os monstrinhos da preocupação sibilaram um alerta.

Imogen respirou fundo.

— Eu estava falando com os meus monstrinhos da preocupação — respondeu ela, mantendo a voz baixa, com um pouco de esperança de que a irmã não ouvisse.

— O que são monstrinhos da preocupação? — perguntou Marie. Não parecia estar debochando.

— São criaturas que aparecem quando eu estou chateada. — O monstrinho mais próximo soltou um gritinho e Imogen percebeu que ele tinha sumido. Não precisava olhar para ter certeza. — Eles dizem coisas ruins — prosseguiu. — Vivo tentando me livrar deles. Às vezes, eu me imagino jogando-os pela janela, pisando neles... esse tipo de coisa. Mas os monstrinhos da preocupação sempre voltam.

— Quase como irmãs — disse Marie.

Imogen bufou.

— Nada a ver com irmãs.

Os monstrinhos da preocupação foram guinchando e sumindo um a um, como balinhas de menta numa garrafa de Coca-Cola. Ao que parecia, não gostavam que falassem deles. Imogen ficou tão distraída com a descoberta que, a princípio, não notou a luz.

— Ei — sussurrou Marie. — Está vendo aquilo?

Imogen semicerrou os olhos na escuridão.

Algo tremeluzia em meio a todos os destroços. Uma chama na noite infinita.

CAPÍTULO 102

Anneshka sentiu a barcaça se movimentar debaixo dela, dando uma guinada nauseante à direita.

— É normal isso acontecer? — exigiu saber.

A rainha Blipla balançou a cabeça encoberta de joias. Parecia alarmada, ou tão alarmada quanto era possível com uma centopeia de prata pendurada no rosto.

Anneshka sabia que tinha sido uma má ideia pedir emprestado a barcaça do rei Ctibor. Tudo em Vodnislav era fajuto: o povo, os dragões, os barcos.

Ela cruzou o convés enquanto ele se inclinava na direção dela.

— Saiam da minha frente — gritou, e todos os skrets navegantes se afastaram. Anneshka segurou o parapeito do barco.

As outras rainhas estavam grudadas nos assentos.

— O que você está fazendo? — perguntou a rainha Zlata.

Anneshka não respondeu. Por trás do véu de pérolas, ela absorveu a cena.

Algo estava acontecendo com o rio. Suas águas, antes calmas, estavam agitadas. Ele subia, descia e formava bolhas, como se algo estivesse prestes a emergir.

O corpo de Miroslav boiava perto da ilha, cercado por grandes círculos de sangue. Mas a morte do menino não tinha nenhuma utilidade para Anneshka. Na verdade, havia lhe custado muito caro.

Agora todo mundo sabia que os krootymoosh eram homens. Mesmo na morte, o menino tinha vencido.

Nunca subestime as crianças, pensou Anneshka. *Muito menos aquelas que você já mandou matar uma vez.*

O barco do rei Ctibor estava em polvorosa, chafurdando na água feito um porco. Ctibor gritava de cima da gávea. Kazimira berrava do cordame.

Quando Anneshka olhou novamente para o corpo de Miroslav, tomou um susto ao ver que tinha sumido. No lugar dele havia um vórtice, uma correnteza circular. Deve ter sugado o menino. Ela não gostou nada daquilo... Tinha uma desconfiança profunda da água. Ainda mais água que se transformava em outra coisa. Será que aquilo era um redemoinho?

A barcaça deu um solavanco na direção oposta e Anneshka andou de um lado para o outro do convés. *Lá* estava Vodnislav, à distância, e a multidão com suas bandeiras, furiosa ao descobrir que o Senhor dos Krootymoosh era um humano disfarçado.

O rio estava se expandindo. Borbulhava conforme ia engolindo as margens pantanosas. Os homens de Surovetz deram meia-volta e bateram em retirada. Corriam com um desespero terrível, como se o rio estivesse os perseguindo.

Anneshka apertou o parapeito com mais força. Talvez fosse verdade.

— Eu conheço aquele homem — gritou uma voz na multidão, apontando para o krootymoosh desmascarado. — O nome dele é Surovetz. Ele trabalha para as rainhas.

A multidão deu a volta e Anneshka teve a sensação de que uma onda enorme ia reunindo forças lá de baixo.

Surovetz estava sozinho na ilha e ainda vestia os trajes de krootymoosh. Seu rosto brilhava de suor e sangue jorrava do nariz.

— Não — falou com a voz esganiçada. — É mentira. — Mas não havia mais força na voz dele.

A multidão avançou em direção às águas. O levante não era só do rio. Era do povo também. Miroslav tinha libertado a fúria das pessoas ao revelar quem eram os krootymoosh.

Ah, se ele não tivesse tirado o elmo de Surovetz... Ah, se tivesse lutado como um rei!

Para além das montanhas

Mais uma vez, aquele menino tinha estragado tudo.

— Esse homem serve às rainhas! — gritou outra voz na multidão. Eles ainda estavam falando de Surovetz. — Já o vi se ajoelhando aos pés delas!

Mastros se abaixaram. Punhos se fecharam. A multidão queria vingança.

Da ilha, Surovetz encarou Anneshka. Não havia sobrado nenhum vestígio da arrogância típica dos krootymoosh.

— Rainha Svitla — gritou ele —, pensei que tínhamos um acordo! Socorro! SOCORRO!

Anneshka fechou a cara por trás das pérolas. Se a multidão ainda tivesse alguma dúvida de que as rainhas estavam de conchavo com os krootymoosh, a dúvida tinha acabado de ser descartada.

— Precisamos sair desta barcaça — disse a rainha Yeeskra.

Anneshka concordou em silêncio e olhou à sua volta em busca de uma rota de fuga.

Parte da multidão entrou na água, indo com tudo em direção às rainhas. Outros subiram a bordo de barquinhos.

— Vocês roubaram as nossas crianças! — gritavam.

Naquele meio-tempo, o rio lançava grandes ondas espumosas que batiam contra a barcaça e a faziam grunhir.

— Ctibor disse que este barco era seguro — vociferou a rainha Flumkra.

— E é — rebateu o capitão. — É o barco mais estável da nossa frota.

— Então por que está afundando? — guinchou a rainha.

O pânico se alastrou feito sangue debaixo d'água. Os skrets navegantes pularam do barco. A tripulação humana não estava muito melhor.

Anneshka correu até o bote salva-vidas, mas descobriu que não estava mais lá. A rainha Zlata já tinha embarcado nele e remava para longe da barcaça.

— Droga — murmurou Anneshka.

Mas a inveja sumiu quando uma frota de pescadores interceptou o bote salva-vidas e jogou a rainha Zlata nas ondas. Aquela tiara redon-

O relógio de estrelas

da parecia pesada. As vestes incrustadas de cristais, também. A rainha afundou feito uma pedra.

Anneshka não queria ter o mesmo destino. *Mas eu não sou uma rainha de verdade*, pensou. *Os krootymoosh não foram ideia minha. Maldito seja aquele menino e suas revelações! Maldito seja todo esse lugar alagado!*

A barcaça afundou e o mundo de Anneshka virou. Ela derrapou pelo convés, debatendo-se. Seu corpo bateu no mastro, que estava no ângulo errado, tombado para o lado. A falsa rainha se agarrou a ele com todas as forças. Acima dela, o convés se inclinava como uma montanha. Abaixo, a água agitada fervilhava. O rio a esperava de braços abertos, mas não era um convite amigável.

Anneshka não aguentou segurar por muito mais tempo; os pés balançavam, os dedos foram ficando brancos. *Esse é o problema das máscaras*, disse uma voz na sua mente. *Se você as usar por tempo demais, elas ficam presas.*

E, assim, Anneshka se rendeu.

Caindo nas ondas revoltas.

CAPÍTULO 103

Quando Miro recuperou os sentidos, estava no fundo do rio com pedras cravadas nas costas. Deveria estar se afogando, mas, de alguma maneira, não estava *dentro* d'água, embora água o rodeasse por todos os lados.

O menino virou a cabeça para o lado. Uma grande parede líquida o encarava e coisas se mexiam dentro dela. Um pedaço de erva-caracol passou se debatendo, seguida por um seixo e um peixe. Lá se foi uma âncora. E então um caranguejo.

Miro virou a cabeça para o centro. Uma coluna de ar se erguia acima dele e abria um túnel em meio às ondas, coroado por um círculo azul de céu.

Mas aquilo era impossível. Como poderia haver um buraco no rio?

Havia lodo entre os dedos de Miro e gotículas de água no rosto, e foi então que ele se deu conta: estava dentro de um redemoinho, bem no meio dele.

Miro contraiu os olhos. Não fazia sentido! De onde o redemoinho tinha vindo? E como ele tinha ido parar ali?

Sua babá já havia lhe contado histórias sobre as terras além das montanhas, mas nenhuma delas tinha sido tão estranha quanto aquilo.

Ele não entendia nem por que ainda estava vivo. Lembrava-se de ter sido esfaqueado...

Então Miro reparou em uma coisa gelada na barriga. Era pequena, macia e úmida. Estava no mesmo lugar onde a faca de Surovetz tinha

O relógio de estrelas

entrado. Ele cerrou os dentes, preparando-se para a dor, enquanto se apoiava nos cotovelos. Mas a dor não veio.

A coisa gelada na barriga era uma salamandra. Estava em cima do ferimento de Miro, com as ventosas grudadas na pele dele. O mais estranho era que a salamandra estava brilhando… e Miro sabia onde a tinha visto antes. Era a mesma salamandra que eles salvaram das mãos de Kazimira.

O animal desgrudou os dedos — *pop, pop, pop*. Então, se afastou da barriga de Miro, revelando uma cicatriz onde Surovetz o esfaqueara. A cicatriz era parecida com uma boca fechada.

Miro tocou a nova pele. Aquilo parecia bem real. O corte no braço também cicatrizara.

— Como foi que…? — começou a dizer, mas parou porque sabia. Sabia o que a salamandrinha era.

Miro se pôs de pé, tomando cuidado para não encostar na água que rodopiava por todos os lados, pois ele estava no olho do redemoinho; o único lugar seguro em meio àquela tempestade.

— É você, não é? — perguntou Miro com assombro.

A salamandra sacudiu a linguona. Depois, fechou os olhos e ficou parada. Miro percebeu que ela estava se concentrando, só não sabia *no quê*. A luz que ela emanava ganhou mais brilho, chegando a um tom de verde pouco natural. Só dava para ver o contorno da criatura.

Miro encarou a salamandra fluorescente. Ela era pequena, mais ou menos do comprimento do pé dele.

Mas aquela não era uma salamandra de pintas amarelas comum.

Ela curava feridas.

Ela movia rios.

E foi então que Miro teve certeza: ele estava na companhia de um Dragão das Águas.

CAPÍTULO 104

— O que é isso? — perguntou Imogen, engatinhando para a frente. Ela espiava por um vão entre as rochas.

— Um yedleek — respondeu Marie. — Já ouvi as outras crianças falando deles, mas é a primeira vez que vejo um.

A chama vinha de uma figura, nascendo no topo da cabeça dela. Não parecia estar sentindo dor. Tinha a forma semelhante à de um humano, mas como se alguém tivesse dado um pedaço de argila para uma criancinha e lhe pedido que fizesse um homem. Só que aquele pedaço de argila tinha dois metros e meio de altura e o corpo era esculpido em pedra.

— Deve estar procurando corpos — comentou Marie.

A pele de Imogen formigava de medo.

— Que tipo de corpos? — sussurrou. A figura estava levantando pedregulhos e dando uma olhada embaixo de cada um antes de jogá-los de lado como latas.

— Não se preocupe — respondeu Marie. — Os yedleeks só comem adultos… e alguns dos meninos e meninas mais altos. Até os krootymoosh têm medo e evitam as partes profundas das minas. — Marie pareceu pensar por um instante. — Imagino que seja tipo o oposto da gente comendo vitela. Os yedleeks gostam de carne *velha*.

Vitela…? A cabeça de Imogen estava mergulhada em dor. Uma pedra deve tê-la atingido durante o desabamento. E havia um cheiro esquisito no ar, como um fósforo recém-aceso.

— Mas por que os yedleeks estão aqui? — perguntou ela.

— Acho que é a casa deles — disse Marie.

Imogen lembrou-se do que Yemni lhe contara. *Muitos mineiros já tinham sumido… Histórias sombrias começaram a surgir, contos de monstros que viviam nas rochas.* Então era disso que os adultos tinham medo. Foi por isso que puseram as crianças ali no lugar deles.

O yedleek se virou. Deve ter ouvido as meninas conversando, porque as encarou com olhos ardentes. Imogen recuou, mas o yedleek não se aproximou. Ele voltou a cuidar da própria vida, revirando pedras.

Pelo menos agora Imogen conseguia enxergar ao redor; a chama do yedleek era uma boa fonte de luz. O ar estava denso de poeira e era possível distinguir algumas formas na névoa. Havia uma grande pilha de escombros no lugar em que o teto tinha desmoronado. Não tinha como Imogen e Marie seguirem as outras crianças. A rota de fuga estava totalmente bloqueada. A única opção que elas tinham era voltar.

— Você lembra o caminho para a Caverna do Cosmos? — perguntou Imogen, ignorando a dor de cabeça. — Sabe qual é? Aquele lugar com os vaga-lumes todos?

— Acho que sim — disse Marie. — Tem água potável naquela caverna, e peixe. A gente pode tentar pescar um se ficar com fome.

Imogen quase sorriu. Ainda era a irmã mais velha, mas estava começando a pensar que ser mais velha não queria dizer muita coisa. Talvez não precisasse manter os monstrinhos da preocupação em segredo… Talvez nem *sempre* precisasse salvar o dia.

— Por que será que estou com a sensação de que percorri todo esse caminho para salvar você, passando por montanhas, planícies e arbustos, e agora que finalmente cheguei, é você que está me salvando? — perguntou Imogen.

A Caverna do Cosmos recebeu as meninas com seu dossel de vaga-lumes. Havia um rosto familiar esperando por elas — ou, melhor dizendo, um par de asas familiar. A mariposa das sombras estava empoleirada em uma estalagmite.

Imogen deveria ter ficado feliz. Deveria ter corrido para dar oi. Mas a sua cabeça doía toda vez que se mexia. Ela se deixou afundar no chão.

Para além das montanhas

A mariposa girou as antenas.

— Precisamos de ajuda — exclamou Marie. — Por favor, nos mostre como podemos sair daqui!

O inseto desceu da estalagmite, abrindo e fechando as asas. Estava se mexendo num padrão, semelhante ao jeito com que tinha marchado pela mesa da cozinha de Branna e Zemko. Mas Zuby não estava ali para interpretar e Imogen não sabia o que aquela dança significava.

A mariposa bateu as asas acima da cabeça de Marie. Estava voando em direção ao teto da caverna.

— Aonde você está indo? — gritou Marie. — Nós não podemos subir aí!

A mariposa das sombras não parecia dar ouvidos. Imogen a perdeu de vista em meio aos vaga-lumes, um brilho cinza entre estrelas azuis.

— Por que ela não quer nos ajudar? — exclamou Marie.

Imogen balançou a cabeça e a dor fez foguinhos de artifício explodirem atrás de seus olhos. *A mariposa das sombras não veio ajudar*, pensou ela. *Veio se despedir.*

CAPÍTULO 105

Anneshka mergulhou na água fria e borbulhante, em meio às ondas brancas e espumosas. Seus trajes eram pesados e a faziam afundar, então ela arrancou a tiara e lhe deu um chute.

Chega de peitoral brilhante.

Chega de véu de pérolas no rosto.

Ela lutou, com mais força e mais violência.

Arrancou e rasgou tudo.

Eu não sou a rainha Svitla, pensou, *não vou morrer pelos crimes dela*. O rugido das águas estava por toda parte, mas, lá embaixo, ela ouviu outra coisa.

Tudum-tudum, tudum-tudum.

Era um som que Anneshka lembrava bem, um som que ela sentia no fundo da alma, mas não havia tempo para relembrar o passado. O rio a arrastava para baixo.

Anneshka tirou o cinto.

Tudo. Pode ficar com tudo.

Um presente para as ondas.

Anneshka arrancou o colar de prata do pescoço e deu um último impulso para cima. A cabeça chegou à superfície, ela engoliu o ar.

— Eu não sou… a rainha… Svitla! — disse, arfando.

Naquele momento, sentiu-se leve. Tudo que usava era a bata, que inflou ao redor dela como uma água-viva, e então ela virou o rosto ofegante para as nuvens.

Tudum-tudum, tudum-tudum.

Certamente... não poderia ser a Sertze Hora, poderia? O som estava vindo do fundo do rio.

E foi então que viu o redemoinho. Um buraco, não muito longe do lugar onde ela estava nadando. Anneshka começou a entrar em pânico. Não tinha muita energia de sobra.

O redemoinho a puxou.

Mas havia um barco bem pequeno com um homem remando com força e velocidade.

— Socorro — gritou Anneshka.

O vórtice alcançou seus dedos do pé. Ela ouviu uma voz de menina e o homem não parava de gritar. Repetia a mesma palavra. O que será que ele queria? Quem eram eles? O que Anneshka precisava fazer para entrar naquele barco?

Então sentiu a mão de alguém a segurar e a puxar para a embarcação. Ela se deitou toda esparramada e ofegante, tão indefesa quanto no dia em que nasceu. Virou-se de lado e deu uma olhada nas pessoas que a salvaram. O homem era muito parecido com o rei Ctibor. A menina usava um vestido feito de laços. Era a princesa Kazimira.

Anneshka tocou o próprio rosto. Nada de tiara. Nada de redinha de pérolas.

Pavla. Era isso que o rei Ctibor estava gritando. *Pavla. Pavla.* O nome da filha. Anneshka teve ânsia de vômito e a água que lhe enchia a barriga transbordou. Ela conseguiu abrir um sorriso amarelo fraquinho.

— Pavla — gritou Ctibor. — É você!

Quando Anneshka sentiu que tinha alguma força para se sentar, encostou-se na lateral do barco. Kazimira estava tremendo e, pela primeira vez, em silêncio.

Anneshka observou a cena mais à frente. Havia barcos circulares lá longe. Eram pequenas embarcações de pesca. Em primeiro plano estava a ilha, ou o que restava dela. A terra tinha sido engolida pelo rio e o redemoinho sugava tudo.

A água se inclinava em direção ao redemoinho. Se quisessem fugir, o barquinho teria que navegar morro acima. Mas Ctibor remava com

O relógio de estrelas

uma força surpreendente. Ele escancarava os dentes a cada golpe dos remos. Estava vermelho, feroz, determinado.

Havia mais alguém na água. Um homem. Ele agarrou a borda do barco.

— Ei! — gritou o homem. — Sou eu!

Ctibor hesitou.

— Pavla… você o conhece?

Anneshka olhou para Surovetz. Ela viu a ferocidade no semblante dele. A água tinha lavado o sangue de seu rosto.

— Vamos lá! — gritou ele. — Somos parceiros!

Mas Anneshka tinha avisado a Surovetz para não lutar com o menino… Agora todos sabiam que ele era um krootymoosh. Todos sabiam o que ele fizera… e Surovetz não tinha nenhuma utilidade para Anneshka.

Ela olhou de relance para Ctibor.

— Papai — sussurrou com o tom de voz mais frágil que conseguia fazer —, esse é o homem que me sequestrou. *Esse* é o Senhor dos Krootymoosh.

O rosto de Ctibor se inflou feito um baiacu. Ele se levantou e o barco balançou. Kazimira choramingou. Ctibor soltou um remo e Surovetz estendeu a mão, pensando que estava prestes a receber ajuda.

Mas Ctibor estava farto de fazer resgates. Ele brandiu o remo como uma arma, erguendo-o bem acima da cabeça.

— Olhem para o lado, meninas — instruiu.

Nenhuma das duas desviou o olhar, obviamente.

Ctibor baixou o remo. Um silvo altíssimo. Um estrondo nauseante. E Surovetz afundou nas ondas.

CAPÍTULO 106

Kazimira seguiu o pai, o rei Ctibor, e a irmã há muito desaparecida, Pavla, para dentro do Castelo Vodnislav.

— Aconteceu um levante — disse o rei aos criados. — O rio... o povo. Tudo se descontrolou... Preparem um banho quente para as minhas filhas. — E então, Ctibor voltou a atenção para Anneshka. — Pavla, meu bolinho de ameixa, o que aconteceu em Valkahá? Estava com medo de você não voltar!

Kazimira percebeu que o pai estava ocupado, então aproveitou a oportunidade para sair. Ela tinha visto Miroslav ser esfaqueado. Tinha visto o menino afundar nas ondas. E Ctibor prometera que, se o menino morresse, Kazimira poderia ter o que ela tanto desejava.

A princesa cruzou a fortaleza com passos pesados, deixando um rastro de água do rio para trás. Sabia que não deveria fazer aquilo sozinha, mas o pai só tinha olhos para Pavla, e Kazimira já tinha esperado o bastante.

Ela dispensou o skret na entrada. Não queria nenhum guarda no caminho. Então irrompeu nos aposentos de hóspedes, o quarto onde Miroslav tinha dormido.

— Gatinha, cadê você? — disse a princesa. Ela viera buscar o seu prêmio.

Kazimira fechou a porta ao entrar. A gatinha estava dormindo no chão.

— Achei você! — guinchou a princesa, e Konya abriu um olho.

A snĕehoolark pareceu entender o que estava acontecendo. Ela se pôs de pé e se esgueirou para baixo da cama, pressionando a barriga no chão. Kazimira tentou segui-la e engatinhou por baixo do estrado, esticando bem os braços.

— Agora você é a MINHA gatinha — resmungou.

Mas Konya fugiu do esconderijo e passou correndo por Kazimira, rápida feito uma enguia. A princesa a pegou pelo rabo.

— *Paraaaaa* — berrou Kazimira ao ser arrastada pelo quarto.

Konya pulou com as patas traseiras, tentando se livrar da menina. Mas a princesa já estivera naquela situação antes e, desta vez, não ia soltar. *Desta vez* ia ficar com a gatinha.

Konya sacudiu o rabo e a menina foi lançada no ar. O quarto girou, o vestido de fitas rodopiou e Kazimira foi parar nas costas da gata-loba. A surpresa foi tanta que ela ficou em silêncio. Estava virada para o lado errado, mas não importava; estava montando a gatinha!

Konya se remexeu e arqueou as costas, mas Kazimira sentiu que a vitória estava próxima. A menina afundou os dedos no pelo da gata e fechou as pernas bem firme. Konya se virou para a janela.

— Boa gatinha — disse Kazimira, pensando que a snĕehoolark estivesse prestes a se entregar. Mas ela tinha subestimado severamente o desejo de Konya de se libertar.

A snĕehoolark pulou em direção à janela, cruzando o parapeito com um salto. Ela estraçalhou os vitrais. A princesa e a snĕehoolark voaram castelo afora, formando um grande arco empinado. Uma gaivota ribeirinha desceu para evitá-las.

E então a trajetória de voo fez uma curva decrescente.

Kazimira ainda estava virada de costas, então não viu o que vinha pela frente. Não viu o rio se aproximando. Não viu Konya esticar as patas dianteiras.

A água abraçou a princesa e, por fim, ela soltou o animal.

CAPÍTULO 107

Miro estava de pé no meio do redemoinho. As feridas cicatrizaram e o coração estava pleno de alegria. O duelo acabara. Ele invocara o Grande Dragão das Águas, que era tão poderoso quanto pequeno.

O dragãozinho estava aos pés de Miro e continuava a emitir um brilho verde.

O menino olhou fixamente para as paredes de água; para as coisas que o dragão tinha capturado. Era como se o rio inteiro rodopiasse ao redor dele, com todas as suas algas e maravilhas à mostra.

Havia uma lontra surfando nas ondas. Uma enguia parecia bem menos relaxada; debatia-se com a cauda e estalava as mandíbulas enquanto era arrastada em círculos.

Porém, em meio a penas e peixes, a remos quebrados e pedaços de rede, havia destroços maiores. Pessoas afogadas boiavam feito troncos.

Miro aproximou-se da água. Um dos corpos era de uma rainha. Ela usava um vestido de contas e os ombros estavam presos em metal. Tinha sido puxada pela própria riqueza, afundada pela própria prata.

A mulher morta boiou para o lado e Miro viu outra rainha. O rosto delas era de um branco fantasmagórico. Não havia vida alguma naqueles corpos, mas o dragão fez com que dançassem. O rio rodopiou por vontade da criaturinha, assim como as pessoas que morreram em suas águas.

Rainhas más, pensou Miro. *Elas mereceram.* Mas ele não conseguia se forçar a acreditar... não conseguia impedir aquela sensação crescente de horror.

Será que os governantes ruins sempre tinham que morrer?

Era evidente que o dragão achava que sim. Ele ficou mais verde do que uma oficina de alquimista.

Mais duas rainhas apareceram. O redemoinho as atraiu. Uma delas tinha uma centopeia de prata pendurada no rosto. A outra usava joias que cruzavam a testa. Ao todo, eram quatro.

Quatro rainhas mortas dançando para lá e para cá.

Ao longe, onde a água era turva, Miro percebeu mais formas. As formas tinham braços e pernas. Conforme o redemoinho os trazia para perto, ele viu que eram corpos de homens.

Homens maus. Homens perversos. Homens que fizeram o mal, assim como o tio de Miro. E, à medida que os corpos se aproximavam, Miro começou a inspecionar os rostos, em busca do olhar de Drakomor.

Mas os homens afogados não pertenciam à família de Miro. Os erros deles não eram seus. Os pensamentos, as palavras e as ações ruins não tinham nada a ver com ele. Eles eram krootymoosh; Miro sabia por conta das capas vermelhas. Os homens se juntaram às rainhas dançantes.

Miro olhou para o dragão. Ele o salvara. Ele o levara ao centro do redemoinho e curara suas feridas. Mas por quê? Por que tinha decidido ajudar?

Talvez Miro fosse um bom rei, afinal.

Os homens de Surovetz sapateavam no leito do rio.

— Quero ir embora — disse Miro ao dragão. Mas a salamandra não respondeu. Estava ocupada demais controlando o rio e… será que Miro estava vendo coisas ou as laterais do redemoinho estavam mesmo se fechando? Ele se arrastou para mais perto do centro.

Alguma coisa cutucou o ombro de Miro e, ao se virar, ele viu Odlive, a ninfa. Ela estava do outro lado da grande parede de água, nadando com força para não sair do lugar. A cauda dela era mais comprida do que Miro esperava e não havia nenhuma barbatana na ponta. As escamas eram da cor do lodo no leito do rio.

Em uma das mãos, Odlive segurava o caule grosso de uma vitória-régia. A folha gigante balançava na superfície, bem acima da cabeça dos dois. Miro conseguia ver o círculo escuro da planta contra o céu.

— Por que você está aqui? — perguntou à ninfa do rio.

Ela empurrou o caule na direção dele, pressionando-o pela parede de água. Naquele momento, as laterais do redemoinho estavam próximas. Um movimento em falso e Miro acabaria indo dançar com os mortos.

Odlive estava falando — mexendo a boca —, mas Miro não conseguia entender as palavras.

— Não consigo ouvir você — gritou ele.

Então olhou para o caule da vitória-régia. Estava coberto de pelinhos espinhosos. Em seguida, olhou para Odlive, para os olhos impermeáveis da ninfa. Até então, tinha confiado nela...

Miro pegou a haste da vitória-régia.

— Aguenta firme! — disse Odlive, sem emitir som, antes de se afastar. E então o redemoinho se fechou.

Miro foi tomado por água de todos os lados. Ele não viu o que aconteceu com o dragão. O caule deu um solavanco para a frente e o menino foi erguido. A água correu sobre a pele. A mão de uma rainha morta bateu bem no rosto dele. E então a sua visão foi ofuscada pelas bolhas.

Ele segurou firme a haste ao disparar em meio a nuvens de ervas-caracóis e lama. Sabia que a vitória-régia estava ali em cima, então começou a escalar o caule, uma mão após a outra, lutando contra a correnteza chicoteante que puxava seu cabelo e suas roupas.

Por fim, a cabeça de Miro encontrou a superfície. Ele puxou o ar repetidas vezes, tentando recuperar o fôlego. A água marrom sacolejava por toda parte, mas Miro se agarrou à vitória-régia. Ela era seu bote salva-vidas, sua balsa de borracha. Ele se jogou em cima da folha e deitou de bruços, respirando com dificuldade.

Quando teve energia para olhar por cima da borda da folha, Miro viu que o rio tinha transbordado, inundando a Ilha Mlok e a terra dos dois lados. Havia dezenas de barcos redondos sendo remados ali por perto. Todos eles transportavam habitantes das Terras Baixas, que vibraram e acenaram quando o viram.

— Olhem só! É o Paladino! — gritaram.

Miro ergueu a mão, hesitante.

A água se movimentava com força implacável, levando-o em direção à cidade. O número de barquinhos diminuiu. Estavam sendo remados rumo à costa, mas Miro não tinha meios de conduzir a sua embarcação. Ele ia para onde o rio o levasse.

As correntes se retesavam feito músculos, contraindo e relaxando sob a folha gigante. A vitória-régia derrapava sobre a água e navegava cada onda com facilidade. Aquela era ainda maior do que a folha em que tinha viajado antes.

Miro não conseguia ver Odlive nem o dragão. Esperava que estivessem bem.

O rio o levou pelos arredores de Vodnislav, onde as construções eram pequenas e feitas de madeira. Ele viajou por baixo de píeres e pontes, mas a água tinha subido e Miro precisou se deitar na folha para não ser derrubado.

Alguns dos barcos de pesca se soltaram dos ancoradouros e uma roda d'água estava caída de lado. A enchente tinha transformado pedacinhos da vida cotidiana em esculturas surreais: havia um cabideiro suspenso num salgueiro e uma cadeira de balanço caída nos juncos. A maioria dos habitantes da cidade estava ocupada demais salvando os próprios pertences das casas alagadas para notar Miro passando em sua folha gigante.

Conforme ele era carregado por uma curva no rio, o Castelo Vodnislav se fez visível. Estava agachado na península, acima do alcance das águas. Os ancestrais de Ctibor sabiam o que estavam fazendo ao construírem a casa deles em terreno alto.

Miro sentiu a folha subir abaixo dele, deslizando por uma onda particularmente grande. Queria se deitar e dormir. Ele estava encharcado, tinha sido esfaqueado e salvo, e achava que já tivesse visto quase tudo nessa vida, mas nada poderia prepará-lo para o que ele viu em seguida.

A fortaleza de Ctibor pairava diante de Miro. *Lá* estava a ponte terrestre. *Lá* estavam os muros grossos do castelo. E *lá*, pulando de uma janela, estava uma forma que Miro conhecia bem.

— Konya! — gritou ele quando a sněehoolark caiu na água.

Aquilo ali era uma menina nas costas dela?

CAPÍTULO 108

Imogen não sabia por quanto tempo estava dormindo quando ouviu o gritinho de Marie. Sentiu a tontura tomar conta enquanto se levantava com dificuldade. Ainda estava com dor de cabeça, e havia poeira de pedra e sangue seco nas mãos.

Marie estava de pé no meio da Caverna do Cosmos, mas não gritava de medo. Ela estava pulando e dando gritinhos de alegria. Ao olhar para cima, Imogen entendeu o motivo.

Havia uma corda pendurada entre os vaga-lumes, uma corda com um homem na ponta.

Imogen se aproximou aos tropeços, com a cabeça latejando, e se apoiou em uma estalagmite. Alguém estava descendo o homem até o chão da caverna. Ele usava um paletó das Terras Baixas e as calças enfiadas para dentro das botas. Nas costas, carregava, rente ao corpo, uma mochila com suprimentos. Parecia uma espécie de explorador.

Imogen puxou a irmã para perto. Era melhor manter distância até que soubessem o que ele queria, mas Marie se soltou. Os pés do homem tocaram o chão e ele saiu do laço da corda. Imogen viu uma barba desgrenhada e olhinhos brilhantes…

Mas não era explorador coisa nenhuma. Marie correu até o homem, envolvendo a cintura dele com os braços.

Era Mark.

Mark, o namorado da mãe delas.

Mark Eu-Odeio-Crianças Ashby.

Imogen não conseguia acreditar no que estava vendo. Como ele as encontrara? Onde arrumara aquelas roupas? Ela nunca pensou que ele viria de tão longe...

— Olá, meninas — disse Mark, e então se pôs de joelhos, retribuindo o abraço de Marie.

Imogen abriu a boca. Não sabia por onde começar.

— Como foi que... por que você...

— Uma mariposinha me contou que vocês poderiam estar aqui — respondeu Mark. A mariposa das sombras surgiu tremulando as asas, rodeando a corda e pousando no ombro de Mark.

Imogen deve ter parecido surpresa, porque Mark prosseguiu:

— Eu sei, eu sei. Eu disse que não acreditava em mariposas mágicas... Imogen, você está bem? Tem sangue nas suas...

— Estou bem — interrompeu a menina. — Só não estou entendendo como você nos encontrou.

Mark sorriu. Não era um sorriso de orelha a orelha. Parecia nervoso.

— Os pais de Perla receberam uma carta. Os amigos deles falaram que estavam com vocês... disseram que vocês estavam hospedados na casa deles. Só que quando chegamos lá vocês já tinham sumido.

Branna disse que ia escrever, pensou Imogen.

— Eu estava em Valkahá quando a mariposa me achou — comentou Mark. — Estava quase perdendo as esperanças, mas ela era igualzinha à que você tinha descrito: antenas grandes, asas cinzentas. Aí pensei com os meus botões: *Imogen disse que essas mariposas são inteligentes. Disse que elas mostram coisas ocultas... Não custa nada dar uma chance.*

Dar uma chance? Imogen não conseguia associar aquelas palavras ao namorado da mãe.

— Você seguiu a mariposa! — exclamou Marie, radiante.

— Ela me levou para fora da cidade, e lá tinha um rapaz de cabelo platinado. Ele disse que estava esperando umas crianças.

— Yemni — sussurrou Imogen, contraindo-se quando a cabeça voltou a latejar.

— Nós seguimos a mariposa juntos — prosseguiu Mark. — Ela nos levou a um buraco no matagal. Não parecia muito convidativo, mas a mariposa estava insistindo. Não parava de bater as asas na minha cara.

A mariposa das sombras ainda estava descansando no ombro de Mark, com as asas dobradas para trás.

— Eu dei a minha corda ao rapaz e ele foi me descendo no poço... Espero que ele seja de confiança. — Mark olhou para cima. A parte superior da corda estava imersa na escuridão, mas devia existir um buraco em algum lugar no teto da caverna... uma abertura que levava até a luz.

— Estou tão feliz de ter achado vocês! — disse Mark às meninas. — Vocês não fazem ideia de como eu estava apavorado.

Imogen não conseguia processar aquela história. Sua mente não parava de voltar ao mesmo pensamento.

— Você veio lá de longe por nossa causa?

Mark hesitou. Esfregou a mão na barba.

— Olha — disse ele —, eu sei que errei no passado... Não sou o pai de vocês. Nunca vou ser. Só quero fazer a sua mãe feliz. E garantir que vocês estejam seguras.

Imogen estava sentindo um cheiro esquisito. Era o cheiro de aniversário, de velas sopradas. A dor de cabeça era intensa.

— Mark — disse ela —, a gente pode ir pra casa?

— Isso — gritou Marie. — Vamos voltar!

Mark sorriu... um sorriso de verdade dessa vez.

— É claro. Foi por isso que eu vim.

CAPÍTULO 109

Imogen segurou a corda que pendia do teto da caverna e entrou no laço da ponta. Era como se sentar no balanço mais comprido do mundo.

Marie se empoleirou no colo da irmã, virada para o lado oposto. Ela envolveu Imogen com os braços e as pernas. A mais velha segurava a corda pelas duas.

Mark deu três puxões. A mariposa subiu voando em círculos. A corda estreitou e os dedos dos pés de Imogen saíram do chão.

— E você? — Marie gritou para Mark. — Como é que você vai sair?

— Só tem um homem puxando a corda — disse Mark. — Ele não consegue levar todo mundo de uma vez. Não se esqueçam de jogar a corda de volta quando chegarem. Não estou com a menor vontade de ficar aqui embaixo!

Imogen sentiu cheiro de coisa queimada mais uma vez. Ela olhou por cima do ombro em busca da origem daquele odor.

— Não solta a corda — avisou Mark. As meninas estavam vários metros acima da cabeça dele.

Imogen via o riacho subterrâneo rodeando as estalagmites. Via os buracos na rocha onde as crianças sequestradas viviam, e ali, na parede da caverna, ela viu outra coisa: algo se mexendo.

— Hum, Mark — chamou Imogen —, o que é aquilo ali, atrás de você?

A corda continuou subindo. As meninas estavam lá no alto agora, com os pés balançando.

O relógio de estrelas

A coisa na parede da caverna se contorcia e se remexia, como uma pessoa presa debaixo de um lençol. Uma mão áspera despontou da pedra.

— Mas o que... — Mark cambaleou para trás.

E Imogen reconheceu o cheiro. Era cheiro de fósforo queimado, de fumaça. Depois da mão veio um braço esculpido em pedra.

— É um yedleek! — gritou Marie. — Mark, não deixe ele pegar você!

Mas as meninas estavam muito longe para ajudar. O riacho subterrâneo era uma fitinha prateada e Mark era do tamaninho de um rato. Imogen deu um puxão na corda, na esperança de fazê-la parar, mas Yemni continuou puxando e as meninas foram subindo.

Dois braços saíram da face da rocha. O yedleek a arranhava com um desespero lento, mas inabalável. *Lá* estava a cabeça de barro. *Lá* estava o buraco no lugar da boca.

Os olhos da criatura ficaram vermelhos ao encararem Mark, e o coração de Imogen congelou de horror. *Os yedleeks só comem adultos.* Ela se lembrava muito bem das palavras de Marie.

Imogen tentou achar uma solução. Devia haver alguma coisa que elas pudessem fazer, mas a dor de cabeça tornava o ato de pensar doloroso e, caso as meninas escorregassem daquela altura, morreriam.

— Marie, não tenta se soltar — gritou ela.

— Mas Mark vai ser devorado! — soluçou a criança.

As irmãs estavam perto do teto da caverna. Os vaga-lumes flutuavam por toda parte e, finalmente, Imogen conseguiu enxergar uma abertura, o buraco com a corda enfiada.

Ela olhou para baixo.

— Corre, Mark! — berrou. O yedleek tinha saído da rocha. Estava parado e seu crânio incendiava, atirando fogo da cabeça como um maçarico. — Corre! CORRE! — gritou Imogen.

O monstro avançou. Seus movimentos eram lentos feito lava, mas havia mais yedleeks emergindo da pedra. Em pouco tempo, Mark estaria cercado.

Marie agarrou-se a Imogen aos berros. Imogen agarrou-se à corda.

O relógio de estrelas

Mark ficou imóvel e olhou para as meninas.

— Digam à Cathy que eu a amo — gritou. Seu rosto era um pontinho pálido. Foi a última coisa que Imogen viu antes de ser puxada pelo buraco do teto.

CAPÍTULO 110

Havia plantas crescendo das paredes do túnel. Raízes cravadas nas profundezas da rocha. As folhas batiam em Imogen, como uma bênção pagã, conforme ela viajava em direção à luz.

Yemni puxou as meninas para cima. Marie chorava de soluçar e uma pessoa não parava de gritar: "Corre!". Imogen levou alguns segundos para se dar conta de que a voz era dela mesma.

Yemni pôs as meninas no chão, próximas ao buraco. Depois, puxou a corda dos dedos de Imogen à força. As mãos dela se fecharam em volta do objeto feito garras.

— Por favor, Imogen — disse Yemni. — Preciso dela.

Ele desceu a corda pelo poço mais uma vez. A outra ponta estava amarrada a uma pedra.

— Os yedleeks — disse Imogen, sem forças.

Yemni assentiu com a cabeça. Ele entendeu.

A cabeça de Imogen latejava de dor. Os olhos ardiam na luz. Ela olhava para dentro do poço escuro com atenção enquanto Yemni descia a corda.

— Ela chegou ao chão da caverna — murmurou o joalheiro —, mas não estou sentindo o peso dele.

Mark tinha vindo de tão longe… de tão longe para garantir a segurança delas.

Yemni se ajoelhou e gritou para Mark buraco abaixo:

— Ei! Está me ouvindo? Segura a corda!

Mas não houve resposta.

O relógio de estrelas

Imogen estava atordoada e exausta. Não sabia o que dizer. Ela encarou Yemni e a irmã. Encarou o espaço ao redor. As Terras Secas tinham um brilho ofuscante e ali, à distância, diante da parte mais larga da cidade, havia uma longa fileira de crianças. Elas estavam perambulando pelo matagal.

— Perla — sussurrou Imogen. — Eles conseguiram.

O sol estava alto e o céu não tinha limites. A mariposa, pela primeira vez, ficou por perto. As abelhas zumbiam nos arbustos e as flores desabrochavam como se tudo estivesse certo no mundo. Mas Mark tinha arriscado tudo.

— Por que ele não pega a corda? — soluçou Marie.

Imogen a abraçou com força. Lembrou-se das palavras de Ochi, muitas noites antes: *Temam os homens da chama ardente. Temam as formas derretidas. Temam os olhos profundos de vulcão e as mandíbulas enormes e famintas.*

Um bom tempo depois, Yemni parou de gritar pelo poço e se sentou bruscamente no chão.

— Sinto muito pelo pai de vocês — disse às meninas.

Ele não é o meu pai, pensou Imogen. No entanto, não foi o que ela disse. Que diferença aquilo fazia no momento? Ela abriu a boca, mas não havia nada que valesse a pena ser dito.

Em vez disso, começou a chorar.

CAPÍTULO 111

A princesa Kazimira havia desaparecido, levada do próprio castelo que chamava de lar. Criados conferiram todos os quartos. Skrets olharam debaixo de mesas e cadeiras.

— Quero que encontrem Kazimira — berrou o rei Ctibor.

Mas ninguém pensou em procurar rio abaixo.

Miro segurou Kazimira por um laço gigante nas costas da menina. Ele a puxou para fora d'água e a arrastou para cima da folha. Konya subiu atrás dela e a vitória-régia cambaleou. Por um instante horrível, Miro achou que eram pesados demais, mas a folha se estabilizou.

— GATINHA MÁ! — gritou a princesinha.

O rei-menino estava chocado. Não fazia a menor ideia de como a princesa tinha acabado montada de costas na sněehoolark e pulando do castelo do próprio pai, mas tinha quase certeza de que a culpa era dela, não de Konya.

Kazimira estava apoiada nas mãos e nos joelhos, com o vestido encharcado. Ela vociferava e esbravejava contra o mundo. Se Imogen estivesse ali, talvez tivesse lhe dado uma sacudida. Perla teria olhado feio para a princesa.

Mas Miro esperou a menina se acalmar. Sabia como era se sentir sozinho, querer tanto uma companhia que, quando um amigo surge, você o segura com as duas mãos e o aperta com força.

— Você está bem? — perguntou à princesa.

Kazimira arregalou os olhos para o menino. As fitas e laços desmancharam com a água. O cabelo estava grudado no rosto.

— Você deveria estar morto — respondeu ela.

Miro não pôde deixar de se sentir ofendido. Parecia que a princesa estava decepcionada.

— Se você não vai ser legal, pode ir saindo da minha folha.

Kazimira olhou para a água que corria depressa por todos os lados e engatinhou até o meio da vitória-régia.

— Eu sou legal — disse ela.

Konya sentou-se ao lado de Miro. Parecia ter metade do tamanho normal com o pelo ensopado e os bigodes caídos. Sua linguagem corporal gritava "Não encosta em mim".

E, assim, os três companheiros improváveis foram levados embora de Vodnislav numa folha. Miro mal podia esperar para contar a Imogen e Perla que a salamandra que tinham salvado era o dragão. Será que alguma das meninas acreditaria nele? Será que Miro acreditava em si mesmo?

Ele se perguntou como estavam as amigas. Não tinha como descobrir. As Terras Secas ficavam a oeste de Vodnislav e, por mais que entendesse pouco de geografia, Miro tinha certeza de que aquele rio estava indo para outra direção.

— Quero voltar para o meu papai — choramingou Kazimira. Mas o rio corria desgovernado, batendo e rodopiando por toda parte, ainda cheio do poder do dragão. Não dava para fazer a folha parar.

A vitória-régia seguiu em frente e Miro avistou o Anel de Yasanay no alto de uma colina. A visão durou apenas um segundo antes de desaparecer.

— Aonde você está me levando? — gritou a princesa.

Normalmente, Miro teria ficado aborrecido com uma pergunta daquelas. Ele não tinha sequestrado Kazimira. A menina tinha sequestrado a si mesma. Mas, curiosamente, Miro estava feliz. Fazia meses que não se sentia tão leve. Ele tinha desmascarado os krootymoosh. Tinha invocado o Dragão das Águas. Tinha ficado dentro de um redemoinho e sobrevivido.

Miro não precisava ser um paladino. Não precisava nem mesmo ser um rei. Dali em diante, decidiu Miro, ele ia se concentrar em ser uma criança.

Kazimira olhou para Konya. A jornada da princesa para o outro lado da janela do castelo parecia ter curado seu desejo de tocar na gata, mas o fascínio pela sněehoolark não desaparecera por completo.

Konya fingia não notar a menina, embora mantivesse uma orelha inclinada na direção dela. A gata gigante virou-se para o horizonte à frente. Ela ergueu o focinho e farejou o vento.

Havia montanhas estranhas à distância, tão remotas que era quase como se não estivessem ali. Uma ideia veio flutuando na direção de Miro. Ele sabia que deveria voltar para Yaroslav... mas estava cansado de fazer o que *deveria*, cansado de se preocupar com o que "seu povo" poderia dizer.

Miro olhou de relance para Kazimira com o coração pulando de emoção.

— Já sei para onde eu vou — exclamou. — Vou para as Montanhas Sem Nome!

— Por que você quer ir para lá? — zombou a princesa.

— Porque eu posso — disse Miro. Estava tão feliz, quase zonzo. Talvez fosse a promessa de uma nova aventura. Talvez fosse a falta de comida.

— Minha mãe veio das Montanhas Sem Nome — prosseguiu ele. — É onde a família dela mora. Acho que esse rio vai para aquela direção... se eu seguir nele pelo tempo necessário.

— Eu não quero ir para as Montanhas Sem Nome — gritou Kazimira. — Faça o rio parar!

Miro sorriu para as montanhas no horizonte. Lembrou-se do conselho de Odlive.

— Às vezes — disse ele à companheira encharcada — é melhor seguir o fluxo.

CAPÍTULO 112

O dragão nadou com a correnteza. Ele se remexia de um lado para o outro, deslizando em meio a troncos e ervas-caracóis. O rio estava cheio de lama, mas não tinha problema. O dragão sabia aonde ir.

Havia um buraco na margem do rio — a boca de uma caverna submersa. A criatura entrou boiando. A água era pura ali dentro, protegida do caos da enchente. E bem ali, do outro lado da gruta, amontoados em volta de uma pedra azul, havia dez ovos preciosos.

Dez filhotes de dragão estavam apertadinhos dentro de seus sacos transparentes e frágeis. O dragão abanou os ovinhos com a cauda, garantindo que recebessem uma quantidade apropriada de oxigênio. Em seguida, voltou a atenção para a Sertze Voda. A pedra era de um azul fantástico. *Tudum-tudum. Tudum-tudum.* Cada pulsação produzia uma onda de choque.

Em poucas horas, a Sertze Voda se acalmaria. O dragão deitou-se em cima dela, sugando a força da pedra mágica. Ele precisava recarregar as energias. Afinal de contas, tinha sido um dia daqueles.

CAPÍTULO 113

A última criança sequestrada saiu das minas. A luz do sol invadiu sua cabeça e ele piscou, atordoado com a claridade, confuso com os pássaros de asas pontudas.

Já fazia um tempão que não sentia o sol no rosto. O céu parecia absurdamente grande. O horizonte, um convite para caminhar. O menino pensou nos pais. Lembrava-se da voz deles e do afeto do sorriso. Ele enfiou as mãos nos bolsos e caminhou para o leste.

E, assim, as crianças desaparecidas retornaram. Luki e a irmã partiram para casa. Por toda a terra de colinas e rios, famílias foram restabelecidas.

O pai de Perla, Michal, estava em Valkahá. Tinha viajado pelas Terras Baixas e pelas Terras Secas com Mark. O rosto dele se iluminou ao avistar a filha.

Mas Perla não estava sozinha.

— Papai? — disse Tomil, saindo das sombras.

Michal ficou em choque. Ele estendeu a mão para os filhos e as palavras sumiram. O pai abraçou as crianças.

Então Michal pegou Tomil pelo braço e o olhou de cima a baixo, incrédulo.

— Meu menino — disse ele. — Eu deveria saber que você ia voltar. Como foi que conseguiu escapar?

Tomil olhou para a irmã com uma expressão travessa.

— Foi Perla — respondeu. — Ela nos salvou. E fez tudo com um mapa.

O relógio de estrelas

* * *

No dia seguinte, Imogen e Marie juntaram-se a eles. Saudações e histórias foram compartilhadas. Imogen tentou dar uma explicação a respeito de Mark e percebeu que as palavras saíam rápido demais.

Ela parou no meio da frase, lembrando-se repentinamente do rosto de Mark virado para cima, pequeno e distante. Os yedleeks o cercaram de todos os lados, mas Mark não tinha tirado os olhos das meninas.

Marie preencheu o silêncio que se seguiu.

— Ele não pegou a corda — sussurrou.

— Seu pai era um homem corajoso — disse Michal. — Ele amava muito vocês duas.

Imogen fez que sim. Mark era corajoso. Era verdade.

— Por que vocês não viajam com a gente? — sugeriu Perla.

Imogen hesitou. Parecia estranho deixar Valkahá sem Mark, mas que escolha elas tinham? Passaram horas esperando perto do poço. Imogen tinha chamado o nome dele até a voz virar um coaxar. Então, pouco antes do pôr do sol, Yemni as conduzira até a cidade e cuidara do machucado na cabeça de Imogen.

— Mas e se Mark sobreviveu? — perguntara Marie mais tarde aquela noite.

— Os yedleeks são gulosos — respondeu Yemni. — Não deixam os adultos irem embora.

Então, Imogen e Marie juntaram-se a Perla, Tomil e Michal. Juntos, deixaram Valkahá. Eles tinham apenas três cavalos e o progresso pelas Terras Secas foi lento. Paravam quando precisavam de comida ou abrigo.

A mariposa das sombras viajou no ombro de Imogen. Ela ficara por perto desde o ataque dos yedleeks. Parecia determinada a acompanhar as meninas de volta para casa. Que bom. Imogen ia precisar da ajuda da mariposa se quisesse abrir a porta na árvore.

Sempre que passavam por viajantes indo no sentido oposto, Imogen perguntava se tinham visto o duelo. Cada um tinha uma versão da história para contar. Era como se tivessem testemunhado seis lutas diferentes. Alguns diziam que o krootymoosh tinha vencido. Outros

Para além das montanhas

diziam que a vitória foi do menino. Ele revelara a todos que o monstro era uma pessoa. Ele tinha feito o povo se revoltar...

Só que ninguém sabia o que acontecera com Miro. Todos afirmavam que ele tinha sido ferido.

— Ele deve estar vivo — exclamou Marie. Imogen teve que concordar; não achava que conseguia aguentar mais notícias ruins.

Depois de vários dias de viagem, eles chegaram ao rio Bezuz, que passava entre as colinas das Terras Baixas. Imogen se agachou para reabastecer o cantil de água e a mariposa das sombras tremulou as asas nas proximidades.

— Olá, peixinhos — disse uma voz de dentro do rio.

Imogen ergueu o olhar. Era Odlive. Ela estava descansando numa pedra com a cauda pendurada em cima da borda.

— Trago notícias do amigo de vocês.

— Miro! — exclamou Imogen. — Ele está vivo?

— É claro que está — disse Odlive. Ela começou a pentear o cabelo com um esqueleto de peixe, passando as costelas pelas mechas. Estava tentando parecer indiferente, mas seus olhos buscavam o rosto de Imogen o tempo todo, ávidos para ver a reação da menina.

— Imogen — guinchou Marie, correndo para perto —, tem uma sereia no rio!

— Não sou uma sereia — vociferou Odlive, e as narinas impermeáveis se dilataram. — Por acaso eu tenho cara de criatura de conto de fadas? Aquelas coisinhas certinhas, sempre cantando.

Imogen notou os dentes afiados de Odlive. Notou a cauda cor de lodo. Havia escamas ovais incrustadas na pele, cobertas por uma fina camada de limo.

— Não — respondeu Imogen. — Você não parece uma sereia.

— Desculpa — disse Marie. — Não quis ser mal-educada... Você disse que viu Miro? Ele está bem?

Odlive jogou o pente de peixe na água.

— Sim — disse ela. — Ele está bem. Está com a gata gigante e uma menininha escandalosa.

O relógio de estrelas

Perla foi para a beira do rio, e Tomil a seguiu de perto.

— Está falando de Konya? — perguntou Perla. — Você viu a minha snĕehoolark?

— Sim — disse Odlive rispidamente. — Todo mundo está bem. Todos estão respirando e esguichando água e botando ovos. Se vocês me deixarem terminar, eu ia contar que…

— Ei! — gritou Michal, correndo na direção deles. — Fiquem longe da água. As ninfas do rio são perigosas!

Imogen acabou se lembrando de Mark, que dissera algo do tipo. Ela enterrou a lembrança lá no fundo. Não queria pensar em Mark naquele momento.

— Está tudo bem, papai — disse Perla. — A gente conhece essa ninfa do rio.

— Não importa se vocês conhecem! As ninfas afogam crianças por diversão! — Michal tentou afastar a filha, mas ela se desvencilhou das mãos dele.

— Papai! — gritou Perla. — Eu andei tudo isso sozinha. Por favor… não pode mesmo tentar confiar em mim?

O olho esquerdo de Michal tremeu.

— Tudo bem — respondeu ele —, mas se ela chegar mais perto…

As crianças se voltaram para a ninfa.

— Por favor, Odlive — disse Imogen. — Conta pra gente o que você viu.

Assim, Odlive descreveu o duelo. Contou às crianças que Miro foi ferido, que invocou o dragão e fugiu numa folha.

— Peraí — falou Imogen. — Você está dizendo que a salamandra que a gente salvou das mãos de Kazimira, aquela que a menina vestia de boneca, é um Dragão das Águas?

Odlive deu de ombros.

— Por que não?

— Os dragões não deveriam ser… grandes?

— Os dragões não *deveriam* ser nada — disse a ninfa. — Os dragões são como os humanos, os peixes e as moscas. Eles simplesmente *são*.

Para além das montanhas

— Não estou entendendo — sussurrou Perla. — Aquela salamandra não sabia nem se salvar de Kazimira… Como ela conseguiu fazer um redemoinho?

— O Dragão das Águas está ligado à Sertze Voda — respondeu a ninfa. — Ele extrai a própria força da pedra preciosa, mas ela não fica no castelo. Quando vocês o encontraram, os poderes dele estavam exauridos.

Marie enfiou a cabeça entre Imogen e Perla.

— O que é uma Sertze Voda? — perguntou ela.

— O coração do rio — respondeu Tomil. — Faz séculos que ninguém o vê… não que a gente não tenha tentado.

— E os pescadores falam bastante dele — acrescentou Michal.

A mariposa das sombras ficou perto das crianças o tempo todo. Talvez sentisse que Odlive tinha uma língua pegajosa e um gosto por insetos voadores.

Perla olhou para a ninfa através dos cílios. Tinha dificuldade de encarar Odlive diretamente, mas parecia determinada a fazer aquela pergunta.

— Onde é que Miro e Konya estão agora?

— Bem longe de Vodnislav — respondeu Odlive. — Da última vez que os vi, eles estavam viajando para o leste. — Ela começou a deslizar da rocha, recuando com a cauda na água. — Imagino que estejam perto dos Campos Alagados. Sabe-se lá onde vão parar.

Perla engoliu em seco. Aquela não era a resposta que ela queria.

— Mas Miro não disse para onde estava indo? — gritou Imogen. — Você não consegue fazer a vitória-régia parar?

— Eu ouvi o menino falando de umas montanhas — respondeu Odlive. — Mas eu não viajo para tão longe. — Sua cabeça balançava acima da água, com os cabelos verde-alga esparramados.

— Por que Miro quer ir para as montanhas? — disse Marie.

Imogen se virou para fazer a pergunta à ninfa, mas Odlive tinha sumido. Havia apenas uma ondulação no lugar onde ela estivera.

CAPÍTULO 114

Dias mais tarde, quando as crianças voltaram à cidade natal de Perla, os pais dela deram uma festa na Casa das Águas. Havia drinques de flor de sabugueiro e maçãs assadas, música e jogos com barcos. Fizeram até uma fogueira perto do rio.

Perla estava radiante de alegria. Os pais não deixavam que ela nem Tomil fossem muito longe, mas não tinha problema. Os irmãos tinham muita conversa para pôr em dia.

Imogen nunca tinha visto a amiga tão falante. A menina estava sentada à beira do rio com Tomil, pés descalços roçando a água.

— …e aí a gente fingiu que Konya tinha comido a salamandra — dizia ela com brilho nos olhos.

Imogen só flagrou Perla com o olhar triste uma vez, quando Tomil foi pegar mais comida.

— Acho que ela está sentindo falta da gata — comentou Marie. — Eu a conheci quando estava aqui com Anneshka. Elas faziam tudo juntas. Perla deixava até a gata dormir na cama dela.

— Pois é — falou Imogen com um sorriso.

As duas irmãs se sentaram nos arredores do local da festa, onde a luz da fogueira não chegava. Ficaram vendo os habitantes das Terras Baixas dançando e cantando. Havia alegria por toda parte: pais há muito perdidos e filhos recém-encontrados. A cidade estava cheia de motivos para comemorar.

Mas Imogen e Marie estavam desanimadas. Sentiam-se felizes pelos amigos, mas não conseguiam participar da comemoração. Imogen não parava de pensar em Mark. Ele tinha vindo de tão longe, só por causa delas... e aí foi comido por monstros de pedra. Como ela explicaria aquilo para a mãe?

A mariposa das sombras sentou-se no colo de Marie e se pôs a limpar as antenas emplumadas. Estava pronta para levar as irmãs de volta para casa. Elas partiriam para a Floresta Kolsaney pela manhã. A mãe de Perla providenciara um guia para garantir que a viagem fosse segura. Mas Imogen sentia um pouquinho de enjoo toda vez que lembrava que iriam embora sem Mark.

À medida que a noite caía e a fogueira perdia a força, a festa passou para dentro da taberna. A mãe de Perla abriu potes de truta doce em conserva e as serviu com pão e queijo macio. O pai de Perla serviu uma longa rodada de cerveja.

As crianças ocuparam uma mesa no canto. Tomil trouxe um prato de bolinhos recheados de frutas com cobertura de açúcar e creme azedo.

Marie comeu com dedinhos pegajosos. Imogen tentou engolir um inteiro. Perla cortou o dela em metades perfeitas, revelando os damascos por dentro. Tomil demoliu um atrás do outro. Parecia uma escavadeira de bolinho.

Imagino que nas minas ele não tivesse nenhum bolinho, pensou Imogen.

A mariposa das sombras pousou na lateral do prato e sugou o suco de damasco. Por um instante, Imogen quase se esqueceu de Mark.

— É assim que se comemora na terra de vocês? — perguntou Perla.

— Mais ou menos — disse Imogen. — Só que não fazemos fogueiras e a mamãe provavelmente assaria um bolo gigante.

— O quê? Não tem bolinho? — Tomil parecia horrorizado.

Mas a resposta de Imogen foi interrompida. A porta da taberna se abriu e havia uma figura lá fora. Todas as cabeças se viraram na direção do estranho.

— Olá? — disse Michal. Ele pronunciou a palavra como se fosse uma pergunta.

O estranho cruzou a soleira. Mancava bem de leve, e Imogen sentiu um arrepio percorrer a espinha, que se espalhou pelo couro cabeludo como dedos gelados.

— Por favor, pode entrar — prosseguiu o pai de Perla.

O silêncio tomou conta do lugar. O estranho entrou na taberna e apoiou o braço na parede, como se estivesse prestes a desmaiar.

Quando Imogen viu o rosto dele, sentiu o sangue se esvair do corpo. Não.

Não podia ser.

Mas era.

— Mark! — berrou Marie, e então saiu correndo da mesa, derrubando os pratos com os joelhos. O homem parecia exausto para além do sono, envelhecido para além da própria idade. Mas sorriu ao ver Marie. Imogen a seguiu a uma pequena distância. Não sabia por que estava constrangida. Achou que já tivesse superado aquilo.

— Imogen — disse Mark, fixando o olhar no rosto dela. — Bom te ver também.

Imogen se obrigou a abraçá-lo. Ele cheirava a carvão e fogo. Mas parecia de carne e osso.

— A gente achou que você tivesse sido devorado! — gritou Marie. — A gente achou que os yedleeks tivessem capturado você!

— Também achei — disse Mark.

Imogen estava *tão* aliviada em vê-lo. Não estava conseguindo processar o que estava acontecendo, não conseguia encontrar as palavras certas.

— Como foi que você escapou? — perguntou ela.

— Chega de perguntas — disse Michal, abrindo caminho em meio à multidão. — Não estão vendo que o homem está exausto?

Ele ajudou Mark a cruzar o salão até um banquinho alto. Imogen e Marie se reuniram em volta dele, uma de cada lado.

A mariposa das sombras voou por perto da cabeça de Mark, mas não pousou no corpo dele. Em vez disso, empoleirou-se na beirada da cadeira. Ela abriu e fechou as asas. Imogen reconheceu o movimento.

Significava que a mariposa estava pensando. Ela também estava pensando.

— Não queríamos abandonar você — murmurou Imogen, sentindo uma pontada de culpa. — Yemni disse que não tinha mais jeito. — Imogen não queria que Mark pensasse que as duas tinham feito aquilo de propósito, que ela sentira vontade de deixá-lo para trás. Porque não era verdade. Não mais.

— Está tudo bem, Imogen — disse Mark. Ele se recostou na cadeira e fechou os olhos. — Você fez a coisa certa. Eu só preciso de uma boa noite de descanso. Vamos embora de manhã cedinho.

CAPÍTULO 115

Um sentimento de vergonha, frio e silencioso como a neve, tomou conta de Valkahá. De juízes e padres a dramaturgos e criados, agora todos sabiam a verdade a respeito das minas.

Lá no fundo, alguns se perguntavam por que não tinham descoberto aquilo por conta própria. De onde eles achavam que a nova prata tinha vindo? Talvez devessem ter perguntado mais e confiado um pouquinho menos.

Outros diziam que era ridículo. Não tinha como eles saberem.

De qualquer forma, a moda das grandes tiaras de prata desapareceu quase que da noite para o dia. Aquelas peças de metal ornamentadas, inspiradas nas rainhas, não desfilavam mais pelas ruas. Como a proprietária da Pousada do Pátio explicou: "Simplesmente não parecem mais adequadas".

Para muitas famílias nobres, o sequestro das crianças das Terras Baixas não era uma surpresa. Na verdade, os seus filhos eram os sequestradores, e os seus cofres, os mais generosamente recheados. Alguns dos nobres fugiram das Terras Secas, levando o máximo de riquezas que conseguiram. Outros continuaram por ali e ficaram na surdina, na esperança de que, seja lá quem fosse a pessoa a ocupar o trono, estivesse precisando de um pouco de prata… na esperança de que estivessem dispostos a esquecer…

Por enquanto, o Palácio das Cinco Rainhas estava vazio. Não houve nenhum som de passos ecoando pelo salão. As pessoas que iam para lá comer banquetes todas as noites se afastaram. Os menestréis e os cortesãos desapareceram.

E, por mais que o salão fosse revestido de prata, parecia emitir um brilho denso e ensebado. Nenhuma quantidade de luz, natural ou não, conseguiria arrancar as sombras daquele lugar.

Ninguém em Valkahá ousou reivindicar os tronos. A cidade estava prendendo a respiração. Não demoraria muito até que os outros reinos descobrissem que não havia governantes no palácio. Qual seria o nível de lealdade dos velhos parceiros comerciais de Valkahá quando a notícia chegasse aos ouvidos deles?

Muitos quilômetros a leste das Terras Secas, Anneshka estava numa banheira quente. Ela resolvera ficar no castelo do rei Ctibor, fingindo ser Pavla. Tinha começado a tomar banhos de banheira todos os dias para ter um momento de sossego para pensar.

A água do banho tinha um aspecto sedoso graças ao óleo de bétula. Anneshka mergulhou na banheira e o vapor lhe encobriu a cabeça.

Valkahá não era mais o maior dos reinos. Disso ela estava certa. Tinha visto as rainhas se afogarem debaixo da própria prata. A riqueza delas não as ajudou, no final das contas.

Anneshka lembrou-se da água a rodeando, do peso da tiara e das vestes. Ela se agarrou à borda da banheira. Não queria afundar de novo.

Pelo menos Miroslav Krishnov estava morto. Anneshka odiava aquele menino. Ele sempre parecia estar por perto quando as coisas davam errado. Se ele não tivesse puxado aquele elmo…

Mas não fazia sentido ficar se lamentando. O maior dos reinos devia estar em outro lugar. Anneshka só precisava descobrir uma coisa… o que definia "grandeza"? Qual era o verdadeiro significado dessa palavra?

Não era dragão.

Nem prata.

Pétalas boiavam na ponta da banheira e Anneshka as esmagou uma a uma com os dedos dos pés.

Sou de outro mundo. Era o que Marie tinha dito.

Anneshka sentou-se rápido demais e a água jorrou da banheira. E se ela tivesse entendido tudo errado? E se o destino tivesse lhe enviado Marie não como criada, mas como um sinal?

O relógio de estrelas

Anneshka xingou a própria burrice. Passara todas aquelas semanas pensando muito pequeno. Esse ou aquele reino. Que diferença fazia? Todos os reinos eram mais ou menos iguais.

Mas outro mundo?

Aquilo era grandeza de verdade.

Quem sabe quais maravilhas havia por lá? Marie dissera que a rainha do mundo dela tinha pouquíssimo poder... Mas talvez o mundo de Marie fosse grande de outras formas... de formas que Anneshka ainda não compreendia, de formas inimagináveis.

Talvez eu pudesse ser outra pessoa, pensou ela. Então deixou a água cobrir sua cabeça e reemergiu alguns segundos mais tarde.

As estrelas enviaram Marie para lhe abrir os olhos, e Anneshka finalmente estava enxergando. Podia ver as possibilidades se abrindo diante dela: as possibilidades de governar outros mundos.

CAPÍTULO 116

Imogen, Marie e Mark estavam parados na Floresta Kolsaney, diante de uma grande árvore. Havia uma porta no tronco, parcialmente encoberta por samambaias e amoras-silvestres que deviam ter crescido desde que eles passaram por ela.

— Então é isso — disse Mark. — Hora de ir para casa.

A mariposa das sombras voou até a porta. Ela viajara com eles pelas montanhas, sempre na dianteira, indicando o caminho.

— Você ainda está com as fotos? — perguntou Marie. Imogen não conseguia entender o que Marie estava dizendo. — As fotos que você tirou no celular da mamãe, lembra? Para provar que Yaroslav existe.

Imogen pôs a mão no bolso. Nada de celular. Ela não se lembrava nem de onde tinha guardado o aparelho pela última vez. Fazia muito tempo que o objetivo daquela aventura tinha deixado de ser arrumar provas.

— Ah — disse Imogen —, acho que não importa...

Um bando de velecours andava lentamente em meio às árvores. Imogen contemplava as penas contra o verde da floresta. Um vislumbre de roxo. Um clarão cor-de-rosa. Não eram pássaros muito sutis.

A mariposa foi até a maçaneta e dobrou as asas para trás. Em seguida, contorceu-se pelo buraco da fechadura e o trinco clicou.

Mark afastou as samambaias e as amoras-silvestres. Escancarou a porta. Por mais que fosse dia na floresta, estava escuro do outro lado da porta. Mark olhou para as meninas.

— Primeiro as damas.

Para além das montanhas

* * *

Imogen e Marie abriram caminho pelo jardim. Mark as seguiu, um pouquinho mais atrás. Estava escuro e frio, e havia uma camada de gelo no chão. Imogen tremia com as roupas das Terras Baixas. Não estava vestida para o inverno.

Os três atravessaram o rio, passando devagarzinho por cima do tronco caído. Imogen via uma luz acesa dentro da Mansão Haberdash. A sra. H devia estar se preparando para dormir. Havia uma luz no jardim também. Primeiro, Imogen pensou serem luzes de Natal, mas já tinha se passado tempo demais para aquilo… A luz no jardim parecia mais uma lanterna. Ao se aproximarem, Imogen pôde ver que vinha de uma barraca.

Imogen segurou a irmã e apontou.

— O que é aquilo? — perguntou Marie sem emitir som.

— Não sei — sussurrou Imogen. — Talvez seja a polícia. Vamos lá ver.

A barraca estava debaixo dos galhos de uma árvore. Imogen só tinha acampado no verão. Não sentia a menor vontade de fazer isso naquele momento. Não quando o orvalho estava congelando. Não quando o chão estava tão duro.

Uma sombra mudou de posição dentro da barraca. Era humana, isso era certo. A barraca era grande o suficiente para comportar uma família, mas só havia uma figura ali. Havia coisas empilhadas, talvez fossem livros… e o que era aquilo no canto? Parecia a silhueta de um telescópio.

— Mark — sibilou Imogen —, vai na frente. — Ela achou que seria melhor se não aparecessem todos de uma vez. Começava a desconfiar que a figura na barraca estava tramando alguma coisa bem esquisita.

As irmãs esperaram no escuro. Mark se aproximou do acampamento primeiro.

A sombra em forma de pessoa se mexeu dentro da barraca. Um zíper se abriu e uma mulher saiu lá de dentro. Estava usando uma lanterna de cabeça, mas não ergueu o olhar. Imogen a reconheceu na mesma hora. A mulher estava toda embrulhada num casacão de inverno e as mãos enluvadas seguravam uma caneca e uma garrafa. O cabelo estava penteado para trás e ela parecia um pouco cansada e com frio.

Era mamãe. Imogen sentiu vontade de correr até ela, mas hesitou. *Melhor Mark ir na frente*, pensou. *Não quero que ela tenha um treco do coração.*

Mamãe estava servindo café da garrafa, franzindo a testa de tão concentrada. Deve ter ouvido o som dos passos de Mark, mas não levantou a cabeça para olhar.

— Sem fotos — disse ela. — Não estou aqui para preencher sua papelada. Não está um pouco tarde pra tudo isso?

— Cathy — falou Mark. — Sou eu.

Mamãe ergueu o olhar. Como a aparência de Mark devia estar estranha. O rosto parcialmente coberto pela barba. O corpo mais magro do que antes. E quanto à roupa… nada de terno. Nada de camisa. Nada de sapatos barulhentos. Ele estava usando uma roupa das Terras Baixas, calças frouxas, botas de couro.

Talvez mamãe não o reconhecesse. Talvez não tivesse sobrado nada do Mark original.

Mamãe paralisou com a garrafa na mão. O café continuou jorrando até transbordar. O líquido quente espirrou nos dedos da mamãe. Ela praguejou e derrubou a caneca na grama.

— Mark? — Por um segundo, Imogen pensou que a mãe fosse recuar, mas não. Ela deu um passo vacilante à frente. — Onde raios você estava? — exigiu saber.

Mark se encolheu. Foi uma pergunta com mais raiva do que amor. Agora foi a vez dele de hesitar. *Vai lá*, mentalizou Imogen. *Fala.*

— Eu estava com as meninas — disse Mark com a voz rouca.

Os olhos dela dispararam da esquerda para a direita e Marie saiu correndo do esconderijo.

— Mamãe! — gritou.

Mamãe levou a mão à boca enquanto Marie corria em sua direção.

Ela jogou a garrafa de lado e pegou Marie nos braços, levantando-a como se ela ainda fosse pequena. Imogen observou a cena de longe.

Para além das montanhas

— E a sua irmã? — perguntou mamãe. — Cadê ela?

Marie apontou para as sombras. Imogen se revelou e mamãe deu um gritinho. Imogen correu, sem saber o que dizer. Voou em direção à mãe e as duas passaram um tempão abraçadas.

— Onde vocês estavam? — perguntou mamãe aos soluços. Ela segurava Imogen com tanta força que chegava a doer.

A menina se afastou um pouquinho.

— Desculpa — disse ela. — Mil desculpas por termos saído.

— Mas aonde vocês foram? E por quê? Vocês estão... vocês estão bem?

Imogen mordeu o lábio. Havia um par de monstrinhos da preocupação sentado no galho de uma árvore. *Você é a culpada*, disseram em coro. *Você é a culpada por sua mãe estar triste.*

— Eu queria provar para você que Yaroslav existe — sussurrou Imogen.

Mamãe parecia preocupada e, contra a própria vontade, Imogen sentiu aquela velha frustração, aquele desejo de que acreditassem nela, de fazer a mãe *ver*.

Mas mamãe estava ouvindo.

— Eu queria tirar umas fotos. — Imogen olhou para os dedos dos pés e raspou a grama congelada com as botas. — Queria juntar... evidências.

— Eu também andei juntando provas — disse mamãe, e então gesticulou para a barraca.

Imogen conseguia enxergar por trás da porta de zíper aberta. A barraca estava cheia de livros e embalagens velhas de batata frita. Havia uma câmera de lente comprida. Havia até um gráfico ilustrado de mariposas.

O que será que mamãe estava fazendo ali? Ela não gostava de insetos. Ela não comia batata frita.

— Andei estudando a sua mariposa — disse mamãe. — Estava tentando aprender sobre a porta na árvore.

A culpa de Imogen virou orgulho. Será que a mãe tinha se tornado uma espécie de especialista em mariposas? Será que *aquilo* também era culpa dela?

O relógio de estrelas

— A sua mariposa apareceu lá na cozinha — disse mamãe. — Ela fez uma dança incrível.

Imogen lembrou-se da mensagem, aquela que tinha pedido que a mariposa das sombras entregasse, dizendo à mãe que ela estava bem.

— Foi lindo — falou mamãe. — Eu tentei registrar os movimentos, mas não sei se captei tudo.

Ela revirou a barraca em busca de um caderno e o abriu na primeira página. Havia setas apontando para várias direções, como se fosse um mapa mental sem nenhuma palavra. Parecia curiosamente científico.

— Não sabia o que aquela dança significava — comentou mamãe —, mas tive uma sensação, não sei explicar por quê, de que tudo ia ficar bem. Depois disso, assumi o controle da situação. A polícia não estava interessada nos movimentos das mariposas. Acho que a minha terapeuta ficou meio preocupada.

— Terapeuta? — perguntou Marie, e então espiou por cima do caderno.

— Sim, também estou fazendo terapia — respondeu mamãe, como se não fosse nada de mais, como se as pessoas fizessem terapia todos os dias.

Imogen espiou os monstrinhos da preocupação. Talvez as pessoas fizessem mesmo…?

Mas alguma coisa tinha acontecido com mamãe. Ela estava falando tão rápido que foi ficando sem fôlego. Não estava só aliviada por eles terem voltado. Havia algo a mais…

Empolgação? Sim, era isso! Mamãe estava empolgada com as mariposas.

— Depois da visita da mariposa das sombras, eu montei acampamento aqui — explicou mamãe. — A sra. Haberdash me deu permissão especial, e tenho vindo para cá todas as noites depois do trabalho. Às vezes, a vovó me acompanha. A sra. H ainda está preocupada com o monstro. Ela me faz ficar com o rifle antigo dela na barraca.

O queixo de Imogen caiu, mas só um pouquinho. A mãe dela tinha uma arma?

Para além das montanhas

— Estava tentando estudar este lugar: as estrelas, as mariposas, as árvores. — Ela gesticulou para o telescópio. — Vendi algumas coisas para comprar equipamentos... Sabia que vocês amavam esse jardim. Sabia que tinha algo acontecendo e pensei que, talvez, se eu pudesse simplesmente entender, se tivesse um bom conhecimento... — Ela falou mais devagar. — Pensei que talvez pudesse ajudar a trazer vocês para casa.

Imogen não sabia o que dizer. Ela nunca tinha sentido tantas emoções ao mesmo tempo. Culpa e orgulho, empolgação e amor. Suas entranhas pareciam uma sopa de "sentimentos".

— A gente tirou fotos do mundo mágico — contou Marie. — Mas seu celular meio que sumiu.

— Não tem problema — respondeu mamãe. — Vocês voltaram. Nada mais importa.

— Mas você acredita na gente? — perguntou Marie. — Acredita que o outro mundo existe?

Mamãe hesitou.

— Eu sei o que você está pensando — disse Mark. Estava tão quieto que Imogen quase tinha se esquecido da presença dele. — Não faz nenhum sentido. Mariposas abrindo portas. Florestas que cabem dentro de árvores. É contra as leis da física.

Imogen prendeu a respiração. Será que Mark ia traí-las? Depois de tudo o que tinham passado? A menina não conseguia enxergar a expressão dele no escuro.

— Mas é verdade, Cathy — disse ele. — Eu vi.

Imogen soltou o ar.

— E, Cathy — disse Mark, passando o peso do corpo de um pé para o outro —, desculpa pela nossa briga. Eu não queria dizer aquelas coisas.

Imogen quase tinha se esquecido do que Mark lhe contara nas montanhas: da briga que ele tivera com a mamãe na noite em que saíram do hotel. Que foi por isso que ele ainda estava acordado e sentado sozinho no bar. Que foi por isso que ele viu as meninas escapulindo.

431

— Você tinha razão — prosseguiu Mark. — Em relação a tudo. Não tem como mantermos as pessoas em segurança se não escutarmos o que elas têm a dizer.

Mamãe parecia incerta e Imogen se deu conta de duas coisas. Primeiro: mamãe ainda estava zangada com Mark. Segundo: Imogen não queria que eles brigassem.

— Mark nos salvou — disse Imogen. — Não estaríamos aqui se não fosse por ele.

— É verdade — exclamou Marie — Ele foi tipo um ninja! Desceu um buracão numa corda e nós achamos que os yedleeks tivessem devorado ele, mas não devoraram! Mark foi tipo: *PÁ!*

Mamãe olhou de Imogen para Mark e Marie.

Por favor, que ela não chore de novo, pensou Imogen. Só que mamãe não chorou.

— Venham aqui — disse ela, e então estendeu as mãos para os três. — Preciso ver se vocês são de verdade.

CAPÍTULO 117

Marie subiu na cama de Imogen. Elas estavam em casa, de pijama. Mas nenhuma das meninas queria passar aquela primeira noite sozinha. Imogen levantou o edredom e Marie se aconchegou debaixo dele. Era *tão bom* estarem juntinhas.

Mamãe e Mark estavam conversando na sala de estar. As vozes deles viajavam pelas tábuas do assoalho, mas Imogen não conseguia distinguir as palavras.

Havia um monstrinho da preocupação no peitoril da janela. Uma coisinha barriguda com o rosto ressentido e enrugado. Imogen pensou em contar para Marie, mencionar os medos que ela ainda carregava. Mas o monstrinho da preocupação deve ter ouvido o plano dela, porque não disse uma só palavra. Não quis nem comprar briga. Ele deslizou pelo peitoril e saiu do quarto de fininho.

— Você acha que tem alguma coisa de diferente em Mark? — perguntou Marie, aproximando-se.

Imogen riu.

— Tem tudo de diferente em Mark. Ele está bem menos irritante do que antes.

Marie passou um tempo em silêncio. Imogen sentia a respiração da irmã na bochecha.

— Sim — disse Marie. — Eu gosto dele. Mas não foi isso que eu quis dizer...

— Fala — incentivou Imogen. — O que foi que você *quis* dizer?

— Às vezes, ele anda bem devagar.

O relógio de estrelas

— Gente velha é assim — disse Imogen, embora Mark não fosse tão velho.

— Ah, verdade — respondeu Marie, mas ela não tinha acabado. — E esta noite, quando a gente estava tomando chá, ele ficou olhando pro nada. Os olhos dele quase pareciam estar brilhando. Com certeza não faziam isso antes.

— Marie… — Imogen buscou a mão da irmã e, quando encontrou, apertou com força. — Você sabe o que a dra. Saeed disse na minha última consulta? Ela disse que pode ser difícil aceitar alguém novo na família. Disse que, às vezes, a gente deposita nossos sentimentos em outras pessoas, tipo um projetor de cinema. E isso pode mudar a forma com que a gente enxerga elas.

— Você acha que eu mudei os olhos de Mark? — perguntou Marie.

— Não — disse Imogen. — Eu não acho. Mas acho que nós duas estamos olhando para ele de um jeito um pouquinho diferente. E nós mesmas estamos um pouco diferentes também. Então é claro que vamos ver coisas novas… notar coisas que não tínhamos notado antes.

Marie enfiou o edredom por baixo da lateral do corpo e Imogen fez o mesmo. Elas estavam embrulhadas numa caverna para duas pessoas.

— Imogen — começou Marie. A voz dela era um sussurro. — Às vezes, eu penso na rainha velha.

— Hã?

— A rainha que Anneshka e Surovetz… sabe… *mataram*.

Aquilo pegou Imogen de surpresa. Queria dizer a Marie para não se preocupar, para tirar a rainha morta da cabeça, mas ela sabia que não tinha como dizer às pessoas o que sentir. Isso não faria o sentimento ir embora.

— Eu não deveria ter invadido a área particular do palácio — prosseguiu Marie, falando cada vez mais alto. — Não deveria ter deixado Anneshka entrar, mas ela me disse… ela disse que se eu fizesse o que ela pediu, ela ia me deixar… ia me deixar ir para casa.

Imogen rolou na cama para ficar de frente para a irmã.

— Marie — disse ela —, não é culpa sua a rainha ter morrido.

Para além das montanhas

Mas Marie não parecia ter ouvido.

— Eu sabia que Anneshka podia ser muito malvada. Sabia que ela fazia coisas ruins, mas, às vezes, eu achava que ela estava melhor. Às vezes, eu achava… — Marie engoliu em seco. — Eu não sabia que ela ia fazer *aquilo*!

— Não é culpa sua — disse Imogen, ainda mais incisiva.

— A cena fica se repetindo na minha cabeça sem parar — comentou Marie.

E, então, Imogen se deu conta com um solavanco, como se alguém tivesse virado o quarto de cabeça para baixo e ela estivesse dormindo no teto. Era uma reviravolta em forma de pensamento.

O que Marie estava descrevendo era um monstrinho da preocupação… ou algo bem parecido.

Imogen não era a única que tinha os monstrinhos.

Ainda se recuperando daquele pensamento intrigante, ela tentou imaginar o que poderia fazer Marie se sentir melhor.

— Já sei — falou. — Você precisa de uma história.

— Que tipo de história? — perguntou Marie.

— Que tal a lenda de um menino que invoca um dragão?

— Parece uma boa história — disse Marie. — Me conta essa aí.

Imogen sorriu no escuro. O quarto não estava um breu completo. Havia uma luz acesa no patamar da escada e um poste do lado de fora.

Para além das nuvens devia haver estrelas.

EPÍLOGO

Vamos voltar o relógio, só um pouquinho…

Antes de Imogen e Marie retornarem para o mundo delas, Ochi estava sentada em sua cabana. A bruxa estava velha e bem contente, acomodada nas profundezas da Floresta Kolsaney. A galinha cacarejava baixinho na gaveta, o caracol se arrastava pela cadeira e o relógio de estrelas estava paradinho em cima da lareira.

— Não se preocupe — murmurou Ochi para o relógio. — Em breve faremos você funcionar de novo. Juntos, vamos coletar centenas de almas.

Os frascos na prateleira mais próxima chacoalharam. Estavam bem apertados, como passarinhos em um galho.

— Vocês também não precisam se preocupar — comentou Ochi, ofegante. — Sempre há espaço para mais um.

Havia um novo frasco de barro no parapeito da janela. Estava vazio, à espera da alma de Anneshka.

Ochi estava ocupada secando algumas ervas quando ouviu vozes lá fora. Ela foi mancando até a janela e olhou a área externa. E ali, marchando pela floresta, estava a menina que tinha roubado seu relógio.

A menina andava cheia de determinação. Havia outra criança com ela, aquela que tinha o cabelo da cor das folhas de outono. Juntas, elas seguiam uma mariposa.

Ah, matutou Ochi. *Então os viajantes voltaram*. Dessa vez, a bruxa manteve a casa escondida.

O relógio de estrelas

Um homem seguia as crianças. Mark, esse era o nome dele.

— Achei que você tivesse sido devorado pelos yedleeks — sussurrou Ochi, pois tinha previsto a morte do homem.

A bruxa da floresta resolveu investigar. Ela fincou os pés no chão e olhou pelos olhos das árvores. As pálpebras da casca se abriram e Ochi observou Mark. Ela olhava por meio de uma bétula.

Ochi pediu que a bétula se curvasse. Mark se abaixou para passar por um galho e várias folhas roçaram o rosto dele. Tanto Ochi quanto a bétula sentiram.

Um cheiro irradiava dos poros de Mark. Suor. Até aí, tudo bem. Algum tipo de queijo que ele tinha comido na noite anterior. E um cheiro bem sutil de queimado…

As raízes crepitaram nas profundezas do subterrâneo, passando a mensagem de árvore em árvore.

Não é bem um humano, aquele ali. É outra coisa… Alguma coisa que não quer ser encontrada.

A bruxa abriu os olhos verdadeiros. Estava de volta à cabana mais uma vez. Ela jogou um livro em cima da mesa e virou as páginas até encontrar o trecho certo.

Eis aqui tudo o que se sabe a respeito dos yedleeks.
Também são conhecidos como "devoradores" ou "povo das rochas".
Os yedleeks vivem no subterrâneo e têm a habilidade de viajar através das pedras.
Não podem subir à superfície.
E nem sentem vontade.
Eles se empanturram de carne humana, consumindo aqueles que descem fundo demais.
Quanto mais velho o humano, mais nutritivo.

Ochi não conseguia parar de tremer. Ela era o ser humano mais antigo com vida e os yedleeks eram o seu maior medo. Para eles, Ochi seria um prato cheio, um corte de carne mais macio e maduro.

Os yedleeks só deixam a presa escapar quando desejam começar uma nova colmeia.
Eles alojam suas crias no intestino humano.
Os ovos são lisos e duros.
E ali eles ficam, na escuridão, até que estejam prontos para eclodir.

Ochi sentou-se na banqueta com uma pancada. De uma hora para a outra, sentiu o peso da idade avançadíssima. Os anos acumulados vieram com tudo na direção dela, esmagando-a com tantas preocupações. Aquilo não era bom. Não era nada bom.

A bruxa fechou os olhos. Fincou os pés no chão e esticou bem os dedos enrugados. Abriu o olho de uma aveleira e espiou a floresta ali perto.

As meninas e o homem tinham aberto uma porta, aquela que levava de volta ao mundo deles. Ochi ficou observando a primeira menina atravessar o portal. Observou a menininha fazer o mesmo.

A bruxa fez a árvore sacudir os galhos. Precisava impedi-los! Ninguém merecia aquele destino!

Mark olhou de relance para a aveleira.

Por outro lado... não era o mundo de Ochi em perigo... não era a floresta dela sob ameaça. Não seria melhor se os ovos de yedleek fossem eclodir em outro lugar?

A aveleira ficou paradinha.

Mark deu de ombros. Em seguida, passou pela porta e a fechou.

— Sinto muito por você — sussurrou Ochi. — Muito mais do que você jamais saberá. Pois tenho quase certeza de que você está levando mais de duas crianças para casa.

Da escuridão não tenho medo
do abismo também não.
Pois o escuro tem certo amor,
há bondade em sua direção.

Mas o fogo moldou criaturas
que de humanos vivem a caçar.
A carne jovem não é madura.
E a velha é um manjar.

Da escuridão não tenho medo —
envelhecer é o que me assusta.
Pois os yedleeks roem e mastigam
ossos firmes de gente adulta.

Temo os homens da chama ardente.
Temo as formas derretidas.
Temo os olhos profundos de vulcão
e as mandíbulas enormes e famintas.

Da escuridão não tenho medo
do abismo também não.
Pois o escuro tem certo amor,
há bondade em sua direção.

— Canção de ninar das Terras Secas

Obrigada a...

Toda a minha família e amigos que iluminaram um ano triste e estranho. Especialmente minha mãe e meu pai, pelo amor e incentivo.

Mini e Bonnie, que me ajudaram a escrever este livro. Suas pegadas grudentas estão em todas as páginas. Espero que estejam cientes disso, né?

Joe, mé lásce. Você é o único mosquetão de alpinismo do mundo, portador de petiscos, provedor de alegria e ovário de ideias originais. Obrigada por viajar comigo.

Seb, pela leitura dinâmica, pelas segundas opiniões e pelo feedback de primeira classe.

Nick Lake, por matar o eremita. Obrigada por tornar este livro muito melhor do que eu pensei que seria — e por acreditar que eu poderia escrevê-lo.

Claire Wilson, por todos os afagos e conselhos. Você continua sendo a adulta mais sábia que conheço. Obrigada também a Safae El-Ohuahabi.

Chris Riddell, pelas ilustrações lindas e brilhantes.

Aisha Bushby e Rachel Faturoti, pelas palavras gentis e ótimas sugestões.

Stephanie Turley, por arrumar um tempinho para discutir os cenários mais improváveis.

Nicola Skinner. Você sabe o que fez. Obrigada por entrar na minha vida.

Escritores da WOW. Mesmo em formato digital, vocês têm sido um apoio incrível. Agradeço especialmente a Donna Rosenberg.

Todos da HarperCollins Children's Books — incluindo Samantha Stewart, Julia Sanderson, Laure Gysemans, Tina Mories, Louisa Sheridan, Jessica Dean, Alex Cowan, Jasmeet Fyfe, Jo-Anna Parkinson, Elorine Grant, Matt Kelly, Hannah Marshall, Deborah Wilton, Nicole Linhardt-Rich, Julia Bruce, Sarah Hall e Mary O'Riordan.

E por último, mas certamente não menos importante, agradeço a meus leitores.

Este livro foi impresso pela Vozes, em
2022, para a HarperCollins Brasil.
O papel do miolo é pólen natural $70g/m^2$,
e o da capa é cartão $250g/m^2$.